Stefan Wetterau

Ohne Grenzen

Kriminalroman

Prolibris Verlag

Handlung und Figuren sind frei erfunden. Darum sind eventuelle Übereinstimmungen mit lebenden oder verstorbenen Personen zufällig und nicht beabsichtigt.

Originalausgabe 1. Auflage 2010

Tel.: 0561/766 449 0, Fax: 0561/766 449 29

Lektorat: Anette Kleszcz-Wagner
Korrektur: Christiane Helms
Titelfoto: © Manfred Müller, Gotha
Druck: GGP Media GmbH, Pößneck
ISBN: 978-3-935263-76-4

www.prolibris-verlag.de

Für meinen Großvater Heinz

1

Sonntag, 22. August 1993, 3:22

Fahles Licht des vollen Sommermondes fiel auf den Kalkschotter und erhellte den leicht ansteigenden Fußweg auf gut zwanzig Metern. Es ließ die Szenerie unwirklich erscheinen, in jedem Schatten Bewegung und Leben erahnen. Dazu kam das Rascheln trockenen Laubs, das eine sanfte Brise aus den dichten Büschen seitlich des Pfades herüberwehte.

Benni und Mario waren immer ein Stück voraus und alberten ausgelassen herum, Vanessa jedoch fühlte sich ziemlich unwohl. Der hinter ihr hertrottende Carl sagte gar nichts. Charlie, so nannten ihn alle, hatte auf der Kirmes in Lauchröden viel zu viel Bier getrunken, und es war ein Wunder, dass er den Aufstieg zur Ruine überhaupt noch angetreten hatte. Vielleicht schwieg er auch, weil er noch den Korb verdaute, den sie ihm verpasst hatte. Seitdem verhielt er sich wie ein geprügelter Hund, was bei Vanessa nichts fruchtete. Er war nicht der Erste gewesen, dessen plumpe Annäherungsversuche im Alkoholrausch ergebnislos geblieben waren.

Die vier Jugendlichen hatten das Festzelt gegen drei Uhr verlassen, als die Band ihre letzte Runde angekündigt hatte. Obwohl es tagsüber brütend heiß gewesen war, fuhr Vanessa ein zarter Schauder über die Arme. Natürlich war sie mit ihrem bauchfreien, ärmellosen Top, das seine Wirkung auf ihre Begleiter nicht verfehlt hatte, sehr leicht bekleidet, und auch das dünne Strickjäckchen war mehr dekorativ als zweckmäßig. Überdies war es bereits Ende August, und der nahende Herbst deutete sich durch klamme Feuchtigkeit an, die mit dem ersten Nebel aus den Wiesen aufstieg. Vanessa schlang die Arme um ihren Körper.

»Alles in Ordnung?«, fragte Charlie schließlich brummig von hinten.

Vanessa blieb stehen und wandte sich ihm zu. »Mir ist arschkalt!«, fluchte sie, weniger gegen ihn gerichtet, auch wenn das bei ihm so ankam. Um der heftigen Reaktion die Schärfe zu nehmen, setzte sie hinzu: »Verdammt, ich bin müde. Und ich frage mich, warum ich überhaupt mitgegangen bin.«

Charlies Schulterzucken war im Schatten der hohen Sträucher kaum zu erkennen. »Kann ich dir auch nicht sagen«, erwiderte er mürrisch. »Wir wollten einfach noch ein bisschen Spaß haben.« Es klang nicht überzeugend. Er seufzte vielsagend und zog dann seine Windjacke aus. »Hier, vielleicht hilft das.«

Wie er dastand und versuchte, sie aus großen Augen nicht anzusehen, tat er ihr fast schon wieder leid. Vanessa hatte sich nie etwas aus ihm gemacht, weil er einfach nur der Durchschnittstyp war. Er bestach weder durch außergewöhnliche Attraktivität noch durch übermäßige Intelligenz. Sie stand mehr auf draufgängerische Typen wie Benni oder seinen Cousin Mario. Sie konnte sich allerdings nicht entscheiden, erprobte an beiden spielerisch ihre Verführungskünste und machte ihnen damit Hoffnungen, trügerische Hoffnungen. Vermutlich würde sie sich weder mit dem einen noch dem anderen wirklich einlassen, aber dieses Spiel war einfach zu aufregend, um es aufzugeben. Und vielleicht nahmen es die beiden ebenfalls nicht besonders ernst.

Vanessa legte sich die Jacke über die Schultern und ließ ein schüchternes »Danke!« vernehmen, dem sie ein kokettes Lächeln hinterherschickte.

»Schon gut«, gab Charlie einsilbig zurück und trottete an ihr vorbei, um den Anschluss nicht zu verlieren. »Zieh sie an, sonst erkältest du dich noch.«

Das war nicht ganz die Reaktion, die Vanessa sich erhofft hatte. Bisher war ihrem Charme fast jeder erlegen, aber dieses Mal funktionierte das nicht. Charlies Enttäuschung musste groß sein, oder er hatte sich bereits damit abgefunden, dass er einfach nicht ihr Typ war. Sie streifte eilends die Jacke über und bemühte sich, ihn einzuholen.

»Hat Benni was von dem Kraut dabei?«, fragte sie, um etwas von der Spannung zwischen ihnen wegzunehmen. Sie schlang wieder die Arme um den Oberkörper.

Charlie sah den beiden anderen hinterher. Die mussten inzwischen die Kurve passiert haben, nach welcher der Weg direkt auf den Torbogen der Westburg zuführte, denn auf dem nur durch Lücken zwischen Bäumen und Buschwerk vom Mondlicht beschienenen Weg konnten Vanessa und Charlie sie nicht mehr sehen. Zehn Meter links über ihnen, auf der Krone einer Böschung, erhoben sich die Mauern der Ruine wie die abgebrochenen Zähne eines Riesen.

»Das will ich doch hoffen«, sagte Charlie und rang sich ein verlegenes Lächeln ab. »Sonst geh ich nie wieder mit den zwei Kasperköpfen mitten in der Nacht auf die Burg.« Er starrte in die Dunkelheit der Wegkehre. »Wo sind die?«

»Bestimmt schon oben«, antwortete Vanessa. »Oder sie treiben wieder einen ihrer albernen Späße.« Sie blieben stehen. Es war windstill, in der Ferne blökte einsam ein Schaf.

»Kommt raus, ihr Chaoten!« rief Charlie. »Ich hab keinen Bock auf eure blöden Scherze!« Sein Ruf verhallte ungehört und unerwidert im Dunkeln.

»Macht schon«, schloss sich Vanessa an. Ihre Stimme klang selbst in ihren Ohren ungewöhnlich schrill. »Mir ist kalt!« Wieder keine Antwort.

Sie lauschten angestrengt, doch außer dem Rauschen einer leichten Brise, die durch das Tal heraufwehte, war nichts zu vernehmen.

»Komm«, sagte Vanessa fest und hakte sich bei Charlie unter. »Lass uns wieder runter ins Dorf gehen. Das ist mir echt zu doof!«

Charlie fand Vanessas Geste sehr angenehm, und nebenbei konnte er ihrer Entscheidung nur beipflichten. Mario und Benni, obwohl wie sie beide bereits in der neunten Klasse, waren zwei Kindsköpfe, die nicht selten andere mit ihren derben Späßen foppten und auch in der Schule immer wieder für Ärger sorgten. Unmöglich zu sagen, was sie gerade ausheckten.

»Ist mir recht«, sagte Charlie. »Ich kann sowieso kaum aufrecht stehen.«

Er grinste verhalten, und sie machten kehrt und begannen den Abstieg durch die von Schemen erfüllte Dunkelheit.

»Ich glaube, du solltest dich erst einmal ausschlafen.« Vanessa seufzte. »Und mir tut eine Mütze voll Schlaf sicher auch gut.«

Charlie lachte auf. »Ich frage mich, wie man eigentlich eine Mütze voll Schlaf ...«

Aus dem Gebüsch rechts neben ihnen sprangen zwei Gestalten schreiend und grunzend auf den Weg. Vanessa konnte sich einen spitzen Aufschrei nicht verkneifen, ihr Herz raste, und Charlie stockte der Atem. Wie angewurzelt blieben sie stehen.

Es brauchte nur wenige Sekundenbruchteile, bis sie in den zwei sich wild gebärdenden Kreaturen Benni und Mario erkannten. Sie trugen mannshohe dicke Äste bei sich, die sie wie Primaten immer wieder auf den Schotter schlugen. Dazu machten sie passende Geräusche und Verrenkungen.

Der etwas größere Mario trat seitwärts auf sie zu und tippte Charlie mit der Spitze seines Knüppels gegen die Brust. »Wohin, Fremder?«, grunzte er, während hinter ihm Benni ganz offensichtlich Gefallen an diesem Auftritt gefunden hatte, weiter vollkommen irre mit dem Stock auf den Boden eindrosch und versuchte, Schimpansenschreie nachzuahmen.

»Lass den Quatsch!«, gab Charlie genervt zurück und schlug den Knüppel beiseite. »Ihr habt uns einen Höllenschreck eingejagt. Muss das sein?«

»Och, hast du die Hosen voll?«, fragte Mario in gespieltem Mitleid und lehnte sich an seinen Stock. »Komm, jetzt krieg dich wieder ein. Ihr wollt doch nicht etwa schon umkehren, oder?« Sein Blick wanderte zu Vanessa und deren Arm, der noch immer bei Charlie eingehakt war. Sie zog ihn auffallend schnell zurück und verschränkte die Arme vor der Brust. Charlie nahm das enttäuscht zur Kenntnis, ließ sich aber nichts anmerken.

»Doch, woll … will ich«, versetzte Vanessa trotzig. »Mich hast du auch zu Tode erschreckt. Mir ist kalt, und ich bin müde.«

»Ach, kommt schon«, quengelte Mario, »habt euch nicht so.«

Benni hatte sein infantiles Spiel inzwischen mangels Interesse der anderen aufgegeben und war neben seinen Cousin getreten. »Was'n los?«, wollte er wissen. Auch er hatte schon ein paar Wartburg Pils zu viel intus.

»Diese beiden wollen nicht teilhaben«, erklärte Mario theatralisch.

»Nein«, entrüstete sich Benni und legte den Handrücken an die Stirn. »Weh uns! So müssen wir wohl das heilige Kraut vollkommen allein zu uns nehmen. Keine leichte Aufgabe, und es wird die Götter erzürnen!«

Charlie kniff die Augen zusammen. »Ihr habt welches dabei?«

»Und wenn schon«, sagte Benni nun in gleichgültigem Ton und verschränkte die Arme. »Ihr wollt ja lieber zu Bett, wie man hört.«

»Genau«, pflichtete ihm sein Cousin bei. »Komm, Vetter, lass uns den Berg erklimmen, diese Festung einnehmen und das Pfeifchen entzünden!«

»Wohlan, dies erscheint mir ein guter Plan!« Sie lachten prustend und stolperten an den beiden anderen vorüber wieder in Richtung Wegkehre.

Charlie sah Vanessa fragend an. Die schien jedoch ebenso unschlüssig zu sein. »Was machen wir?«, fragte er. Das Gras war schon verlockend, Bennis Halbbruder Jörg baute selbst an.

»Mitgehen, was sonst?«, sagte sie schulterzuckend. »Wenn die sich da oben allein die Birne zuballern, kommen sie im Leben nicht mehr am Stück zurück ins Dorf. Und vielleicht wärmt ja das Zeug auch.«

Nicht nur die Tüte, die Benni behände gebaut hatte, wärmte die vier sehr schnell. Mario hatte vor dem ehemaligen Wohnturm der Burgruine ein ganz passables Feuer in Gang gebracht, um das sie sich nun scharten. Sie hatten sich im Windschatten der Wehrmauer, die an den Turm anschloss, auf leere Paletten gesetzt, die von den Arbeiten der Restauratoren zurückgeblieben waren. Der Ausbau dieses quadratischen Gemäuers zum Burgmuseum lag in den letzten Zügen. An den Außenwänden standen noch die Baugerüste.

Der Schein des Feuers schaffte es kaum, mehr als zehn Meter der Fläche vor dem Turm zu erhellen. Die Welt jenseits davon war ein vom Mond geschaffenes Gewirr aus schwachem Licht und viel Schatten.

Im Gegensatz zu Benni und Mario waren Vanessa und Charlie noch weit von der Glückseligkeit entfernt, die ihnen das Delta-9-THC bescheren sollte. Das Kraut, das Jörg in einem verwilderten Stück des Gartens ihrer Großeltern anbaute, war bekanntermaßen von guter Qualität. Vanessa war jedoch nicht nach allzu viel Entrücktheit, und Charlie war ohnehin schon ziemlich weggetreten. Daran hatte auch der Fußmarsch hinauf zur Burg kaum etwas geändert. Wenigstens war ihnen nun nicht mehr ganz so kalt.

Die beiden Cousins schienen tatsächlich aus einem Guss zu sein. Offensichtlich machten weder der Alkohol noch der Joint sie irgendwie müde. Weiterhin machten sie ihre derben Späße, denen Charlie und vor allem Vanessa kaum etwas abgewinnen konnten.

»Was haltet ihr von einer Floßfahrt nächste Woche?«, fragte Mario nach einer kurzen Weile des Schweigens, während die Tüte eine weitere Runde machte.

»Oh nee, vergiss es!«, wehrte Vanessa ab. »Das hab ich einmal mitgemacht.«

»Ja, und?« Benni ließ ein breites Grinsen im Schein des Feuers funkeln. »War doch spaßig!«

Charlie warf einen Zweig in die Flammen, der so trocken war, dass er sofort knisternd zu brennen begann. »Ja, genau«, sagte er und unterdrückte mühsam einen mürrischen Unterton. »Bis Werner von dem ganzen Billigbier so besoffen war, dass er beim Kotzen über Bord gegangen ist.«

»Selbst schuld«, gab Benni mit einer wegwerfenden Geste zurück. »Wenn er nix verträgt, sollte er besser bei Fassbrause bleiben.«

Mario lachte auf. »So isses! Immerhin ist so das Floß einigermaßen sauber geblieben.« Er stand unbeholfen auf und warf den Rest des Joints ins Feuer. »Und jetzt muss ich schiffen!«

»Das ist etwas mehr Information, als sich alle Anwesenden erhofft hatten«, sagte Benni. »Aber gut, mein Herr, dass Ihr uns über Euer Vorhaben unterrichtet.« Er rappelte sich ebenfalls hoch. »Und ich muss auch.«

Sie taumelten einträchtig nebeneinander aus dem Lichtschein des Feuers hinaus und verschwanden nach rechts um die Ecke des Turms. Dort hörte man sie kurz noch herumalbern, dann wurde es still in der nächtlichen Burganlage.

»Ich dachte immer, nur wir Frauen gehen gemeinsam aufs Klo«, wunderte sich Vanessa ins prasselnde Feuer starrend.

»Gut, dass du das sagst«, erwiderte Charlie. »Mir lag es auch auf der Zunge.« Er lächelte.

»Danke, dass du mitgekommen bist«, sagte Vanessa nachdenklich. »Allein kommen die beiden garantiert nicht wieder hinunter ins Dorf.«

Charlie hätte am liebsten gesagt, dass er nur ihretwegen hier oben war, und dass ihm die zwei Typen ziemlich egal waren. Er fürchtete, sie könnten sich an ihr vergreifen oder sie im Stich lassen. »Ist schon okay«, sagte er stattdessen. »Man darf sie ja wirklich keine Sekunde aus den Augen verlieren.« Innerlich kämpfte er um die Courage, noch mehr Sinnvolles zu sagen, aber er wusste, dass er nur dummes Zeug geredet hätte, also beließ er es dabei. Warum mussten Mädchen wie Vanessa immer auf die Extrovertierten stehen und schauten sich nicht mal die Ruhigeren genauer an?

»Dauert das nicht ganz schön lange?«, fragte Vanessa, nachdem sie ein paar weitere Augenblicke ins wärmende Feuer gesehen hatten. Das hypnotisierende Tanzen der Flammen veränderte das Zeitempfinden. »Haben die denn so viel getrunken?«

»Na ja, war schon einiges«, gab Charlie zu bedenken. Er stand auf. »Ich geh mal nachsehen, was die beiden da treiben. Hoffentlich keine Schweinereien.« Mit diesen Worten umrundete er das Feuer, das allmählich kleiner wurde und deshalb auch nicht mehr so viel Wärme spendete.

»Ja, ja, lass mich nur allein«, beklagte sich Vanessa etwas übertrieben. »Frauen kann man ja im Wald ganz gut irgendwo sitzen lassen.«

»Ich komm ja gleich wieder. Nur keine Bange, schöne Maid.« Charlie grinste verlegen und verneigte sich dabei unbeholfen.

»Geh schon, bevor die irgendwelchen Unsinn anstellen.«

Charlie verschwand um die Ecke des Turms.

Vanessa rückte noch ein wenig näher an das sterbende Feuer heran. Sie hoffte, Charlie würde die beiden zur baldigen Rückkehr ins Dorf bewegen können. Allmählich wurde die Müdigkeit übermächtig, und die Kälte kroch unaufhaltsam auch unter Charlies Jacke.

Ein netter Kerl, dachte sie bei sich, wenn er doch bloß nicht so verklemmt wäre. Sie schätzte ihn bereits jetzt wie einen von denen ein, die das Dorf langfristig nie verlassen würden, um ihr Glück in einer größeren Stadt zu machen. Die zu sehr mit dem Dorfleben verwurzelt waren, als dass man sie aus diesen Strukturen herausreißen dürfte. Wahrscheinlich würde sie selbst es ebenfalls nie weiter weg als bis ins fünfzehn Kilometer entfernte Eisenach schaffen, vielleicht sogar nach Erfurt, aber sie hielt sich für weltoffen genug, um trotzdem nicht in der Vereinsmeierei und den familiären Spinnweben kleben zu bleiben.

Doch darüber brauchte sie sich jetzt noch keine Gedanken zu machen, sie war erst fünfzehn. Nein, zunächst galt es, das Leben zu genießen – und dazu gehörten auch sämtliche amourösen Abenteuer mit ein paar netten Jungs der Gegend.

Nach nicht einmal einer Minute kam Charlie allein um die Ecke des Turms. Richtig sehen konnte sie ihn im schwachen Schein der inzwischen sehr kleinen Flammen nicht. »Na, sind sie bereits eingeschlafen und schlummern friedlich Arm in Arm im Gras?«, fragte sie spöttisch.

Charlie hatte das Feuer fast umrundet, als ein dickes Stück Holz besonders laut knallte und einen Funkenregen in den Himmel schickte. Zwei Sekunden lang war Charlies Gesicht hell erleuchtet, es war schreckensbleich, und Vanessa musste mühsam einen Schrei unterdrücken.

Sie erhob sich hastig und ging auf ihn zu. »Mein Gott, was ist denn mit dir passiert?« Er stand mit weit aufgerissenen Augen vor ihr und starrte sie vollkommen apathisch an. Als er immer noch nichts sagte, packte sie ihn fest bei den Schultern und schüttelte ihn. »He, Charlie! Red mit mir, was ist denn?« Sie fühlte durch den Stoff seiner T-Shirt-Ärmel, wie sehr er zitterte, und konnte selbst im schwachen Schein des Feuers sehen, dass Schweiß seine Stirn bedeckte.

»Warte hier«, sagte sie schließlich, da sie offensichtlich keine Informationen von ihm erhalten würde. Sie wollte an ihm vorübergehen, als er sie so fest am Oberarm packte, dass es wehtat. Die Vernunft schien zurückzukehren.

»Tu das nicht«, sagte er mit eisiger Stimme und vollkommen nüchtern. »Geh da nicht hin.«

In jeder anderen Situation hätte sie die Hand beiseite geschlagen, die sie festhielt. Doch Charlies eindringlicher Blick ließ sie zögern. »Was … ist passiert?«, wollte sie wissen.

Charlie fürchtete, dass sie keine Ruhe geben würde, wenn sie es nicht mit eigenen Augen gesehen hätte, doch das musste er verhindern. Mehr noch, er wusste, dass es sehr unklug war, noch länger als ein paar Sekunden hierzubleiben.

Während dieser Überlegungen riss sich Vanessa plötzlich los und rannte um die Ecke des Wohnturms in die Dunkelheit.

»Nein! Vanessa, nicht!«, schrie Charlie ihr hinterher, doch aufhalten konnte er sie nicht.

Zunächst stand Vanessa in absoluter Finsternis, da ihre Augen sich an das Feuer gewöhnt hatten. Dann passten sich ihre Augen den so abrupt geänderten Lichtverhältnissen langsam an und erfassten mühsam die Situation. Der Mond lugte vorsichtig um die Ecke des Turms. Nun weigerte sich Vanessas Hirn zu verstehen, was sie dort sah. Währenddessen kam Charlie keuchend einen Meter hinter ihr zum Stehen.

Benni und Mario lagen seltsam gekrümmt und völlig reglos am Fuß der östlichen Mauer. Vanessa konnte sie nicht gut erkennen in der

Finsternis, und eine ängstliche Stimme in ihrem Kopf sagte ihr, dass das auch besser sei. Über den beiden Jungs war das Mauerwerk dunkel verfärbt, und es lag ein metallischer Geruch in der Luft, der an den Hinterhof der Metzgerei im Dorf erinnerte.

»Mein … Gott!«, entfuhr es ihr heiser.

Charlie folgte Vanessas Blick: Auf der Mauerkrone über den beiden Cousins hockten drei unglaubliche Kreaturen.

Zwei von ihnen waren außergewöhnlich große Hunde, gänzlich mit zottigem blau-schwarzem Fell bedeckt. Sie hätten Vanessa gewiss um einen Kopf überragt. Aus ihren weit geöffneten Schnauzen rollte bedrohliches Knurren. Gelb leuchtende Augen starrten Vanessa und Charlie durchdringend an, ließen ihnen das Blut in den Adern gefrieren und sie keinen weiteren Schritt wagen.

Die andere Gestalt war halbwegs menschlich, und als Vanessa und Charlie lange genug hingesehen hatten, erkannten sie, dass sie nicht hockte, sondern stand. Das Wesen schien nicht nur einen gedrungenen Körperbau zu haben, es war auch von stark gekrümmtem Wuchs. Vielleicht hatte es einen Buckel. Gehüllt war es in komplett zerfledderte Lumpen, und es stützte sich auf einen Stab. Nur wenige Augenaufschläge benötigte Vanessa um zu erkennen, dass es keiner war.

Es war der Stiel einer riesigen Axt. Es war die Axt, die kurz zuvor Benni und Mario erschlagen hatte.

Die Kreatur richtete sich ein wenig auf, und das Knurren der Hunde verstummte. Eine entsetzliche Ruhe machte sich auf dem Platz neben dem Wohnturm breit. Dann hob das Wesen zu einem seltsamen Gesang an, in einer fremd klingenden Sprache, die sie nicht verstanden.

Die Stimme war eindeutig männlich, dabei sehr hoch und glockenklar. Als sie geendet hatte, sah die Kreatur Vanessa und Charlie nacheinander für ganz kurze Zeit an. Eine Härte lag in diesem Blick, die den beiden durch Mark und Knochen drang, keine Boshaftigkeit, vielmehr eine eisige Abgeklärtheit, hinter der noch ein anderes Gefühl waberte, das sie nicht definieren konnten. Vanessa schauderte.

Ohne ein weiteres Wort wandte sich die Kreatur plötzlich von den Jugendlichen ab und sprang von der Mauer hinab in die Tiefe. Mit einem letzten Knurren folgten ihr die beiden Hunde auf dem Fuße.

Wie gelähmt standen Vanessa und Charlie im Licht des untergehenden Mondes und starrten auf die Stelle, wo vor wenigen Sekunden noch dieses unglaubliche Ensemble seinen bizarren Auftritt gehabt hatte. Charlies Knie zitterten. Er hatte hart um die Kontrolle seiner Blase und auch seines Magens kämpfen müssen. Zuerst der Anblick seiner dahingemetzelten Freunde, und nun diese Ausgeburten der Hölle. Anfangs war er noch versucht gewesen, es dem Stoff zuzuschreiben, doch Mario und Benni lagen wirklich tot vor ihnen. Und offensichtlich hatte Vanessa dasselbe gesehen.

Quälend langsam löste sie sich aus ihrer Starre. Als sie einen Schritt nach vorn machte, erwachte auch Charlie wieder aus seiner Regungslosigkeit.

»Vanessa, was hast du vor?«, fragte er fassungslos und ließ sie dadurch kurz innehalten.

»Was meinst du denn?«, gab sie tonlos zurück. »Wir sollten wenigstens nachsehen, ob wir noch etwas für sie tun können.«

Charlie ließ Vanessa gewähren, nahm all seinen Mut zusammen und folgte ihr. Als sie sich zu Benni hinabbeugte, blieb er jedoch stehen. Schon der Geruch von Blut verursachte ihm Übelkeit.

Benni lehnte halb sitzend mit dem Rücken an der Mauer. Auf Höhe seines Kopfes war auf den Steinen ein tellergroßer, im schwachen Mondlicht schwarz aussehender Blutfleck zu sehen, der nach unten verschmiert und verlaufen war. Vermutlich hatte die Axt sein Rückgrat zertrümmert. Bennis Kinn ruhte auf seiner Brust, die sich nicht mehr regte. Mehr wollte Vanessa nicht wissen und wandte sich Mario zu.

Indes wagte Charlie einen Blick über die breite Mauer, indem er sich ächzend auf deren Kante hochstemmte. Er wusste, dass es dahinter fast fünfzehn Meter in die Tiefe ging. Der Graben dort unten lag im Schatten der Burg und der umgebenden Bäume. Von der Kreatur mit der Axt und seinen vierbeinigen Begleitern fehlte jede Spur. Ein Stöhnen hinter ihm ließ ihn zusammenfahren.

Vanessa kniete neben Mario, dessen Brustkorb sich in langen, schweren Zügen hob und senkte. Quer über seine Brust klaffte eine hässliche Wunde, aus der es unaufhörlich blutete. Mario gab unverständliche Laute von sich, versuchte zu sprechen.

»Was sagt er?« Charlie hatte sich von der Mauer heruntergelassen und kniete neben Vanessa. All sein Ekel war mit einem Mal überwunden.

»Schh!«, machte sie bloß hektisch gestikulierend.

Mario hustete, ein klebriger Blutfaden lief ihm aus dem Mundwinkel. Er sammelte noch einmal alle Kraft.

»Sagt … Eltern …«, brachte er mühsam hervor, musste dann aber abbrechen. Ein Keuchen folgte.

»Was?«, fragte Vanessa, der Hysterie nahe. Vor ihr starb einer ihrer Freunde, vielleicht der, mit dem sie ein paar schöne Jahre hätte verbringen können. Sie fasste seine Hand.

»Er … ist es«, fuhr Mario schließlich quälend langsam fort, »… ist wieder da. Geschichten … sind …« Er holte tief und gurgelnd Luft.

Vanessa und Charlie hielten den Atem an.

Marios Brustkorb senkte sich ein letztes Mal und stieß hauchend ein einziges Wort aus: »Wahr.«

2

Freitag, 7. Januar 1994, 18:47

Er hasste dieses Wetter. Tiefster Winter hielt diesen Landstrich schon seit Weihnachten im Griff, und wieder einsetzender Schneefall deutete nicht gerade auf eine Besserung der Wetterlage hin. Rechts und links der Straße, die früher nur von DDR-Grenztruppen befahren wurde und in entsprechend schlechtem Zustand war, türmten sich bis zu einem Meter hohe Wälle aus Schnee. Schmutzige graue Klumpen wurden von Neuschnee zugedeckt.

Mehr als zehn Stundenkilometer wollte Eric seinem Jetta wegen der Witterungsverhältnisse nicht zumuten. Der Schnee war auf dem Kopfsteinpflaster von den Räumdiensten, die bei diesen Wetterkapriolen ihre Aufgabe ohnehin kaum bewältigen konnten, nur dürftig beiseite geschafft und der Rest von den Fahrzeugen einfach plattgewalzt worden. Mit dem Neuschnee ergab das die reinste Rutschbahn.

Aber auch der technische Zustand seines Autos ließ keine hohe Geschwindigkeit mehr zu: Der Volkswagen hatte inzwischen mit der ersten Maschine 176.000 Kilometer auf dem rostigen Buckel. Beim letzten Werkstattbesuch hatte der Mechaniker etwas von »Mysterium« gemurmelt und sich als Komiker versucht, indem er Eric den Rat mit auf den Weg gegeben hatte, das Auto nicht mehr zu waschen, da nur noch Rost und Dreck es zusammenhielten.

Eric hatte den inzwischen fünfzehn Jahre alten Volkswagen von seinem Opa bekommen, als dieser sich ein Jahr zuvor einen Passat geleistet hatte. Als Student war Eric jedes Auto recht gewesen. Viele seiner ostdeutschen Kommilitonen hatten sich zunächst mit Übereifer auf große westdeutsche Autos gestürzt. Allerdings hatten sie sich zum Teil keine Vorstellung von den laufenden Kosten für ihre Traumkarosse gemacht und diese doch wieder abstoßen müssen. Das süffisante Lächeln, das sie Erics Schüssel so manches Mal gezollt hatten, war schon bald Geschichte gewesen.

Eric ließ seinem Auto nur ein Minimum an Pflege zukommen. Der Wagen dankte es ihm vollkommen unerwartet mit zum Teil beunruhigenden Geräuschen und glänzte an kalten Wintermorgen bisweilen mit renitenter Dienstverweigerung. Der Glanz des roten Lacks hingegen war längst hinüber. Trotz alledem mochte Eric seinen Wagen wie ein treues Haustier, da er ihn bisher stets heil von der Uni in Jena zu Ellen gebracht hatte.

Allerdings nicht bei solchem Wetter. Aber Ellens Mutter hatte an diesem Freitag Geburtstag, und Eric hatte versprochen, dieses Mal unbedingt dabei zu sein. Er hatte schon die Geburtstagsfeier des Vaters im vergangenen Herbst absagen müssen. Damals hatte ihm sein Germanistikprofessor ein Projekt aufgebrummt, das in der kurzen Zeit, die er den Studenten gegeben hatte, nur mit extrem wenig Schlaf, Hektolitern starken Kaffees und hochkonzentrierter Arbeit zu bewältigen gewesen war. Sonst knieten sich Eric und seine Mitstreiter nicht so rein, aber dieses Projekt war wichtig für die Zulassung zum Diplom gewesen, auf das er sich nun vorbereitete.

Ellen wohnte in Oberellen, einem Dorf in Westthüringen, das in den Nachkriegsjahren im Zonenrandgebiet gelegen hatte. Zu DDR-Zeiten war es wie viele andere grenznahe Ortschaften auf keiner sozialistischen Karte verzeichnet gewesen. Die zufällige Namensverwandtschaft seiner Freundin mit dieser Achthundertseelen-Gemeinde hatte schon manchen derben Scherz bei seinen Freunden provoziert, alle von ähnlicher Machart: »Gib doch zu, du fährst gar nicht nach Oberellen, du willst nach Unter-Ellen!« *Haha, wie komisch, meine Lieben!*

Er hatte Ellen 1992 auf dem Weihnachtsmarkt in Eisenach kennengelernt, wohin sie mit den Kindern des Oberellener Kindergartens einen Busausflug gemacht hatte. Die kleine Natalie hatte sich in dem Trubel verlaufen und neben einer Lebkuchenbude verzweifelt nach Ellen gerufen, während die Erwachsenen sich an ihr vorbeidrängten. Eric nahm sich Natalies an, fragte sie, wo sie denn hingehöre, und gemeinsam fanden sie Ellen schließlich. Der Kindergärtnerin fiel ein riesiger Stein vom Herzen, als sie die freudestrahlende Natalie an der Hand des Studenten sah. Sie bedankte sich überschwänglich mit einem Kuss auf Erics Wange, und damit hatte das angenehme Schicksal auf beiden Seiten seinen Lauf genommen.

Schon am Vortag hatten die Wetterfrösche dieses Wetter angesagt, und ihm schoss einmal mehr durch den Kopf, dass diese Gegend zu Recht »Hessisch Sibirien« genannt wurde, auch wenn er gerade auf der thüringischen Seite der Landesgrenze herfuhr. Natürlich machte das Klima sich nichts aus menschengemachten Gemarkungsgrenzen: Winter war hüben wie drüben.

Wegen der Wetterprognosen hatte sich Eric so früh wie möglich aus dem Studentenwohnheim verkrümelt und auf den Weg gemacht. Die Kaltfront war früher als erwartet mit heftigem Schneefall hereingebrochen, so dass er sich kaum auf der A4 Richtung Westen eingefädelt hatte, als er auch schon in einer sehr langsam dahinkriechenden Kolonne von Lkw und Wochenendpendlern gesteckt hatte.

Drei Stunden hatte er für die sechzig Kilometer bis zur Ausfahrt Herleshausen gebraucht. Das Wetter war wider Erwarten noch schlechter geworden. Wenn es ein wenig aufklarte und er einen Blick auf die nahe Autobahn werfen konnte, die auf der nördlichen Seite des Werratales auf hessischem Gebiet verlief, so klebte dort ein Scheinwerfer am anderen, aufgereiht wie an einer weihnachtlichen Lichterkette. Eric war froh, bald am Ziel zu sein. Nur noch zehn Kilometer über Land.

Wieder einmal gab sein Jetta mürrisch ein Rattern von sich, als Eric in die Düsternis unterhalb des sogenannten Göringer Steins eintauchte, einem wuchtigen, vor allem von Buchen bewachsenen Berg.

Eric hatte gerade das Dorf Göringen mit seinen wenigen, dicht aneinander gedrängten Häusern verlassen. Rechts, hinter schneebedeckten Weiden und Pappeln verborgen, lag etwas tiefer die Werra ruhig in ihrem Bett. Eric musste nun noch langsamer fahren, da die Straße hier einige unerwartete Biegungen machte. Außerdem setzte der Schneefall wieder ein.

Plötzlich wurde das Rattern noch etwas lauter. Zeitgleich blieb der rechte Scheibenwischer auf halbem Wege nach unten stehen. Sein Kollege auf der Fahrerseite mühte sich nun allein ab. Soso, dachte Eric enttäuscht, jetzt lässt du mich so kurz vor dem Ziel im Stich. Die Sicht ging gegen Null, er wagte es nicht, mehr als Schritttempo zu fahren.

Ohne eine solche, durchaus freundlich zu nennende Vorwarnung versagte nach weiteren dreihundert Metern abrupt der Motor. Mit ein paar asthmatischen Hustern stellte er den Dienst ein. Eric konnte gerade noch rechtzeitig auf die Kupplung treten und ließ den Jetta möglichst dicht an den Schneewall auf der rechten Seite rollen.

»Neeee …«, entfuhr es ihm enttäuscht, seine Stirn sank auf das Lenkrad. »Nicht jetzt, bitte!« Er gab die Hoffnung nicht auf und drehte am Zündschlüssel, was beim Anlasser nur ein unwilliges Kurbeln auslöste, das rasch langsamer wurde und schon bald ganz erstarb.

Die Scheinwerfer seines Wagens blickten müde in den weißen Vorhang herabrieselnder Schneeflocken, die schon eine bedenkliche Größe annahmen. Die Reifenspuren der wenigen Autos, die vor Kurzem hier entlanggekommen waren, wurden ziemlich schnell zugedeckt, genauso wie seine Windschutzscheibe. Nur durch die Seitenfenster sah Eric noch die Reflexion des gelben Lichts der Warnblinkanlage.

Es half nichts. Er würde sich zu Fuß zum nächsten Ort, nach Lauchröden, durchschlagen und sein untreues Gefährt zurücklassen müssen. Zwar war Göringen sicher näher, aber entgegen seiner Fahrtrichtung. Wenn er sich heute Abend noch irgendwo abholen lassen musste, dann sollte die Anfahrt so kurz wie möglich sein. Vielleicht hatte er ja auch Glück, und es war noch jemand auf dieser Strecke unterwegs, so dass er sein Ziel als Anhalter erreichen konnte.

Noch auf dem Fahrersitz schlang er seinen Schal mehrfach um den Hals, zog den Reißverschluss seiner Jacke bis zum Kragen hoch und setzte seine Wollmütze auf. Wenigstens war er auf das Wetter ein wenig vorbereitet, da auch die Heizung des Jettas bei Extremtemperaturen manchmal etwas eigenwillig war. Eric stieg aus, klappte den Sitz nach vorn und zerrte seinen Wanderrucksack heraus, bevor er die Tür verschloss. Sollte die Warnblinkanlage doch die letzten Reste Strom aus der Batterie saugen, mochte sein, dass es jemanden davor bewahrte, in den Wagen zu rutschen. Eric verzichtete darauf, ein Warndreieck aufzustellen, denn es wäre innerhalb kürzester Zeit im Schnee versunken. Dann machte er sich auf den Weg.

Trotz der dichten Wolkendecke, die nun alles von sich gab, was sie mit sich trug, war es wegen des Schnees nicht gänzlich dunkel. Die Gegend war zwar nicht stark besiedelt, doch das wenige Streulicht der Ortschaften sowie nicht zuletzt das der ehemaligen Grenzkontrollstelle östlich von Herleshausen tauchten die Welt in ein merkwürdiges gelbes Zwielicht.

Abgesehen von den Bedauernswerten im Stau auf der Autobahn hatten offensichtlich alle beschlossen, den Abend hinter sicheren Mauern und vor wärmenden Öfen zu verbringen, denn kein einziges Auto begegnete dem Studenten während der ersten zehn Minuten. Der Wind wurde stärker und brachte noch kältere Nordluft. Nun waren die Schneeflocken zwar kleiner, doch angenehmer wurde der Aufenthalt im Freien eben nicht. Eric zog die Mütze tiefer ins Gesicht und wickelte seinen Schal zweimal um Kinn und Nase.

Nur das Knirschen des Schnees unter seinen Wanderschuhen und der peitschende Wind waren zu vernehmen. Wenn der einmal für kurze Zeit aussetzte und Eric stehen blieb um zu verschnaufen, herrschte eine absolute, friedliche Stille.

Doch er gönnte sich kaum eine Pause. Trotz der ihn umgebenden winterlichen Schönheit war es keine Zeit, draußen zu sein. Außerdem erwartete man ihn.

Eric hatte den Fuß des Göringer Steins noch nicht passiert, als er hinter sich das tiefe Brummen eines Motors hörte. Er drehte sich um und sah schon bald die Reflexion von Scheinwerfern auf den Schneewällen der hinter ihm liegenden Biegung. Dann kam das Fahrzeug langsam um die Kurve und schien sogar trotz der geringen Geschwindigkeit ein wenig ins Trudeln zu geraten, doch der Fahrer fing den Wagen durch Gegenlenken wieder ab.

Erst durch die näher kommenden Scheinwerfer erkannte Eric, wie stark es eigentlich schneite. Er hoffte bloß, der Fahrer des Wagens würde ihn rechtzeitig erkennen und nicht über den Haufen fahren. Und ihn vielleicht sogar bis Oberellen mitnehmen können. Er hob den rechten Arm und reckte den Daumen in die Höhe.

Offensichtlich hatte der Fahrer ihn gesehen, denn er wechselte plötzlich auf die linke Straßenseite und gab mehr Gas, als es dem Wetter angemessen war. Ohne Eric weiter zu beachten, brauste der Kombi an dem Studenten vorbei und verschwand in westlicher Richtung. Das Kennzeichen war verdreckt, sonst hätte Eric es sich gemerkt, und auch den oder die Insassen konnte er nicht erkennen.

»Vollidiot!«, brüllte er dem unbekannten Fahrer ungehalten hinterher. »Welcher Massenmörder treibt sich schon bei dem Scheißwetter auf dieser gottverlassenen Straße rum?« Wütend trat er gegen einen Schneeklumpen, der staubend zerplatzte.

Trotzig setzte Eric seinen Weg fort und sah die Rücklichter des Wagens schlingernd hinter der nächsten Kurve verschwinden. »Wahrscheinlich hat er bloß Schiss um seine Ledersitze gehabt, dieser Spießer!«, grummelte er.

Zu seiner Linken lag nun die Talmulde zwischen dem Göringer Stein und dem Felsmassiv des Brandenberges, auf dem unsichtbar hinter dem Schneeschleier die Ruine Brandenburg thronte. Ansonsten änderte sich die Szenerie kaum, und allmählich begann das allgegenwärtige Weiß Eric gegen den Strich zu gehen.

Er blieb stehen und horchte. War er bereits so erschöpft, dass er Geräusche hörte, oder war das Klingeln, das er gerade vernommen hatte, real?

Wahrscheinlich machte sich die lange Autofahrt nun doch bemerkbar und auch die Kälte. Wie gern hätte er nun in Oberellen bei Ellens Eltern vor dem wärmenden Berliner Ofen gesessen, wäre bereits bei der zweiten Tasse Glühwein angelangt! Er hoffte inständig, man würde ihm seine Verspätung nicht übel nehmen. Natürlich war es höhere Gewalt, doch er kannte die Familie noch nicht so gut, auch wenn er schon seit über einem Jahr mit Ellen zusammen war.

Vermutlich machte er sich zu viele Gedanken, so wie er es immer tat, wenn es um das Thema Familie ging. Markus fiel ihm ein, sein nicht nur altersmäßig kleinerer Bruder. Natürlich konnte er ihm seine

Erkrankung nicht vorwerfen, aber sie war doch eine Last und für alle unerwartet gekommen. Trotz der Vorsorgeuntersuchungen war die Trisomie 21 bei ihm erst im achten Monat entdeckt worden, und Erics Eltern waren aus allen Wolken gefallen. Eric war erst sieben gewesen, hatte sich bis zu diesem Novemberabend auf das Geschwisterchen gefreut, da seine Eltern sich bemüht hatten, dass er es nicht als Konkurrenz ansehen musste. Dann war der kleine verhutzelte Gnom plötzlich da, brachte fast alle lebensbedrohlichen Symptome des Down-Syndroms mit und stellte das Leben der jungen Hersfelder Familie völlig auf den Kopf.

Vieles war anders geworden in den einundzwanzig vergangenen Jahren, Erics sorgenfreie Kindheit wie ausgelöscht. Die gesamte Energie seiner Eltern kam Markus zugute, der nach zahllosen Operationen, Sprachtherapien und zu allem Überfluss auch noch einer leukämiebedingten Chemotherapie mit sechs Jahren endlich überlebensfähig war.

Eric hatte immer zurückgestanden, auf Spielzeug verzichtet, das seine Freunde von ihren Eltern geschenkt bekamen. Und immer wieder saß er auf dem Teppich im Kinderzimmer seines behinderten Bruders, den er auf seine Weise mochte, weil er immer lächelte, der Welt etwas Gutes abgewann, und war es auch nur, weil er sie noch nicht begriff. Er spielte mit ihm, versuchte, im Wirrwarr seiner eigenen Pubertät zu begreifen, was das Leben denn mit ihm selbst geplant hatte, indes sich seine Eltern in der Küche im Erdgeschoss in vollkommener Überforderung nur noch gegenseitig anschrien, statt sich Halt zu geben. Er zog die Leiter des großen Plastikfeuerwehrautos aus, mit dem er schon als Dreijähriger gespielt hatte, und Markus freute sich mit breitem Grinsen und diesem seligen Blick aus den wulstigen Schlitzaugen, jauchzte wie er damals mit drei, als Eric das kleine Glöckchen am Fahrerhaus klingeln ließ …

Da war es wieder, nun anhaltender. Eric hatte sich gerade wieder in Bewegung setzen wollen, als er das Klingeln erneut hörte. Nein, es war keine Einbildung gewesen. Es kam aus westlicher Richtung auf ihn zu. Schon bald gesellte sich das Getrappel von Hufen auf festgefahrenem Schnee dazu. Ein Pferdeschlitten, dachte Eric bei sich. Eine gute Idee. In ein paar Stunden würde das wohl die einzige Möglichkeit sein, überhaupt noch von einem Ort zum anderen zu kommen. Er blieb stehen, um das Gefährt passieren zu lassen und nicht durch scheuende Pferde niedergetrampelt zu werden.

Ein Pferdeschlitten war merkwürdig genug, auch für diese ländliche Gegend. Doch dieses Gespann hatte Eric nicht erwartet.

Zunächst tauchten aus dem Schneetreiben vier schwarze Pferde auf, auf deren dampfenden Rücken der Schnee schmolz und seitlich hinablief. Das einzige Geräusch, das sie von sich gaben, stammte von den Schellen an ihren Geschirren, schnauben oder gar wiehern konnten sie nicht, denn – sie hatten keine Köpfe. An ihrer Stelle klaffte ein ausgefranster, hässlich anzusehender Stumpf, ein Rest des Halses. In der zerfledderten Flanke eines Pferdes glaubte Eric einige Rippenknochen zu erkennen.

Sein Herz setzte für eine Sekunde aus. Er taumelte zurück und fiel der Länge nach in den aufgetürmten Schnee neben der Straße. Doch der Schrecken wollte noch kein Ende nehmen.

Die untoten Pferde zogen eine offene schwarze Kutsche auf Kufen. Zu beiden Seiten des führerlosen Kutschbocks steckten auf Stangen zwei in dunklem Gelb lodernde Laternen, die durch Reflektoren ihr Licht vor allem nach vorn abgaben. Neben dem Kutschbock lehnte eine Hellebarde, deren Spitze kurz aufleuchtete. Das Innere des Pferdeschlittens blieb im Dunkeln. Nur die Konturen einer Gestalt zeichneten sich vor dem matten Hintergrund des Schnees ab. Sie saß zusammengesunken auf der hinteren der beiden Bänke mit dem Blick in Fahrtrichtung und war gegen die Kälte in mehrere Lagen Kleidung gehüllt.

Als das Gespann fast an Eric vorüber war, wandte ihm der Passagier langsam den Kopf zu. Nicht, dass Eric diese Bewegung wirklich gesehen hätte, geschweige denn irgendwelche Gesichtszüge, vielmehr spürte er, dass ihn die Augen dieses Menschen durchdringend ansahen, ihn durchbohrten wie kalte, bläulich schimmernde Eiszapfen.

In diesem Augenblick schien die Zeit stehen zu bleiben. Der Wind verstummte auf einen Schlag, und auch der Schneefall verebbte zu einem kaum wahrnehmbaren Rieseln. Die martialischen Geräusche, die das Gefährt verursachte, drangen nur noch gedämpft zu Eric.

Nur wenige Sekunden ruhte der Blick des Mannes auf Eric, und doch drückte er unendlich viel aus. Vor allem eine Mahnung schien darin zu liegen. Eric spürte, dass diese Gestalt ihm nichts antun würde, ihn aber mahnte, keine Fragen zu stellen und am besten mit niemandem über das Geschehene zu sprechen. Und über all dem vermittelte der Blick das Gefühl lange angestauten Hasses, nicht gegen Eric, als vielmehr gegen die Welt im Allgemeinen. Letzten Endes umgab den Menschen dort im Schlitten eine so profunde Traurigkeit, dass Eric sie wie eine Faust im Magen spürte.

Das Gefährt glitt vorüber, und wie auf Kommando setzten Schneefall und Wind wieder ein. Verstört und sprachlos blickte Eric dem Gespann hinterher, das rasch in östlicher Richtung verschwand und durch den weißen Vorhang immer undeutlicher zu sehen war.

Bevor es vollkommen von der bleichen Schneewand verschlungen wurde, schwenkte es nach rechts aus und durchbrach den Schneewall auf der südlichen Straßenseite. Weiße Wolken stoben auf, hüllten das Gespann kurz ein, bevor die Pferde den Schlitten offenbar mühelos mit unverminderter Geschwindigkeit den Hang zum Brandenberg hinaufzogen. Erst dort, zwischen dicht stehenden Bäumen, auf deren Ästen schwer der Schnee lastete, entzog sich die Erscheinung endgültig Erics Blicken.

Erics Herz raste, sein Verstand hingegen setzte aus und weigerte sich, das Gesehene zu verarbeiten.

Bis die zwei schwarzen, ein wenig blau schimmernden Hunde vorbeihetzten. Sie waren etwas schneller als der Schlitten und schienen ihn wohl einholen zu wollen. Unmöglich zu sagen, ob sie das Gespann verfolgten oder sein Geleit darstellten.

Sehr viele Details konnte Eric wegen ihrer Geschwindigkeit und auch der Dunkelheit nicht ausmachen. Immerhin erkannte er, dass sie für Hunde außergewöhnlich groß waren, aber Eric fiel kein vergleichbares Wesen ein. Der letzte der beiden sah Eric im Vorbeirennen kurz an, ohne seine Geschwindigkeit zu vermindern, und stieß dabei ein drohendes Knurren aus. Zwei wütende Augen starrten zu ihm hinüber und wandten sich dann wieder in Laufrichtung.

Das Hecheln der Hunde und das Geräusch ihrer Pfoten im Schnee verstummten schnell. Auch sie verließen in der ersten Kurve die Straße und folgten dem Schlitten den Hang hinauf in den Wald.

Mühsam richtete sich Eric auf, den Blick noch immer in die Richtung gelenkt, in der die Vision verschwunden war. Nur widerwillig leisteten ihm seine Knie wieder ihren Dienst, und ein riesiger Klumpen schien ihm im Magen zu liegen. Sein Gaumen war vollkommen ausgetrocknet, als hätte er unablässig geschrien. Und vielleicht hatte er das.

Mit dem unguten Gefühl einer Bedrohung im Rücken machte sich Eric wieder auf den Weg Richtung Lauchröden, wobei er sich mehrmals gehetzt umsah. Der Schneefall setzte erneut und noch stärker als zuvor ein, und der Nordwind peitschte ihm die Flocken um die Ohren. Nicht nur die Anstrengung und das Wetter machten ihm zu schaffen, natürlich auch das Erlebte, das alles andere belanglos erscheinen ließ.

Eric erreichte das Dorf nach einer weiteren Viertelstunde strammen Fußmarsches. In den zusehends verschneiten Straßen hielt sich niemand auf, die Ruhe war regelrecht erdrückend. Dicke Flocken fielen nun im Schein der gelben Straßenlaternen hinab und verschlangen schnell die Spuren derer, die kürzlich noch im Freien herumgelaufen waren.

In der Dorfmitte fand Eric eine Gastwirtschaft. Er war hier schon einige Male vorbeigefahren, hatte das Gebäude mit der ziemlich aus der Mode gekommenen Aufschrift »Gasthaus zur Sonne« jedoch noch nie bewusst wahrgenommen. Die großen, geschwungenen Buchstaben, die sich oberhalb des Erdgeschosses über die gesamte Fachwerkfront erstreckten, waren nicht beleuchtet, ganz im Gegensatz zu den unteren Fenstern.

Als er die Tür geschlossen hatte, überwältigte ihn das Gefühl, die grimmige Außenwelt hinter sich gelassen zu haben. Den Schutz, den ein Haus bieten konnte, hatte er wohl noch nie so stark empfunden. Eric passierte den kleinen, mit dunklem Paneel verkleideten Vorraum mit seinem trist leuchtenden Zigarettenautomaten und der gut gefüllten Kleiderhakenleiste und trat in den Schankraum.

Vor allem Männer, aber auch einige Frauen verteilten sich an den Tischen entlang der reichlich mit unterschiedlichsten Souvenirs und Vereinsbildern geschmückten Wände, diskutierten eifrig über mehr oder weniger wichtige Dinge und gaben sich dem Genuss verschiedener Getränke hin. Blauer Zigarettenrauch waberte unter niedrig hängenden, gelben Lampenschirmen. Manche Augenpaare wandten sich dem Studenten beiläufig zu, einschließlich die des feisten Wirts, der ein soeben geputztes Glas auf den Tresen neben die imposante Zapfanlage stellte. Die beiden Kellnerinnen unterbrachen ihre Tätigkeit nicht, bedienten weiter emsig die gesellige Runde und ließen sich hier und da in ein Gespräch verwickeln.

Trotz der vielen Besucher fand Eric an der kurzen Seite der Theke, neben der es offensichtlich zu den Toiletten ging, einen freien Hocker. Von hier konnte er sämtliche Gesichter am Tresen gut erkennen, während die Gaststube dahinter im Halbdunkel versank, aus dem er aber das Stimmengewirr der Gäste vernahm. Seine vom tauenden Schnee triefnasse Jacke hängte er an einen der Kleiderhaken hinter sich an der Wand, seinen Rucksack stellte er zwischen seine Füße auf den Boden.

Rechts neben Eric an der Thekenecke saß ein Mittfünfziger mit schütterem grauem Haar, der sich angeregt mit zwei weiteren Männern unterhielt. Es ging dabei um den verzögerten Straßenbau in der Gegend, besonders um größere Maßnahmen wie den Anschluss an das Erdgasnetz im Hauptort der Gemeinde, der Stadt Gerstungen. Eric fand das nicht wahnsinnig interessant. Er besah sich die anderen Gesichter längs des gut mit unterschiedlichsten Gläsern bestandenen Tresens. Hier waren zwischen zwanzig und siebzig alle Altersgruppen vertreten, allesamt Männer und einige wenige Frauen verschiedenen Standes, soweit man das anhand ihrer Kleidung erkennen konnte.

Als die Musterung seiner Umgebung nach erschöpfenden zweiundzwanzig Sekunden abgeschlossen war, wandte sich Eric an den Wirt, der sofort bei ihm war. Er hatte eine Halbglatze, die er im Gegensatz zu Erics Tresennachbarn nicht hinter einer Stirnpeitsche zu verbergen suchte. Ein mit grauen Strähnen durchzogener und ansonsten schwarzer Vollbart schmückte sein freundliches Gesicht. Er trocknete sich die Hände an einem Geschirrtuch.

»Was kann ich Ihnen denn Schönes bringen?«, fragte er im für die Gegend typischen Dialekt, den arg Unwissende leicht den Sachsen zugeschrieben hätten. »Was Warmes? Sie sehen aus, als könnten Sie einen Grog vertragen.«

Eigentlich hatte Eric sich sofort nach einem Telefon erkundigen wollen, doch die Aussicht auf ein heißes Getränk war sehr verlockend. Und da wenig Anlass dazu bestand, an diesem Abend fahrtüchtig zu bleiben, waren alle Vorbehalte schnell über Bord geworfen.

»Eine feine Idee ist das!«, antwortete er zustimmend.

Der Wirt nickte zufrieden ob seiner erfolgreichen Überzeugungsarbeit und des erfreulichen kleinen Geschäfts.

Eric war in einer seltsamen Stimmung, gefangen zwischen dem immer noch gegenwärtigen Schrecken seiner Begegnung mit dem Pferdeschlitten und der Erschöpfung seiner Reise. Müde beobachtete er den Wirt, wie er in einem Kocher hinter dem Tresen Wasser erhitzte und es zusammen mit Rum in einen Tonkrug füllte. Er stellte ihn neben eine Zuckerdose und ein Glas mit einem langstieligen Löffel auf ein Tablett, das er Eric reichte. Der Duft des Rums stieg Eric in die Nase und besänftigte sein aufgewühltes Gemüt ein wenig.

»Sie sehen blass aus«, befand der Wirt, der sich eigentlich schon einem anderen Gast zuwenden wollte und Erics Reaktion aus den Augenwinkeln bemerkt hatte. Eric fragte sich, wie er das bei der schummrigen Beleuchtung überhaupt hatte feststellen können.

Er zuckte mit den Schultern. »Ich hab eine lange Fahrt hinter mir. Bin schon seit über drei Stunden bei dem Mistwetter auf der Straße. Und jetzt liegt mein Auto im Graben.«

»Ach, herrje! Wo ist das passiert?«, wollte der Wirt wissen.

»Gut zwei Kilometer Richtung Göringen.«

Der Gast, der direkt neben Eric an der Ecke saß, hatte mit halbem Ohr mitgehört und wandte sich ihm nun zu. »Hatten Sie einen Unfall?«, fragte er mit aufrichtiger Besorgnis. »Geht es Ihnen gut?«

Eric lächelte verlegen. »Ja, war bloß eine Panne. War klar, dass meine Kiste ausgerechnet bei dem Wetter und an der Stelle verrecken musste.«

»Tja, ich schätze, mit der Bergung müssen Sie sich noch bis morgen früh gedulden«, meinte der Gast. »Heute kommt dort kein Auto mehr hin.«

»Macht nichts«, erwiderte Eric. Er ahnte bereits, dass er in diesem Dorf wenigstens für diese Nacht gestrandet war. »Ich habe es zwar nicht mehr weit, aber es geht nun nicht anders.« Er nippte an seinem viel zu heißen Grog und verbrannte sich dabei die Zunge.

»Wo wollten Sie denn hin?«

»Nach Oberellen. Meine Freundin wohnt dort.«

Der Gast schüttelte den Kopf. »Da ist erst recht nichts zu wollen. Mein Schwager ist vor anderthalb Stunden mit seinem IFA-Laster gerade noch so durchgekommen und meinte, es sei schon katastrophal gewesen. Da werden Sie wohl bis morgen hier festsitzen. Dann wird geräumt sein.«

»So'n Mist!« Eric seufzte tief. »Kann ich hier kurz telefonieren?«, fragte er den Wirt, der gerade wieder mit zwei Pils vom Zapfhahn herbeikam und sie den beiden Männern neben Erics Gesprächspartner hinstellte.

»Klar.« Der Wirt griff unter die Theke direkt vor Eric und beförderte ein altmodisches, schwarzes Telefon mit Wählscheibe zutage, das er vor dem Studenten hinstellte.

Eric war erfreut, dass die Leitung noch funktionierte, und wählte die Nummer von Ellens Eltern. Es klingelte nur kurz auf der anderen Seite, bevor abgenommen wurde. Eine weibliche Stimme meldete sich: »Lennert?«

»Ellen, bist du's?«

»Ja. Eric? Wo steckst du? Wir warten schon ewig auf dich.« Es war kein Vorwurf, vielmehr ernsthafte Besorgnis von einer Qualität, wie sie bei seiner Mutter seit Langem nur noch Markus galt.

»Klingt blöde, aber ich bin bis kurz vor Lauchröden gekommen, dann ist meine Schüssel abgesoffen«, erklärte Eric müde. »Ich schätze, ich werde es wohl nicht zu euch schaffen heute Abend. Sag bitte deinen Eltern, dass es mir echt leid tut, nicht dabei sein zu können.«

»Was glaubst du, wie leid es mir tut, Eric!«, bekannte Ellen aufrichtig. »Irgendwann musste das ja mal passieren. Mach dir keine Gedanken, wegen des Wetters hat meine Mutter die Feier auf morgen Abend verschoben. Ein paar andere Gäste hatten sowieso schon abgesagt.« Sie holte Luft, dachte kurz nach. »Hast du denn eine Unterkunft?«

»Das klär ich gleich noch. Ich bin hier in der *Sonne*, vielleicht gibt's da ein Gästezimmer.«

»Ist alles in Ordnung mit dir?«, wollte Ellen wissen. Eric war immer wieder erstaunt, wie gut sie ihn allein an seiner Stimme durchschaute. Vor ihr irgendwelche Emotionen zu verbergen, war schlichtweg unmöglich. »Du hörst dich so merkwürdig beklommen an.«

Beklommen – das war genau das Wort. »Wenn ich dir erzähle, was mir eben passiert ist, dann erklärst du mich für komplett irre …« Eric sah sich verstohlen nach seinen Sitznachbarn um, die jedoch wieder ins Gespräch vertieft waren.

»Ach was, ich hab schon viel Verrücktes gehört, ich bin Kindergärtnerin«, wehrte Ellen ab. »Schieß los!«

Eric schluckte und wandte sich instinktiv ein wenig von möglichen Zuhörern ab. »Als ich eben im Schneesturm hierher gestapft bin, rannten zwei riesige … Hunde an mir vorbei.«

Eine Weile war Ruhe in der Leitung. »Ja, und?«, fragte Ellen, und Eric ging auf, dass das natürlich für sie noch nichts Besonderes war.

»Sie hatten …« Er überlegte kurz, ob er wirklich weitersprechen sollte. All das war zu unglaubwürdig. Er entschied sich jedoch dazu, Ellen alles zu erzählen. »Sie hatten so ein Glühen in den Augen, und sie waren bestimmt so groß wie Kälber …«

»Bist du dir sicher?« Unmöglich anhand des Tonfalls zu sagen, ob Ellen ihn für verrückt hielt oder tatsächlich entsetzt war. »Ich meine, es ist dunkel und es schneit.«

»Du glaubst mir nicht, oder?«, fragte Eric betreten.

»Es fällt mir etwas schwer«, gab Ellen zögernd zu. »Ich würde es eventuell auf den Schneesturm und deine Müdigkeit schieben.«

Eric hatte das Gefühl, dass es in der Schankstube plötzlich ruhiger geworden war, besonders in seiner unmittelbaren Umgebung. Als er aufsah, waren die Umstehenden schrecklich bemüht, sich nicht anmerken zu lassen, dass sie soeben seinem Gespräch gelauscht hatten. Eric wandte sich wieder ein wenig nach links in Richtung Wand und senkte die Stimme. »Es kommt leider noch etwas.«

»Was denn?«, fragte Ellen nach, als Eric nicht gleich weitersprach.

Er fasste sich ein Herz, vergaß die Umstehenden und die Absurdität des Erlebten und schilderte Ellen haarklein seine Begegnung mit dem Schlitten und dessen furchterregendem Besitzer. Eric ließ nichts aus und bemerkte weder, wie enthusiastisch er ins Telefon sprach, noch wie es in der Schankstube wieder stiller, noch stiller als vorher wurde.

Eine ganze Weile blieb die Leitung nach Oberellen verdächtig stumm, als er mit seinem Bericht fertig war. »Ellen? Bist du noch da?« Er glaubte ein Keuchen zu hören.

»Ja … Liebling«, brachte sie schließlich hervor. »Eric …?«

»Was ist? Ich weiß, das klingt alles äußerst unwahrscheinlich. Sorry, dass ich es dir erzählt habe.«

»Nein, ist völlig in Ordnung. Du, tu mir einen Gefallen und geh heute Abend nicht mehr dort hinaus, okay?«

Er hatte eigentlich schallendes Gelächter oder vollkommenes Unverständnis erwartet, nicht jedoch geradezu mütterliche Fürsorge. »Äh, in Ordnung. Hatte ich sowieso nicht mehr vor. Was ist denn los? Du scheinst irgendwie so gar nicht richtig überrascht. Man könnte meinen, du hättest davon schon einmal gehört oder dir wäre vielleicht sogar das Gleiche passiert.«

Wieder diese quälende Leere im Äther, bevor Ellen antwortete. »Mir nicht. Aber anderen hier in der Gegend. Bisher hat man es für die Hirngespinste der Einheimischen gehalten, die den Kindern Angst machen wollten. Und jetzt hast du das ...« Sie brach ab.

»Was hab ich?« So, wie sie den Satz in der Luft hängen ließ, steckte mehr hinter alledem.

»Lass uns morgen darüber reden.« Ellen schien sich wieder gefasst zu haben. »Wahrscheinlich stehen dort eine Menge Leute mit ganz großen Ohren um dich herum.«

Eric sah auf und wurde sich der Blicke bewusst, mit denen ihn andere Gäste unverhohlen anstarrten. Sie hatten natürlich mitgehört, besonders seinen Bericht über den schwarzen Schlitten. Was war es, das er da in ihren Augen sehen konnte? Nicht bloß Neugier – es war unterdrücktes Entsetzen.

»Da ... hast du allerdings Recht. Pass auf, ich organisier mir jetzt eine Matratze und ruf dich morgen früh wieder an. Vielleicht sind die Straßen bis dahin schon frei, und ihr könnt mich abholen. Oder jemand bringt mich rauf nach Oberellen.«

»Ist gut«, gab Ellen mit belegter Stimme zurück.

»Grüß deine Eltern von mir, und sag ihnen, sie sollen sich keine Sorgen machen.« Eric versuchte vergeblich, die Sache runterzuspielen. Besonders bei seinen Zuhörern hier im Raum hatte er damit wohl eher wenig Erfolg. Einige starrten ihn weiterhin unverwandt an. Die eigenartige Stimmung schien nun auch auf andere Gäste überzugreifen, die nicht direkt dem Telefonat gelauscht hatten und sich fragend umsahen.

»Mach ich«, sagte Ellen noch. »Und du, pass auf dich auf. Ich liebe dich!«

»Ich dich auch.« Es knackte in der Leitung. Schwerfällig legte Eric den Hörer auf die Gabel. »Was bekommen Sie für das Telefonat?«, fragte er den Wirt, der wie die meisten anderen auch seinem Gespräch gelauscht und nur nebenbei einige Gäste am anderen Ende des Tresens bedient hatte.

Er winkte ab. »Geht aufs Haus.« Er kam, ein Glas mit einem bereits viel zu nassen Tuch putzend, auf ihn zu. Die anderen Gäste nahmen zögerlich ihre Gespräche wieder auf, wobei Eric häufiger die Worte *Schlitten, Pferde, Hunde* und *Brandenburg* aufschnappte. Offenbar hatte er für reichlich Gesprächsstoff in der Schankstube gesorgt.

»Hören Sie«, sagte Eric halblaut. »Was geht hier vor?«

Der Wirt zuckte nichtssagend mit den Schultern, ohne seine sinnlose Putzaktion zu unterbrechen. »Ammenmärchen. Der Winter ist schon etwas zu lang, um nicht bereits jedes beliebige andere Thema hier in der Kneipe breitgetreten zu haben. Dann muss eben die Phantasie herhalten.«

»Also habe ich Hirngespinste«, äußerte Eric nicht ohne einen Schuss Zynismus.

Der Gast neben ihm kam dem Wirt zuvor. »Gewiss nicht. Bisher ist bloß nicht sicher, wer sich diesen zweifelhaften Spaß gönnt und die Leute mit seinem Schauspiel zum Narren hält.«

»Ein recht aufwändiges Schauspiel, finden Sie nicht?« Eric bezweifelte ernsthaft, dass es nur der Streich eines durchgedrehten Dorfbewohners sein sollte, der zu viele Tage arbeitslos am Imbiss gestanden hatte. Und Eric glaubte förmlich zu spüren, dass einige Bewohner Lauchrödens mehr als ein Schelmenstück oder Tratsch hinter den Erzählungen vermuteten.

»Ach was«, wiegelte der Gast ab. »Wenn einer sich geschickt anstellt …«

Eric beschloss, es darauf beruhen zu lassen. Er seufzte. »Haben Sie ein Gästezimmer?«, fragte er den Wirt.

Der schüttelte bedauernd den Kopf. »Tut mir leid, wir sind gerade am Umbauen.«

»Gibt es sonst eine Übernachtungsmöglichkeit hier im Ort?«

»Meine Schwester hat ein Gästezimmer«, meldete sich der Gast neben ihm wieder zu Wort. »Sie hat es die letzten Monate nicht vermietet, ist eben keine Saison. Und es ist sehr schlicht.«

»Macht nichts«, sagte Eric. »Hauptsache ein Bett.«

Der Mann legte einen Zehnmarkschein auf die Theke. »Stimmt so, Werner.« Der Wirt nickte stumm und nahm das Geld an sich. Dann wandte sich der Gast wieder an Eric, reichte ihm die Hand. »Harald Sarmisch.«

»Eric Walter.«

»Lassen Sie uns gehen«, sagte Sarmisch. »Meine Schwester geht zeitig zu Bett.«

»Passen Sie auf sich auf!«, rief ihm der Wirt nach, als Eric bereits seinen Rucksack auf dem Rücken und die Türklinke in der Hand hatte, woraufhin er sich noch einmal umdrehte. Die Art und Weise, wie ihn der Wirt und ein Großteil der Kneipengäste ansahen, konnte er nicht richtig deuten, doch die bedrückende Atmosphäre war förmlich greifbar. Machten sie sich Sorgen? Und wenn ja, um wen?

3

13. Mai 1214

Ihn als ungehalten zu bezeichnen, wäre gewiss eine Untertreibung gewesen. Lange hatte Jens seinen Grafen nicht mehr so aufgebracht gesehen. In der Regel warf er mit kleineren Gegenständen um sich und traf dabei hin und wieder, ob beabsichtigt oder nicht, einen seiner Untergebenen. Doch dieses Mal zog er sein Schwert blank und richtete es gen Westen, wies damit zu dem schlanken Fenster in den dicken Mauern seiner Burg.

»Ja, weiß der Pöbel nicht, was er seinem Herrn schuldig ist?«, rief er wutentbrannt aus. »Seit Monaten schon tanzen mir diese Tölpel auf der Nase herum. Dabei lasse ich sie walten, wie es ihnen beliebt.« Albert I. von Wartberg senkte das Schwert und stützte sich auf den Knauf. Er sah seinen Kammerdiener Jens mit funkelnden Augen an, sein roter Bart bebte. »Ist es denn da zu viel verlangt, wenn ich Fleisch vor den anderen zu kaufen wünsche?«

Wenn er es auch sonst nicht erwartete, weil seine Fragen fast ausschließlich rhetorischer Natur waren, so erschien Jens nun eine Antwort doch angebracht.

»Natürlich nicht, Herr«, begann er bedächtig. »Wenn ich mir diese Mutmaßung erlauben darf: Ich denke nicht, dass es dieser Eurer Wünsche ist, der das Volk von Gerstungen so gegen Euch aufbringt.« Jens überlegte einen Augenblick, bevor er weitersprach. Sein Graf war aufs Äußerste gereizt, ein falsches Wort, und sein Zorn konnte sich ebenso auf den Nächststehenden, wenn auch Unschuldigen entladen. Und das war derzeit nun einmal er selbst.

»Nun sprich!«, herrschte Albert ihn schließlich an. »Welches ist der Grund für diesen … Aufruhr?«

Die Stimmung im Saal war sehr angespannt. Alle Anwesenden, einschließlich des Grafen Angetraute, Gräfin Auguste, schienen sich unter dem wie eine Gewitterwolke im Raum dräuenden Zorn zu ducken. Der Graf stand da vor seinem hölzernen Stuhl, den er beim Aufstehen umgeworfen hatte, wie der Inbegriff übermenschlicher Wut, in seinem kardinalsroten Gewand. Die rußenden Fackeln des ansonsten finsteren Raumes vermochten dem Anblick nichts Positives hinzuzufügen.

»Es ist euer Bote, Herr«, erklärte Jens ruhig.

Verwirrt sah Graf Albert seinen Diener an. »Was hat man gegen ihn vorzubringen?«, wollte er wissen und legte die Stirn in Falten. Echte Bestürzung spiegelte sich in seinen Zügen wider.

Jens seufzte. »Man saget ihm nach, er sei nicht besonders in Eile bei der Ausübung seiner Pflicht.«

Graf Albert zuckte mit den Achseln. »Ihr wisst sicher, dass der Bote ein Krüppel ist. Bedenket also, dass er gewiss nicht zu großer Eile sich eignet.«

»Der körperliche Zustand des Genannten ist durchaus nicht unbekannt. Darf ich Euch dennoch einen Vorschlag unterbreiten?«, fragte Jens vorsichtig. Manches Mal wünschte er sich, die Gräfin hätte etwas mehr zu sagen. Dem einen oder anderen Weib eines Fürsten sagte man nach, ihren Gatten gut unter Kontrolle zu haben, doch Auguste war davon weit entfernt. So stand sie nur blass und wortlos wie immer halb hinter ihm und verfolgte betrübt das Gespräch.

»Sprich, Jens!«, forderte ihn Albert ungeduldig auf.

»Beauftragt einen anderen, einen jungen, flinken Burschen mit diesen Botengängen. Drunten im Dorfe Lucherieden gibt es nicht wenige, die sich gern damit schmücken mögen, in Euren Diensten zu stehen.«

Albert machte eine wegwerfende Geste. »Diese Worte habe ich bereits vernommen, und sie kamen nicht aus deinem Munde, Jens. Auf Limpert ist trotz seiner Gemächlichkeit immer noch Verlass, denn nie hat er auch nur einen Tag versäumt, mir das Fleisch zu bringen. Einmal habe ich, als Limpert krank zu Bette lag, einen Burschen aus dem Dorfe mit dem Amte des Boten betraut, und du weißt, was geschah.«

Jens nickte. Der Junge war dabei beobachtet worden, wie er einen Teil der Fleischlieferung bei seinen Eltern ablud, bevor er den Burgberg erklommen hatte. Dort hatte er noch die Dreistigkeit besessen, seinem adligen Auftraggeber eine abstruse Geschichte aufzutischen, nach welcher ihm eine Handvoll Räuber das restliche Fleisch auf dem Weg abspenstig gemacht hätten. Für dieses Vergehen war dem nicht einmal Fünfzehnjährigen die Linke abgehackt worden.

»All das mag sein, Herr«, wagte Jens einen neuerlichen Vorstoß. »Doch Limpert wird auch nachgesagt, er verhalte sich gegenüber dem Marktvolke recht ungebührlich.«

»Bei seiner missglückten Gestalt muss er wohl ein gerüttelt Maß an Selbstbewusstsein an den Tag legen, um gegen den Spott zu bestehen.« Albert schüttelte das Haupt. »Nein, Limpert behält sein Amt. Ich werde mich dem Pöbel nicht beugen!«

Es kam immer öfter vor, dass Jens sehr froh war, die Tür zum Saal hinter sich schließen zu können. Es war in höchstem Maße diffizil, dem Grafen schonend beizubringen, dass die Gunst des Volkes zur Zeit nicht vollends auf seinen Seiten war. Die Reaktionen der Gerstunger Marktleute waren lediglich der sichtbare Verdruss, der Unmut der Menschen einer ganzen Grafschaft wucherte hingegen im Verborgenen wie ein Geschwür.

Albert I. wollte nicht wahrhaben, dass diese Missstimmung ihm und seiner Familie durchaus schaden könnte. Seine direkten Gefolgsleute waren ihm treu, das wusste er, doch im Falle einer Konfrontation mit einer fremden Streitmacht war er auf ein wehrhaftes Fußvolk angewiesen. Problematisch war, dass Albert den Frieden zu sicher wähnte, obwohl das Gerücht ging, die Chatten verhielten sich unruhig im Norden.

Jens stieg die hölzerne Treppe hinab, trat hinaus ins Freie und blickte hinauf zu den Zinnen des sechseckigen Turmes, um den die Krähen kreisten. Es war ein schöner Frühlingstag, der über so manches Übel hinwegtäuschen mochte, doch Jens' Gemüt war bedrückt.

Gemessenen Schrittes ging er über den Burghof hinab zum Tor, durch dessen geöffnete Flügel die Morgensonne strahlte. Einiges Volk passierte den steinernen Bogen in beiden Richtungen: Boten, Bedienstete und Kinder aus dem Dorf, die sich in der Burg ein paar Überbleibsel der Mahlzeiten erhofften. Dabei achteten alle darauf, einen großen Abstand zu der gedrungenen Gestalt einzuhalten, die neben einem Esel stand und unter der tief ins Gesicht gezogenen Kapuze die Vorbeieilenden beobachtete. Sein graues Gewand war nicht wirklich zerschlissen, wirkte aber sehr alt und gebraucht, vermutlich, weil die Person diese Kleidung selten - wenn überhaupt - wechselte. Mühsam klammerte sich der Mann an einen Gurt des Sattels, um halbwegs aufrecht stehen zu können.

Jens durchfuhr es jedes Mal wie der Blitz, wenn er in dieses sonderbare, missgestaltete Gesicht blickte. Dabei waren es nicht so sehr die kantigen, furchigen Züge oder der struppige Wuchs seines Bartes und seiner Brauen, die ihn abstießen. Es war dieser Blick, der jeden, den er unvorbereitet traf, bis auf die Knochen durchdrang. Die Augen waren von einem so intensiven Blau, wie es der klarste Himmel eines Frühlingsmittags nicht hätte sein können. Und es passte gar nicht zum Gesamteindruck, den diese ansonsten bedauernswerte Kreatur vermittelte, dass im Blick dieser Augen eine jedermann beschämende Intelligenz lag. Alle Welt mied ihn wie einen Aussätzigen. Die tiefe Traurigkeit darüber spiegelte sich in Limperts ganzem Wesen wider.

Jens versuchte sich trotz seines ohnehin schon angeschlagenen Gemüts für die Begegnung zu wappnen, doch wie jedes Mal erschütterte ihn der Blick dieses Auges, als der Bote ihm den Kopf zuwandte. Ein Schauer durchfuhr ihn.

»Aaah, der Herr Jens«, begrüßte ihn Limpert freundlich. »Wie gehen die Geschäfte?«

»Leidlich, Limpert, leidlich«, erwiderte Jens mühsam gefasst. »Der Graf ist weiterhin recht aufgebracht über die Verhältnisse drunten in den Dörfern.« Er hoffte, dies wäre Wink genug für Limpert.

Der legte nachdenklich den Kopf schief und starrte Jens an, der sich regelrecht entblößt fühlte. Schlimmer konnte der Pranger kaum sein.

Jens warf flehentliche Seitenblicke auf einige vorübereilende Bauersleute, die sich jedoch beim Anblick des Boten sputeten. Limpert war gut bekannt beim Volk, und die allgemeine Abscheu basierte auf den gleichen undefinierbaren Gefühlen, die Jens hegte.

»Äh … Der Graf möchte …«, stammelte er, »dass Ihr … wenn Ihr, ich meine …«

Limpert schürzte die runzligen Lippen. »Oh, mich deucht, er möchte, dass ich fürderhin nicht mehr das Fleisch ihm bringe.« Der Bote entbot eine Fratze der Enttäuschung.

»Nein, das ist es nicht«, wehrte Jens schnell ab. »Ihr sollt natürlich weiterhin Euren Dienst für ihn verrichten.«

»Was ist es dann?«

Wieder kämpfte Jens um eine vorsichtige Formulierung. »Nun, Graf Albert stellt Euren … Umgangston mit dem Dorfvolke in Frage. Er … *empfiehlt* Euch, etwas zuvorkommender zu sein.«

Sehr wohl verstand Limpert, dass es in erster Linie Jens' Empfehlung und dem Grafen Limperts Umgangston gegenüber dem Marktvolk einerlei war, solang er sein Fleisch bekam. Auch glaubte der Fleischbote zu wissen, und Jens hätte ihm nur zustimmen können, dass sich die Ressentiments gegen ihn auch daraus speisten, dass seine Gesprächspartner sich seinem übermäßigen Scharfsinn gar nicht gewachsen sahen.

»So missfällt es meinen Mitmenschen, dass ich die Konversation mit ihnen suche«, mutmaßte er ausschweifend, und Jens ahnte, dass nun eine dieser gefürchteten Kontroversen folgte.

»Mitnichten, lieber Limpert«, verneinte Jens hastig. »Natürlich sollt Ihr mit den Menschen sprechen …«

»Schließlich verlangt das ein guter Handel«, beeilte sich Limpert, ihm beizupflichten.

»G … genau!«, sagte Jens schnell und überlegte gleichzeitig, ob nicht bereits der Bote wieder das Ruder der Unterhaltung übernommen hatte. Er lächelte gequält. »Wie soll denn ein fairer Preis erzielt werden, wenn es Euch untersagt wäre mit dem Marktvolk zu reden?«

Limpert nickte zustimmend. »So ist es. Und für einen fairen Preis muss man gut verhandeln können, flink mit der Zunge sein und ein Gespür für die Schwächen des Händlers haben. Nur so macht man einen guten Preis – einen Preis, der dem Grafen gefällt, ihn bei guter Laune hält. Und ist der Graf zufrieden, so ist er dem Volke freundlich gesonnen.«

Jens ließ die Schultern hängen. Er hatte verstanden. Erwartungsgemäß hatte Limpert ihm die Zügel aus der Hand genommen, ihm erklärt, warum er sich so verhielt, wie er es tat, und weshalb er keinesfalls seine Verhaltensweise ändern würde. Er nickte bloß.

»Dann darf ich davon ausgehen, dass ich jetzt meinen Dienst verrichten darf, werter Herr Jens?«, fragte Limpert nun.

»Gewiss«, sagte Jens müde. »Gehet hin, Limpert. Gute Geschäfte wünsche ich Euch.«

»Verbindlichsten Dank! Dergleichen für Euch«, gab Limpert zurück, verneigte sich so großzügig, wie es seine Verkrüppelung zuließ, und wandte sich dann dem offenen Tor zu, seinen Esel an den Zügeln führend.

Mit ungutem Gefühl blickte Jens dem Fleischboten hinterher, der gemächlich den Pfad an der Südflanke des Burgberges hinabging und nach einiger Zeit hinter der ersten Kehre verschwand. Noch einmal hörte er das Schreien des Esels.

Zwei Herzen schlugen in seiner Brust: Im gleichen Maße, wie ihn die Nähe dieses Mannes abstieß, fürchtete er doch auch um dessen Leben, denn der Hass der Menschen auf ihn und die Furcht vor dem Andersartigen, sowie die latente Missbilligung durch diese Abscheu erweckende Kreatur waren Grund genug für weit schlimmere Reaktionen als bloße Abneigung. Es mochte Landstriche geben, in denen Menschen wie Limpert schon aufgrund ihres Aussehens nachgesagt wurde, im Bunde mit dem Teufel zu stehen, und die deshalb auf dem Scheiterhaufen geendet hatten.

Limpert spielte mit seinem Leben, und Jens fühlte sich machtlos, wenn er beobachtete, wie dem Boten dies nicht das Geringste auszumachen schien.

4

Samstag, 8. Januar 1994, 21:10

Der Schneefall hatte nicht im Geringsten nachgelassen. Alle Reifenspuren waren inzwischen zugeschneit, verweht und nur noch andeutungsweise zu sehen. Das letzte Auto war hier gewiss vor über einer Stunde vorübergefahren. Die hohen, gelb leuchtenden Straßenlampen auf ihren Betonpfeilern schafften es kaum, bis zur nächsten Lampe zu leuchten. Und so versank die Welt weiter im stummen, weißen Chaos.

Sarmisch und Eric überquerten die Straße und hinterließen dabei knöcheltiefe Spuren im Schnee.

»Wenn das so weitergeht«, hörte Eric den Mann sagen, »dann dauert es Tage, bis wieder jemand zu uns durchkommen kann.«

»Machen Sie mir keine Angst«, antwortete Eric. »Ist schon schlimm genug, dass ich diese Nacht hier festsitze.«

Sie stapften schwerfällig durch den tiefen Schnee und kniffen die Augen zusammen, in die der Wind immer wieder Schneeflocken trieb. Zu ihrer Rechten war schemenhaft und hinter hohen Linden fast verborgen der wuchtige Bau der Kirche zu sehen.

Zunächst hatte Eric vorgehabt, von Sarmisch noch mehr über das »Ammenmärchen« zu erfahren. Nach wenigen Minuten anstrengenden Tiefschnees war er jedoch völlig erschöpft, und schließlich triumphierte die Müdigkeit über die Aufregung des Abends: Er wollte bloß noch ins Bett.

Die beiden ungleichen Männer quälten sich gute dreihundert Meter die Hauptstraße entlang. Die ganze Zeit über begegnete ihnen keine Menschenseele. Nur einmal kam aus dem Dunkel eines Hofes, der von Wohn- und Stallgebäuden umgeben war, ein Schäferhund angesprungen und kläffte sie an. Sarmisch nahm ihn kaum zur Kenntnis und schnauzte dem Tier nur ein »Halt den Rand!« zu, das wenig überzeugte. Eric erschreckte sich wegen der Ereignisse der vergangenen Stunden etwas mehr.

Sie bogen schließlich rechts in eine schmale Gasse ein. »Mückengasse« konnte Eric an der Klinkerwand eines Eckhauses lesen. Hier war schon lange kein Auto mehr entlanggefahren, und auch keine

Fußspuren deuteten darauf hin, dass irgendjemand es für nötig befunden hatte, bei dem Wetter einen Fuß vor die Tür zu setzen.

Sarmisch steuerte schließlich auf ein staketenbewehrtes Gatter zur Linken zu. Durch einen schmalen Vorgarten, in dem nur noch große Pflanzen als Erhebungen unter einer dicken Schneedecke auszumachen waren, gelangten sie zu einem zweistöckigen Einfamilienhaus, wie es in diesen Regionen entlang der thüringisch-hessischen Grenze oftmals anzutreffen war. Gebaut zu Anfang des zwanzigsten Jahrhunderts und zunächst liebevoll gepflegt, war es zu Zeiten der Planwirtschaft unter Ulbricht und Honecker schwer gewesen, das mühsam aufgebaute Hab und Gut auch noch ansprechend zu pflegen. So war dieses Haus nun nicht mehr besonders schön zu nennen, aber bewohnbar.

Sarmisch klingelte, und nur wenige Sekunden später wurde durch die gelb verglaste Haustür Licht sichtbar. Eine Lampe über dem Eingang wurde eingeschaltet und eine sechzigjährige schlanke Frau öffnete. Mit ihren dunkelblond gefärbten, kurzen Haaren wirkte sie jedoch viel jünger. Sie trug eine dunkle Hose und eine weiße Strickjacke, auf ihrer Nase saß eine Brille.

»Harald«, begrüßte sie ihren Bruder. »Was treibt dich hierher bei dem Wetter?« Sie sah zunächst Sarmisch und dann Eric an.

»Hallo, Elke. Der Junge hier hatte eine Panne mit seinem Wagen«, erklärte Sarmisch. »Und da er diese Nacht nicht weiterkommt, dachte ich, er könnte in deinem Gästezimmer übernachten.«

»Ach herrje!« Sie wirkte ehrlich betroffen und sah Eric fragend an. »Ihnen ist doch nichts passiert, oder?«

»Nein, bin bloß liegen geblieben. Mein Auto ist halt nicht mehr taufrisch.« Er mühte seine rechte Hand aus dem Handschuh und reichte sie der Frau. »Eric Walter.«

Sie erwiderte seinen Händedruck. »Wittig. Kommt doch erst mal herein, ihr seid ja schon klatschnass!«

Frau Wittig bugsierte die beiden Männer in den Flur, wo sie Eric die Jacke abnahm und sie zum Trocknen auf einen Bügel hängte. »Geht solange in die Küche, ich kümmer mich um das Zimmer«, sagte sie dann und stieg die knarrende Treppe hinauf in den ersten Stock.

Schweigend lauschten die beiden Männer dem Räumen von Frau Wittig im Obergeschoss. Sie hatte sich mit neuen Möbeln modern eingerichtet. Geheizt wurde aber nach wie vor mit einem Kohleherd, auf dem auch gekocht werden konnte.

Eric erkannte deutlich, dass Harald Sarmisch etwas ansprechen wollte, offensichtlich aber nicht den Mut dazu aufbrachte. Schließlich gab er sich doch einen Ruck. »Tun Sie mir einen Gefallen, Herr Walter?«, fragte er mit Verschwörermiene.

»Was auch immer«, sagte Eric, der schon ahnte, was jetzt kommen würde.

Sarmisch sah sich verstohlen nach seiner Schwester um, obwohl diese deutlich im Zimmer über ihnen zu hören war. Anscheinend riss sie kurz das Fenster auf, nur um es mit einem gut vernehmbaren »Huh!« wegen der Kälte und des hereinwehenden Schnees wieder zuzuwerfen. »Erzählen Sie ihr nichts von Ihrem Erlebnis heute Abend«, bat Sarmisch leise.

Eric versuchte krampfhaft, die Mimik Sarmischs zu imitieren, um dessen Vertrauen zu gewinnen. »Darf ich erfahren, warum nicht?«

Diese Frage machte den Mann verlegen, er rang um eine Antwort. »Nun ja«, wagte er einen Versuch, »meine Schwester ist … etwas schreckhaft. Ihr Mann ist vor drei Jahren bei einem Autounfall ums Leben gekommen.«

»Das tut mir aufrichtig leid.«

»Ja, das war sehr schlimm für sie. Sie ist etliche Wochen lang gar nicht mehr aus dem Haus gegangen, nicht einmal ein kurzes Gespräch konnte man mit ihr führen.« Sarmisch zuckte mit den Schultern. »Kann man ja gut verstehen.«

»Sicher«, bestätigte Eric. »Ich vermute, sie waren lange verheiratet?«

Sarmisch nickte. »Siebenunddreißig Jahre.«

Eric staunte. »Eine lange Zeit.«

»Da verlässt man sich auf den anderen. Und wenn man dann plötzlich allein ist, wird man unsicher und empfindlich. Sie verstehen also, warum Sie ihr besser nichts von dem … Schlitten und den … Hunden erzählen?«

»Welche Hunde meinst du?« Frau Wittig tauchte ganz unvermittelt hinter Sarmisch auf, der mit dem Rücken zur Küchentür stand. Sie beide hatten die Frau nicht die Treppe herunterkommen hören. Unmöglich zu sagen, wie viel des Gespräches sie verfolgt hatte. Sie sah ihren Bruder fragend und etwas misstrauisch an.

Sarmisch war ein schlechter Lügner, befand Eric, der förmlich in dessen Gesicht lesen konnte, wie er um eine Ausrede kämpfte. Er musste ihm einfach zu Hilfe eilen. »Auf dem Weg hierher hat uns von einem Grundstück her ein Hund angekläfft«, erklärte er und nahm beiläufig zur Kenntnis, wie Sarmisch sich geringfügig entspannte.

Frau Wittig winkte abfällig mit der Rechten. »Ach, der! Juraij, genauso blöde wie sein Herrchen.«

Sarmisch rollte mit den Augen. »Lass gut sein, Elke. Herr Walter kennt die Leute hier im Dorf sowieso nicht.«

»Da verpasst er auch nix«, versetzte sie heftig. »Einer wie der andere. Am besten alle in einen Sack und –«

»Lass – es –bitte – genug – sein!«, drängte Sarmisch noch einmal.

»Ist ja schon gut«, gab seine Schwester nach. »Kommen Sie, Herr Walter, ich zeige Ihnen Ihr Zimmer.« Sie fasste Eric am Oberarm und drückte ihn aus der Küche in den Flur. »Und du, Harald, weißt ja, wo die Tür ist.« Es klang wie ein Rauswurf, mochte aber auch einfach Frau Wittigs Art sein, ein Gespräch zu beenden. Mürrisch bewegte sich Sarmisch zur Haustür.

»Machen Sie's gut, Herr Sarmisch«, rief Eric ihm hinterher. »Und danke noch mal!«

Der winkte bloß ab. »Hab ich gern gemacht. Schlafen Sie schön.«

Das Zimmer war mit etwas mehr als den nötigsten Möbeln ausgestattet, wenn auch nicht übermäßig gemütlich, aber im Moment war Eric das alles egal. Es roch ein wenig nach Rauch. Frau Wittig hatte in dem kleinen Öfchen neben der Tür Feuer gemacht, das gerade erst richtig in Gang kam. Sie bemerkte seinen Blick.

»Den habe ich ein paar Tage nicht angehabt«, erklärte sie. »Im Winter habe ich normalerweise keine Gäste, und da reicht es, wenn ich die Tür zum Treppenhaus offen lasse. Der Ofen unten heizt das ganze Haus, wissen Sie?«

Eric wehrte die Entschuldigung lächelnd ab. »Macht gar nichts, Frau Wittig, Hauptsache, ich bekomme in dieser Nacht überhaupt noch ein Bett.« Es war in der Tat verdammt kalt, aber seine Dankbarkeit überwog.

»Ich habe es Ihnen frisch bezogen. Da am Waschbecken sind Handtücher. Dann wünsche ich Ihnen eine gute Nacht.« Sie verließ das Zimmer und zog die Tür zu.

»Ja, vielen Dank!«, gab Eric zurück, wusste aber nicht, ob sie es noch hörte.

Außer dem Bett gab es noch einen Nachttisch, auf dem eine alte Schirmlampe leuchtete, einen Kleiderschrank sowie einen Tisch und einen Stuhl am kleinen Fenster, alles aus dem gleichen, dunklen Holz. Das Mobiliar mochte aus den Fünfzigern stammen, wirkte jedoch nicht stark gebraucht. Die mit Glitzerfäden durchzogene Tapete war gewiss auch schon fünfzehn Jahre alt, und die ehemals weiß gestrichene Decke trug den grauen Schleier, den Kohlefeuerung mit sich brachte. Eric fragte sich, wessen Wohnstatt dieses Zimmer zu DDR-Zeiten gewesen sein mochte.

Er stellte seinen Rucksack neben das Waschbecken hinter der Tür und wusch sich mehr schnell als gründlich. Nachdem er sich in seinen kalten Schlafanzug gequält hatte, kroch er sofort unter die dicke Daunendecke und schaltete das Licht aus.

Unten hörte er noch Stimmen. Offenbar war Sarmisch doch noch nicht gegangen und unterhielt sich mit seiner Schwester. Eric konnte kein Wort verstehen, doch die Unterhaltung war gleichermaßen angeregt wie bemüht leise, so als wollten die beiden nicht, dass Eric sie hörte.

Im hypnotischen Schein des Feuers, der durch die Lüftungsschlitze der Ofentür flackerte, war es nur eine Frage von Sekunden, ehe die Bilder des Abends noch einmal vor Erics Augen vorüberzogen. Zu dramatisch war der Auftritt dieses merkwürdigen Gefährts und seiner vierbeinigen Nachhut gewesen. Nach wie vor wollte Eric nicht glauben, dass diese geradezu perfekte Inszenierung das Werk eines gelangweilten Dörflers sein könnte. Und warum sollte gerade ihm diese Vorstellung geboten werden, der mehr zufällig zu Fuß auf dieser verschneiten Straße unterwegs gewesen war? Zu viele Aber, die nicht zu der Geschichte passen wollten. Zu guter Letzt kam noch das eigenartige Verhalten der Gasthausbesucher hinzu, die ihn angesehen hatten, als schleppe er eine unheilbare, wenn auch nicht sehr ansteckende Krankheit mit sich herum. Ihr Mitgefühl war regelrecht zu spüren gewesen. Diese mitleidigen Blicke …

Die zufallende Haustür riss Eric aus seinen Gedanken – oder waren es schon die ersten Träume? Frau Wittigs Schritte im Treppenhaus verklangen und kurz darauf erlosch der schmale Streifen Licht unter seiner Tür.

Es herrschte atemlose Stille, die nur ganz selten vom Kläffen eines Hundes zerrissen wurde. Eric brauchte nicht lange, um in einen unruhigen Schlaf zu fallen. Als er dann hinüber in die Traumwelt glitt, erwarteten ihn dort keine konkreten Bilder, dafür ein kaum in Worte zu fassendes Gefühl, als lasteten Tonnen von Sand und Geröll auf seiner Brust. Diese Empfindung wurde dann so real und übermächtig, dass Eric hochschreckte und spürte, wie sein Herz raste und fast zersprang.

Nicht einmal eine Stunde hatte er danach weitergeschlafen. Dieses Mal war es das Schreien einer Frau, das ihn weckte, und es war absolut kein Teil eines Traums gewesen. Eric saß kerzengerade im Bett, als er von draußen die hysterischen Laute vernahm. Dazwischen kläfften mehrere Hunde aus unterschiedlichen Entfernungen.

Hastig schaltete er die kleine Lampe auf dem Nachttisch ein, die er dabei fast umwarf, sprang aus dem Bett und schlüpfte flink in seine immer noch nassen Sachen. Der Ofen strahlte noch wohlige Wärme ab, woraus Eric schloss, dass es nicht spät sein konnte. Ein Blick auf seine Armbanduhr bestätigte das: kurz nach halb eins.

Draußen auf dem Flur hörte er eine Tür auffliegen und jemanden die Treppe hinabrennen. Als Eric ebenfalls auf den Flur trat, sah er gerade noch Frau Wittig in einem eilig übergeworfenen Mantel und in dicken Stiefeln die Haustür aufschließen und hinaus in die Kälte laufen. Dabei ließ sie die Tür achtlos offen stehen. Er folgte ihr, zog aber vorsichtshalber die Tür zu, bis sie fast geschlossen war.

Das Schneetreiben hatte nicht aufgehört und behinderte weiterhin die Sicht. Von Vorteil war, dass in Lauchröden noch nicht die westdeutsche Sparsamkeit Einzug gehalten hatte. Hier wurden nachts nicht die Straßenlampen ausgeschaltet, und die besonders enthusiastischen Kneipenbesucher mussten sich nicht auf Gedeih und Verderb auf ihr letztes bisschen Orientierung verlassen.

Die Schreie kamen aus Richtung der Hauptstraße. Frau Wittig hatte sich schon bis zur Einmündung durch den Schnee gekämpft, und Eric hatte Mühe sie einzuholen. Sie nahm ihn bloß am Rande zur Kenntnis, denn zwei Häuser hinter der Straßenecke kniete auf dem zugeschneiten Gehsteig eine alte Frau mit zerzaustem Haar in dem aufgetürmten Schneewall. Sie wiegte den Oberkörper vor und zurück, wobei sie erbarmungswürdige Schluchzer gen Himmel ausstieß, und vergrub dann das Gesicht wieder in den Händen, die sie auf ihren Beinen abgelegt hatte.

Frau Wittig und Eric eilten zu ihr, so schnell sie in dem inzwischen wadenhohen Schnee konnten. Ein gutes Dutzend anderer Dorfbewohner war ebenfalls aus dem Schlaf gerissen worden und kam hinzu. Auch Harald Sarmisch war unter ihnen.

Als sie die Frau erreicht hatten, schreckte Frau Wittig unwillkürlich zurück und stieß einen spitzen Schrei aus.

»Verdammte …«, konnte Eric bloß sagen und starrte fassungslos zu der am Boden Knienden. Sie hatte ihren panisch verzerrten Blick auf ihn gerichtet und präsentierte so ihr blutverschmiertes Gesicht. Feuchte Strähnen ihres Haares hingen ihr wirr in der Stirn. Eric fühlte sich wie von einem Faustschlag im Magen getroffen. Frau Wittig wandte sich schockiert ab und musste zunächst mühsam Luft holen.

Ein junger Mann, der einige Sekunden nach Eric und Frau Wittig eingetroffen war, legte der Frau die Hand auf die Schulter, worauf sie zusammenzuckte, aufschrie und ihn angsterfüllt ansah. »Frau Meister«, sagte der Mann sanft, was eine beruhigende Wirkung zu haben schien. »Was ist passiert?«

Die alte Frau brauchte offenbar einen Augenblick, um die Frage zu verstehen. Aus ihren grauen Haaren, die sie tagsüber in einem Dutt bändigte, lief tauender Schnee über ihr Gesicht und vermischte sich mit den Sturzbächen ihrer Tränen und dem Blut. Auch aus der Nähe waren keine ernsthaften Verletzungen zu sehen, und so schloss Eric, dass es nicht ihr eigenes Blut sein konnte. Zur Antwort auf die Frage deutete sie lediglich stumm auf die Eingangstür des unscheinbaren, kleinen Hauses.

Der junge Mann sah kurz dorthin und blickte dann Eric fragend an. Vermutlich war das nur Ausdruck seiner eigenen Unsicherheit. Eric wusste jedoch nicht, warum gerade er sich hier einmischen sollte, und wehrte sich innerlich dagegen, überhaupt etwas zu unternehmen. Aber dann wollte er sich doch nicht lähmen lassen durch die Erinnerung an die furchtbare Begegnung vor ein paar Stunden. Und auch moralische Überlegungen und seine Neugier ließen ihn schließlich seine Furcht überwinden.

Als sie sich dem Haus zuwandten, hielt Sarmisch den jungen Mann am Arm fest. »Michael … nicht …«, begann er, wusste jedoch anscheinend selbst nicht, weshalb er den Mann aufhalten sollte, in dem Eric seinen Sohn oder einen anderen nahen Verwandten wähnte.

»Wir müssen sehen, ob wir noch was tun können«, erklärte der junge Mann ernst. Trotz seiner anfänglichen Unsicherheit war sein Blick nun fest und duldete keinen Widerspruch. Sarmisch schien das einzusehen und beschränkte sich darauf, die anderen Hinzugekommenen unter Hinweis auf die Spurensicherung vom Betreten des Grundstücks abzuhalten.

Im erleuchteten Hausflur fanden sie erste Blutspuren am Boden, die von Frau Meisters Füßen zu stammen schienen. Sie bemühten sich zwar, keine Spuren zu verwischen, um die Polizei bei der Aufklärung des Verbrechens später nicht zu behindern, aber im Vordergrund stand im Moment die Chance auf erste Hilfe.

Die blutigen Fußabdrücke führten die Männer die Treppe hinauf in das Obergeschoss bis zu einer Tür, die ein wenig offen stand, dahinter war Licht. Es roch unangenehm nach Eisen.

Eric sah Michael fragend an. Der zuckte bloß mit den Achseln, holte einmal tief Luft und stieß dann mit dem Ellenbogen einfach die Tür auf.

Es handelte sich um ein kleines Schlafzimmer, ähnlich dem, in welchem Eric seinen kurzen, unruhigen Schlaf gefunden hatte. Von einer messingfarbenen Deckenlampe mit einem gläsernen Schirm wurde es matt beleuchtet. In einer der Tür gegenüberliegenden Ecke stand ein einzelnes Bett aus dunklem Kirschholz. Darin lag ein Mann in mittlerem Alter und starrte aus entsetzt aufgerissenen Augen die Decke an. Er hatte die Hände so fest ins Laken zu seinen Seiten gegraben, dass die Knöchel seiner Finger weiß hervortraten. In seinem Hals klaffte eine hässliche Wunde, die sehr tief zu sein schien, vermutlich war sein Kopf fast abgetrennt. Das Kopfkissen sowie die gesamte obere Hälfte von Laken und Bettdecke waren durchtränkt vom Blut des Mannes. Unter und vor dem Bett sahen sie mehr oder weniger große Blutlachen. Hier nahmen Frau Meisters Fußspuren ihren Anfang.

Eric hielt vor Entsetzen die Luft an, und auch Michael neben ihm war erstarrt. Sie hatten schon einige Horrorfilme gesehen, die das Schreckliche mittels Musik und Kameraführung hochstilisiert hatten. Doch die Realität legte eine andere Qualität an den Tag. Das Grauen, das sich in der absoluten Stille dieses Zimmers präsentierte, war in höchstem Maße echt und erschütternd, und dass solch eine Gräueltat in einem verschlafenen Dorf in einer so ungewöhnlichen Nacht begangen wurde, verstärkte die schockierende Wirkung. Die grässliche Verstümmelung des Toten allein war schon schrecklich. Hinzu kam das Entsetzen, das seine fast aus den Höhlen tretenden Augen ausdrückten, als sähen sie in der Richtung, in die sie blickten, noch immer den Mörder.

»Wer ist das?«, brach Eric schließlich das Schweigen, weiter auf den Toten starrend.

»Fritz ... Friedrich Meister«, erklärte Michael. »Ihr einziger Sohn.« Er deutete mit einem Daumen in die ungefähre Richtung der Straße, wo die schreiende Frau gehockt hatte. »Er war nie verheiratet, hat die ganze Zeit hier gewohnt. Der Vater ist in den Siebzigern an Krebs gestorben.«

Eric sah sich genauer im Zimmer um, ohne es jedoch zu betreten. In den Spuren auf dem Boden war schlecht zu erkennen, ob sie nur von Frau Meisters Füßen stammten. Vermutlich war der Täter ohnehin geflüchtet, bevor sein Opfer so viel Blut verloren hatte.

Eric legte nachdenklich die Stirn in Falten und hob den Blick zur Zimmerdecke. Da fiel ihm die etwa fünfzig Zentimeter lange, dünne Furche in der Raufasertapete auf, direkt über dem Kopf des Opfers, und ihm wurde regelrecht übel. Der Täter musste den Mann geradezu hingerichtet haben, denn dieser Riss in der Decke stammte wohl von der weit geschwungenen Tatwaffe, die der Mörder, die niedrige Zimmerhöhe nicht einkalkulierend, dort hineingetrieben hatte. Das Bild drängte sich ihm förmlich auf: Ein vermummter Killer, der neben dem Bett steht und mit einem Schwert oder einer Axt weit ausholt. Das Ende der Klinge schlägt eine Kerbe in die Decke, bremst die Wucht der Waffe aber kaum. Diese Waffe – was, wenn es tatsächlich ein Instrument war, das einer Hinrichtung gebührte? Eine Hellebarde, zum Beispiel.

»Was tun wir jetzt?«, fragte Michael, an niemanden speziell gerichtet, und riss Eric aus seinen finsteren Gedanken.

»Wir rufen die Polizei«, erklärte Eric tonlos. »Auch wenn ich nicht glaube, dass die vor morgen früh hier auftauchen werden.«

5

Samstag, 8. Januar 1994, 8:52

Eric hatte Recht behalten. Noch bis zum frühen Morgen hatte es weiter geschneit. Der Tag begann dunkel, durch die tief hängenden Wolken drang wenig Licht. Kein Auto hatte es bisher auf die Straßen geschafft, in denen gespenstische Ruhe herrschte. In Radio und Fernsehen wurde die Bevölkerung besonders in den ländlichen Gebieten um Geduld gebeten, während die Räumfahrzeuge noch damit beschäftigt waren, die Hauptverbindungsstraßen wieder befahrbar zu machen.

So halfen sich die Bewohner Lauchrödens selbst und schaufelten von Hand wenigstens ihre Höfe und Gehsteige frei. Ein Landwirt hatte einen alten Schneepflug an seinen Traktor montiert und war damit beschäftigt, nach und nach die Hauptstraßen des Ortes zu räumen. Die Begeisterung für diese Hilfe zur Selbsthilfe wäre bei seinen Mitbürgern größer gewesen, hätte sich die Neuigkeit über den gewaltsamen Tod Friedrich Meisters nicht schon wie ein Lauffeuer verbreitet.

Sarmisch und sein Sohn hatten Frau Meister bei sich untergebracht, sie befand sich in einem tiefen Schockzustand. Frau Wittig rief sofort die Polizei an und landete bei der Dienststelle in Eisenach. Wie zu erwarten, vertrösteten die Beamten sie auf den nächsten Morgen und hätten eventuell noch länger auf sich warten lassen, wenn Frau Wittig den ganzen Umfang dieses grausamen Kapitalverbrechens nicht in allen Einzelheiten geschildert hätte. Daraufhin hatte man ihr sogar versprochen, einen Helikopter zu schicken, sobald einer verfügbar sei.

Der war inzwischen auf dem alten Kasernengelände der Grenztruppen gelandet. Zwei Kripobeamte in schwarzen Filzmänteln sowie ein Rechtsmediziner im Parka und mit einem Aluminiumkoffer waren ausgestiegen, und der Helikopter war wieder gestartet. Niemand machte sich die Mühe, sie hier draußen in Empfang zu nehmen, nur ein paar Kinder, die ihre Schlitten stehen gelassen hatten, um den Hubschrauber landen zu sehen, waren in der Nähe. Die drei stapften mühsam auf der Hauptstraße in den Ort hinein. Vor dem Gasthaus zur Sonne wurden sie schließlich doch noch von einigen Dorfbewohnern begrüßt, die sie zum Haus der Meisters begleiteten.

Dort warteten bereits etliche Schaulustige und die wenigen wirklich relevanten Beteiligten, da das Tosen der Helikopterturbinen gut zu hören gewesen war. Die Menschen versuchten, so unbeteiligt oder auch wichtig wie möglich zu wirken und sich ihre Neugier nicht anmerken zu lassen.

»Guten Morgen, Herrschaften!«, rief der etwas schmalere der beiden Beamten. »Ist hier eine Frau Wittig?«

Die bahnte sich nun burschikos ihren Weg durch die Umstehenden. Sie war keine, die sich gern ins Rampenlicht stellte, doch augenblicklich war sie die Ansprechpartnerin, da sie den Fall gemeldet und überdies den Schlüssel zum Haus von Frau Meister in Verwahrung genommen hatte. Sie gab dem Kripobeamten unaufgefordert die Hand.

»Wittig, guten Morgen.«

Der erwiderte ihren Gruß etwas überrumpelt, fing sich aber schnell wieder. »Mein Name ist Schneider. Und das ist mein Kollege, Kommissar Stegmann.« Der nickte bloß stumm. »Und das hier ist Herr Malicek von der Spurensicherung. Könnten wir dann jetzt das Haus betreten?«

»Natürlich, natürlich«, erwiderte Frau Wittig, kramte den Schlüssel aus ihrer Jackentasche und übergab ihn dem Mann.

Kommissar Schneider schloss demonstrativ die Hoftür vor den Anwesenden. »Meine Damen und Herren«, sagte er freundlich aber bestimmt, »der Tatort ist polizeiliche Sperrzone. Sie werden verstehen, dass wir aus ermittlungstechnischen Gründen niemandem mehr Zutritt gewähren dürfen. Falls Sie eine Aussage zu den Geschehnissen machen möchten oder zu Ereignissen, von denen Sie annehmen, sie stünden in direktem Zusammenhang mit diesem Verbrechen, können Sie sich ab zirka zwölf Uhr dreißig am Gemeindesaal einfinden. Sagen Sie dies bitte auch Ihren Verwandten und Bekannten. Vielen Dank!«
Kommentarlos zerstreuten sich die Menschen mit einigen missmutigen Blicken auf den Staatsbediensteten.

Eric hatte es gegen Morgen endlich geschafft einzuschlafen und so auch den Hubschrauber erst bemerkt, als dieser wieder startete, um in nördlicher Richtung zu verschwinden. Lange Zeit noch hatte er über einen möglichen Zusammenhang zwischen seiner Begegnung mit dem Schlitten und dem Mord nachgedacht, doch der Gedanke war zu offensichtlich und gleichzeitig zu abwegig, um ihn mit jemandem zu teilen. Hatten die Dorbewohner in der Kneipe ihn nicht gestern Abend sehr skeptisch angesehen? Er hielt es für besser, zunächst mit niemandem über seine Überlegungen zu sprechen.

Die Menge hatte sich bereits fast zerstreut, als Eric vor Frau Meisters Haus eintraf. Frau Wittig und Harald Sarmisch waren noch dort, begrüßten ihn und wollten wissen, ob er überhaupt ein Auge hatte zumachen können.

»Irgendwann schon«, erwiderte Eric müde. »Der Anblick geht einem eben nicht so einfach aus dem Kopf.« Er deutete mit einem Kopfnicken auf die offene Haustür. »Ist die Polizei jetzt da?«

»Sie sind gerade vor ein paar Minuten reingegangen. Um halb eins bitten sie jeden, der was gesehen hat, ins Gemeindehaus zur Zeugenaussage.« Sarmisch zuckte gleichgültig mit den Schultern, doch seine Unsicherheit war förmlich zu spüren. »Aber wer hat schon was mitbekommen? Wir sind ja eigentlich auch keine Zeugen.«

»Nein«, pflichtete ihm Eric bei und fragte sich, was in Sarmisch vorgehen mochte. »Wohl nicht. Wie geht es Frau Meister? Hat sie sich von dem Schock etwas erholt?«

Sarmisch schüttelte sachte den Kopf. »Sie hat die ganze Nacht nicht geschlafen und immer wieder geweint. Es ist ein Bild des Jammers. Meine Frau war bei ihr und hat sie irgendwie zu trösten versucht.«

»Kennen Sie sich gut?«

»In so einem kleinen Dorf kennt man sich untereinander und steht einander bei. Seit ihr Mann gestorben ist, habe ich ihr immer mal bei Arbeiten am Haus geholfen.«

Ein wenig mehr Information hatte sich Eric schon erhofft. Allmählich erhielt er den Eindruck, dass es Sarmisch ganz und gar nicht recht war, so viel von seinen Familienverhältnissen und Bekanntschaften preisgeben zu müssen. Auf die Art und Weise reihte er sich in die Riege all der anderen Dorfbewohner ein, deren Verhaltensweise Eric überhaupt nicht einordnen konnte. Er wollte es dabei bewenden lassen. Als Fremder hatte er wohl kaum mehr Offenheit zu erwarten.

»Wie sieht es aus: Sind die Straßen jetzt frei?«, fragte er und sah Sarmischs Erleichterung, da er das Thema wechselte.

»Im Radio sagen sie, bis zum Mittag sollen auch die meisten Nebenstrecken wieder befahrbar sein«, erklärte der Mann bereitwillig. »Bis dahin sitzen Sie also noch hier fest.«

Eric winkte ab. »Macht nichts. Die Familienfeier, auf die ich eingeladen war, ist ohnehin auf heute Nachmittag verschoben worden. Und ich schätze, bei der Kripo sollte ich wohl auch antreten.« Eric ignorierte Sarmischs alarmierten Blick, so gut er konnte.

»Was haben Sie bis dahin vor?«, wollte Frau Wittig wissen.

»Ich werde ein bisschen spazieren gehen, denke ich«, antwortete Eric so beiläufig wie möglich. »Sofern ich weit komme«, setzte er achselzuckend hinzu, verabschiedete sich und wandte sich gen Dorfmitte.

Immer noch, oder mehr denn je, waren die Blicke der Dorfbewohner undurchschaubar. Eric hatte den Eindruck, dass er sich durch seine Anwesenheit im Gemeindehaus eher den Unmut als den Respekt der anderen zuzog. Er setzte sich in den spärlich möblierten und etwas muffig riechenden Vorraum des Gemeindesaals. Die anderen bedachten ihn mit einer stummen Aufmerksamkeit, unter der er sich sehr unwohl fühlte. Einige Bilder unbekannter regionaler Künstler und verschiedene Grünpflanzen schmückten den ansonsten kargen Raum, und ein Kasten an der Wand wies mit unterschiedlich großen Plakaten auf Veranstaltungen in der näheren Zukunft hin.

Die Kripobeamten hatten einen Sitzungssaal des Gebäudes okkupiert, in dem am Wochenende sowieso nicht gearbeitet wurde, und baten nach und nach die potenziellen Zeugen herein. Malicek, der Mann von der KTU, war in einem Nebenraum mit der Protokollierung seiner Spurenaufnahme beschäftigt.

Gesprochen wurde im Vorraum kaum, nur ein älteres Ehepaar tuschelte geheimnisvoll miteinander. Als das Paar von den Beamten aufgerufen worden war, war Eric einige Minuten allein mit einem korpulenten Mittvierziger, der seine graue Kappe nervös in den Händen knetete, sowie einer hageren, weißhaarigen Rentnerin. Die beiden sprachen nicht mit ihm und auch nicht miteinander, ab und an warfen sie ihm einen verstohlenen Blick zu. Langsam fühlte er sich für irgendetwas schuldig.

Eine Viertelstunde später traf Sarmisch ein, klopfte lautstark seine Stiefel auf dem Rost vor dem Eingang ab und durchbrach damit die angespannte Stimmung. Auch wenn Eric sein Kommen angekündigt hatte, zog Sarmisch kurz überrascht die Augenbrauen hoch, als er ihn sah, und setzte sich dann aber doch neben ihn, nachdem er seine braune Wollmütze abgesetzt hatte. Beiläufig grüßte er den anderen Mann.

»Sie sind ja noch hier«, stellte Sarmisch fest. »Meinen Sie wirklich, Sie haben was Neues für die Polizei?«

Eric zuckte mit den Achseln. »Na ja, ich habe als einer der Ersten den Tatort gesehen. Vielleicht kann ich ja ein paar Details nennen, die den Polizeibeamten entgangen sind.«

Sarmisch blieb skeptisch. »Die haben das Zimmer mit Sicherheit vollständig auf den Kopf gestellt. Denen entgeht doch nichts. Schließlich sind die zu dritt, und in dem Koffer hatten sie bestimmt allerhand geheimnisvolle Instrumente, um Haare und Hautschuppen zu finden und so.«

»Mal sehen«, antwortete Eric unbestimmt.

»Ich weiß nicht«, meinte Sarmisch und sah nachdenklich zu Boden. Eric konnte von seinem Gesicht ablesen, wie es in ihm arbeitete.

»Wieder dasselbe wie im letzten Jahr«, maulte Stegmann und machte sich noch ein paar Notizen, während sein Kollege die Tür hinter der weißhaarigen Frau schloss. »Nur irgendwelche neunmalklugen Wichtigtuer, die was gesehen haben wollen, nur um bei ihren Verwandten damit angeben zu können, sie wären bei einer Vernehmung gewesen.«

Wolfgang Schneider lehnte sich an die Tür, die Arme vor der Brust verschränkt. »Ich bin's auch langsam leid«, seufzte er und strich sich nachdenklich über seinen Kinnbart. »Zumal wir den Fall von damals immer noch nicht abschließen können. Die Eltern rufen etwa einmal pro Woche an.«

Stegmann sah seinen Kollegen über den Rand seiner Halbbrille hinweg an, die er nur zum Lesen und Schreiben benötigte. »Erinnere mich nicht daran! Der Alte liegt mir auch ständig in den Ohren und will Ergebnisse sehen, weil ihn diese Anrufe nerven. Selbst schuld, wenn du mich fragst, soll er doch seinen Privatkram aus der Angelegenheit rauslassen. Ich kann schließlich nichts dafür, dass er hier Verwandtschaft hat.«

»Nicht hier, in Gerstungen«, warf Schneider ein.

»Fang jetzt bloß nicht an, Haare zu spalten«, gab Stegmann grantig zurück. »Vollkommen wurscht.«

»Gar nicht wurscht. Der Cousin vom Alten ist Bürgermeister in Gerstungen und will einen gewöhnlichen Fall mit der Überführung eines einwandfreien Mörders, ohne diesen Psychopathenquatsch, damit ihm die Menschen nicht durchdrehen.«

»Von wegen Psychopathenquatsch«, grummelte Stegmann.

Schneider runzelte die Stirn. »Wie meinst du das, Martin?«

»Das weißt du ganz genau. Wir hätten die Beschreibungen der Teenies ernster nehmen und uns von den Einwänden des Alten nicht abhalten lassen sollen. Aber dieser – wie hat es der Alte genannt – Richtung der Ermittlungen sollten wir nicht weiter nachgehen. Das ist wohl zu unpopulär. Klar, wenn es unheimlich wird, scheucht man die Menschen besser nicht weiter auf.«

»Die Story ist ja auch mehr als absurd«, warf Schneider ein.

»Scheißegal!«, wetterte Stegmann. »Zwei Jungs sind von einem Irren mit einer Axt abgeschlachtet worden, und dieser Psychopath rennt immer noch frei in meinem Bezirk herum. Da muss ich jeder Geschichte Glauben schenken.« Er wandte sich seinen Notizen zu. »Oder wenigstens Teilen davon.«

»Wir haben's zumindest hier bald geschafft«, versuchte Schneider seinen Kollegen aufzumuntern.

Der nahm die Brille ab und massierte mit Daumen und Zeigefinger der anderen Hand seine Nasenwurzel. »Wie viele sind denn noch da?«

»Zwei«, sagte Schneider. »Ein junger Kerl, sieht recht gescheit aus, und einer aus dem Dorf, der heute Morgen bereits vor dem Tatort aufgekreuzt ist. Kommt mir aber von früher irgendwie bekannt vor.«

»Doch hoffentlich keiner von denen, die uns im August schon alles Mögliche und gar nichts erzählt haben.« Stegmann sah seinen Kollegen verärgert an. Auf seiner Halbglatze glänzte der Schweiß.

»Könnte sein ...«, meinte Schneider bloß und grinste.

Stegmann seufzte tief und ließ sich gegen die Lehne seines Stuhls sinken. »In Ordnung, bringen wir's hinter uns.«

Er setzte seine Brille wieder auf, womit er ein gewisses Maß an Autorität zurückgewann. Der ungelöste Fall vom Vorjahr zehrte an seinen

Nerven, vor allem die Bilder der Opfer: zwei Jugendliche, dahingemetzelt von einem offensichtlich Geistesgestörten. Die beiden anderen der Vierertruppe befanden sich immer noch in therapeutischer Behandlung. Auch wenn sie gekifft hatten, waren ihre Aussagen so detailgetreu und stimmten außerdem so genau überein, dass man ihre Beschreibung des Täters einfach nicht als Halluzination abtun konnte.

Kommissar Schneider öffnete die Tür und sah nach draußen. »Wer ist der Nächste?«, fragte er wenig einladend.

Inzwischen war Eric mit Sarmisch allein, und sie hatten es nur zu belanglosen Gesprächen über das chaotische Winterwetter gebracht, auch wenn er das Gefühl nicht loswurde, dass Sarmisch mehr zu sagen hatte. Eric war fast froh, endlich hineingehen zu können.

Nachdem er sich Stegmann gegenüber an den Tisch gesetzt hatte, nahm dieser zunächst seine Personalien auf. Als er die Adresse von Erics Studentenwohnheim aufschrieb, sah er auf. »Sie sind aus Thüringen? Sie klingen gar nicht so.«

»Stimmt. Ich komme aus Hessen, genauer Bad Hersfeld. Ich studiere in Jena und wollte nach Oberellen. Die Familie meiner Freundin wohnt dort.«

Stegmann nickte scheinbar geistesabwesend und machte sich eine Notiz. »Wieso sind Sie nicht weitergefahren?«

»Mein Wagen ist kurz vorm Ort liegen geblieben, und bei den Straßenverhältnissen konnte ich gestern Abend nicht weiter«, antwortete er.

»Wo haben Sie übernachtet, Herr Walter?«, fragte nun Schneider ganz unvermittelt, der bisher an der Tür verharrt hatte, nun aber neben seinen Kollegen trat und die Arme vor der Brust verschränkte.

»Bei Frau Wittig. In der Mückengasse.«

Schneider stützte sich auf die Tischkante und beugte sich nach vorn. »Sie sind verwandt?«

»Nein, keineswegs«, erklärte er stirnrunzelnd. »Die Übernachtungsmöglichkeit wurde mir von Herrn Sarmisch vermittelt, Frau Wittigs Bruder, er sitzt draußen. Ich habe ihn kurz zuvor im Gasthaus zur Sonne kennengelernt.« Das Gespräch verlief so erwartungsgemäß, dass es Eric schon fast langweilig wurde.

»Sie sind Augenzeuge?«, wollte nun Stegmann wissen. Seine Stimme verriet, dass er sich keine allzu große Hoffnung auf eine positive Beantwortung seiner Frage machte. Vielleicht versuchte er so auch den Eindruck zu vermitteln, dass es sich bei dieser Befragung nur um eine Routinesache handelte und keineswegs um die Vernehmung eines Verdächtigen.

»Nicht … direkt«, erwiderte Eric und sank etwas in seinem Stuhl zusammen.

Schneider stieß einen kaum hörbaren Seufzer aus und rollte die Augen himmelwärts, während Stegmann sich gelassen zurücklehnte, einen Kugelschreiber zwischen zwei Fingern seiner rechten Hand balancierend. »Aber Sie haben etwas zu dem Todesfall zu sagen, vermute ich«, ergänzte Stegmann seine Frage, nicht ohne Bitterkeit in der Stimme.

Eric fasste wieder ein wenig Mut, auch wenn der Kommissar nicht den Eindruck machte, damit zu rechnen, durch Erics Aussage in dem Fall weiterzukommen. Offenbar würden ihn die beiden Beamten trotz aller Abgeklärtheit zumindest nicht sofort abschmettern.

»Es könnte in der Tat sein, dass ich etwas gesehen habe, was mit dem Tod von Herrn Meister zu tun haben könnte«, setzte er an und wurde sich im selben Moment der Unsicherheit seiner Aussage bewusst. Zu viele Konjunktive.

»*Könnten* Sie etwas konkreter werden?«, forderte Schneider ihn ungeduldig auf, Erics Konjunktive aufgreifend.

»Nun, es klingt aber ein wenig merkwürdig …«

Kommissar Stegmann beugte sich wieder vor und stützte sich auf den Schreibtisch. »Nur frisch heraus damit, wir müssen jeder Spur nachgehen.« Er hätte vom Tonfall noch ein »Sie sind nicht der Erste, der hier irgendwelchen Schwachsinn vom Stapel lässt« hinzusetzen können, ohne dass es Eric überrascht hätte.

»Gut …«, begann er. »Sie haben doch sicher das Zimmer auf Spuren hin untersucht.«

Schneider lächelte bloß.

»Natürlich haben Sie das. Dann ist Ihnen bestimmt auch anhand der Beschädigung der Decke der Tathergang und die mögliche Tatwaffe bereits bekannt.«

Stegmann zog überrascht eine Augenbraue hoch. »Haben Sie fein beobachtet«, lobte er.

»Wir haben eine Vermutung«, erklärte Kommissar Schneider. »Aber lassen Sie uns zunächst Ihre Version hören, noch sind Sie unvoreingenommen.«

Allmählich überkam Eric das mulmige Gefühl, dass es vielleicht doch keine so gute Idee gewesen war, hier eine Aussage machen zu wollen. Oder wollten die beiden ihn bloß ein wenig aufziehen?

»Ich habe eventuell gestern Abend den … das Individuum gesehen, das den Mord verübt hat«, sagte Eric vorsichtig und schwieg dann, um zu sehen, wie die Kommissare reagierten.

In der Tat wurde Schneider etwas aufmerksamer. »Ich gehe davon aus, dass Sie den Täter nicht beim Verüben der Tat beobachtet haben, oder?«

Eric schüttelte den Kopf. »Nein. Ich war einer derjenigen, die den … die Herrn Meister gefunden haben. Der Riss in der Decke und die … recht offensichtliche Todesursache bringen mich zu der Vermutung.«

»Dann lassen Sie mal hören, Herr Walter«, sagte Stegmann, nervös weiter den Stift zwischen zwei Fingern balancierend.

In kurzen Sätzen, aber mit wachsendem Selbstvertrauen schilderte Eric den Vorabend, die Autopanne und seinen Marsch in Richtung Lauchröden. Bei der Beschreibung seiner Begegnung mit den Hunden und dem Schlitten ließ er wohlweislich die übernatürlich anmutenden Details wie leuchtende Augen und kopflose Pferde aus, um nicht sofort zum Irren abgestempelt zu werden. Er betonte jedoch, dass die Hellebarde die mögliche Tatwaffe sein könnte. Keiner der beiden Beamten stellte irgendwelche Zwischenfragen, nur Stegmann schrieb ausdruckslos einige Stichpunkte in sein A4-formatiges Notizbuch.

Als Eric seinen Bericht beendet hatte, legte er erstmals seinen Kugelschreiber in die Buchfalte und lehnte sich, das Kinn in eine Hand gelegt, wieder zurück. Er sah sein Gegenüber nachdenklich einige Sekunden an. Sein Kollege stand stumm neben ihm und wiegte sich von einem Bein auf das andere, ebenfalls ohne Eric aus den Augen zu lassen.

»Was bringt Sie nun zu der Annahme, dies sei der Mörder?«, wollte Stegmann schließlich wissen. Seine Stimme klang belegt.

»Wie ich schon sagte, es ist eine Vermutung. Ist natürlich auch möglich, dass das eine mit dem anderen nicht das Geringste zu tun hat.« Eric fühlte sich zusehends weniger wohl. Vielleicht hatten die

Beamten den Eindruck gewonnen, er sei ein wenig durcheinander oder wolle sich lediglich, wie einige vor ihm, wichtigmachen.

»Das herauszufinden sind wir hier«, erwiderte Schneider. »Haben Sie sonst noch etwas Relevantes zu diesem Fall zu sagen? Letzte Nacht im Umkreis des Hauses der Familie Meister haben Sie nichts Verdächtiges bemerkt?«

»Nein, nichts dergleichen«, sagte Eric wahrheitsgemäß und wunderte sich über den abrupten Schwenk in der Unterhaltung.

»Dann war's das. Auf Wiedersehen, Herr Walter. Und vielen Dank zunächst.« Stegmann erhob sich, und Schneider öffnete wortlos die Tür.

Eric spürte, dass es das Beste war, keine weiteren Fragen zu stellen und sich vielleicht noch lächerlicher zu machen. Er verabschiedete sich und verließ den Raum. Natürlich hätte er gern nach einigen Dingen gefragt. Es wurmte ihn vor allem, nicht zu wissen, was die Beamten mit seinen Informationen anfingen, wenn sie es überhaupt taten und seine Ausführungen nicht gleich in den Papierkorb warfen.

Harald Sarmisch war schon aufgestanden, doch Schneider gab ihm lediglich ein Zeichen, einen Moment zu warten, und schloss die Tür. Also setzte er sich wieder und sah Eric fragend an.

»Was wollten die wissen?«, fragte Sarmisch unsicher. Ihm war zweifellos aufgefallen, wie lange sich Eric in dem Raum aufgehalten hatte.

Eric stopfte die Hände in die Jackentaschen und blieb vor Sarmisch stehen. »Das Übliche eben, was ich gesehen habe. Ich denke nicht, dass die beiden mit meinen Informationen etwas anfangen können.« Mehr wollte er nicht sagen. Dass er den Beamten auch seine Theorie vom mysteriösen Mörder aufgetischt hatte, ließ er absichtlich aus.

Sarmisch wirkte nun weniger angespannt und lehnte sich zurück. Mit den Handflächen rieb er über die Lehnen des Stuhls. »Schlimme Sache«, meinte er bloß, »und das in so einem kleinen Dorf.«

Sein Unwillen, über den Vorfall mehr als ein paar unbedeutende Floskeln zu verlieren, war deutlich spürbar, deshalb wechselte auch Eric das Thema. »Wie stehen wohl meine Chancen, heute noch hier verschwinden zu können?«

»Eben ist ein richtiger Schneepflug von der Straßenmeisterei durchgefahren«, erklärte Sarmisch. »Mehr weiß ich auch nicht. Aber es hat immerhin nicht weiter geschneit.«

»Gut. Ich werde dann mal meine Freundin anrufen, vielleicht kann sie mich ja schon abholen.« Er gab Sarmisch die Hand. »Falls wir uns nicht mehr sehen sollten: Auf Wiedersehen, Herr Sarmisch. Hat mich gefreut, Sie kennenzulernen. Und vielen Dank für die Vermittlung der Unterkunft!«

Sarmisch stand unbeholfen auf, erwiderte den Händedruck und machte mit der anderen Hand eine wegwerfende Geste. »Ach was! Nichts für ungut. Sie haben ja sowieso kaum geschlafen.« Er lächelte gequält. »Wiedersehen, Herr Walter. Und passen Sie auf sich auf.«

»Was meinst du, Martin? Noch so ein Wichtigtuer?« Schneider stand in seiner Lieblingshaltung, die Arme vor der Brust verschränkt, an der Tür zum Foyer.

Stegmann hatte seinen Stuhl zur Seite gedreht und sah nachsinnend hinaus in den schneebedeckten Vorgarten des Gemeindehauses. In der Rechten balancierte er wieder seinen Kugelschreiber. »Möglich wäre es. Diese Horrorgeschichte macht ja nun schon seit einem halben Jahr die Runde, und sämtliche Altersschichten brüsten sich damit, etwas darüber zu wissen.« Stegmann drehte seinen Stuhl zurück zum Tisch, stützte seine Arme darauf und sah seinen Kollegen an. »An sich fast ausgeschlossen, dass dieser Walter nichts davon mitbekommen haben soll.«

»Und wenn doch nicht? Wenn er tatsächlich niemals zuvor von dieser Gestalt gehört hat und diese Schlittengeschichte nicht nur eine Erfindung ist? Schließlich kommt er nicht von hier, und wer weiß, ob seine Freundin abends nichts Besseres zu tun hat, als ihm diese Horrorgeschichten vorzulesen.« Schneider wusste längst, was in seinem Kollegen vorging, doch es war gut und notwendig, gemeinsam diese Gedanken weiterzuverfolgen.

Stegmann wiegte den Kopf und starrte auf die Tischplatte. »Dann wird es Zeit, dass wir uns dieses Schlittenfahrers noch einmal annehmen.«

6

Samstag, 8. Januar 1994, 14:51

Eric war froh, das Dorf endlich verlassen zu können. Trotzdem warf er über die Rückenlehne des Wagens einen Blick zurück. Der Ort lag ruhig und beschaulich - nur die Schornsteine spuckten fleißig hellgrauen Rauch aus - unter einer dicken Schneeschicht inmitten einer traumhaften Winterlandschaft. Welch ein Frieden und welch ein Kontrast zu den Geschehnissen der vergangenen Nacht!

Die Erlebnisse der letzten Stunden erschienen ihm unwirklich, und er war sich sicher, würde er jemandem davon berichten, dann wären nur mitleidige Blicke das Resultat. Aber er trug diese Bilder von dem Tatort in sich, sie gaben ihm eine Vorstellung von der Brutalität des Verbrechens, das mit einer abnormen Waffe verübt worden war, und von der Grausamkeit des Mörders. Das alles hatte er bislang verdrängen können, aber nun stiegen die Erinnerungen in ihm hoch und trafen ihn wie eine Welle im Ozean. Er fühlte sich unwohl, war blass und schweigsam.

Ellen hielt seit ihrem Aufbruch aus dem Dorf seine Hand, streichelte mit dem Daumen seinen Handrücken und sah ihn immer wieder sorgenvoll an, was er kaum wahrzunehmen schien. So kannte sie ihren Freund nicht. Auch ihr Vater Georg, der den Skoda vorsichtig die erst kürzlich geräumte Landstraße nach Süden, hinauf nach Unterellen steuerte, warf stumme Blicke in den Rückspiegel und wagte es nicht, unnötige Fragen zu stellen.

Sie hatten bereits im Radio von dem mysteriösen Todesfall gehört und waren sehr erschüttert darüber, wenn auch die Informationen recht dürftig ausgefallen waren. Als Eric berichtete, dass er mit einigen anderen den Toten gefunden hatte, war ihnen schlicht der Atem gestockt. Nur mit knappen Worten hatte Eric bei seinem ersten Anruf am frühen Morgen schildern können, was er hatte ansehen müssen.

Im Beisein Georgs wagte Eric es nicht, zu sehr ins Detail zu gehen. Er hatte am Vorabend Bedenken gehabt, Ellen von seiner Begegnung mit dem Schlitten zu erzählen, aber tatsächlich hatte sie es erstaunlich gefasst aufgenommen. Sie wusste, dass er ein bodenständiger

Typ war, der nicht dazu neigte, Nonsens daherzureden oder zu übertreiben. Doch die übernatürlichen Details dieser Begegnung, obwohl er sie nur angedeutet hatte, verunsicherten sie, genauso wie ihn selbst.

Ellen drückte seine Hand etwas fester, in der Hoffnung, ihn aus seiner Starre zu reißen. Es gelang nicht recht. »Eric?«, fragte sie schließlich. Er schien aus weiter Ferne in die Wirklichkeit zurückzukehren.

»Hm?«, machte er abwesend, dann nahm er sie endlich wahr und wandte sich ihr zu. Es versetzte ihm jedes Mal einen angenehmen Stich, wenn er sich ihrer natürlichen Schönheit bewusst wurde. Ihre schulterlangen, mit Naturlocken manchmal ein wenig ungezähmt aussehenden Haare wippten im Takt des Autos. Sie hatte es nicht nötig, sich zu schminken, um so atemberaubend auszusehen, ihr Job im Kindergarten ließ das auch nicht zu. Meinen Kindern ist das egal, sagte sie immer.

»Was ist?«, fragte Eric müde.

»Kann ich irgendwas für dich tun?« Es war der hilflose Versuch, einen Ansatz für ein normales Gespräch zu finden.

»Ich … weiß nicht«, sagte er und sah noch einmal kurz zurück auf das Dorf, dessen letzte Hausdächer in diesem Moment hinter einem Hügel verschwanden, bevor er sich wieder Ellen zuwandte. Damit fiel auch ein Teil der Lähmung von Eric ab, so als genüge der reine Blickkontakt zu ihr. »Gerade ist mir alles noch einmal in den Sinn gekommen«, setzte er hinzu. »Das ist wahrscheinlich normal, so etwas passiert einem ja nicht alle Tage.«

»Kann man sagen«, meldete sich Georg nun volltönend zu Wort. »Daheim bekommst du erst mal einen Tee, und dann nimmst du eine Mütze voll Schlaf. Du siehst selbst aus, als wärst du von den Toten auferstanden.« Georg grinste breit, bemüht, Eric auf diese Weise etwas aufzuheitern. Eric wusste das zu schätzen.

Er mochte Ellens Vater gern. Wenn sein Humor bisweilen etwas derb war, so schätzte er doch seine direkte und ehrliche Art, die Ellen manchmal gegen den Strich ging. Dann verdrehte sie die Augen, wie gerade jetzt.

Georg bemerkte das nicht, er konzentrierte sich wieder auf die Straße. Er war ein sicherer Fahrer und hatte seinen Skoda gut im Griff. Die Schneepflüge hatten Mühe gehabt, die ganze Fahrbahn zu räumen, weil zum Teil wenig Platz an den Seiten war, wohin man schon seit Jahresbeginn immer neue Schneemassen schob.

»Geht das klar mit meinem Auto, Georg?«, fragte Eric, um sich auf andere Gedanken zu bringen.

Ellens Vater sah ihn kurz im Rückspiegel an. »Hans wollte sich sofort darum kümmern. Mach dir keinen Kopf, auf ihn ist Verlass. Er kommt heute Abend noch zu uns, dann wissen wir mehr.«

Hans war Georgs Cousin, der außerhalb von Lauchröden einen Hof besaß. Er hatte sich selbst den Weg zur Straße freigeräumt und wollte Erics Jetta mit seinem Traktor ins Dorf schleppen. Als Georg angedeutet hatte, was Eric während der vergangenen Stunden widerfahren war, war Hans sofort bereit gewesen zu helfen.

Es dämmerte schon, als sie das Haus der Lennerts in Oberellen erreichten. Entlang des Gehsteiges waren ein paar Autos geparkt, was darauf schließen ließ, dass bereits einige Geburtstagsgäste eingetroffen waren. Georg parkte den Wagen vor der Garage. Als sie den Flur betraten, schlug ihnen das Stimmengewirr aus dem Esszimmer entgegen. Die Leute unterhielten sich angeregt und sehr ausgelassen.

»Ich bring mal deine Tasche nach oben«, sagte Georg und ging die Treppe zum ersten Stock hoch.

Ellen nahm ihren Freund für einige Sekunden fest in den Arm, und ihre Nähe ließ nur noch wenig Platz für düstere Gedanken. Er genoss diesen innigen Moment und fühlte, wie die Geborgenheit ihrer Arme ihn wieder aufbaute. Sie küsste ihn und sah ihn fragend an. »Wenn du nicht möchtest, kannst du gern gleich ins Bett gehen«, erklärte sie.

»Das kann ich nicht bringen.« Eric schüttelte den Kopf. »Gib mir ein paar Minuten und eine heiße Dusche, dann bin ich dabei. Schließlich wartet deine Mutter auf mich.« Insgeheim hoffte er, kaum jemand wüsste, dass er den Tatort gesehen hatte.

Inmitten der Feiernden mit ihren Gesprächen über mehr oder weniger Wichtiges aus dem dörflichen Umfeld kam sich Eric total fehl am Platz vor. Er fühlte sich unwohl und hatte Mühe, das vor den anderen Gästen zu verbergen.

Gegen halb zehn gesellte sich Georgs Cousin Hans zu der feiernden Runde. Er berichtete sogleich, dass er mit Hilfe seines Sohnes Erics Jetta nach Lauchröden geschleppt habe.

»Der Wagen sah okay aus«, sagte er, »ist keiner dagegen gefahren.«

»Eine Sorge weniger«, gab Eric beruhigt zurück. »Und danke schon mal. Wie kann ich das wiedergutmachen?«

Hans winkte ab. »Ach was, versteht sich doch von selbst. Wir schauen uns dein Schätzchen morgen früh mal richtig an und werden ihm schon wieder Beine machen.«

Sie stießen an, und damit war das Thema erledigt. Sie verstanden sich auf Anhieb. Überhaupt war Eric wieder einmal überwältigt von der herzlichen Art, die viele Mitglieder dieser Familie Fremden gegenüber auszeichnete und die er seit der Geburt seines Bruders bei sich zu Hause von Tag zu Tag weniger erlebt hatte.

Nur mit Uwe kam er nicht zurecht. Er saß Ellen und Eric gegenüber und war eifrig darauf bedacht, sich als Komiker zu profilieren. Zu allem musste er seinen Senf dazugeben und störte damit nicht selten die Gespräche der anderen. Der Einzige, der Uwe Kontra bot, war sein Onkel Karl, Ellens Opa. Er saß an einer Ecke des langen Tisches und lehnte sich oft in seinen gepolsterten Stuhl zurück. Er war mit Anfang siebzig der Älteste in der Runde, schien chronisch unterernährt zu sein, hatte schütteres weißes Haar und darüber hinaus für die meisten seiner weiter entfernten Verwandten nicht viel übrig.

»Wie sieht es eigentlich aus mit deiner Arbeitsstelle?«, wollte Karl schließlich mitten in einer vollkommen anderen Thematik von Uwe wissen, als dieser wieder ein Gespräch mit einem dummen Kommentar torpediert hatte. Karls sonore Stimme ließ die meisten Unterhaltungen augenblicklich verstummen. »Man hört, es liefe nicht so besonders«, setzte der alte Mann mit zusammengekniffenen Augen hinzu.

Uwe fühlte sich auf der Stelle ausgebremst. Er war nach der Wende dem aufkommenden PC-Hype verfallen und hatte sich bemüht, ein Stück vom großen Kuchen der Informationstechnologie abzubekommen, indem er den Leuten in der Region schlichtweg Computer anzudrehen versuchte. Sein Erfolg war nachweislich immer noch bescheiden, da Uwe die notwendigen Kenntnisse nicht mitbrachte.

Die meisten Anwesenden sahen ihn erwartungsvoll an, was ihn noch mehr verunsicherte. Schlimm genug, dass Karl seinen Posten eine Arbeitsstelle nannte, wo er doch selbstständig war. Das Problem war, dass er absolut keine Erfolge vorzuweisen hatte. Er tat sich schwer, eine plausible Erklärung auf den Tisch zu bringen.

»Augenblicklich wird einfach weniger Hardware abgesetzt«, wagte er einen Versuch. »Das Weihnachtsgeschäft ist inzwischen fest in der Hand der großen Elektronikmärkte, da tut sich unsereins als Einzelkämpfer sehr schwer.«

Karls Augen blitzten im Schatten des Lampenschirms listig auf. »Erhards Geschäft scheint dafür aber gut zu laufen«, kommentierte er fast beiläufig, was Uwe wieder einen Stich versetzte.

Eric hatte bisher nur von Ellen gehört, dass sich die beiden so ungleichen Männer absolut nicht grün waren. Einerseits faszinierte es ihn, dies nun einmal live zu erleben, andererseits fühlte er sich davon überfordert. Er war zu beschäftigt mit sich und seinen Gedanken über den vergangenen Tag, als dass er übermäßig viel Sinn für diese sich wahrscheinlich öfter wiederholende Diskussion aufbringen mochte.

»Erhard hatte großes Glück mit einigen namhaften Firmen in der Gegend«, entgegnete Uwe inzwischen etwas trotzig und bemühte sich, seinen Missmut mit einem eher gequälten Lächeln zu überspielen. »Zur rechten Zeit am richtigen Ort.«

»Nun ja, *Glück* kann man es wohl nicht nennen, wenn man gegen namhafte Mitbewerber eine Ausschreibung gewinnt«, versetzte Karl. Er mochte alt sein und von der rein technischen Materie keine Ahnung haben, allerdings wusste er sehr gut um die wirtschaftlichen Verhältnisse der Region und besonders die seiner Familienangehörigen. Es gefiel ihm nicht, dass einige wirklich willige und fleißige junge Männer auf der Straße saßen, während andere mit Halbwissen versuchten, den großen Reibach zu machen.

Uwe beugte sich vor, er verlor langsam die Geduld. »Erhard hat ganz einfach viel zu billig angeboten, auf Kosten seiner unterbezahlten Mitarbeiter.« Triumphierend grinste er seinen Onkel an.

»Sagt wer?«, erwiderte Karl nur, und Uwes Lächeln erfror.

»Papa, bitte!«, mischte sich nun Ruth ein. »Lass es gut sein!«

Eric ermüdete das Gespräch. Eigentlich wollte er nur noch ins Bett. Er schloss die Augen und rieb sich die Stirn.

Ellen legte ihm die Hand auf die Schulter. »Magst du schlafen gehen?«, fragte sie sanft.

Er nickte. »Ich glaube schon. Wie viel Uhr ist es?«

»Dreiviertel zwölf.«

»Spät genug. Ist das ein Problem?«

»Du stellst Fragen«, sagte Ellen kopfschüttelnd. »Nach der letzten Nacht hast du das größte Anrecht auf ein Bett.«

»Meinst du, der verdient redlich sein Geld?«, polterte es hinter ihm, als Eric gerade aufgestanden war und sich ans Verabschieden machen wollte. Uwes alkoholgetunter Kampfgeist konzentrierte sich auf das erste bewegliche Ziel in der Runde. Er deutete auf Eric und sah Karl dabei kampflustig an. »Er studiert bloß, und er ist … wie alt? Sag, wie alt bist du?«, fragte er Eric, ohne den Finger herunterzunehmen.

Eric war drauf und dran, einfach die gewünschte Antwort zu geben, doch Ellen kam ihm zuvor.

»Das spielt überhaupt keine Rolle, Onkel Uwe«, presste sie hervor. »Eric geht nebenbei noch arbeiten und finanziert damit sein Studium, und er wird nach seinem Abschluss einer geordneten Beschäftigung nachgehen, die ihm viel Freude machen und ihm ein gesundes Einkommen bescheren wird, während du …«

»Lass es, Ellen«, beschwichtigte Eric und legte ihr beruhigend die Hand auf den Arm, bevor sie etwas sagen konnte, was ihr später vielleicht noch leidtun würde.

Uwe wollte es jedoch nicht auf sich beruhen lassen. »Während ich was?«, fragte er, verschränkte die Arme vor der Brust und lehnte sich erwartungsvoll zurück.

»Ach, vergiss es!«, gab Ellen schließlich wegwerfend zurück und wandte sich mit Eric zum Gehen.

»Also fehlen dir auch die Argumente, wie deinem Opa!«, geiferte Uwe weiter.

Nun war es Eric zu viel. Er löste sich von Ellen, trat wieder an den Tisch und lehnte sich über den Stuhl, auf dem er bis eben noch gesessen hatte. Uwe wich unwillkürlich ein wenig zurück, als Erics intensiver Blick ihn traf.

»Jetzt reicht es!«, blaffte er den verdutzten Möchtegern-Informatiker an, etwas härter, als er es eigentlich vorgehabt hatte. Er war selbst erstaunt über den aggressiven Ton seiner Stimme. »Lassen Sie Ellen in Ruhe, und hören Sie endlich auf, hier so eine miese Stimmung zu verbreiten! Gute Nacht!« Wieder wandte er sich um, während hinter ihm die atemlose Stille zusammenschlug.

»Das muss ich mir von einem Studentenkopp sagen lassen? Ein Wessi auch noch?«, warf ihm Uwe in den Rücken.

Nun waren es nicht nur Erics Worte, die Uwe endgültig zum Schweigen brachten, als er sich ihm ein letztes Mal zuwandte. Auch in seinem Blick lag etwas so Bedrohliches, dass nicht nur Uwe erschrocken den Atem anhielt.

»An Menschen wie Ihnen wird es liegen, wenn die Grenze noch mindestens vierzig weitere Jahre hält.« Eric tippte sich vielsagend an die Schläfe. »Sie wird stehen bleiben wie die Mauer in Ihrem eigenen Kopf, die es Ihnen nicht erlaubt, über Ihren beschränkten Tellerrand hinwegzuschauen. Ich erspare es Ihnen, zu hören, was mir letzte Nacht widerfahren ist. Sie würden es nicht begreifen.« Eric umfasste die Stuhllehne mit den Händen so fest, dass seine Fingerknöchel hervortraten, und beugte sich noch etwas weiter über den Tisch. »Nur so viel: Es gibt mehr Dinge zwischen Himmel und Erde, als Sie zu träumen wagen, und ich wünsche nicht einmal Ihnen, dass Sie das am eigenen Leibe erleben müssen, was ich gestern nur gesehen habe. Bleiben Sie besser in Ihrem armseligen Hinterhof und malen Sie sich Ihre Mauern von innen schön bunt an.« Er richtete sich auf und wandte sich an die anderen Gäste: »Entschuldigen Sie mich bitte, ich ziehe mich zurück, ich bin total erschöpft. Auf Wiedersehen.«

Keiner war geneigt, Uwe zu Hilfe zu eilen, die meisten nickten anerkennend und wünschten Eric eine gute Nacht, während Uwe nur dasaß und vollkommen geschlagen sein leeres Bierglas anstarrte. Erics Worte hatten ihre Wirkung nicht verfehlt. Fast allen entging jedoch der verschmitzte Blick, den Opa Karl dem Studenten widmete.

»Ich hoffe, ich bin nicht zu weit gegangen«, murmelte Eric, während er seine Hose abstreifte und sich dann auf die Kante des breiten Betts setzte.

»Ach was«, wehrte Ellen ab, »die Standpauke war schon lange fällig. Du hast vielleicht einen Verwandten verloren, aber zehn gewonnen.«

»Schätze, bei dem bin ich für alle Zeiten unten durch.« Eric grinste schief.

Ellen zuckte gleichgültig die Schultern. »Was hast du von ihm schon zu erwarten? Du hast es doch auf den Punkt gebracht: Er ist vollkommen bedeutungslos. Und das ist es wahrscheinlich, was ihn am meisten wurmt.«

Eric sinnierte weiter vor sich hin, während er sich auszog, und starrte dabei die gegenüberliegende Wand an. Er hatte nun ein schlechtes Gewissen. Uwe auf die Art anzufeinden, stand ihm als Außenstehendem nicht zu, befand er bei sich. Auch wenn die Familie ihm zustimmte. Wieso passierte ihm das immer wieder?

»Alles in Ordnung bei dir?«, wollte Ellen schließlich wissen, die einige Augenblicke ihren vollkommen erschöpften Freund besorgt angesehen hatte. Sie setzte sich neben ihn auf die Bettkante und legte ihren Arm um seine Schulter.

Er war zu müde, um das Chaos in seinem Inneren in sinnvolle Sätze zu packen. »Geht schon«, sagte er stattdessen. »Mir fehlt einfach nur jede Menge Schlaf. Morgen früh bin ich wieder besser drauf.« Er sah sie aus übermüdeten Augen an. »Gehst du noch runter?«

Sie legte den Kopf schief. »Wenn das für dich okay ist. Kann ich dich denn allein lassen?«

»Klar, heute Abend geht sowieso nix mehr.«

Ellen lächelte, gab ihm einen Kuss auf die Stirn verließ dann das Zimmer.

Schon wieder passiert mir das, ging es ihm durch den Kopf, als er endlich im Bett lag. Noch eine Tür, die wahrscheinlich endgültig ins Schloss fällt. Er sah Uwes konsternierten, hilflosen Blick. Und wie sehr ähnelte er dem seiner Eltern, als er ihnen vor vier Jahren all seine jahrelang angestauten Gedanken auf einmal vor die Füße geworfen hatte.

Da standen sie wieder, in der kleinen Küche des Einfamilienhauses in Asbach bei Bad Hersfeld, die kaum aufzubringenden Raten für den Kredit vor Augen, und keiften sich an, schoben dem jeweils anderen die Verantwortung zu für Dinge, für die keiner von beiden etwas konnte. Normalerweise saß Eric oben in seinem Zimmer und probierte, sich mit dem Hören von Soundgarden und Screaming Trees von dem fruchtlosen Gezeter abzulenken, doch die brachialen Gitarren und die durchdringenden Stimmen hatten ihn bereits an den Rand des Wutausbruchs gebracht. So kauerte er im Schneidersitz vor seinem Bett und versuchte sich in Stephen Kings *Talisman* zu verlieren, als er neben seinem Zimmer Markus nach seiner Mutter rufen hörte. Vermutlich war der Kleine – Eric nannte ihn mit seinen vierzehn Jahren immer noch so, was seiner Größe und seinem zurückgebliebenen

Geist geschuldet, aber niemals bösartig gemeint war – von dem Gezänk wach geworden. Seine Rufe blieben ungehört, und Eric konnte nicht umhin, doch aufzustehen.

Durch den Spalt der offenen Tür in Markus' Zimmer war kein Licht zu sehen, und Eric wollte ihn nicht vollends wecken. Er war jetzt ruhig, und Eric hoffte, dass er gleich wieder einschlief.

Eric eilte die Treppe hinunter und fand seine Eltern in der Küche sich gegenüberstehend wie zwei Gladiatoren, mit vor Wut verzerrten und rot angelaufenen Gesichtern. Seine Mutter hatte tränenfeuchte Wangen.

»Könntet ihr diesen Terror vielleicht auf morgen verschieben?«, fragte Eric mühsam beherrscht. »Markus wird sonst noch wach. Er hat eben schon mal gerufen.«

Sein Vater stierte ihn an. »Was kümmert dich das?«, blaffte er Eric vollkommen ungehalten an. »Hast du überhaupt eine Ahnung, worum es hier geht?«

»Helmut, nicht ...«, wagte seine Frau einen Beschwichtigungsversuch.

»Halt die Klappe!«, herrschte er sie an. »Er liegt uns schon ewig auf der Tasche, und so lange er seine Füße noch ...«

In dem Moment kollabierte das fragile Gebäude der Selbstbeherrschung in Erics Innerem endgültig. Er war vierundzwanzig, hatte trotz der guten mittleren Reife nicht das Gymnasium besucht, weil seine Eltern das Geld für eine längere Schulzeit nicht hatten aufbringen können, und stattdessen eine kaufmännische Ausbildung bei einem Autozulieferer in Bebra gemacht, wo er immer noch arbeitete und relativ gut verdiente. Nebenbei hatte er ein Abendgymnasium besucht und im vorigen Sommer das Abi nachgemacht. Nun gut, er hatte vier statt drei Jahre benötigt, aber Arbeiten, Lernen und die Pflege seines kleinen Bruders verlangten ihm alles ab. Eric gab auch einen Teil seines Lohns am Monatsende in die Haushaltskasse, da er noch bei seinen Eltern wohnte.

Schon lange hatte er sich nach einem Studienplatz für Germanistik umgesehen, sich Informationen zur Immatrikulation besorgt und alles immer nur vor sich hergeschoben. Er fühlte diese Verantwortung für seinen Bruder, mit dem er nach wie vor nicht viel anfangen konnte, den er aber nicht völlig der Obhut seiner überforderten Eltern überlassen wollte. All zu oft waren Freundschaften wegen seines Pflichtgefühls auf die Probe gestellt worden und hin und wieder auch auseinandergegangen. Sogar eine kurze Liaison mit Katja aus der Parallelklasse war gescheitert, nicht weil sie ein Problem mit Markus hatte, sondern weil Eric zu wenig Zeit für sie aufbringen konnte.

»*Du*«, schrie er seinen Vater an, »hältst jetzt hier die Klappe!«

Diesem blieb der Mund offen stehen. »Was fällt dir ...?« Er ging tatsächlich einen Schritt auf Eric zu und erhob die Hand.

Eric schob das Kinn vor, sah seinen Vater aus zusammengekniffenen Augen abschätzig an und sagte bloß eisig: »Nur zu.« Allein die unerwartete Reaktion bewirkte, dass sein Vater zurückwich.

Und Eric ließ seine Eltern wissen, was er von ihren ewigen Auseinandersetzungen hielt, von ihrer selbstzerstörerischen Aufopferung und von den Jahren, in denen sie Eric fast bis zum Vergessen ausgeblendet hatten, mehr noch, ihm Opfer abverlangt hatten, die kaum ein Jugendlicher zu bringen bereit gewesen wäre.

»Und alles nur wegen dieses degenerierten Zwergs!«, beendete Eric seine Schimpftirade – und bemerkte zu spät, dass sein kleiner Bruder mit einem Teddy im Arm tränenüberströmt hinter ihm stand und jedes Wort mit angehört hatte.

7

Sonntag, 9. Januar 1994, 11:33

Eric erwachte erst gegen Mittag des nächsten Tages, ohne ersichtlichen Grund. Es herrschte absolute Stille im Haus und auch draußen auf der Straße.

Ellens Bettseite war nicht mehr besonders warm. Mühsam rappelte er sich auf und stützte sich auf die Ellenbogen. Ein Blick durch das Fenster an der halb zugezogenen Gardine vorbei bestätigte die dunklen Prophezeiungen der Meteorologen: Es hatte in der Nacht wieder zu schneien begonnen, und der konturlose Himmel schien Gefallen daran gefunden zu haben. Irgendwo tief in Erics Unterbewusstsein mahnte die Arbeitsmoral, wie er denn am Abend oder wenigstens am nächsten Tag wieder zur Uni kommen wolle, doch die Frage ging im allgemeinen Geplapper tausender anderer unter, die Eric sich nicht beantworten konnte.

Er quälte sich aus dem Bett und streifte seine Hose und seinen Pulli über. Seine Knochen fühlten sich an, als hätte er einen mehrtägigen Gewaltmarsch hinter sich, und nur widerwillig erfüllten sie ihre Pflicht. Eric trat zum Fenster und zog die Gardine ganz zurück. Es schneite dicke Flocken, die der Wind bis auf das Sims trieb, wo sich bereits eine zentimeterdicke Schicht gebildet hatte. Dazu schien es bitterkalt zu sein, denn der untere Bereich der Scheiben war mit filigranen Eisblumen geschmückt.

Eric schlüpfte in seine Hausschuhe und ging hinab ins Erdgeschoss. In der aufgeräumten Küche war niemand anzutreffen, und Eric erinnerte sich dunkel, dass Ellen mit ihren Eltern am Vormittag eine Verwandte im Ort besuchen wollte, die etwas schlecht auf den Beinen war. Gegen Mittag würden sie wieder zu Hause sein. Eric beschloss, die Zeit bis dahin mit der Lektüre der Tageszeitung zu verbringen, die er auf dem Küchentisch fand, und begab sich damit ins Wohnzimmer.

Er erschrak innerlich, konnte das aber gut verbergen, als er Ellens Opa Karl bemerkte, der, ihm den Rücken zugewandt, in seinem angestammten Lieblingssessel vor dem Fenster saß und hinaus in die Winterlandschaft schaute, die sich nach Norden hin ins sacht abfallende Eltetal erstreckte. An klaren Tagen konnte man fast bis nach Unterellen sehen, heute jedoch reichte der Blick nicht einmal bis zum Ortsschild.

»Guten Morgen!«, begrüßte ihn Karl. »Wie geht es dir? Hast du gut geschlafen?«

»Hallo, äh … guten Morgen«, erwiderte Eric verdattert. »Ich habe geschlafen wie lange nicht mehr. Danke.« Eric hatte bisher nicht viele Worte mit dem Großvater gewechselt und hatte keine Ahnung, welche Meinung er von ihm hatte.

Karl beugte sich zur Seite und sah ihn ausdruckslos an, wie er da verloren mit der Zeitung schräg hinter dem Sessel stand. »Willst du dich nicht setzen?«

»Na klar.« Eric fand allmählich seine Beherrschung wieder und nahm auf dem gemütlichen Sofa am Fenster Platz, gleich neben der Heizung. Die Wärme des Wohnzimmers tat ihm unwahrscheinlich gut, denn die Müdigkeit und das damit einhergehende Kältegefühl steckten immer noch in seinen Knochen. Er hoffte inständig, dass er sich bei seinem Marsch am Freitagabend keine Erkältung zugezogen hatte.

»Wo sind die anderen?«, wollte er schließlich wissen, als Karl eine weitere Minute aus dem Fenster gesehen hatte.

»Sie besuchen eine Schulfreundin von Ruth«, erklärte Karl. »Ihr Mann ist vor zwei Wochen gestorben. Seither fühlt sie sich sehr einsam. Ihre Kinder wohnen weit weg, ich glaube, im Ruhrpott irgendwo. Frage mich, wie man da hinziehen kann.«

»Ich mich auch«, pflichtete ihm Eric ehrlich bei. »Ich bin wohl eher ein Landei.« Nach kurzem Überlegen setzte er hinzu: »Wie alt war denn der Mann?«

Karl zuckte mit den Schultern. »Weiß nicht genau, jedenfalls noch nicht sehr alt. Und alle Welt schweigt sich über die Todesursache aus. Angeblich war er krank. Aber was soll man auch sonst sagen, wenn etwas nicht mit rechten Dingen zugeht.« Er sah Eric an, als seien seine Worte eine Aufforderung zu einer Antwort auf eine Frage, die er nicht gestellt hatte.

Das Verhalten des alten Mannes war für Eric nicht zu deuten. Möglich, dass er bloß neugierig war und auf diese Weise alle Informationen aus dem Studenten herausholen wollte. Andererseits hatte Ellen schon mehrfach angedeutet, dass ihr Großvater mehr wusste, als er manchmal zugab. Vielleicht versuchte er also auch nur zu sondieren, wie vertrauensvoll er mit Eric umgehen konnte.

»Mag sein«, antwortete Eric vage. Er war es nicht gewöhnt, einem halbwegs Fremden sofort sein Herz auszuschütten. »Natürlich brodelt die Gerüchteküche, wenn jemand früh abtritt und ihm kurzfristig ein schlimmes Leiden nachgesagt wird. Dann wäre es tatsächlich besser, die Karten auf den Tisch zu legen. Aber aus Pietät sollten manche Dinge vielleicht lieber nicht ausgesprochen werden.«

Karls Worte waren schwer einzuordnen. Möglich, dass ihn Erics Zurückhaltung enttäuschte. »Wenn es jedoch dem Wohl anderer dient, muss man dann nicht alle Tatsachen offen darlegen?«

»Spielen Sie auf gestern Abend an?«, wollte Eric unverhohlen wissen, weil er keine Lust auf Ratespielchen hatte.

Wieder lächelte Karl sein gelbes Lächeln, das alles und nichts bedeuten konnte. »Das war ein sehr beeindruckender Auftritt, junger Mann«, gab er zur Antwort.

»Ach, kommen Sie …«, wehrte Eric bescheiden ab. »Ich bin da wirklich über das Ziel hinausgeschossen.«

»Papperlapapp!«, versetzte Karl unnachgiebig und unterstrich seine Worte mit einer abfälligen Handbewegung. »Uwe hat es nicht anders verdient. Verstehe nicht, wieso ihm nicht schon längst jemand die Leviten gelesen hat.« Karl beugte sich seitlich über die Armlehne zu Eric hinüber und sah ihn verschwörerisch an. »Aber das ist nicht der einzige Akt deines Gastspiels in unserer Gegend, den ich für erwähnenswert halte.«

Nun fühlte sich Eric für einen Augenblick regelrecht ertappt. »Was hat Ihnen Ellen denn erzählt?« Es sollte eine Art Gegenangriff sein, der Opa Karl jedoch nicht sonderlich beeindruckte.

»Nicht viel«, sagte er fast beiläufig. »Aber zuletzt ist einiges passiert, das man mal genauer untersuchen sollte.« Er sah wieder aus dem Fenster, vor dem sich die Szenerie nicht im Geringsten verändert hatte. »Ich habe mein ganzes Leben gebangt, dass die Zeit kommen würde, in der ...« Karl brach ab und rang um Worte. Seine Hände lagen nun in seinem Schoß, und er schien mehr mit sich selbst zu sprechen. Eric beachtete er gar nicht mehr.

»Welche Zeit? Und … was hat das mit mir zu tun?«, fragte Eric nach einer Weile des Schweigens. Eine Unruhe machte sich in ihm breit, die in Verbindung mit seiner aufgewühlten Psyche seinen ganzen Körper in Aufruhr versetzte.

Langsam wandte Karl ihm den Blick zu, und nun lag eine solche Bestimmtheit darin, dass Eric am Geisteszustand des Mannes und dem Wahrheitsgehalt seiner Worte nicht mehr den geringsten Zweifel hatte. »Was du gestern Abend zu Uwe gesagt hast, ganz am Ende … Das habe ich vor einigen Monaten schon einmal gehört, in fast demselben Wortlaut, mit derselben Überzeugung und von einem ganz jungen Menschen.«

Er machte eine gut überlegte Pause und ließ das Gesagte auf Eric wirken.

»Du weißt, was du erlebt hast. Erzähl es mir nicht, ich habe eine vage Ahnung, was es gewesen ist, aber ich will es von dir nicht hören. Ich bin aber sicher, dass du das Gleiche gesehen hast wie diese Jugendlichen im letzten August, und vielleicht noch einiges mehr. Und ich kann dich nur bitten, nicht denselben dummen Fehler zu begehen, das alles zu verdrängen und als Halluzination abzutun.«

Eric hatte natürlich von den Morden auf der Brandenburg gehört. »Tun diese jungen Menschen das?«

»Nein, nicht sie«, gab Karl scharf zurück. »Aber alle anderen versuchen, es ihnen einzureden, weil sie es selbst nicht hören wollen. Mit ihnen solltest du einmal reden.«

»Um was zu erreichen?« Eric wünschte sich, Karl würde etwas konkreter werden.

»Wir müssen mehr herausbekommen. Es steht so viel auf dem Spiel. Mir scheint, keiner will das Ausmaß der Gefahr ...«

Karl brach ab. Ein Schlüssel wurde in der Haustür umgedreht, und auf dem Flur waren Stimmen und Schritte zu hören. »Behalte für dich, was ich dir erzählt habe«, setzte Karl leise hinzu.

Was soll ich schon erzählen, dachte Eric bei sich, er hat ja nichts Konkretes gesagt.

Ellen trat mit ihrer Mutter ins Zimmer und begrüßte ihn mit einem Kuss auf die Nase. »Guten Morgen, mein Spätaufsteher. Du hast bestimmt gut geschlafen, oder?«

Eric lächelte. »Wie kommst du darauf?«

»Weil du dich nicht einmal bewegt hast heute Nacht. Als ich aufgestanden bin, hast du immer noch so dagelegen wie gestern Abend.«

»Was gibt's Neues in der Welt da draußen?«, fragte Karl seine Tochter, die sich die kalten Hände rieb.

»Nicht viel«, antwortete Ruth und stellte sich seitlich ans Fenster vor die Heizung. »Nur, dass es noch eisiger geworden ist, ansonsten ist alles beim Alten. Ach ja, die in Erfurt überlegen angeblich, ob sie Thüringen zum Notstandsgebiet ausrufen. Kam eben im Radio.«

Karl machte eine abfällige Geste. »Und was soll das? Als ob das den Schnee zum Schmelzen brächte.«

Eric hatte die Zeitung aufgeschlagen und überflog die Überschriften. Allgegenwärtiges Thema war tatsächlich die Wetterlage in Mitteldeutschland. Etwas unvorbereitet fand er schließlich einen zweispaltigen Bericht über den Todesfall in Lauchröden im Regionalteil der Zeitung. Er erfuhr darin nichts Neues. Die Ermittlungen der Kriminalpolizei liefen auf Hochtouren, und um diese nicht zu behindern und aus Rücksicht auf die Angehörigen würden keine weiteren Details publik gemacht. Die abschließende Bemerkung, wahrscheinlich eine vage Vermutung des Journalisten, machte Eric stutzig: Es könne aufgrund der Parallelen im Tathergang nicht ausgeschlossen werden, dass ein Zusammenhang mit dem Mord an einem fünfundzwanzigjährigen Kfz-Mechaniker aus Förtha kurz vor Weihnachten bestehe.

Eric sah zu Ellen auf, die sich neben ihn auf die Armlehne des Sofas gesetzt hatte. »Davon habe ich gar nichts gehört.«

»Wovon?«, wollte Ellen wissen.

»Davon, dass in Förtha vor Weihnachten jemand umgebracht worden ist.«

Ruth sah ihn nur betreten an, während Karl wissend nickte.

»Du liest doch unsere Zeitungen auch, ich dachte, du hättest das gelesen.«

»Ach komm, dann hätte ich mit dir darüber gesprochen, als wir uns Ende des Jahres gesehen haben.«

»Ich wollte dir und uns damit nicht die Feiertage verderben. Niemand wollte das.«

Eric wehrte sich innerlich gegen die Erkenntnis, dass auch Ellen ungern über die mysteriösen Geschehnisse der jüngeren Vergangenheit redete. Vielleicht wollte sie auch nur ihre Mutter oder ihren Großvater schonen.

»Na ja, egal, Hauptsache, sie kriegen den Kerl so bald wie möglich«, sagte er schließlich, um der Sache etwas die Schärfe zu nehmen.

»Das werden sie wohl«, erklärte Ruth und konnte ein wenig Erleichterung nicht verbergen. »Ich mach dann mal das Essen fertig, ist ja noch genug übrig von gestern. Ich denke mal, ihr habt Hunger, oder?«

»Natürlich«, bestätigte Eric, und Ellen schlug schnell in dieselbe Kerbe: »Klar, du hattest ja noch kein Frühstück.« Sie rieb seinen knurrenden Bauch.

Mit einem Lächeln verließ Ruth den Raum und war schon bald mit eifrigem Scheppern und Klirren von Töpfen und Besteck in der Küche beschäftigt.

Karl hatte wohl Recht, dass mit dem Mörder auch die Angst in der Gegend umherschlich. Und auch in dieser Familie. Eric wollte sie mit seinen Fragen nicht noch mehr belasten und beschloss deshalb, so bald wie möglich andere Quellen zu bemühen.

Doch dazu war ein Sonntag in der Geselligkeit einer thüringischen Familie und mit der Aussicht auf gute Mahlzeiten sehr ungeeignet.

8

13. Mai 1214

Der Weg war beschwerlicher als sonst. Selten hatte ihm sein Leiden so viel ausgemacht wie an diesem Morgen. Das lahme linke Bein und das Rheuma, dessen Auswirkungen durch die kalte und feuchte Nacht wieder verstärkt worden waren, ließen Limpert nur mühsam vorankommen. Jeder Schritt auf dem groben Weg hinab ins Tal stieß ihm einen glühenden Speer voller Schmerz von der Ferse bis hinauf in die Brust.

In der Tat, heute fühlte er sich einmal mehr wie eines von Gottes vergessenen Kindern, wenn Gott ihn überhaupt jemals zur Kenntnis genommen hatte. Nein, solche Zweifel durfte er nicht zulassen, der Schöpfer hatte ihm dieses Leben mit den besten Absichten geschenkt. Solange er ein Kind war, mochten die Erwachsenen noch Mitleid mit ihm gehabt haben, wie er von unten zu ihnen aufgeschaut hatte, der kleine Bursche mit dem Krückstock. Sehr oft hatte ihm dies ohne besonderes Zutun das eine oder andere Almosen beschert. Doch als Limpert älter wurde und sein Geist im gleichen Maße wuchs, wie seine Missgestalt offensichtlicher und auch unansehnlicher wurde, mieden ihn seine Mitmenschen. Nicht selten musste er mit ansehen, wie Mütter hektisch ihre Bälger beiseitezogen, um sie von dem Krüppel fernzuhalten. Wortfetzen, die Limpert von ihnen aufschnappte, strotzten von Verachtung und Missgunst. Einige hatten ihn ganz ungeniert dazu aufgefordert, er möge sich doch gefälligst mit einer

Klapper versehen, wie es die Leprakranken taten, damit sein Kommen schon von Weitem bemerkt werden konnte.

Kein Wunder also, dass er zum Selbstschutz den Zynismus entdeckt hatte. Dabei fiel es ihm von Anfang an nicht schwer, seinen Mitmenschen, wenn er denn einmal in Kontakt mit ihnen geriet, mit einer gewissen Distanz zu begegnen, die einem Adligen sehr gut zu Gesicht gestanden hätte. Seine Wortwahl passte gut dazu, so dass man mit geschlossenen Augen durchaus hätte denken können, Limpert sei von gehobenem Stande.

Derlei Gelegenheiten wurden jedoch von Tag zu Tag seltener, da man ihm, wenn eben möglich, aus dem Wege ging. Nur von Zeit zu Zeit kam es vor, dass er mit einem Wanderer ins Gespräch kam, und dabei war er stets gewillt, diesem unvoreingenommen und gut gelaunt zu begegnen. Doch häufig dauerte es nicht lange, dann entfernte sich der andere mit ein paar leicht durchschaubaren Worten der Entschuldigung von ihm. Die wenigen, die sich ohne Vorbehalt auf ein Gespräch mit ihm eingelassen hatten, konnte Limpert an den Fingern abzählen. Und das waren in den dreißig Jahren seines Lebens nicht eben viele. Nur Männer des Glaubens, ein oder zwei Ritter und allenfalls in ähnlicher Weise Gezeichnete waren das gewesen.

So froh er war, wenn sich jemand auf ein Gespräch mit ihm einließ, so passierte es Limpert mangels Erfahrung doch immer wieder, dass er sich dabei ungeschickt und sogar taktlos verhielt, bisweilen gar beleidigend, ohne es jedoch zu wollen. Er konnte es nicht verhindern, wenn die Menschen dann das Weite suchten, manchmal stumm, manchmal im Zorn Flüche und Verwünschungen ausstoßend. Es kam gelegentlich sogar vor, dass einem arg jähzornigen Gesellen die Hand ausrutschte. Auch blank gezogenen Klingen hatte sich Limpert schon gegenüber gesehen. Das waren die Momente, in denen er sich überlegte, ob es nicht besser sei, durch eine solche Schneide aus diesem Leben in ein anderes, verheißungsvolles zu treten, als sich weiterhin den Unbilden dieser unberechenbaren Welt mit ihren intoleranten Bewohnern auszusetzen.

Limpert seufzte tief. Er trat gerade aus dem Wald hinter dem Burgberg hervor ins sonnendurchflutete Werratal, an dessen Südufer sich die Handelsstraße von Eisenach nach Gerstungen dahinwand. Sein Blick glitt über die Mäander des Flusses hin zu der Handvoll Gehöfte von Herleshausen, malerisch eingebettet vor den Bergrücken des Ringgaus. Über den im satten Grün von Frühlingslaub stehenden Hügeln zogen nur wenige harmlose Schönwetterwolken dahin.

Das Flusstal erstreckte sich etliche Meilen in westlicher und östlicher Richtung und war flach und fruchtbar. Der Wind malte wellenförmige Muster auf die gelb leuchtenden Rapsfelder, zwischen denen hier und dort die Kühe grasten. Auf einem der Äcker, die sich der Biegung des Flusses anschmiegten, mühte sich ein Bauer mit seiner Pflugschar, vor die er zwei Ochsen gespannt hatte.

Es war eine herrliche Ruhe im Tal. Auf der Straße, die Limpert nach einigen Minuten erreichte, waren keine Reisenden zu erblicken. Einige wonnige Augenblicke ließ der gezeichnete Mann die frische Maienluft in seine Lungen dringen, und mit jedem Atemzug kehrte ein wenig Lebensfreude zurück.

Ja, in der Tat, vielleicht war diese Welt doch nicht so schlecht, wie es ihn manchmal dünkte. Und auch Limperts Glaube an das Gute in den Menschen regte sich wieder.

9

Sonntag, 9. Januar 1994, 13:45 Uhr

Die in undefinierbarer Höhe hängende Wolkendecke machte es unmöglich, eine Uhrzeit abzuschätzen. Der Schneefall hatte etwas nachgelassen, doch zur wesentlichen Verbesserung der Straßenverhältnisse in der Region trug das kaum bei. Im Verkehrsfunk hieß es weiterhin, man solle Autofahrten lieber meiden und sich laufend per Radio informieren. Die Autobahnen weitgehend schneefrei zu halten, hatte natürlich oberste Priorität. Auf den meisten Nebenstrecken hingegen musste man sich immer noch mit Geduld wappnen oder auf die Eigeninitiative von Landwirten hoffen, die einen Schneepflug besaßen.

So war Eric zur Untätigkeit verdammt, obwohl ihm unzählige Fragen unter den Nägeln brannten. Er hätte gerne Nachforschungen angestellt, doch dazu musste er erst einmal hier wegkommen, was ihm zurzeit sowohl durch die klimatischen Verhältnisse als auch durch die familiären Verpflichtungen verwehrt wurde.

Ellen und er waren schon seit über einem Jahr ein Paar, doch die Eltern und den Großvater hatte er erst im vorigen Sommer kennengelernt. Sie hatten es ihm nicht allzu schwer gemacht und ihn mit offenen Armen in der Familie aufgenommen. Eric hatte jedoch von Anfang an bemerkt, dass gewisse Themen bei Gesprächen gern vermieden wurden.

Dabei handelte es sich meist um Karls und Georgs politische Vergangenheit. Wobei Eric aufgrund von Ellens Andeutungen vermutete, dass die beiden nicht allzu viel mit der Stasi am Hut gehabt hatten, vielmehr im Gegenteil. Die geografische Randlage der Region hatte es mit sich gebracht, dass die hier Lebenden unter besonderer Obhut der Staatsmacht gestanden hatten. Sowjetische wie auch DDR-Soldaten waren ständig präsent gewesen, um das Land vor der drohenden Gefahr aus dem Westen zu »schützen«. Auf den Landkarten allerdings existierten die Dörfer entlang der metall- und splitterminenbewehrten Grenze nicht einmal.

Dieser Staatswillkür begegneten einige mit Resignation, Zynismus oder bescheidenem Widerstand. So konnte sich Eric durchaus vorstellen, dass Karl gern Witze über die Staatsbediensteten gemacht hatte und dabei gewiss gerade in den frühen Jahren der DDR öfter angeeckt war. Möglich, dass er so die Grenze des Machbaren ausgelotet und irgendwann eingesehen hatte, dass es besser war, den Mund zu halten.

Von Georg erfuhr er hingegen persönlich, dass er einmal eine Nacht in einer Kaserne in Lauchröden in Untersuchungshaft gesessen hatte, weil er bei der Feldarbeit westlich von Unterellen mit dem Fernglas Richtung Westen geschaut hatte. Georg brüstete sich nicht mit dieser Aktion, machte aber auch keinen Hehl daraus, wie er die Handlungsweise der Grenzer wertete.

Diese Zeit war nun schon seit über vier Jahren vorüber und trotz allem an den Stammtischen der Kneipen noch immer das meist gehörte Thema, und sei es nur, um die Unsicherheit der neuen Ordnung zu bewältigen. Natürlich gab es die, welche die Mauer und den

Zaun am liebsten wieder aufgebaut hätten, seltsamerweise auf beiden Seiten, doch im Großen und Ganzen waren hier alle sehr zufrieden mit der jüngeren Vergangenheit. Das lag unter anderem wohl daran, dass gerade an der Grenze viele Familien und Freunde wieder zusammengefunden hatten und auch neue Bande geschlossen werden konnten. Wie bei Ellen und Eric.

Eric hörte diese Geschichten sehr gern. Er selbst war in Hessen, etwa dreißig Kilometer von der Grenze entfernt aufgewachsen und hatte wie die meisten von den Verhältnissen auf der anderen Seite der absurden innerdeutschen Trennungslinie kaum etwas mitbekommen. Vieles von dem, was er erfahren hatte, besonders bei Exkursionen in den Grenzbereich mit seinen Eltern oder auch einmal mit der Schulklasse, war schwer vorstellbar. Allein der technische Aufwand zur Sicherung, die Bösartigkeit der Anlagen, ließ ihn jedes Mal schaudern. Ein Besuch im nahegelegenen Grenzmuseum Schifflersgrund, das bereits ein Jahr nach der Wiedervereinigung eröffnet worden war, hatte ihm noch einmal eindringlich klargemacht, wie krank dieses System und seine Machthaber offenbar gewesen waren. Und dass es deshalb letzten Endes hatte zugrunde gehen müssen.

Der Tag verlief in aller Ruhe eines verschneiten Januarsonntags mit einem üppigen Mittagessen, einem Verdauungsspaziergang und Kaffee und Kuchen am Nachmittag. Dazwischen rief Georgs Cousin Hans an. Er hatte einen Blick in den Motorraum geworfen und festgestellt, dass das Hauptkabel am Zündverteiler angeknabbert war, vermutlich das Werk eines Marders. Die holprige Straße hatte dem Kabel dann den Rest gegeben. Eric war erfreut zu hören, dass Hans den Schaden bereits behoben hatte. Er konnte seinen Wagen am Abend zurückbekommen.

Später sahen Ruth und Ellen fern, während Karl, Georg und Eric sich dem Skat hingaben und Tee tranken. Dabei wurde es draußen schon wieder langsam dunkel.

»Und du willst wirklich heute noch fahren?«, fragte Georg zum wiederholten Male. »Gibt's denn morgen irgendwas Wichtiges an der Uni?«

Eric rümpfte die Nase. »Eine Vorlesung bei Professor Fendrich«, erklärte er missmutig.

»War das nicht der Hektische?«, fragte Karl grinsend.

»Genau der«, sagte Eric und lächelte. »Habe ich von dem schon mal erzählt?«

»Du nicht, aber Ellen«, antwortete Georg an seines Schwiegervaters statt.

»Wusste gar nicht, dass der Mann eine solche Popularität genießt«, wunderte sich Eric und warf Ellen einen fragenden Blick zu, den diese nur schulterzuckend erwiderte. Sie lächelte ihr atemberaubendes Lächeln, das ihn regelmäßig dahinschmelzen ließ. Es fiel ihm schwer, sich wieder den beiden Männern und dem Kartenspiel zu widmen.

»Jedenfalls«, setzte er hinzu, »besuche ich seine Veranstaltung nur deshalb, weil ich noch ein paar Scheine brauche, und dazu«, er verfiel in einen nasalen Tonfall, »muss sich mir der *Professor Hektisch* geneigt zeigen.« Die Männer lachten.

Nach dem Abendessen packte er seine Sachen zusammen, wobei Ellen, in den Türrahmen gelehnt, ihm nachdenklich zusah. Er konnte ihren Blick im Nacken regelrecht spüren.

»Was ist, Süße?«, fragte er schließlich, trat zu ihr und nahm sie in den Arm.

»Bist du sicher, dass du jetzt noch loswillst?« Sie zupfte einige ihrer dunklen Haare von seinem graublauen Wollpulli. »Ich finde es ziemlich gefährlich, bei den Straßenverhältnissen in der Dunkelheit zu fahren.«

»Ich mach das ja nicht zum ersten Mal«, seufzte Eric. »Und ich muss morgen wirklich um acht an der Uni sein. Da kann ich es nicht riskieren, in den Berufsverkehr zu geraten.« Ellen legte ihren Kopf an seine Schulter und drückte ihren Oberkörper fest an den seinen. »Das ... verstehst du doch, oder?«, setzte er unsicher hinzu.

Ihre Sorge verwirrte ihn, schließlich kannte sie seinen umsichtigen Fahrstil. Noch mehr brachte ihn jedoch ihr anschmiegsamer und doch fester Busen aus dem Konzept, der sich sanft, aber eindringlich an seine Rippen drückte.

»Hmm«, gab Ellen bloß zur Antwort. Ihre rechte Hand wanderte auf seinem Rücken abwärts, während die linke Eric weiter in der Umarmung gefangen hielt. »Du weißt ja, wie wichtig du mir bist. Ist verständlich, dass ich mir Sorgen um dich mache, ich will schließlich nicht, dass dir was passiert.«

Ellens Hand erreichte Erics Po, den sie fest mit ihren schlanken Fingern umschloss. Auf einem Bein balancierend, gab sie der Zimmertür mit dem freien Fuß einen Stoß, woraufhin diese ins Schloss fiel. Sanft drängte sie ihn rückwärts in Richtung Bett, auf das sie gemeinsam niederfielen.

Ein wohliger Seufzer entfuhr Eric, als Ellen ihn unerwartet fest an sich drückte und ihm mit ihrem Bein zwischen den seinen unmissverständlich klarmachte, dass sich der Abschied noch etwas verzögern würde.

10

Montag, 10. Junuar 1994, 10:34 Uhr

Vollkommen müde schleppte sich Eric aus dem Hörsaal in Richtung Mensa, um sich zunächst einen Kaffee zu ziehen. Er fragte sich, ob sich die Strapazen des weiten Weges und des frühen Aufstehens wirklich lohnten, um die indogermanischen Grundlagen der deutschen Sprache über sich ergehen zu lassen.

Nun gut, seine Anwesenheit zählte, und Professor Fendrich hatte seine Präsenz wohlwollend zur Kenntnis genommen. Wie konnte sich der kleine Mann, der ansonsten einen recht schusseligen Eindruck machte, nur all die Gesichter und darüber hinaus noch die geistigen Qualitäten, die sich dahinter verbergen mochten, überhaupt merken? Fendrich war weit über sechzig und vermittelte bei seinen Ausführungen, zu denen er selten an seinem Pult zu sehen war und stattdessen hektisch hin und her lief wie eine Labormaus, immer wieder den Eindruck, als wisse er am Ende nicht mehr, mit welchem Thema er eigentlich ursprünglich angefangen hatte, er sprang einfach von Gedanke zu Gedanke.

Die Mensa war noch ziemlich leer. Viele Studenten reisten erst im Laufe des Montagvormittags an und ließen dafür die eine oder andere

Vorlesung sausen. Die meisten Dozenten waren das gewöhnt. Schließlich trugen die Studierenden selbst die Verantwortung für den Erfolg ihres Studiums.

Eric schlurfte zum Kaffeeautomaten, spendierte sich einen großen Becher Kaffee und ließ sich damit an einem der Tische in der Nähe eines Fensters nieder. Wie immer war die schwarze Brühe zu heiß und darüber hinaus zu fad, selbst ohne die Zugabe solch überflüssiger Substanzen wie Milch und Zucker.

Der gepflasterte Platz vor der gewölbten Fensterfront war fast menschenleer. Nur der Hausmeister war zu sehen, er mühte sich damit ab, den Bereich vor dem Haupteingang vom Schnee freizuhalten. Er hatte quer über den Campus hinüber bis zur Busstation an der Straße einen Pfad freigeschoben, der etwa einen Meter breit und vorne bereits wieder weiß bepudert war, noch bevor er hinten angelangt war. Eric bewunderte die Gewissenhaftigkeit, mit welcher der Mann diese Arbeit ausführte.

Ab und an stapfte eine bis auf das Gesicht verhüllte Gestalt durch die Winterlandschaft. Hinter Eric füllte sich die Mensa allmählich mit Leben, während er die wohlige Wärme des Kaffees genoss und das Gebräu erstaunlicherweise trotz seiner bescheidenen Qualität seine anregende Wirkung entfaltete.

»Na, auch schon auferstanden?«, fragte eine müde männliche Stimme hinter ihm. Ohne sich umzudrehen, wusste Eric, dass es Bernd war, der hochgeschossene, rotlockige Motorradfreak aus Nordhausen. Er ließ sich plump auf einen Stuhl an Erics Tisch sacken, sein Rucksack landete daneben.

»Hm«, erwiderte Eric müde. »Hab mir schon Fendrich angetan.« Er schlürfte an seinem Kaffee.

»Hast du sonst nichts zu tun?«, fragte Bernd in gespieltem Unverständnis. »Hab ich was verpasst?«

Eric winkte ab. »Nicht das Geringste. Kennst den doch. Es ging mir bloß darum, körperlich anwesend zu sein.«

»Hättest vielleicht lieber den Rest von dir auch mitbringen sollen«, sagte Bernd ernst. »Du siehst übrigens furchtbar aus. Was'n passiert? Zu viel gesoffen? Geraucht? Ge …«

»Frag nicht«, unterbrach ihn Eric. »Ich hab ein absolut … bizarres Wochenende hinter mir. Wenn ich dir erzähl, was ich erlebt habe, hältst du mich garantiert für vollkommen krank.« Er massierte sich die Schläfen.

Bernd grinste und entblößte seine makellosen Zahnreihen. »Los, raus damit! So krank, wie du aussiehst, kann deine Geschichte gar nicht sein.«

Die beiden hatten sich kennengelernt, als Eric nach dem Disput mit seinen Eltern seine nötigsten Sachen gepackt und per Interrail-Ticket Südosteuropa bereist hatte. Bernd war es, der Eric dazu überredet hatte, sein Studium in Jena anzutreten und nicht in Frankfurt. Sie hatten vom ersten Tag an gleich getickt und so manche Nacht durchgezecht. Nach zwei Semestern hatte dieser Drang etwas nachgelassen, so dass sie sich hin und wieder auch mit einigen anderen zu einem Videoabend in wechselnden Studentenbuden mit trashigen Karatefilmen, zwei, drei Kisten Bier für die Jungs und ein paar Flaschen Pushkin Red für die Mädels getroffen hatten. Nicht immer waren alle am selben Ort und mit derselben Menge an Textilien bekleidet wieder aufgewacht. Diese Ausschweifungen hatten nachgelassen, schließlich ganz aufgehört. Bernds und Erics Freundschaft aber hielt an, auch wenn sie sich inzwischen seltener trafen, weil Eric natürlich mehr Zeit mit Ellen verbringen wollte.

»Okay, Bernd, du kennst mich«, versuchte Eric einen Anfang. »Und du weißt, ich würde dir nie irgendwelchen Stuss erzählen.«

»He, ich bin der Bernd«, rief sein Gegenüber aus und breitete einladend die Arme aus.

Eric musste lächeln. »Dann hör zu.«

»Wir haben ja viel blöden Splatterscheiß zusammen gesehen, aber das – das ist die abgefahrenste Geschichte, die mir je untergekommen ist.« Bernd hatte die ganze Zeit schweigend zugehört und dabei das Kinn in der Hand vergraben, den Ellenbogen auf den Tisch gestützt. Sein Blick war von anfänglicher Belustigung über ernsthafte Bestürzung bis zu aufkeimendem Unglauben gewechselt. Eric hatte ab und an nachgefragt, ob es überhaupt Sinn machte weiterzuerzählen. Bernd hatte immer heftig nickend bejaht und Eric nicht einmal unterbrochen.

»Du glaubst mir also nicht?«, fragte Eric zweifelnd.

»Dass die Story der blanke Wahnsinn ist, heißt nicht, dass ich sie dir nicht abkaufe.« Bernd verschränkte die Arme vor der Brust und lehnte sich zurück, was der Plastikstuhl mit einem erbosten Quietschen honorierte. »Und, was hast du jetzt vor?«

Eric zuckte mit den Achseln. »Wenn ich das bloß wüsste. Ich könnte das Ganze natürlich vergessen, oder es zumindest versuchen, und die Polizei vor Ort das alles klären lassen. Ich habe allerdings das Gefühl, dass die Jungs in Grün in der falschen Suppe stochern.«

»Du bist also davon überzeugt, dass dieser Typ auf dem Schlitten was mit dem Mord zu tun hat«, stellte Bernd noch einmal fest. Eric nickte stumm. »Dann solltest du versuchen, etwas über ähnliche Vorkommnisse in dieser Gegend herauszufinden.«

»Könnte schwierig werden«, gab Eric bitter zurück. »Die Menschen dort sind nicht gerade sehr redselig. Zumindest nicht, was dieses Thema angeht. In der Kneipe haben sie mich alle bloß angesehen wie einen Außerirdischen, der Sarmisch druckst rum wie ein schüchterner Schuljunge. Und Ellen und ihre Familie haben auch nicht gerade mit Informationen um sich geworfen, als ich sie nach Einzelheiten zum Tod des Kfz-Mechanikers aus Förtha fragen wollte. Jetzt habe ich kaum noch Hoffnung, jemandem zu begegnen, der etwas auskunftsfreudiger ist.«

»Bibliotheken?«

»Das wäre meine nächste Anlaufstelle, und zwar unsere, hier an der Uni.«

Bernd schnalzte mit der Zunge und deutete anerkennend mit dem Zeigefinger auf seinen Freund. »Das ist es. Wann gehen wir hin?«

»Du willst mit?« Eric hob eine Augenbraue.

»He, du hast doch wohl nicht vor, deinen Kumpel auszubooten, wenn's endlich mal wieder interessant wird, oder?«

»Würde mir im Traum nicht einfallen!«

Ihr anfänglicher Optimismus verwandelte sich schnell in Ernüchterung, als sie von einer Fülle historischer Daten förmlich erschlagen wurden. Die Jenaer Unibibliothek war in hervorragendem Zustand und genoss dazu noch den Ruf, eine der umfangreichsten Bibliotheken des Landes zu sein.

»Boah!«, grunzte Bernd am späten Nachmittag und knallte einen dicken Wälzer vor sich auf den Tisch. »Wie kommen denn die ganzen Schinken hierher? So viele Bücher kann es doch gar nicht geben!«

»Wieder nicht aufgepasst, hä?«, fragte Eric im nasalen Tonfall von Fendrich. »Thüringen hat über Jahrhunderte hinweg in der Kleinstaaterei zahlloser Herzog- und Grafentümer verbracht, das heißt, sie hatten keine Kohle, um durch teure Kriegszüge Herrschaftsgebiet und Ruhm zu mehren.«

»Na und?«, gab Bernd wegwerfend zurück. »Was hat das mit den Schmökern hier zu tun?«

»Kultur kostet nicht viel und ist dem Ansehen förderlich, dachten die Herrscher damals, deshalb haben sie Dichtung und Kunst gesponsert und so Stars wie Schiller, Goethe, Richard Wagner, Franz Liszt und Richard Strauß für die Gegend begeistern können. Und unsere Uni ist schließlich schon im 16. Jahrhundert gegründet worden und hat in ihren Bibliotheken über die vielen Jahre zahlreiche Bücher angesammelt. Und mittendrin sitzen wir jetzt.«

»Was du so alles weißt ... aber hilft uns das weiter?«

Eric zuckte mit den Achseln. »Nicht wirklich.«

Für Bernd und Eric war es schwierig, irgendwelche Informationen über die jüngere Geschichte der Region westlich von Eisenach zu finden. Die DDR-Historiker schienen sich für die Gegend nicht interessiert zu haben, aber auch ältere Werke waren nicht ergiebiger. Vermutlich war hier während der vergangenen fünfhundert Jahre wirklich nichts Spektakuläres passiert, was wichtig genug gewesen wäre, um in einem Geschichtsbuch Erwähnung zu finden.

Übergeordnete politische Ereignisse und Zustände fanden sich freilich zuhauf. So war die Region, durch die sich der Fluss Werra schlängelte, Grenzgebiet gewesen, seit es menschliche Besiedlungen gab, und diese Grenze hatte sich mehrere Male durch Kriege zwischen einzelnen Königshäusern verschoben. Auf das Leben vor Ort schienen diese Rangeleien kaum einen nennenswerten Einfluss gehabt zu haben.

»Sag mal«, fragte Bernd am Dienstagabend, als sie über die großen politischen Ereignisse hinaus nichts weiter erfahren hatten, »macht das eigentlich irgendeinen Sinn?«

»Was meinst du?«, wollte Eric wissen und sah von dem Schmöker auf, der ihm gerade von der Landwirtschaft im 17. Jahrhundert berichtete und ihn nicht recht zu fesseln vermochte.

»Ich meine, dass die Leute damals wohl nicht an irgendwelchen Krankheiten oder in einem Krieg gestorben sind, als viel mehr an

Langeweile.« Bernd machte eine übertrieben verzweifelte Geste. »Da war ja nix los, aber auch gar nix. Was haben die denn die ganze Zeit gemacht?«

»Hm, gearbeitet und gepimpert«, sinnierte Eric. »Arterhaltung, du verstehst?« Er grinste vielsagend.

Bernd seufzte. »Schon klar. Was ich meine, ist, dass wir so nicht weiterkommen. Es gibt einfach keine Lokalgeschichte für deinen Landstrich.«

»Hast du eine andere Idee? Eine umfangreichere Bibliothek werden wir in der Nähe sicher nicht finden.«

»Aha!«, rief Bernd aus. »Nicht hier! Da hast du wohl Recht. Was ist mit der Gegend, wo das alles passiert ist?«

»Ich glaube nicht, dass dort jemand über alte Bücher verfügt, die uns Aufschluss über einen unheimlichen Schlitten geben.«

»Vielleicht finden wir ja nichts, weil es nichts zu finden gibt in der Vergangenheit. Könnte es nicht tatsächlich auch ein psychopathischer Killer sein, der dort sein Unwesen treibt? Ein durchgedrehter Ex-Knacki oder Junkie, der mit seiner neuen Umgebung nicht klarkommt, weil er immer noch so komische Stimmen hört?«

»Schon ...«, gab Eric zögernd zu. »Aber ich habe diesen Schlitten gesehen! Ich spinn doch nicht.«

»Ist ja auch nicht gesagt, dass beides miteinander zusammenhängt. Vielleicht ein anderer Spinner, der gern die Leute zum Narren hält.«

Jetzt seufzte Eric. »Sag, Bernd, worauf willst du hinaus?«

»Ich möchte dir bloß raten, dich nicht zu sehr auf die mystische Variante zu versteifen. Es könnte durchaus auch eine normale Erklärung für die Todesfälle dort geben.« Bernd klappte lautstark das Buch vor sich auf dem Tisch zu. »Jedenfalls werden wir hier nicht fündig. Das ist alles zu grob. Wenn wir was rausfinden wollen, dann müssen wir die Leute vor Ort fragen.« Er lehnte sich zurück.

»In Eisenach gibt es bestimmt ein Stadtarchiv«, warf Eric müde ein.

»Guter Ansatz«, lobte Bernd. »Das sollten wir als Nächstes verwüsten. Und wie gesagt. Du musst die Leute dort ansprechen, die haben am ehesten noch eine Ahnung von irgendwelchen alten Geschichten.«

»Die Frage ist nur, ob sie mir auch davon erzählen.«

»Du kommst schon Freitagmittag?«, freute sich Ellen am anderen Ende der Leitung. Eric konnte den kleinen Luftsprung fast sehen, zumindest hörte er einen zufriedenen Seufzer. »Super, ich hab nachmittags auch frei. Ich freu mich auf dich!«

»Ich muss nur noch kurz etwas in Eisenach erledigen«, erklärte Eric müde. Die Nacht war lang gewesen, nachdem Bernd und er die Bibliothek verlassen und nur über Umwege durch eine Handvoll Kneipen in Erics Bude zurückgekehrt waren.

»Was denn?«, wollte Ellen in vollkommener Arglosigkeit wissen. Eric schätzte an ihr, dass sie an allem sehr interessiert war, ohne sie deshalb neugierig nennen zu müssen.

»Ich will noch was im Stadtarchiv recherchieren«, antwortete er.

Es entstand eine kurze Pause in der Leitung. »Hat das was mit dem vergangenen Wochenende zu tun?«, fragte Ellen. Ihre euphorische Stimmung schien einen Dämpfer zu erhalten.

Eric konnte sie nicht anlügen. »Das hat es. Versteh das bitte, Ellen, ich muss dem nachgehen. Du hast das alles nicht gesehen in Lauchröden.«

Sie seufzte. »Wie du willst.« Es klang nicht vorwurfsvoll, eher resigniert. »Ich kann dich ja eh nicht daran hindern, oder?«

»Du kennst mich eben.«

11

Freitag, 14. Januar 1994, 9:03

»Am ehesten finden Sie das unter *Kriminalfälle*. Kommen Sie, ich zeige Ihnen, wo das ist.« Die kleine grauhaarige Frau mit der Hornbrille humpelte erstaunlich fix von dannen und wäre unauffindbar in den Schluchten der Bücherregale verschwunden, wenn Eric ihr nicht gleich gefolgt wäre.

Das Stadtarchiv von Eisenach war ein vor Jahrzehnten zuletzt im Innern renovierter Bau mit hohen Räumen und ebenso hohen Fenstern. Durch sie entschwand viel der Wärme, die von den vergilbten

Rippenheizungen abgegeben wurde. Trotzdem herrschten angenehme Temperaturen, und Eric ertappte sich dabei, wie er sich Gedanken über die Heizkosten dieses Gebäudes machte.

Er fand die hagere Archivarin vor einem Regal voller recht alter Bücher vor allem mit braunen und grauen Rücken, die meisten davon in Leinenbindung. Hier und dort ragte ein ausgefranstes Kapitelbändchen über das Regalbrett hinaus. Die schwarze oder goldene Schrift auf den Buchrücken war in der Regel ziemlich verblasst, die Titel in Altdeutsch.

»Können Sie das lesen?«, wollte die Frau wissen. Sie hatte den Kopf in den Nacken gelegt, um durch den Kurzsichtbereich ihrer Gleitsichtbrille wenigstens ein paar Wörter zu entziffern.

»Ich studiere Germanistik«, erwiderte Eric lächelnd. »Da gehört altdeutsche Schrift zum Handwerkszeug.«

Sie nickte anerkennend. »Ich hab's damit nicht so, die Augen wollen nicht mehr so richtig. Worum geht's denn?«

»Ich recherchiere für einen Artikel über die Kriminalgeschichte der Gegend. Nichts Besonderes, nur ein paar Seiten für ein Projekt. Das wird eher was in Richtung Statistik, also komplett unspektakulär.« Er hoffte, ihr Interesse damit befriedigt zu haben.

»Na, dann wünsche ich Ihnen mal viel Erfolg.« Sie tätschelte Erics Arm und wackelte davon.

Immerhin stand Eric vor dem richtigen Regal. Hier fand sich alles, was auch nur im Entferntesten mit Verbrechen in der Gegend zu tun hatte, bis zurück ins neunzehnte Jahrhundert. Nach einigem Suchen hatte er ein halbes Dutzend Bücher zusammen, deren Vorworte auf einen interessanten Inhalt schließen ließen. Er trug sie an einen Tisch vor einer der glühenden Heizungen und begann mit seiner Recherche.

Zwei der Titel entpuppten sich als völlig unbrauchbar: Darin ging es um die Geschichte der Polizeiarbeit im Allgemeinen und um die der örtlichen Polizeibehörden. Die anderen Bücher hingegen zeichneten ein recht genaues, auch chronologisch korrektes Bild der Kriminalistik. Allerdings waren sie inhaltlich eher auf die Stadt Eisenach beschränkt.

Gegen Mittag klappte Eric das letzte Buch resigniert zu und lehnte sich auf dem hölzernen Stuhl zurück. Er war wohl zu optimistisch gewesen. Er schalt sich einen Trottel, angenommen zu haben, dass sich

Historiker auf so unbedeutende Gegenden wie das Werratal stürzten, um jedes noch so kleine Detail festzuhalten. Für Geschichtswissenschaftler waren Morde wahrscheinlich zu unwichtig. Oder zu häufig? Es gab sie überall, sie tauchten kurz in den Tageszeitungen auf, und wer dem Opfer nicht unmittelbar verbunden war, vergaß sie auch wieder …

Tageszeitungen, das war es. Wenn es um Ereignisse der jüngeren Geschichte ging, dann fanden sie sich in den Archiven der Zeitungen. Und die aktuelle Presse berichtete über vieles, was sich im Nachhinein nicht als wichtig genug herausstellte, um in den Bibliotheken aufbewahrt zu werden.

Eric sprang auf, brachte die Bücher an ihren Platz zurück und lief zu der Archivarin.

»Na, junger Mann, fündig geworden?«, wollte sie wissen.

Eric wiegte den Kopf und hob demonstrativ sein Notizbuch in die Höhe, in das er nur ein paar Zeilen geschrieben hatte. »Mehr oder weniger. Mir fiel gerade eben ein, dass die hiesigen Tageszeitungen doch bestimmt auch Archive haben, oder?«

Die rüstige Dame zuckte mit den Achseln. »Das denke ich schon.«

»Was für Zeitungen werden denn hier so gelesen?«

»Ich lese die Thüringer Allgemeine. Ansonsten gibt's noch die Thüringische Landeszeitung und ein paar kleinere, von denen erscheinen einige nur am Wochenende. Sie sollten bei den großen anfangen, da finden Sie am ehesten was.« Sie hob den Blick zu der Uhr über der Eingangstür. »Allerdings weiß ich nicht, ob die jetzt noch offen haben. Wenn die hier überhaupt ein Archiv haben, das sind nämlich eigentlich überregionale Zeitungen mit einem Lokalteil für Eisenach.«

»Ich versuche es. Wahrscheinlich schaffe ich es heute sowieso nicht mehr, die zu finden und abzuklappern.«

Die Archivarin gab ihm noch die Adresse der örtlichen Redaktion der Thüringer Allgemeinen, dann verabschiedete er sich und trat hinaus auf den wenig belebten Marktplatz.

Seit zwei Tagen hielt neben dem Schnee auch noch grimmiger Frost das Land im eisigen Griff, und die Menschen suchten lieber die wohlige Wärme ihrer Häuser und Wohnungen auf oder trafen sich auf heiße Getränke in den Lokalen. Der Glockenturm der Georgenkirche verblasste etwas im endlich schwindenden Dunst des Nebels. Viel mehr Helligkeit würde es nicht geben: Die Meteorologen hatten ein trübes Wochenende vorausgesagt.

Eric zog die Mütze tiefer ins Gesicht und vergrub die Hände in den Taschen seines dunklen Filzmantels. Die Zeitungsarchive waren wohl nicht ohne Weiteres zugänglich, vielleicht würde er eine Genehmigung benötigen. Das konnte er heute aber nicht mehr klären. Deshalb verschob er seinen Besuch dort. Ein anderer Gedanke kreiste jedoch in seinem Kopf: Sicher machte es Sinn, die Menschen vor Ort gründlicher zu befragen, so wie es auch Bernd geraten hatte. Noch kannte er nicht alle Hintergründe der anderen Todesfälle, jedenfalls viel zu wenig, um überhaupt Zusammenhänge zwischen ihnen und dem Mord am vergangenen Samstag herstellen zu können.

Er würde mit dem Mord in Förtha beginnen, von dem er letzten Sonntag aus dem Zeitungsartikel erfahren hatte, weil der Journalist eine mögliche Parallele zum Fall Friedrich Meister nicht ausschließen wollte.

Der Nebel war auf dem Friedhof von Förtha noch dichter als in der Stadt. Nur ein kleines Stück jenseits der Friedhofsbegrenzungen schien die Welt einfach aufzuhören, so als schwebe die ganze Fläche und der sich anschließende Hang mit den Grabsteinen mitten in den Wolken, Kilometer von der Erde entfernt. Die atemlose Stille, nur selten durchbrochen von einem vorbeifahrenden Auto, tat ihr Übriges, um Eric das Gefühl zu geben, sich in einer anderen Welt zu befinden. Viele Menschen mochte die Angst beschleichen, wenn sie sich nachts auf einen Friedhof begaben, doch das formlose Nichts, in dem sich dieser Ort zur Mittagszeit befand, gab ihm sogar etwas noch Unheimlicheres.

Eric schlug die Tür seines Jettas zu, ohne sie abzuschließen. Unwahrscheinlich, dass jemand in dieser Abgeschiedenheit eine solche Karre klaute. Kein weiteres Auto parkte entlang des Friedhofszauns, und nur wenige Reifenspuren durchpflügten den Schnee. Lediglich ein paar Einheimische schienen im Laufe der Woche den Weg auf den Friedhof gefunden zu haben. Ihre Fußspuren sammelten sich vor dem Tor und verteilten sich dahinter wieder in verschiedene Richtungen.

Es war nicht schwierig, die neueren Gräber ausfindig zu machen. Gewöhnlich dauerte es ein bis zwei Monate, teilweise sogar länger, bis das provisorische Holzkreuz gegen einen Grabstein ausgetauscht wurde. Ganze vier dieser Kreuze konnte Eric auf den ersten Blick entdecken. Zwei kamen nicht in Frage, da es sich bei den Verstorbenen um Frauen handelte. Eine weitere Begräbnisstätte war so neu, dass die Gestecke und Kränze aus dem Schnee ragten. Die Inschrift auf dem Kreuz besagte, dass der Tote über siebzig gewesen war.

Erst das vierte Grab schien das des gesuchten Opfers zu sein. Marc Bender, geboren am siebten Juni 1968, gestorben am einundzwanzigsten Dezember 1993. Eric hatte wieder die Hände in den Taschen vergraben und starrte eine ganze Weile auf die Inschrift. Nur 25 Jahre alt, nicht mal so alt wie er selbst. Die Kränze waren inzwischen abgeräumt worden und das kleine Urnengrab ansonsten kahl und in Erwartung des Grabsteines.

Ganz benommen trottete er zu seinem Auto zurück und stieg ein. Ihm war bereits kalt gewesen, als er ausgestiegen war, doch jetzt jagte ihm ein Schauer nach dem anderen über den Körper. Er stellte den Motor an und die Heizung auf die höchste Stufe. Da der Wagen nur kurz gestanden hatte, blies er noch einigermaßen warme Luft ins Innere, aber richtig wärmen konnte Eric das nicht.

Mitten im Dorf gab es eine einsame Telefonzelle, deren Scheiben bis oben zugefroren waren. Glücklicherweise war das Telefonbuch darin noch nicht irgendwelchen Vandalen zum Opfer gefallen, so dass Eric schnell den Namen Bender im örtlichen Verzeichnis gefunden hatte. Leider gab es gleich fünf Einträge.

Mühsam kramte er einige Groschen aus seiner Hosentasche und legte sie auf den Apparat. Mit zitternden Fingern wählte er die erste Nummer und wartete gespannt.

Nach nur zweimaligem Klingeln wurde abgehoben. Eine Frauenstimme undefinierbaren Alters meldete sich mit einem nichtssagenden »Hallo«.

»Ja, äh, hallo, mein Name ist Walter, Eric Walter«, stammelte er verlegen. Was tat er hier eigentlich? »Spreche ich mit Frau Bender?«

»Und wenn?«, erwiderte die Stimme mürrisch. »Was wollen Sie?«

Eric überlegte, ob es Sinn machte, sich irgendeine hanebüchene Story von einem entfernten Bekannten aus den Fingern zu saugen, der ihm Marc Bender als Kfz-Schlosser empfohlen hatte. Spätestens, wenn ihm gesagt wurde, dass der junge Mann tot war, wäre dem Gespräch jede Grundlage entzogen. Deshalb wagte Eric den Frontalangriff. »Sind Sie mit Marc Bender verwandt gewesen?«, fragte er geradeheraus.

»Sie meinen den Mechaniker, oder?«, wollte die Frau prompt wissen.

»Genau den.« Erics Stimme zitterte, seine Aufregung ließ sich nur schlecht verbergen.

»Nein, bin ich nicht«, gab die Frau zurück. »Da müssen Sie bei Benders in der Alten Marksuhler Straße anrufen.«

»Vielen Dank«, sagte Eric noch, aber die Frau hatte schon ohne ein weiteres Wort aufgelegt. Dass es so einfach sein würde, jemanden ausfindig zu machen, hatte er nicht gedacht. Er selbst wäre misstrauisch geworden, wenn ein Fremder ihn nach einem soeben Verstorbenen gefragt hätte.

Mit dem Zeigefinger im Telefonbuch suchte er die genaue Adresse der Benders heraus, wie sie ihm gerade genannt worden war. Er sparte es sich allerdings, dort erst noch anzurufen. Die – wenn auch schroffe – Offenherzigkeit der »falschen« Frau Bender ermutigte ihn, etwas direkter vorzugehen.

Das Haus war leicht zu finden, da sich in dem Telefonbuch ein Straßenplan befunden hatte. Es handelte sich um eines von vielen sehr ähnlichen Einfamilienhäusern, welche die hier Ansässigen mit großer Eigeninitiative und dem nötigen Geschick errichtet hatten. Über Jahrzehnte hinweg war es nur möglich gewesen, sich etwas Eigenes zu schaffen, indem man sich auf die Unterstützung von Freunden und Verwandten verließ und bei der Beschaffung von Material auf fairen Tausch zählen konnte.

Auf diese Weise hatte es das Haus der Benders jedoch nicht bis zum Putz geschafft und wirkte durch die groben Gasbetonsteine etwas unansehnlich. Durch ein metallenes Gartentörchen neben dem Gebäude gelangte man zur seitlichen Eingangstür, die über einige Stufen erreichbar war. Mit nicht nur vor Kälte zitternden Fingern klingelte Eric.

Eine leicht untersetzte Frau, die Eric auf den ersten Blick auf Mitte fünfzig schätzte, öffnete ihm. Sie trug eine längs gestreifte Kittelschürze, darunter einen schwarzen Pullover und schwarze Hosen. Ihr Haar war grau und kurz, was wahrscheinlich einem eher praktischen Sinn entsprach, und ihr Blick strahlte auf unheimliche Art eine Menge Lebenserfahrung aus, ohne dabei überheblich zu wirken. Sie wischte sich die Hände an einem Geschirrtuch trocken, das sie sich über die Schulter geworfen hatte. Fragend sah sie ihn an.

»Guten Tag«, begann Eric unsicher. »Sind Sie Frau Bender?«

Sie nickte. »Ja, und Sie?«

»Mein Name ist Eric Walter.« Er schöpfte etwas Mut, da die Frau keine absolut abweisende Haltung einnahm. Was noch kommen mochte. »Es … tut mir leid, Sie damit behelligen zu müssen, aber es geht um Ihren Sohn.«

Jetzt verschränkte die Frau die Arme vor der Brust. Immerhin, dachte Eric, wirft sie mir nicht gleich die Tür ins Gesicht.

»Und worum genau geht es?«, fragte sie knapp. Eric sah, dass er tief in ihrem Inneren etwas getroffen hatte. Als er nicht sofort reagierte, setzte sie barsch hinzu: »Sie sind doch nicht etwa wieder einer von diesen Sensationsreportern, oder?«

»Nein, bestimmt nicht«, beeilte sich Eric zu erwidern. »Und auch nicht von der Polizei, bevor Sie mich das fragen.« Er rang sich ein beschwichtigendes Lächeln ab, und dieses schien tatsächlich etwas Wirkung zu zeigen.

»Kommen Sie herein«, forderte ihn die Frau überraschend auf und trat zur Seite. »Die ganze Wärme geht ja raus.«

Als Eric auf der knarrenden Eckbank in der Küche Platz genommen hatte, machte sie sich noch am Kohleherd zu schaffen. Zwei Töpfe standen blubbernd auf der Metallplatte und spien Dampf aus. Es roch appetitanregend nach Eintopf.

»Ich hoffe, ich störe Sie nicht beim Mittagessen«, entschuldigte sich Eric. Sie winkte jedoch ab.

»Ach wo. Das ist bloß Suppe, die eine für heute, die andere für morgen. Ich koche immer zwei auf einmal, ist ein Aufwasch.« Sie rührte mit einem Holzlöffel nacheinander in den Töpfen und zog dann vom Rand der Herdplatte einen Wasserkessel in die heißere Mitte. »Möchten Sie einen Tee?«

»Sehr gern«, sagte Eric. So viel Gastfreundschaft hatte er überhaupt nicht erwartet.

»Also: Woher kennen Sie meinen Sohn?«, fragte Frau Bender, während sie aus einem Oberschrank eine Porzellankanne und zwei Teebeutel hervorholte, und Erics Zuversicht schwand wieder.

»Ich kenne … kannte ihn eigentlich gar nicht.«

Sie hielt in der Bewegung inne und sah ihn nur fragend an.

»Ich habe aus der Zeitung von seinem … davon erfahren«, setzte Eric unbeholfen hinzu. »Sie müssen wissen, ich war letztes Wochenende in Lauchröden, habe dort übernachtet. Und ich war einer derjenigen, die Friedrich Meister gefunden haben.«

Ihr Blick sagte ihm, dass sie Bescheid wusste. »Und weiter?« Sie hängte die Teebeutel in die Kanne, indem sie die Fäden um den Griff schlang. Eric glaubte, ihre Finger zittern zu sehen.

»In dieser Zeitung schrieb der Journalist, dass gewisse Verbindungen zwischen dem Tod von Herrn Meister und dem Ihres Sohns Marc nicht auszuschließen seien.« Eric öffnete fragend die Hände. »Jetzt wüsste ich gern, welche Parallelen es da gibt.«

»Und warum?« Die Frage hatte kommen müssen, dennoch warf sie Eric aus der Bahn. Frau Bender nahm den schrill pfeifenden Wasserkessel vom Herd und goss das heiße Wasser in die Kanne.

Hektisch überlegte Eric, wie er plausibel erklären könnte, warum ihn die mysteriösen Todesfällen so sehr beschäftigten. Schwierig war dies umso mehr, da Frau Bender davon viel brutaler betroffen war. Was war, wenn sie kein Interesse an einer Aufklärung des Mordes an ihrem Sohn hatte, psychisch zu stark unter den Ereignissen litt? Trotz aller Bedenken wagte er es noch einmal, den direkten Weg zu gehen.

»Ich habe eine Ahnung, wer die beiden umgebracht haben könnte«, sagte er fest.

Mit einem Aufschrei verbrühte sich Frau Bender am heißen Dampf. Lautstark landete der Kessel auf der Herdplatte, bevor Frau Bender zum Waschbecken lief und kaltes Wasser über ihren Finger laufen ließ.

Eric war aufgesprungen und stand unsicher in einigem Abstand neben ihr. »Das tut mir leid. Kann ich Ihnen helfen?«

Sie winkte mit der freien Hand ab. »Schon gut, schon gut«, wiegelte sie ab. »Ist nichts passiert.«

Eric entschloss sich, den Tee fertig aufzugießen, wogegen Frau Bender offensichtlich nichts einzuwenden hatte. Auch als er aus einem Schrank mit einer Glastür zwei Tassen nahm, erhob sie keinen Protest, sondern sah nur stumm zu, wie er sie auf den Küchentisch mit der Wachstuchdecke stellte. Vollkommen verunsichert beobachtete er, wie Frau Bender das Wasser abdrehte und sich schwer auf die Eckbank fallen ließ, dorthin, wo er soeben noch gesessen hatte. Sie sah ihn traurig an. Seine Behauptung hatte sie hart getroffen, vermutlich sogar alte Wunden wieder aufgerissen, so eingesunken, wie sie dasaß.

»Woher wollen Sie das wissen?«, fragte sie leise, als sei in der Zwischenzeit nichts geschehen.

Die Hände in den Taschen vergraben stand er da und betrachtete verlegen den von der Teekanne aufsteigenden Dampf. »Ich glaube, ich bin ihm begegnet. Ich muss dazu sagen, dass meine Geschichte Ihnen sehr unglaubwürdig vorkommen wird. Jeder, dem ich sie bisher erzählt habe, hat mir den Vogel gezeigt.« Als er sie wieder ansah, entdeckte er in ihren Zügen ein waches Interesse. »Unter anderen auch die Polizei. Verstehen Sie mich bitte richtig: Diese Begegnung hat mich zutiefst … schockiert, verwirrt. Ich kann es nicht genau sagen. Außerdem bin ich ihm vorher begegnet, bevor wir Herrn Meister aufgefunden haben.«

»Und was veranlasst Sie zu der Annahme, dass es sich bei der Person, die Sie gesehen haben, um den Mörder meines Sohnes und auch Herrn Meisters handelt?« Aus ihrer Frage konnte er kaum Zweifel an der Glaubwürdigkeit seiner Äußerungen heraushören, vielmehr echtes Interesse.

Er straffte sich. »Herr Meister wurde mit einer Axt getötet. Diese … Person hatte eine solche bei sich.«

Sie schluckte schwer. »Und das reicht Ihnen als Beweis?« Jetzt lag schon eine gehörige Portion Zweifel in ihren Worten, die Eric in seinem Drang nach Aufklärung ein bisschen bremste.

»Ich bin der Person nur wenige Stunden vor der Entdeckung von Herrn Meister begegnet.« Die Beweiskraft seiner Theorie zerfiel mit seinen eigenen Worten vor ihm zu Staub. Er nahm die Teekanne und goss Frau Bender und sich Tee ein. »Sicher, das ist nicht viel und für die Polizei bei Weitem nicht genug, um dieser Spur nachzugehen. Aber ich … weiß es einfach.« Er stellte die Kanne wieder auf den Rand der Herdplatte, damit sie warm blieb, und setzte sich Frau Bender gegenüber auf einen Holzstuhl.

Sie schloss die Hände um die wärmende Tasse und blickte hinein. »Das mag für Sie ausreichen. Und vielleicht auch für mich. Aber haben Sie den Mut, noch weiter zu gehen, um mehr herauszufinden?« Sie sah ihn herausfordernd an, und ihre Augen, in denen diese unergründliche Lebenserfahrung lag, durchbohrten ihn, suchten seine Willenskraft und seine Aufrichtigkeit zu erforschen wie eine Taschenlampe ein Labyrinth.

Eric wusste nun, dass sie ihm glaubte. »Ich kann seit jener Nacht nicht mehr richtig schlafen«, sagte Eric ruhig. »Immer noch suchen mich die Bilder heim, der tote Fritz Meister, sein starrer Blick an die Decke. In seinem Gesicht lag einerseits ein Ausdruck von Entsetzen aber auch, irgendwie, von ... Wissen.«

»Welches Wissen?« Frau Bender setzte die Tasse wieder ab, die sie gerade zum Mund führen wollte.

Eric zuckte mit den Schultern. »Ich hatte das Gefühl, als habe er sich in seinen Tod ergeben. In seinen Augen lag so etwas wie Einsicht, ein Verstehen, warum er sterben musste. Als ob er seinen Mörder kannte.«

Frau Bender nickte nur, stand dann wortlos auf und verließ die Küche, Eric verwirrt zurücklassend. Nach wenigen Augenblicken kehrte sie mit einem Fotoalbum zurück, das sie vor ihm auf den Tisch legte und ganz weit hinten aufschlug, nachdem sie sich gesetzt hatte. Auf der aufgeschlagenen Seite waren vier Fotos eines jungen Mannes eingeklebt. Er trug kurzes, blondes Haar und war von recht kräftiger Statur. Die oberen beiden zeigten ihn mit stolzem Blick auf einem Motorrad, die zwei unteren bei einer Party in einem Garten, eines davon fast eine Portrait-Aufnahme.

»Ist das Ihr Sohn?«, fragte Eric, ohne eine Antwort zu erwarten. »Von wann sind die?«

»Das sind so ziemlich die letzten, die ich von ihm habe«, gab Frau Bender traurig zurück. »Diese Party war Ende September, da war es noch einmal recht warm.«

Eine kurze Weile dachte Eric nach und betrachtete die übrigen jungen Leute auf den Fotos. »Haben Sie von den Jugendlichen aus Lauchröden gehört, die im letzten Sommer auf der Burg ums Leben gekommen sind?«

Sie nickte ernst. »Natürlich, wer hat das nicht?«

»Kannten Sie sie?«

Sie lehnte sich zurück und sah ihn forschend an. »Nicht persönlich. Woran denken Sie?«

Weiter die Fotos betrachtend, erwiderte Eric: »Ich habe davon gehört, dass sie auf ähnliche Weise umgebracht wurden wie Fritz Meister.«

Frau Bender schloss die Augen und nickte wieder langsam. Ein Schluchzen entfuhr ihrer Kehle. »Und wie … mein Sohn …«, brach es aus ihr hervor. Es folgte ein hohes, erbarmungswürdiges Keuchen. Ihr Kopf sank auf die an der Tischkante gefalteten Hände.

»Es … tut mir unendlich leid, Frau Bender.« Erics Stimme krächzte. »Ich wollte Ihnen diese Erinnerungen ersparen.«

Sie hob den Kopf und lehnte sich wieder zurück. Mit einem Taschentuch aus ihrem Ärmel trocknete sie ihre Tränen. »Lassen Sie nur. Es ist gut, einmal darüber zu reden.« Ihre Augen hefteten sich an die Fotos ihres Sohnes, als sie fortfuhr. »Es hört ja sonst keiner zu, wenn man sie auf eine andere Erklärung hinweisen will. Ich habe schon so vielen gesagt, dass sie achtgeben müssen. Die Polizei jagt einem … Phantom hinterher, einem heimtückischen, psychopathischen Mörder. Wie kann das sein? Selbst den gerissensten Täter findet man wenigstens nach ein paar Wochen. Und hier gibt es nicht einmal den Ansatz einer Spur!«

»Dann denken Sie auch, dass …«

Sie beugte sich ruckartig vor, ihre Hände krallten sich in seinen Unterarm und hielten ihn davon ab, erschrocken zurückzuweichen. »Ich *denke* gar nichts! Ich *weiß*, dass da draußen jemand – oder etwas ist, das den Tod bringt. Und er verfolgt einen Plan.«

»Und woher wissen Sie das?«, fragte Eric und bemühte sich, den eisernen Griff an seinem Arm zu ignorieren. Ihre Hand blieb weiter zitternd darauf liegen, während die andere das Fotoalbum zurückblätterte. Ihr Zeigefinger landete zielsicher auf einem Mann Anfang dreißig, groß gewachsen und etwas hager, in einer Uniform. Auf diesem Foto war neben ihm auch sie selbst zu sehen, nur ihr Haar trug sie darauf länger, und es war schwarz, nicht grau wie jetzt.

»Das ist mein Mann Manfred«, sagte sie knapp. »Marcs Vater.« Eric sah sie fragend an, woraufhin sie fortfuhr. »Er starb bei einem Autounfall, im Frühjahr 1970. Er kam mit einem geplatzten Reifen von der Straße ab, morgens auf dem Weg zum Dienst, und prallte gegen einen Baum. Angeblich war er sofort tot.« Endlich ließ sie seinen Arm los und lehnte sich wieder zurück.

Draußen war es unmerklich dunkler geworden. Der Himmel hatte sich zugezogen und drohte neue Ladungen Schnees auf die Erde zu entlassen. Der eisige Wind wehte bereits erste Flocken herbei.

»Und was denken Sie?«, wollte Eric wissen, als Frau Bender ihn einige Augenblicke nur bedeutungsvoll angesehen hatte.

Sie seufzte. »Ich habe kurze Zeit später mit einem Volkspolizisten gesprochen, der vor Ort war. Er sagte, Manfred habe einen Ausdruck im Gesicht gehabt, der ihn selbst das Fürchten gelehrt habe. Er muss aus dem Seitenfenster mit weit aufgerissenen Augen etwas ... Imaginäres angestarrt haben.« Sie nickte ernst, als sie Erics verblüfften Blick sah. Es war ihr anzumerken, wie schwer es ihr fiel weiterzusprechen, doch im gleichen Zuge verschaffte es ihr Erleichterung.

»Und das ist noch nicht alles. Als man im Anschluss den Reifen untersuchte, stellte man fest, dass er nicht bloß geplatzt war, er schien mit Gewalt durchschnitten worden zu sein. Man fand Metallsplitter im Mantel, die angeblich von einem Stück Stahl auf der Straße herrühren sollten. Allerdings hat man dort so gut wie jeden Quadratzentimeter umgedreht und nicht den Hauch eines passenden Metallteils gefunden.« Frau Bender hatte sich weit nach vorn gebeugt und sah Eric verschwörerisch an. »Ich glaube, Sie wissen, was ich denke.«

Langsam nickte Eric, während er weiterhin das alte Foto der Benders betrachtete, das noch vor der Geburt ihres Kindes entstanden sein musste. Eine junge Familie, voller Pläne und Hoffnungen, in Vorfreude vielleicht schon auf die Nachkommen. In Erics Kopf begann ein Gedanke Form anzunehmen, der seit einigen Tagen als nicht greifbarer Nebel dort herumgewabert war, zu diffus, um ihn fassen zu können. Doch er wurde von Frau Bender unterbrochen, bevor er ihn greifen konnte.

»Es gibt noch etwas.« Wortlos blätterte sie im Album ganz nach vorn, ergriff ein lose darin liegendes Foto an einer Ecke und zeigte es Eric. Er runzelte die Stirn.

»Marcs Tante, meine Schwägerin. Sie starb vor über zwanzig Jahren, kurz nach Marcs Geburt, in einer geschlossenen Anstalt in Eisenach.«

»Herrje, ist Ihrer Familie denn nur Unglück beschieden?«, fragte Eric bestürzt.

»Sie wurde von Albträumen geplagt, litt unter Verfolgungsängsten, war am Ende sogar selbstmordgefährdet«, fuhr Frau Bender ungerührt fort.

»Hat sie sich selbst umgebracht?« Erics Entsetzen wuchs mit jedem ihrer Worte.

»Wenn man der Version des obduzierenden Arztes glaubt, ja. Sie hatte einen furchtbaren Ausdruck im Gesicht, wie mein Mann und auch Friedrich Meister, wie Sie sagen. Der Arzt schrieb in seinem Bericht, sie hätte sich selbst die Kehle durchtrennt, während sie im Bett lag.« Eric riss entsetzt die Augen auf. Frau Bender beugte sich so weit vor, dass ihr Gesicht nur wenige Fingerbreit vor seinem schwebte. Nur so konnte er sie flüstern hören: »Aber wie wahrscheinlich ist es, dass man sich dabei selbst fast den Kopf abtrennt?«

Mit zitternden Knien stieg Eric aus seinem Wagen und eilte zur Haustür. Ellen öffnete, bevor er den Klingelknopf erreicht hatte.

»Himmel«, rief sie aus, »du siehst ja furchtbar aus!« Sie fiel ihm um den Hals, küsste ihn innig und drückte ihn kurz an sich. »Komm rein.«

Teilnahmslos folgte er Ellen ins Wohnzimmer, wo er sich schwer auf die Couch fallen ließ.

»Was ist denn los?«, fragte sie besorgt und hockte sich vor ihm hin, seine Knie ergreifend. Sie machte sich ernsthaft Sorgen um ihn.

Eric fasste ihre Hände. Seine Finger waren so kalt, dass sie zusammenzuckte. »Ellen, seit letztem Wochenende habe ich fast nicht mehr geschlafen, so sehr geht mir diese ganze Geschichte durch Mark und Knochen. Ich fühl mich total gerädert.« Er seufzte tief.

Sie rieb seine Handflächen, damit sie wenigstens ein bisschen warm wurden. »Meinst du nicht, dass die Zeit für dich arbeiten wird?«

»Ich denke nicht«, meinte er kopfschüttelnd. »Ich glaube, dass die Bilder sich immer fester in meinen Kopf setzen und dass die Zeit eher gegen mich arbeitet.«

Ellen blickte auf seine Hände, überlegte eine ganze Weile. Ein Gedanke suchte seinen Weg nach draußen. Mit einiger Überwindung sagte sie: »Dann solltest du etwas tun.«

»Das habe ich bereits.« Eric sah ihr fest in die Augen. Ellen war nicht diejenige, die es ihm übel nahm, wenn er ohne ihr Wissen handelte. Sie beide waren unabhängig voneinander sehr unternehmungslustig und fühlten sich nicht verpflichtet, dem anderen über alle Taten Rechenschaft abzulegen. Ellens Reaktion auf seine Äußerung war daher nur ein bestätigendes Nicken, keine Verärgerung. Und eine Spur Furcht entdeckte Eric in ihrem Gesicht.

In kurzen Worten vermittelte er seiner Freundin, welche Gedanken er sich im Laufe der Woche gemacht und was er allein an diesem Mittag herausgefunden hatte. Als er wiedergab, was Frau Bender ihm erzählt hatte, wich langsam die Farbe aus Ellens Gesicht, sie musste mehrfach schwer schlucken und sich schließlich neben ihn setzen. Ihre Beine hatten kaum merklich zu zittern begonnen.

»Sei mir bitte nicht böse, weil ich so auf eigene Faust losgezogen bin, ohne dir was zu sagen«, versuchte Eric das Gespräch wieder aufzunehmen, als Ellen eine ganze Weile nicht reagierte, geschweige denn etwas gesagt hätte. Seine halbherzige Entschuldigung schien sie aus ihrer Lethargie zu reißen. Sie sah ihn kopfschüttelnd an, die Lippen aufeinandergepresst.

»Mach dir keine Gedanken«, sagte sie schließlich, »erstens finde ich es gut, dass du der Sache nachgehst, und zweitens habe ich sowieso damit gerechnet.« Ellen tätschelte lächelnd sein Knie. »Mein kleiner Sherlock Holmes.«

Die zweite Begründung kaufte er ihr ohne Weiteres ab. Sie wusste nur zu gut, dass er ungelöste Probleme nicht gern auf die lange Bank schob und es ihm schlicht unmöglich war, seinen Wissensdurst zu ignorieren. Eric glaubte allerdings nicht, dass sie seinen Tatendrang hundertprozentig unterstützte, denn in ihren Worten lag ein undefinierbarer Unterton. Machte sie sich so große Sorgen um ihn?

Vollkommen unerwartet sagte sie: »Du solltest die beiden Jugendlichen in Lauchröden aufsuchen.«

Er sah sie überrascht an, was sie allerdings nicht wahrnahm, weil sie nach wie vor sinnierend zu Boden sah. »Kennst du sie?«, fragte er.

Sie schüttelte den Kopf und sah Eric endlich einmal wieder an. »Nur ihre Namen. Sie standen zwar nicht in der Zeitung, aber wie das halt so ist auf dem platten Land.« Sie grinste künstlich. »Jeder kennt jeden.«

»Meinst du, ich kann da einfach so hinlatschen und sie ausfragen?«

»Ich hab gehört, dass die beiden in psychologischer Betreuung sind«, sagte Ellen. »Ich wäre also etwas vorsichtig. Sie haben immerhin mitbekommen, wie ihre Freunde gekillt wurden.« Jeder Humor, noch so bitter, war aus ihrer Stimme und ihren Augen verschwunden.

Mehr wollte sie nicht erzählen, Eric sah es ihr an. Allerdings hatte er nun einen vagen Rückhalt bei einer vertrauten Person.

12

13. Mai 1214

Wieder einmal spürte er die frostige Ablehnung der Dörfler. Nicht genug, dass man sie in den Gesichtern derjenigen ablesen konnte, die mutig genug waren, ihn anzuschauen. Schlimmer noch, nicht wenige wandten sich sogar angewidert ab, Mütter zerrten ihre Kinder näher an sich heran, und lax geführte Gespräche gewannen plötzlich an großer Wichtigkeit.

Limperts gute Stimmung, die ihm der Anblick der friedlichen Welt auf dem Weg von der Burg hinab nach Lauchröden beschert hatte, verflog wie der Morgennebel. Mit jedem weiteren Schritt seines Esels durch das Dorf kehrte sein Unbehagen zurück, und sein persönlicher Schutzwall vor den Unbilden menschlicher Intoleranz wurde dicker und höher. Mit steinerner Miene, die er gelegentlich durch ein hämisches Grinsen für einen arg abweisenden Zeitgenossen ersetzte, durchquerte Limpert das Dorf und ließ es schließlich resigniert hinter sich.

Auf seinem weiteren Weg entlang der Werra begleiteten ihn nun düstere Gedanken. Selbst ein schöner Tag, wie dieser Frühlingsmorgen ihn verheißen wollte, schien ihm auf einmal trist und grausam. In seiner Schwermut schrumpfte sein Dasein zu einem menschenunwürdigen Nichts zusammen. Einmal mehr hämmerte der Zweifel in seinem Kopf, ob es diesen Gott wirklich gab, von dem alle sprachen und an den alle ehrfürchtig glaubten, und wenn er existierte, wie er sein Schicksal hatte zulassen können. Jeder gute Wille, jede Anstrengung, sein Dasein zum Guten zu wenden, blieben erfolglos und führten unweigerlich zu der Erkenntnis, dass dieser Gott ihn vergessen hatte. Selbst in Flammen, laut schreiend auf freiem Feld stehend, hätte er sein Leid ignoriert, ging es ihm wieder und wieder durch den Sinn.

Nach fast drei Stunden erreichte der freudlose Fleischbote die ersten Gebäude Gerstungens. Auch hier empfingen ihn die wenigen Menschen, die sich auf der Straße aufhielten, mit Abneigung. Um diese Zeit spielte sich das dörfliche Leben auf dem Marktplatz ab. Es widerstrebte Limpert, dorthin zu gehen, weil er es fast nicht ertrug, sich dem Hohn und Spott und dem unverhohlenen Ekel auszusetzen. Am liebsten hätte er sich irgendwo tief im Wald verkrochen, um nie wieder einen anderen Menschen sehen zu müssen.

Doch es half nichts. Der Graf der Brandenburg sorgte gut für ihn, egal ob aus Mitleid oder welchem Motiv auch immer, das Limpert nicht zu ergründen vermochte. Allein ihm fühlte er sich verpflichtet. Jäh würde er zugrunde gehen, sollte er das Vertrauen des Grafen in seine Zuverlässigkeit enttäuschen.

Zunächst schien das Leben in Gerstungen wie immer: Das Treiben auf dem Marktplatz war das eines aufstrebenden Ortes in guter Lage, zu dem die Bewohner der umliegenden Dörfer strömten, um ihre Erzeugnisse zu verkaufen und andere Dinge dafür zu erwerben. Korbflechter boten ihre Behältnisse feil, Schmiede ihre Werkzeuge, Fassbinder und Gerber buhlten um Kundschaft. Allerorten roch es nach Backwaren, geräuchertem Fleisch und Käse oder nach Fisch. Das Geschrei der Leute war groß, um ja auch jeden Winkel des vollen Platzes zu erreichen. Zwischen den Erwachsenen liefen die Kinder herum, um hier und dort einen Kanten Brot oder einen Apfel zu erbitten.

Wie gewohnt schreckten die meisten Menschen angewidert zurück, als sie Limperts ansichtig wurden, oder stellten sich schützend und grimmigen Blickes vor ihre Kinder oder Frauen, als ob allein der Anblick eines Krüppels eine Gefahr für Leib und Leben darstellte. Limperts Reaktion darauf war trotzige Ignoranz, aber innerlich zerriss ihn die Trauer.

Vor dem Rathaus fand er den Stand des Fleischers Lukas an seinem angestammten Platz. Dieser war ein grobschlächtiger, kahl rasierter Riese, der auf dem Gerstunger Markt die besten Umsätze machte. Seine Ware war ausgesprochen gut, so dass auch Graf Albert diese bevorzugte und Limpert niemals mehr zu einem anderen gehen sollte.

Fleischer Lukas stand bereits mit einem wohlgefälligen Lächeln auf den Lippen hinter seinen Auslagen und reichte einer älteren Frau gerade ihren Korb hinüber, über dessen Rand der Zipfel einer Wurst und das Ende einer Keule ragten. Sie trollte sich, als sie Limpert von seinem Esel steigen sah.

»Ei, wer beehrt unseren Stande denn da mit seinem Besuch?«, höhnte Lukas. »Was kann ich Schönes für euch tun? Ein Stück Lende vom Rind? Ein Schulterstück vom Ross?« Er sah sich übertrieben suchend um. »Ach nein, das letzte habe ich ja soeben an den Mann gebracht! So ein Jammer, was?« Sein Grinsen strafte seine Worte Lügen.

Die Schaulustigen hinter sich ignorierend, trat Limpert näher an den Stand und versuchte trotz seiner jämmerlichen Erscheinung so etwas wie Autorität auszustrahlen. Ihm schwante Unheil, da der Fleischer sich ganz offensichtlich mit voller Absicht über die Anweisungen des Grafen hinweggesetzt hatte, den Tagespreis für das Fleisch nicht selbst festzulegen und vor allem keines zu verkaufen, bevor nicht der Bote die gewünschten Waren für den Grafen erworben hatte.

»Wohlan, Herr Lukas, Gott zum Gruße«, begann Limpert vorsichtig und ließ den Blick unter seiner Kapuze über den bereits gut geräumten Ladentisch schweifen. »Wie ich sehe, ist mir bei der Auswahl Eurer Ware heute kein Glück beschieden.« Er schüttelte bestürzt das Haupt. »Das wird den Grafen gar nicht erfreuen.«

»Dann wird der Herr diesen Tages wohl mit knurrendem Magen zu Bette gehen müssen«, mutmaßte Fleischer Lukas, mühsam das Feixen in seinen Augen verbergend. »Und Ihr müsst unverrichteter Dinge auf Eurem *Ross* heimkehren.«

Die Menschen hinter Limpert ließen ein schadenfrohes Lachen vernehmen, dem er Einhalt gebot, indem er sie im Umdrehen mit seinem Blick bedachte. Sie verstummten abrupt und sahen betreten in andere Richtungen oder taten so, als unterhielten sie sich über gar wunderlich wichtige Dinge.

»Nun denn, Meister Lukas«, fuhr er ungerührt fort, als er sich dem Riesen wieder zugewandt hatte, »was könnt Ihr meinem Herrn noch empfehlen aus Euren dürftigen Beständen? Ein paar Knorpel eines Kniegelenkes? Einen Knochen zum Abnagen?« Limpert grinste sein ungleich größeres Gegenüber schief an. »Seht, werter Herr Fleischer: Ich sehe mich verpflichtet, dem Grafen wenigstens etwas zu bringen, damit er nicht zu sehr zürnt. Denn letzten Endes fällt sein Zorn aufgrund Eurer Eigenwilligkeit doch wieder auf mich zurück.«

Der wenige Humor in Fleischer Lukas' Augen glomm nur noch schwach. Schwer stützte sich der Mann mit den Handballen auf die Kante des ächzenden Tisches und beugte sich herausfordernd zu Limpert hinüber. »Was geht das mich an?«, fragte er langsam. »Was, sprecht wohl, kümmert es mich, ob Ihr bei dem Grafen in Ungnade fallt?«

Gleichgültig zuckte Limpert mit den Achseln, aber in ihm rangen Furcht und Wut miteinander. Wie mochte das ausgehen? »Möget Ihr Recht haben, mein Herr, doch was wird wohl geschehen, sagte ich dem Grafen Albert, dass Ihr mir die Herausgabe der bestellten Stücke nicht bloß versagt, sondern auch noch solche verkauft habt, bevor ich hier erschien?« Er wählte die Worte mit Bedacht und legte keinerlei bedrohlichen Unterton hinein, um den Fleischer nicht gegen sich aufzubringen, doch der hatte nur auf die Spur einer Provokation gewartet.

»Seid gewarnt«, sagte Lukas düster. Das Holz des Tisches knarrte unter dem Griff seiner Fäuste, seine Sehnen spannten sich. »Nicht nur ich bin Eurer Spielchen überdrüssig. Die gesamte Zunft ist nicht mehr willens, auf Euer Kommen zu warten, während das ganze schöne Fleisch hier auf dem Tresen vergammelt und sich bereits die Fliegen darüber hermachen. Das ist vorbei, richtet genau das dem Grafen aus. Vielleicht kann er Euch nächster Tage dazu bewegen, Euch etwas früher zu bequemen.« Der Pöbel raunte zustimmend, und einige klatschten sogar in die Hände.

Limpert wandte sich rasch um. Die Leute waren näher zusammengerückt und hatten ihm den Fluchtweg abgeschnitten. Grimmig sahen sie ihn an. Sein Esel war bereits abgedrängt worden.

Woher rührte dieser Hass auf ihn?, fragte Limpert sich enttäuscht. Einige Male hatte er sich sicherlich Zeit gelassen und den Freuden einer schönen Sommerwiese mit ihrem Streuobst nachgegeben, aber war das Grund genug, ihn derart zu drangsalieren? Schließlich hatte nicht er das Gesetz erlassen, sondern Graf Albert, und er war nur der Ausführende. Nun musste er die Summe der über Monate und Jahre angestauten Unbill auf sich nehmen, im Namen seines Herrn.

»So werde ich ihm dies also mitteilen«, erklärte er scheinbar einsichtig, wollte es darauf aber nicht beruhen lassen. So viel Stolz bewahrte er sich, koste es, was es wolle! »Oder habt Ihr nicht doch eine Kleinigkeit für ihn? Eine vergammelte Wurst von letzter Woche? Ein wenig Auswurf der unlängst geschlachteten Sau? Damit der Graf weiß, was er Euch noch wert ist.«

»Ihr solltet Euer Mundwerk zügeln, Herr Limpert«, schlug Lukas vor.

»Und wenn nicht?«, fragte der Fleischbote trotzig. Sein Inneres raste vor verzweifelter Wut. Jetzt stand er zwischen seinem Herrn und diesen aufgebrachten Tölpeln, denen es unter der Herrschaft des Grafen der Brandenburg wahrhaftig nicht schlecht erging, und musste ihnen die Grundsätze dieser Hierarchien darlegen. Nein, das war nicht gerecht!

»Gebt mir wenigstens etwas mit«, rief er, »ein wenig Darm voller Kot, oder etwas Hirn, wenn schon nicht das der Schweine, dann Euer eigenes, das wird immerhin langen.«

In seinem Rücken brandete die Empörung auf wie windgepeitschte See. Feixend wandte sich Limpert einmal mehr um und starrte die Umstehenden herausfordernd an.

Hinter ihm knurrte Lukas: »Ich denke, Eures wird wohl nicht schlechter sein, muss es doch nur dazu taugen, Eurem Herrn den Ranzen zu füllen.«

Limpert drehte sich gerade noch rechtzeitig um, bevor ihn die Faust des Fleischers traf und zu Boden streckte. Einen Moment lang wurde ihm schwarz vor Augen und er sah bunte Sterne, dann erblickte er über sich den unschuldigen blauen Himmel, umrahmt von den grimmigen Gesichtern der Dorfbewohner. Einer spuckte ihn an. Zwischen ihnen, auf seiner linken Seite, öffnete sich eine Gasse, und Lukas erschien.

»Was meint ihr?«, rief er in die aufgebrachte Menge. »Soll der Graf sein Fleisch bekommen?«

Beipflichtende Rufe und mordlustiges Gejohle bestätigten ihn. Wütend streckte die Meute die Fäuste gen Himmel.

Nicht so!, dachte Limpert, nicht verzweifelt oder zornig, einfach nur enttäuscht. Nicht so wollte er aus dem Leben gehen. Welch ein Ende für einen ohnehin gemarterten Menschen! Gab es denn keine Gerechtigkeit?

»Nein«, antwortete eine leise Stimme in seinem Kopf, »nicht hier, nicht an diesem Tage.«

Dann erschlugen sie ihn.

13

Samstag, 15. Januar 1994, 9:45

Bereits am nächsten Morgen fuhr Eric mit seinem Jetta nach Lauchröden. Von Ellen verabschiedete er sich mit gemischten Gefühlen, und sie vermittelte auch nicht den Eindruck, als ließe sie ihn gern gehen. Immerhin machte sie ihm keine Vorwürfe, dass er den Vorkommnissen unbedingt auf den Grund gehen musste. Sehr wahrscheinlich war sie eher in Sorge um sein Wohlergehen. Ellens Eltern hatten sie vorsichtshalber nichts von seinem Vorhaben erzählt. Als Eric den Motor angelassen hatte und losfuhr, sah er noch Opa Karl am Fenster stehen und glaubte so etwas wie ein Nicken zu erkennen.

Die Straßenverhältnisse ließen immer noch zu wünschen übrig. Über zwanzig Stundenkilometer kam Eric auch auf den Kreisstraßen zwischen den Orten Oberellen, Unterellen und Lauchröden nicht hinaus, so dass er fast dreißig Minuten für die kurze Strecke brauchte.

Nachdem er seinen Wagen in der Ortsmitte in einer Seitenstraße stehen gelassen hatte, suchte er das Haus von Vanessa Wagners Familie auf. Das Gefühl, mit dem er auf die Haustür zuschritt und auf den Klingelknopf drückte, war fast schlimmer als das vor Frau Benders Tür. Sie musste um ihren Sohn nicht mehr bangen, sie hatte Gewissheit, wenn auch eine grausame. Vanessas Eltern dagegen wussten nicht, welche weiteren Folgen die schrecklichen Erlebnisse ihrer Tochter auf der Brandenburg haben würden. Vermutlich packten sie sie in Watte und ließen niemanden an sie heran.

Ein junges Mädchen öffnete die Tür, schlank, fast schon zu dünn, mit schulterlangem blondem Haar. Ihre Augen wirkten müde, Traurigkeit lag in ihrem Blick. Gekleidet in einen orangefarbenen Trainingsanzug hatte sie offensichtlich nicht mit Besuch gerechnet. Sie sah Eric nur stumm an, statt ihn in irgendeiner Weise zu begrüßen.

»Bist du Vanessa?«, fragte er schließlich aufs Geratewohl.

Sie nickte. »Ja. Was wollen Sie?«

»Ich … bin auf der Suche …« Weiter kam er nicht, denn das Mädchen wich hektisch in den Flur zurück, schloss die Tür bis auf einen schmalen Spalt, durch den sie hinausspähte. »Entschuldige bitte«, fuhr Eric vorsichtig fort und hob beschwichtigend die Hände, »ich … will dir nicht zu nahe treten, aber ich glaube, mir ist Ähnliches passiert wie dir, und würde gern mit dir darüber reden.«

»Wer sind Sie?«, wisperte Vanessa, ohne die Tür einen einzigen Millimeter zu bewegen.

»Ich heiße Eric, Eric Walter. Du kannst mich nicht kennen. Ich bin vorige Woche zum ersten Mal hier im Ort gewesen, und zwar als Friedrich Meisters ...« *Leiche,* hatte er sagen wollen, sich dann aber schnell unterbrochen.

Sie schluckte schwer. »Haben Sie ihn gefunden?«

»Ich war dabei, ja.«

Von weiter drinnen aus der Wohnung drang eine weibliche Stimme. »Wer ist da, Schatz?« Wahrscheinlich war es Vanessas Mutter.

»Nur ein Schulfreund«, rief Vanessa ohne Zögern zurück und wandte sich dann rasch an Eric. »Gehen Sie ins Gasthaus zur Sonne. Kennen Sie das?«

Er nickte.

»Gut. Oder nein, warten Sie, da hängen um die Zeit so viele Leute rum. Ist ja Samstag heute.« Sie dachte kurz über Alternativen nach. »Treffen wir uns an der Werrabrücke, in einer Viertelstunde.« Ohne ein weiteres Wort warf sie die Tür ins Schloss und ließ Eric verblüfft stehen.

Der Schnee war zu einem leichten, fast nicht mehr wahrnehmbaren Grieseln geworden, doch der Wind war eisig auf der ungeschützten Brücke. Sie war erst drei Jahre alt, auf den Fundamenten derjenigen erbaut, die bei Kriegsende gesprengt worden war. Bis dahin hatte man an dieser Stelle die Werra nicht überqueren können. Dabei verlief hier früher die Verbindungsstraße – eine lange Allee alter Linden – zwischen dem thüringischen Lauchröden und dem nahen hessischen Herleshausen. In den Trennungsjahren war die Brücke über die regionalen Grenzen hinaus zu einem der zahllosen Sinnbilder der politischen Brutalität geworden, die ein Volk entzweit hatte. Sie war am Heiligabend des Jahres 1990 wieder für Fußgänger eröffnet worden. Lediglich in Notfällen durften Einsatzfahrzeuge das Bauwerk passieren.

Eric stand auf der östlichen, flussabwärts gelegenen Seite am Geländer und starrte ins ruhig dahinfließende Wasser. Der Fluss war hier etwa fünfzehn Meter breit und das Gefälle des Tales sehr gering. Die Häuser Lauchrödens drängten sich nahe ans Ufer und waren immer wieder Opfer des regelmäßigen Hochwassers im Winter und Frühling. Unvorstellbar, dass zwischen den Fassaden und der steilen Uferböschung noch bis vor fast drei Jahren zwei Reihen unbezwingbaren Zaunes aus kaltem Streckmetall gestanden hatten.

Jenseits der letzten Gebäude konnte Eric durch das Rieseln der dünnen Flocken das graue Band der Straße Richtung Göringen und Eisenach erkennen, auf der er vor gerade einmal einer Woche mit seinem Wagen liegen geblieben war. Das Kopfsteinpflaster konnte von den Schilden des Winterdienstes nicht vollständig geräumt werden, ohne den Straßenbelag zu zerstören, so dass sich noch reichlich Schneematsch und Eis auf der Fahrbahn befanden.

Hinter der Straße ragten die Erhebungen des Brandenberges empor. Auf seiner Flanke waren die dunklen Kronen der Kiefern weiß bepudert. Darüber thronten die Reste der Burgruine.

»Mystisch, nicht wahr?«

Eric zuckte zusammen. Vanessa stand ganz unvermittelt neben ihm. Der über die schneebedeckte Brücke pfeifende Wind hatte ihre Schritte verschluckt. Sie trug eine dicke orangefarbene Winterjacke und eine braune Wollmütze. Sie lehnte sich wie Eric an das Geländer und sah hinauf zur Brandenburg.

»Diese Faszination haben die alten Steine nie verloren«, fuhr sie fort zu erzählen, als stünde sie schon seit Stunden neben ihm, und ihre Worte klangen nicht wie die einer Jugendlichen. »Weder, als sie bewohnt war, noch zu DDR-Zeiten. Und nun erst recht nicht, da sie wieder zugänglich ist.«

Sie sah Eric nicht an, und jetzt fiel ihm erneut die tiefe Traurigkeit in ihrem Blick auf, unterstrichen von den leichten Ringen unter ihren Augen, die Vanessa mit ein wenig eilig aufgelegtem Puder zu verbergen suchte. Er fragte sich, was um alles in der Welt sie erlebt haben mochte.

»Waren Sie schon einmal oben?«, riss sie ihn aus seinen Überlegungen.

»Äh, nein«, sagte er verlegen lächelnd. »Leider habe ich noch nicht die Zeit dazu gefunden. Aber ich werde das wohl bald mal nachholen.«

»Das sollten Sie unbedingt. Nicht bloß, um die Mauern anzuschauen. Sie müssen die Burg *fühlen.*« Vanessas Blick war entrückt, sie war sich nicht sicher, ob sie das richtige Wort gefunden hatte.

»Was … hast du dort oben gesehen?«, fragte Eric gerade heraus und sah sie dabei fest an, was sie nicht erwiderte. Er merkte jedoch, dass sie seine Frage sehr wohl verstanden hatte. Sie wiegte sich, die Ellenbogen auf das kalte Geländer gestützt, langsam hin und her.

»Das wollen Sie nicht wissen«, sagte sie schließlich leise.

»Doch, genau das möchte ich. Aber vielleicht erzähle ich dir zunächst, was ich letzte Woche gesehen habe.«

Sie sah ihn fragend an, das erste Mal, seit sie zu ihm ans Geländer getreten war. »Sie meinen den Toten?«

»Nein.« Eric schüttelte langsam den Kopf. »Ich bin dem Mörder begegnet.«

Endlich zeigte sich so etwas wie eine Regung bei Vanessa: Sie sah ihn mit großen Augen ungläubig an. »Das meinen Sie doch nicht ernst!«

Langsam nickte er, und die Überzeugung, die er in seine Worte legte, beseitigten auch den letzten Rest seiner eigenen Zweifel. »Doch, ich meine es ernst. Und keiner hat mir bisher geglaubt, genauso wenig wie dir.« Um die Situation etwas zu entschärfen, fragte er: »Wie geht es deinem Freund, äh, Carl?«

»Charlie? Ganz gut, glaube ich. Er ist aber nicht mein Freund, jedenfalls nicht so, wie Sie vielleicht meinen.«

»Ich wollte damit nicht sagen, dass …«

»Nein, nein, ich weiß schon.« Sie winkte ab, doch Eric bemerkte einen Anflug von Verlegenheit. »Charlie ist seit Langem in Behandlung bei so einer Psychotante in Eisenach. Ich finde allerdings nicht, dass es wahnsinnig viel gebracht hätte. Er hat weiterhin Albträume und ist teilweise vollkommen apathisch. Mit ihm hat kaum noch einer was zu tun. Ist ja auch echt zum Verzweifeln, wenn einem keiner glaubt. Was er jetzt aber vor allem braucht, ist aufrichtiges Verständnis. Ich muss gestehen, dass ich Charlie vorher für einen Langweiler gehalten habe, so Typen wie Benni und Mario fand ich immer viel interessanter. Inzwischen aber …«

Sie hielt inne, zog den Kopf tiefer in die Windungen ihres Schals. »Ich besuche ihn fast jeden Tag, und ich habe das Gefühl, es tut ihm gut. Es … tut uns beiden gut.«

Eine Weile versank sie in schweigsamer Nachdenklichkeit, dann wurde sie sich Erics wieder bewusst. Sie zog die Augenbrauen zusammen. »Woher wissen Sie überhaupt von uns? Wer hat Ihnen was erzählt? Und wie haben Sie mich gefunden?« Sie schüttelte verwirrt den Kopf und wich zurück, als ihr ein Gedanke kam. »Sind Sie von der Polizei?«

Eric lächelte belustigt. »Nein, wahrhaftig nicht. Ich habe Bekannte in Oberellen, die von euren Erlebnissen wussten, und dann war es ganz einfach, eure Adresse zu finden.« Er seufzte stumm. »Also kein Grund zur Besorgnis. Ich kann mir vorstellen, dass es schwierig ist, die Sensationslüsternen von den wahrhaft Interessierten zu unterscheiden. Ich gehöre ganz sicher zu den Letzteren.«

Er lehnte sich mit dem linken Ellenbogen auf das kalte Geländer, worauf eine Wolke weißen Pulverschnees in den Fluss rieselte, und sah Vanessa an. Sie hatte die Arme fest um den Körper geschlungen und erwartete gespannt, was er zu sagen hatte.

Sehr ausführlich berichtete Eric ihr von seiner Autopanne auf der nicht allzu weit entfernten Straße und kam dann ohne Umschweife zu seiner Begegnung mit den Hunden, als Vanessa ihn das erste Mal unterbrach.

»Mein Gott«, stöhnte sie auf, »Sie haben sie also auch gesehen?«

»Ja, und ich würde es bis heute für eine Halluzination halten, wenn ich der Einzige wäre.«

»Bestimmt nicht. Zwei schwarze Hunde, ungewöhnlich groß und … furchtbar anzusehen. Sie sahen durch und durch böse aus.« Sie schauderte, als sich die Erinnerungsfetzen wieder zu einem Bild zusammenfügten.

»Sie folgten einem Schlitten, gezogen von schwarzen Pferden«, beeilte sich Eric fortzufahren.

»Einen Schlitten habe ich nicht gesehen.« Vanessa sah stirnrunzelnd ins Wasser.

Er ersparte es ihr, mehr über die fehlenden Köpfe der Pferde zu erzählen. Was noch kam, war schlimm genug.

»In dem Schlitten saß eine dunkel gekleidete Gestalt,« sagte er und beobachtete mit Grauen, wie sich Vanessas Blick von dem sachte dahingleitenden Fluss löste und sich ihm zuwandte. Darin lag hundertprozentiges Verstehen und das Wissen um die Vertrauenswürdigkeit des Erzählers.

»Ein kleiner Mann«, setzte sie an seiner Stelle den Bericht fort, »mit durchdringenden, hellblauen Augen, eiskalt wie der Winterhimmel, der Rest nur ein Schatten von einem Menschen, gedrungen und verkrüppelt. Aber allein seine Anwesenheit erschüttert einen in Mark und Bein, und seine Aura lässt einen frieren und verzweifelt nach Schutz Ausschau halten.«

Eric wusste nicht, ob die Worte von ihr stammten. So wie sie diese formulierte, konnten sie auch aus einem Roman sein. Allerdings trafen sie exakt zu und rüttelten seine Erinnerung an die Begegnung mit dem finsteren Wesen und seinem grausigen Gefährt wach. Es schien ihm, als sei all dies erst vor einer Stunde geschehen.

»Genau das«, sagte er bloß und nickte.

»Hat er mit Ihnen geredet?«, wollte Vanessa wissen.

»Nein, zumindest nicht mit Worten.« Eric versuchte sich dieses Gefühl ins Gedächtnis zurückzurufen, das der Blick in ihm ausgelöst hatte, diese stille Warnung. »Aber seine Augen haben zu mir gesprochen. Er warnte mich, nicht zu fragen, nichts zu unternehmen, und am besten niemandem davon zu erzählen, dass ich ihn gesehen habe.« Er sah das Mädchen an. »Hat er denn zu euch etwas gesagt?«

»Nicht direkt. Er hat gesungen.« Sie grinste unsicher.

»Gesungen?«, fragte Eric verblüfft.

Zwei Spaziergänger überquerten die Brücke in Richtung Lauchröden, ein älteres Ehepaar, das einen vollkommen durchgefrorenen Eindruck machte und nicht miteinander sprach. Sie grüßten höflich, als sie das nachdenkliche Paar am Geländer passierten, und beeilten sich, in den Ort zu kommen. Währenddessen wechselten Vanessa und Eric kein Wort.

»Ja, gesungen«, fuhr Vanessa schließlich fort, als die beiden Wanderer außer Hörweite waren. »Ziemlich hoch, gar nicht männlich, möchte man sagen, fast wie diese Typen früher, so als würde ihm was fehlen.«

»Kastraten meinst du, denke ich«, erklärte Eric beiläufig, während ihn ein anderer Gedanke beschäftigte. »Was hat er gesungen?«

»Das konnten wir nicht genau verstehen«, sagte sie bedauernd und warf einen langen, gedankenverlorenen Blick auf die Ruinen der Burg, die sich durch einen dichten Schleier eines Schneeschauers ihren Augen zu entziehen begannen. »Sie müssen wissen, man hat nicht besonders viel Sinn für so einen Auftritt, wenn vor einem zwei Freunde abgeschlachtet im Dreck liegen. Es war jedenfalls kein Hochdeutsch. Ein paar Brocken hörten sich an wie Holländisch, dann wieder auch nicht. Einige Wörter sagten mir gar nichts.«

»Hast du dir irgendetwas davon merken können?«

Vanessa schnaubte. »Ja, so was wie *sprechen willkommen* und *vernommen*. Und am Ende hörte es sich an wie *nun fragt mich*, aber es war eben nicht so ganz klar zu verstehen. Ziemlich wirr. Ich muss zugeben, dass er schön gesungen hat, auch wenn's absolut unpassend war.« Sie sah Eric fragend an, in dem sich Wiedererkennen regte. »Können Sie denn damit was anfangen?«

Die Nasenwurzel mit Daumen und Zeigefinger reibend und die Augen geschlossen, grübelte er nach, wo er die Phrasen schon einmal gehört hatte. Kastraten? Die hatte es vorwiegend im siebzehnten und achtzehnten Jahrhundert gegeben. Und waren sie nicht hauptsächlich in Italien als Sänger in Opern eingesetzt worden? Eric hatte vor einiger Zeit etwas über Farinelli gelesen, war jedoch kein Musikspezialist. Aber ein deutsch oder holländisch klingender Text in einer alten Oper? Er kannte jemanden, den er nach solchem Gesang fragen konnte.

»Sagen Sie, hatte der Mann auch diese furchtbare Axt bei sich?«, riss Vanessa ihn aus seinen Gedanken.

»Ja, so eine große«, bestätigte Eric. »Eher so eine Art Hellebarde, wie sie die Wächter im Mittelalter vor den Burgtoren hatten.«

»Und … meinen Sie, er hat damit auch Herrn Meister umgebracht?« Vanessa schluckte.

»Ich glaube, ja.«

»Ein grausamer Tod. Warum nimmt dieses Scheusal nicht eine Pistole oder ein Messer und macht den Leuten ein kurzes Ende? Wir leben schließlich in modernen Zeiten!« Sie schüttelte angewidert den Kopf.

»Wir schon«, sagte Eric. »Aber vielleicht nicht dieser Mörder.«

»Wie meinen Sie das nun wieder?«, stieß Vanessa gequält hervor. »Könnten Sie mir bitte endlich klar und deutlich sagen, was Sie denken?«

»Es sind ja nur Vermutungen«, antwortete er. »Ich will keine falschen Hoffnungen wecken.«

»Hoffnung worauf denn?«, sagte sie wegwerfend. »Wer auch immer meine Freunde und all die anderen armen Menschen auf dem Gewissen hat: Sollte ihn jemand finden und bestrafen, bringt das diese Leute auch nicht wieder, oder? Sie hören sich schon an wie einer von diesen neunmalklugen Bullen, die uns letzten Sommer ausgequetscht haben.«

»Ich meine Hoffnung für diejenigen, die dieser Irre noch auf seiner Liste stehen hat«, sagte Eric kalt, ohne Vanessa damit angreifen zu wollen. Sein unbeabsichtigter Vorwurf jedoch saß: Vanessa verstummte und sah betreten weg. »Entschuldige bitte, Vanessa. Ich vergesse mich manchmal, kann nur noch daran denken, Licht ins Dunkel zu bringen, seit ich diesen … Menschen gesehen habe, und erst recht, nachdem ich Friedrich Meister gefunden habe. Ich lass es dich auf jeden Fall wissen, wenn ich etwas herausgefunden habe, okay?«

»Okay«, sagte sie leise. »Rufen Sie an, die Nummer steht im Telefonbuch. Mittags ist die Chance am größten, dass Sie nicht meine hysterische Mutter an der Strippe haben. Ich muss jetzt auch los. Ich hab ihr erzählt, ich geh noch schnell was einkaufen. Bin schon zu lange weg.«

Ohne ein weiteres Wort drehte sie sich um, zog ihre Mütze tiefer ins Gesicht und stapfte durch die stetig dicker werdende Schneedecke davon.

14

Samstag, 15. Januar 1994, 14:09

»Kommt dir das denn nicht irgendwie bekannt vor, Mann?« Eric zermarterte sich das Hirn und strich sich die Haare wieder glatt, die er sich während der anstrengenden Fahrt nach Oberellen gerauft hatte.

Am anderen Ende des Telefons ließ Bernd ein unüberhörbares Gähnen vernehmen. Wahrscheinlich hatte er die ganze Nacht durchgemacht. »Kannst du mir die Wörter noch mal sagen? Ich hab mir gerade erst einen Stift geholt. Hab sie schon wieder vergessen.«

Eric rollte die Augen himmelwärts. Ob richtige Kriminalkommissare auch mit solchen Mitarbeitern fertig werden mussten und die Fälle deshalb so lange brauchten, bis sie aufgeklärt wurden? Eigentlich waren solche Überlegungen ja Blödsinn, sie waren schließlich nicht Stegmann und Schneider.

»Es sind nur Bruchstücke«, erklärte er noch einmal geduldig. »*Sprechen willkommen, vernommen* und *nun fragt mich.*«

»Ja, ja, nun fragt mich«, murmelte Bernd geistesabwesend in die Sprechmuschel, während er die Wörter eilig auf ein Blatt Papier kritzelte. »Das ist ja so gut wie nix.«

»Ich weiß, aber das Mädchen konnte nicht mehr sagen. Ein Wunder, dass sie mir überhaupt so viel erzählt hat.«

»Mal sehen, ich schau nach«, sagte Bernd.

»Kommst du auch nicht gleich drauf?«, fragte Eric ein wenig enttäuscht.

»Nichts zu machen. Ich hab den Eindruck, dass ich die Wörter schon mal zusammen gehört habe, und es muss was mit dem Studium zu tun haben. Wahrscheinlich war es im Grundstudium oder in einem unwichtigen Nebenfach, oder beides. Oder ich bin dabei eingeschlafen – oder alles auf einmal.« Eric konnte sein Grinsen fast sehen.

»Rufst du mich an, wenn du was rausgefunden hast?«

»Klaro, Meister, aber gib mir ein paar Sekunden, ich brauch eine Kanne Kaffee, sonst läuft mein geniales Hirn nicht zu Höchstleistungen auf.«

»Ist schon recht«, sagte Eric und ließ ein gerüttelt Maß an Resignation mitschwingen, das Bernd wahrscheinlich nicht wahrnahm, geschweige denn ihn beflügelte.

Ellen strich sanft über Erics Arm, als er aufgelegt hatte. Sie saß neben ihm auf der Couch im Wohnzimmer, wohin sie das Telefon dank seiner langen Schnur hatten mitnehmen können. Im Flur war es sehr kalt, da mochte sich niemand länger als unbedingt nötig aufhalten.

»Fällt ihm auch nichts dazu ein?«, fragte sie nur.

Eric schüttelte müde den Kopf. »Nein, aber Bernd hat ein tolles Gedächtnis und ein phantastisches Kombinationsvermögen. Du gibst ihm ein paar Stichwörter, und er erzählt dir, aus welchem Buch oder Film die stammen. Er kriegt bestimmt was raus. Irgendwie habe ich allerdings das Gefühl, ich weiß es sowieso schon.«

»Und was jetzt?«
»Abwarten«, seufzte er, »im Moment können wir nichts tun.«

Bernd stellte Erics Geduld auf eine harte Probe und rief bis zum Sonntagnachmittag nicht an. Als Eric zwischendurch einmal seine Nummer gewählt hatte, bekam er nur Dutzende von Klingelzeichen auf der anderen Seite zu hören, nicht jedoch seinen Kommilitonen.

Er gab es schließlich genervt auf, weil er sich auf den Weg nach Jena machen musste. Auch diesmal reizte ihn die Aussicht auf eine frühmorgendliche Darbietung von Professor Fendrich nicht besonders, aber ein Restmaß an Ehrgeiz trieb ihn doch dazu, Ellen und ihre Familie gegen fünf Uhr zu verlassen. Sie gaben ihm wieder einmal einige gute Ratschläge für die gefährliche Fahrt durch den dichten Schneefall und die besten Wünsche mit auf den Weg, und Ellen überschüttete ihn mit Küssen und wollte ihn gar nicht loslassen.

»Rufst du an, wenn du angekommen bist?«, fragte sie ihn mit Nachdruck und hielt seine Hüfte umschlungen, während sie in der Haustür standen.

»Natürlich, Süße.« Er küsste sie noch einmal und wand sich dann aus ihrer Umarmung, wobei sie gespielt ärgerlich grummelte.

Auf dem Weg zum Wagen wurde Eric bewusst, wie riskant es überhaupt war, diese Reise mit dem Auto anzutreten. Dicke Flocken fielen, seit er am Vortag aus Lauchröden zurückgekehrt war, und die Schneedecke wuchs in fast sichtbaren Maßen. Schon einige Male hatten Ellen und er draußen die Räumfahrzeuge vorbeifahren hören, so dass er Hoffnung hatte, wenigstens einigermaßen befahrbare Straßen vorzufinden. Vor die Abfahrt hatte das Wetter jedoch seinen zugeschneiten Wagen gestellt, den er zunächst mit einem Handfeger von der Last befreien musste, und als nicht mal dieser der Massen Herr wurde, benutzte Eric noch den Ärmel seines Mantels. Er beeilte sich, ins Auto zu kommen und den Scheibenwischer einzuschalten, damit der herabfallende Schnee nicht gleich wieder die Sicht beeinträchtigte.

Pro forma hob er die Hand zum Abschied, auch wenn Ellen das durch das Schneetreiben wohl kaum bemerken konnte. Allerdings war noch Licht in der Tür, und er glaubte sie dort stehen zu sehen. Wieder einmal wünschte er, das verdammte Studium wäre endlich vorüber, damit er mehr Zeit für seine Freundin hätte. Sie sahen sich eigentlich nur an den Wochenenden, und selbst da machten ihnen manchmal Erics Klausuren, für die er pauken musste, einen Strich durch die Rechnung. An den Wochentagen half er abends abwechselnd in einer Tankstelle und in einer Bar in Jena an der Kasse aus, um seine Geldbörse aufzubessern. Und diese erschreckenden aktuellen Ereignisse kosteten ihn nicht nur Energie, sondern auch Zeit.

Er versuchte, seine Laune mit Musik aufzubessern, und stopfte unbeholfen mit einem Handschuh die lose im Schacht klappernde Kassette ins Autoradio, von der gleich Bob Marley's »No woman, no cry« erklang. Die Reggaemusik hellte seine Stimmung erheblich auf, auch wenn er jetzt, nach dem Passieren des Ortsschildes, fast nichts mehr sah außer irritierendem, massivem Schneetreiben und die Musik so gar nicht dazu passen wollte.

Kurz nach dem Ortsausgang gabelte sich die Straße, führte links erst leicht, später stark ansteigend hinüber nach Gerstungen. Über diesen Berg hatte die DDR-Regierung zu Zeiten des Kalten Krieges eine Bahnlinie gebaut, für dessen Bezwingung die Züge mit zwei schweren Diesellokomotiven ausgestattet werden mussten, manchmal waren sie noch von einer dritten geschoben worden. Und all dies nur, um das Teilstück zu ersetzen, das über westliches Gebiet verlief. Schon bald nach der Wende hatte man den Ausbau der alten Strecke forciert, und im Juni 1993 war diese wieder in Betrieb genommen worden.

Eric nahm die Abzweigung rechts, die in weiten Bögen das Eltetal hinunter nach Unterellen führte. Nicht ein einziges Auto begegnete ihm. Es war schwer, sich auf den Straßenverlauf zu konzentrieren. Die Reflektoren der Leitpfosten waren häufig in den Schneemassen nicht zu erkennen, die die Räumfahrzeuge aufgetürmt hatten. So orientierte er sich an den schwach sichtbaren Reifenspuren vorausgefahrener Autos.

Die Konzentration auf die Straße forderte schon bald ihren Tribut. Eric merkte, wie er am Lenkrad verkrampfte und weiter vorn saß als üblich. Er versuchte, sich zu entspannen, und lehnte sich zurück, nur um sich im nächsten Augenblick wie ein halb Erblindeter mit einer zu alten Kassenbrille fast an der Frontscheibe wiederzufinden.

Er drosselte die Geschwindigkeit noch weiter und ließ den Wagen mehr rollen. Bei normalen Verhältnissen wäre er längst in Unterellen oder womöglich in Lauchröden gewesen. Die Hoffnung, vor Mitternacht in Jena zu sein, begrub er unter den Schneemassen. Kurz kam ihm der Gedanke, doch noch umzukehren und früh am nächsten Morgen zu fahren. Nun war er jedoch bereits auf dem Weg, und die Wahrscheinlichkeit war groß, dass die A4 frei war. Dazu musste er nur dieses Tal und die Uferstraße entlang der Werra hinter sich bringen. Bob gab gerade sein »Stir it up« zum Besten und verlieh Eric die nötige Gelassenheit, auch das noch in Kauf zu nehmen.

Wie zur Bestätigung tauchte vor ihm äußerst blass der erste Schein einer Straßenlaterne auf, und kurz darauf kroch an der Beifahrertür der Schemen des Ortsschildes von Unterellen vorbei. Jetzt, bei der vollen Beleuchtung der Straße durch die sich quälenden gelben Lichter fiel Eric auf, wie stark es schneite. Die Anwohner hatten es inzwischen aufgegeben, noch die Gehwege zu räumen und genossen die heimelige Atmosphäre einer gewärmten Wohnung hinter zugezogenen Vorhängen. Auf der Straße waren ebenfalls fast keine Reifenspuren mehr zu erkennen.

In der Ortsmitte hielt Eric an, ließ allerdings sicherheitshalber den Motor laufen und versuchte, einen Radiosender mit aktuellen Verkehrsdurchsagen zu finden. Durch den dichten Schneefall drangen die Sender aber kaum mehr durch. Nur Rauschen und ab und an einige Fetzen eines Musikstücks oder eines Gesprächs konnte er erhaschen.

Schließlich fand er den Hessischen Rundfunk, der nur teilweise von atmosphärischen Störungen unterbrochen wurde. Es war das erste Programm, das ihm musikalisch immer etwas zu brav war, aber hier wurden regelmäßig Verkehrsmeldungen gesendet. Eric sah auf die grünen Ziffern der ins Radio integrierten Digitaluhr. 17:26. Die Meldungen würden also nicht lange auf sich warten lassen.

Er suchte eine einigermaßen bequeme Sitzposition und setzte seine Fahrt fort. Die stummen Häuser krochen vorüber, unter den Reifen knirschte der Schnee. Nach zwei abknickenden Vorfahrtstraßen quälte sich der Jetta über eine Anhöhe und verließ schließlich durch ein kleines Waldstück den Ort.

Vor Eric lagen nun weitere zweieinhalb Kilometer üblicherweise harmloser Straße, die sich bei diesen Wetterverhältnissen zu Ewigkeiten dehnen konnten. Schlagartig war das Schimmern der Straßenlampen verschwunden, und er war wieder auf die altersschwache Beleuchtung seines Fahrzeugs angewiesen.

Im Radio verblassten die letzten jammernden Fetzen von Robin Gibbs »Juliet« und die Erkennungsmelodie des Verkehrsfunks erklang. Eric drehte die Lautstärke rauf und lauschte angestrengt auf die teilweise durch Rauschen unterbrochenen Meldungen.

»... spricht von starkem Schneefall in den Mittelgebirgen, besonders in Nordhessen und Thüringen. Dieser soll noch bis zum Diens ... halten und weiterhin für chaotische ... hältnisse sorgen. Die Räumdienste sind rund um die ... Einsatz. Es wird trotzdem geraten, Fahrten mit dem Auto nur anzutr ... bedingt erforderlich ist.«

Eric lächelte bitter. »Na klar!«

»Nun die Meldungen im Einzelnen: A4 Bad Hersfeld Richtung Eisenach, zwölf Kilometer Stau ... wald und Obersuhl nach einem Unfall. Im ... Verlauf zwischen Waltershausen und Erfurt streckenweise zähfließender Verkehr mit Stillstand wegen geschlossener Schneedecke ...«

Immerhin bewegte sich noch etwas auf der Autobahn, zumindest hin und wieder, und so war Erics Hoffnung, in Jena anzukommen, nicht ganz unbegründet. Auch wenn es ihn Stunden kosten würde.

Die Schneewehe war einfach da. Eric riss das Lenkrad gerade rechtzeitig nach links, bevor sich sein rechter Kotflügel in den weißen Hügel bohren konnte. Mit widerwilligem Ächzen setzte der Reifen über den harmlosen Rand der Wehe hinweg. Im Auto schepperte es im Kofferraum, in dem sich allerhand mehr oder weniger wichtiges Gerümpel sammelte, über dessen Existenz sich Eric nur beim Passieren grober Fahrbahnbeläge bewusst wurde. Es kostete ihn einige Mühe und das eine oder andere unbeholfene Lenkmanöver, bevor er das Gefühl hatte, den Wagen wieder unter Kontrolle zu haben. Er atmete erleichtert auf.

Hatte seine Konzentration während seiner aberwitzig langsamen Fahrt in dem sonoren Brummen des Motors und dem hypnotischen Schneefall vorher stark nachgelassen, so war er nun hellwach. Und schon schweiften seine Gedanken ab zu seinen bisherigen Ermittlungen. *Ermittlungen,* wie sich das anhörte. Als ob er für die Kripo arbeitete! Von der hatte er schon lange nichts mehr gehört. Für die beiden Polizisten war er auch nur einer von vielen Zeugen, von denen die wenigsten brauchbare Informationen geliefert hatten. Und ob sie ihm seine abgehobene Story abgekauft hatten, stand auf einem ganz anderen Blatt.

In den Gesprächen mit Frau Bender und mit der jungen Vanessa hingegen hatte er sich ernst genommen gefühlt und ihm war, als hätten sie ihm wichtige Bereiche eines komplizierten Puzzles, vor allem den Rand, aneinandergefügt und die anderen Teile in die Hand gelegt. Nun war es an ihm, sie zusammenzusetzen. Die Lösung war für ihn greifbar nah, aber wie ein Schmetterling, der einem im Sommer spielerisch um den Kopf tanzt, und den man trotzdem nicht zu fassen bekommt.

Dieses Mal war er vorbereitet, als das Hindernis einige Meter vor seinem Wagen aus dem ungnädigen weißen Vorhang auftauchte. Die Distanz reichte gerade aus, um rechtzeitig stehen bleiben zu können, ohne durch ein heftiges Bremsmanöver von der Fahrbahn zu rutschen.

Eric ließ den Motor sicherheitshalber laufen und starrte fassungslos durch die Windschutzscheibe auf die Unterseite eines quer über der Straße liegenden, auf die Seite gestürzten Kleinlasters. Das einsame Licht eines Scheinwerfers leuchtete ziellos nach links in die konturlose Dunkelheit. Das Fahrzeug lag so ungeschickt dort, dass an ein Vorbeikommen überhaupt nicht zu denken war.

Auf der anderen Seite erlitt ein weiterer Autofahrer wohl dasselbe Schicksal wie Eric. Grelle Xenon-Lichter eines sich nähernden Fahrzeugs stanzten die Silhouette des Lkws in den Schneevorhang. Eric schaltete die Warnblinkanlage ein, stieg aus und zerrte hastig seinen Mantel fester um sich, als ihm der Wind eisige Luft mit zahllosen fetten Schneeflocken in den Kragen blies.

Verärgert warf er die Autotür zu und ging langsam auf den Laster zu. Der konnte noch nicht lang dort liegen, da er nur von einer relativ dünnen Schneeschicht bedeckt war. Der Geruch von Diesel stieg Eric in die Nase, und er fragte sich mit einem mulmigen Gefühl, ob der Tank beschädigt war, auch wenn dieser Kraftstoff nur schwer entflammbar und nicht so explosiv wie Benzin war.

Bedächtig schritt er um das Führerhaus herum, innerlich darauf gefasst, den verletzten Fahrer darin zu finden.

»Können Sie was erkennen?«

Eric fuhr zusammen. Urplötzlich und ohne irgendwelche Geräusche verursacht zu haben, stand ein Mann in einem dunklen Mantel neben ihm und starrte ebenfalls auf die Windschutzscheibe des Lkws. Natürlich hätte Eric damit rechnen müssen, dass der Fahrer des anderen Autos nach möglichen Unfallopfern sehen würde, aber er war so in Gedanken versunken gewesen, um sich für den Anblick eines Verletzten zu wappnen, dass er dies vollkommen außer Acht gelassen hatte.

»Äh, nein«, erwiderte Eric, als er sich einigermaßen von dem Schrecken erholt hatte. »Sind Sie schon länger da?« Er versuchte in der Dunkelheit und dem unwirklichen Licht der Scheinwerfer ihrer Autos etwas in dem Gesicht des Mannes zu erkennen. Er hatte kurz geschorenes Haar, wohl um eine sich ausweitende Halbglatze zu kaschieren, ansonsten machten seine Gesichtszüge jedoch einen recht jugendlichen Eindruck.

»Nicht viel länger als Sie«, antwortete der Mann und wischte mit dem Ärmel einen weiten Bereich der Windschutzscheibe frei. Das Führerhaus war leer. »Hm, hat sich wohl schon verkrümelt.«

Plötzlich ein fast ohrenbetäubender Knall. Ruckartig rissen sie die Köpfe herum, und dem Mann, der bisher solch einen soliden Eindruck gemacht hatte, entfuhr ein nur mühsam unterdrückter Schreckenslaut. Eric erholte sich relativ schnell, es war eine Fehlzündung seines Jettas, der Motor war aus. Ohne die Unterstützung der Lichtmaschine wurde das Leuchten der Scheinwerfer bedeutend schwächer.

»Herrje«, stieß der Mann mit gequältem Lächeln aus, »passiert das öfter?«

»Gelegentlich«, erwiderte Eric schulterzuckend und mehr als beiläufig. Seine Gedanken waren wieder bei dem abwesenden Fahrer des Lastwagens.

»Sie sollten ihn mal in eine Werkstatt bringen«, versuchte der Mann das Gespräch fortzusetzen.

Er wollte ihm bereits antworten, dass das beim Zustand der Karre keinen allzu großen Sinn hätte und auch der finanzielle Aufwand überhaupt nicht mehr gerechtfertigt wäre, als ein dünnes Geräusch an sein Ohr drang. Dem anderen entging dies.

»Ich hab einen Bekannten in Eisenach, der hat aus vielen alten …«

»Scht!«, machte Eric bloß energisch und brachte den Mann damit zum Schweigen. Verwirrt runzelte er die Stirn, lauschte wie Eric ins Dunkel. Er schien zunächst nichts zu hören, dann vernahm auch er das leise Wimmern irgendwo hinter dem Lkw.

Eric wollte bereits loslaufen, doch der Mann hielt ihn am Arm zurück. »Warten Sie, ich habe eine Taschenlampe im Auto.« Er eilte zu seinem Wagen und kramte kurz im Kofferraum. Stolz reckte er eine Stablampe in die Höhe.

Im grellen Strahl der Taschenlampe sahen die beiden Männer Fußabdrücke, Spuren weit ausgreifender Schritte, die sich vom Fahrzeug entfernten, so als habe der Fahrer es sehr eilig gehabt. Außerhalb des Scheinwerferlichtes der beiden Pkw war es extrem dunkel, und nur mattes Streulicht ließ die Umgegend schemenhaft erkennen. Ohne die reflektierende Schneedecke wäre es hier finster gewesen wie in einem Kohlenkeller.

»Leuchten Sie bitte dorthin.« Eric deutete vage den Hang hinauf, senkrecht weg von der Straße und dem Unfallort.

Tatsächlich erfasste das Licht weitere Fußabdrücke, die auf einen hastig laufenden Menschen hindeuteten. Sie waren nun jedoch eindeutig von den Spuren einer zweiten Person begleitet.

Mühsam erklommen die beiden Männer den Hügel, der vereinzelt mit Wacholdern bewachsen war, die schwer an ihrer weißen Last zu tragen hatten. Die Fußstapfen verliefen in gerader Linie hinauf. Nun war auch wieder das Wimmern zu vernehmen, und Eric erfüllte dieser Laut mit eisigem Unbehagen. Hatte sich jemand verletzt, einen Schock erlitten und lag nun vollkommen orientierungslos und verzweifelt im Schnee?

Seine Gedanken zerstoben zu Nichts, als sie die Kuppe des Hügels erreichten. Der Wind ebbte ab, und auch der Schneefall setzte vollständig aus. Eric wusste mit einem Schlag, wo er dies schon einmal erlebt hatte, und eine bleierne Lähmung erfasste ihn, nur sein Hirn arbeitete weiter, versetzte ihn zurück zu seiner Schreckenswanderung nach Lauchröden, zu dieser grauenvollen Begegnung. Dann begann der Mann neben ihm vor Entsetzen zu keuchen, als seine Taschenlampe das Bild vor ihnen beleuchtete und sein Verstand dessen Bedeutung zu verarbeiten suchte.

Vor ihnen, zwischen einigen weiteren Sträuchern erhob sich im Zwielicht die Kontur einer verhüllten Gestalt, in den blaugrauen Hintergrund dieses Winterabends gestanzt wie ein Loch. Sie war nicht einmal groß, vielleicht einen Meter sechzig, wenn man das bei diesen Sichtverhältnissen sagen konnte. Sie klammerte sich an eine Hellebarde, während sie sich leicht nach vorn über ein dunkles Bündel im Schnee beugte.

Bevor Eric und sein Begleiter die Situation richtig erfasst hatten, schritt hinter einem der Sträucher ein riesenhafter Hund hervor, baute sich zähnefletschend drei Meter vor ihnen auf und knurrte bedrohlich. Sie verharrten in absoluter Bewegungslosigkeit, da sie kaum einschätzen konnten, ob das zottige Untier, das sie aus rotglühenden Augen anstarrte, sie nur am Weitergehen hindern wollte oder es tatsächlich auf sie abgesehen hatte.

»Leuchten Sie ihn nicht direkt an«, flüsterte Eric, und der Mann senkte ruckartig die Taschenlampe. Unwirkliche, graue Dunkelheit umfing sie, an die sie sich nur mühsam gewöhnten. Die Augen des Tiers leuchteten in der Düsternis gelb. Eric fragte sich beunruhigt, wo der andere Hund wohl sein mochte.

Als einige Sekunden verstrichen waren, in denen der ungeheuerliche Hund nur hin und her geschritten war, hatte Eric wieder ein Auge für den Schauplatz übrig. Inzwischen konnte er auch ohne Beleuchtung genug erkennen.

Das Bündel, über das sich die kleinwüchsige Gestalt beugte, bewegte sich, und Eric wurde klar, dass das Wimmern davon ausging. Und ziemlich sicher war es der Fahrer des Lastwagens. Panisch fragte sich Eric, ob er verletzt war aufgrund des Unfalls, oder - und dieser Gedanke war entsetzlicher - durch die halbmondförmige Klinge der Hellebarde. Am weitaus schlimmsten war jedoch der Umstand, dass sie nur zusehen konnten, wenn sie nicht Gefahr laufen wollten, von den Zähnen der Bestie vor ihnen zerrissen zu werden.

Plötzlich erhob die kleinwüchsige Gestalt die Stimme und übertönte damit das Wimmern des Mannes vor sich. In sehr hohen, glockenklaren Tönen sang sie Verse in einer fremd klingenden Sprache.

Dann schwang sie in weitem Bogen die Hellebarde und ließ sie auf den am Boden Liegenden niedersausen. Mit einem dumpfen Schlag grub sich die Klinge ins Fleisch, begleitet von einem langen Keuchen des Getroffenen. Der Mörder verharrte in dieser Stellung. Eine schreckliche Stille trat ein.

Auch der Hund war ruhig geworden und hatte sich träge seinem Herrn zugewandt. Endlose Augenblicke vergingen auf diese Weise, so als wäre in dem Moment, als die Tat vollbracht war, die Zeit stehen geblieben. Eric und der Mann wagten immer noch nicht, sich zu rühren. Unter anderen Umständen hätte wahrscheinlich einen von beiden der Heldenmut überkommen, und er wäre selbstlos eingeschritten. Doch mit einem zähnefletschenden Ungeheuer zwischen sich und einem Mörder, der sich mit einer archaischen Waffe ausgerüstet hatte, war eine solch heroische Tat absolut ausgeschlossen. Nur am Rande registrierte Eric, dass der Mann neben ihm heftig atmete, fast hyperventilierte. Er hoffte inständig, dass er jetzt nicht das Bewusstsein verlor – und ihn mit diesen Bestien alleinließ.

Aufgestützt auf die Tatwaffe sah die Kreatur eine Weile auf das Opfer hinab, so als ob sie nicht sicher sei, ob es noch lebte. Dann drang ein Wispern an Erics Ohr und ihm wurde klar, dass der Mörder dort ein Gebet sprach. Er war, genau wie der Mann neben ihm, nicht in der Lage, irgendetwas zu tun, sei es wegzulaufen, sei es anzugreifen. Sie waren beide wie paralysiert.

Dann sahen sie mit Schrecken, wie der Mörder sich ihnen zuwandte, nachdem er sein Gebet beendet hatte. Es schien, als wäre er sich ihrer Anwesenheit die ganze Zeit bewusst gewesen. Seine eisblauen Augen durchdrangen die Finsternis wie Blitze, und Eric fuhr der Blick wie eiskaltes Wasser in jede Pore. Darin lag weniger etwas Boshaftes, als vielmehr eine rastlose Verzweiflung und auch, so absurd dies erscheinen mochte, ein tiefsitzender Schmerz.

Eric kannte einen solchen Blick. Er konnte sich nicht dagegen wehren, das Bild seines kleinen Bruders drängte sich ihm auf, wie er von Trauer überflutet in der Küchentür stand, Opfer von Schmach, Spott und Wut aus dem Mund desjenigen, der ihn immer in Schutz genommen hatte, auch wenn dieser Ausbruch nicht ihm gegolten hatte. Fast überkam Eric deshalb so etwas wie Mitleid mit der gedrungenen Kreatur, doch allzu präsent war das, was sie getan hatte.

Als hätte der Mörder diesen stillen Vorwurf in seinen Gedanken gelesen, legte er einen Zeigefinger an die Lippen und bedeutete den beiden Männern zu schweigen. »Vrâget nîht mich!«, sagte er kaum hörbar, drehte sich um und stapfte ins gegenüberliegende Dunkel. Der Schneefall setzte heftiger als zuvor wieder ein und hatte den Mörder schon bald verschlungen. Dann regte sich auch der Hund, knurrte den beiden noch eine sehr deutliche Warnung zu und trottete hinter seinem Herrn her.

Erst nach Sekunden löste sich Erics Starre ein wenig, so als müsse er zunächst die Wirren eines Albtraumes abschütteln, aus dem er soeben aufgewacht war. Mühsam schritt er durch den Schnee auf den am Boden Liegenden zu, mit der vagen Hoffnung, er möge noch leben, aber voller Horror vor dem Anblick, der sich ihm wahrscheinlich bieten würde. Als er sich nach wenigen Metern an den Mann hinter sich erinnerte, der sich nicht vom Fleck rührte und wie ein Blödsinniger glotzte, blieb Eric stehen und rief ihm zu: »He, Ihre Taschenlampe könnte ich jetzt gut brauchen!«

Noch zögerlicher als er selbst setzte der sich in Bewegung und trat zu ihm. »Ich … weiß nicht, ob ich das kann«, bekannte er ganz offen und streckte ihm die Lampe mit zitterndem Arm hin. Immerhin hatte er seine Fassung so weit zurückgewonnen, dass er nicht gleich komplett den Verstand verlor.

»Ich auch nicht«, gab Eric zu, nahm die Stablampe entgegen und setzte in Gedanken hinzu: Aber noch weniger kann ich ihn dort liegen lassen, wenn ich nicht weiß, ob wir vielleicht etwas für ihn tun können.

Ohne den Mann überreden zu wollen, drehte sich Eric um und näherte sich dem Tatort. Er verdrängte dabei so absurde Gedanken wie den an die vollkommen verzweifelte Spurensicherung, die hier wahrscheinlich am nächsten Tag aufkreuzen und nach Fußabdrücken forschen würde.

Der grelle Lichtkreis blieb auf etwas Schwarzem hängen, das bereits von einer dünnen Schneedecke überzogen war. Eric stockte der Atem, auch wenn er noch nichts Genaues erkennen konnte. Bilder eines zerschmetterten Schädels oder eines aufgerissenen Rumpfes wollten sich vor sein inneres Auge drängen, die er mit Mühe unterdrückte. Er trat etwas näher heran.

Merkwürdig gekrümmt lag ein Mensch im Schnee, der sich neben ihm dunkelrot gefärbt hatte. Obwohl er nicht gläubig war, stieß Eric ein stummes Gebet gen Himmel, dass der Mann nicht vollkommen verstümmelt sein möge. Er wagte eine genauere Betrachtung und kam erleichtert zu dem Schluss, dass er nur an der linken Schulter eine hässliche Wunde trug, die aber durch die Kleidung nicht sofort in ihrem ganzen Ausmaß deutlich zu sehen war. Die Augen des Mannes waren offen und starrten in leerem Entsetzen nach oben, dorthin, wo bis vor wenigen Augenblicken noch sein Mörder gestanden hatte.

Sein Bein zuckte plötzlich heftig seitwärts und traf Eric am Knöchel. Er stieß einen hysterischen Schrei aus und taumelte zwei Schritte zurück, ohne dabei den Strahl der Lampe von dem Opfer zu nehmen. Er blieb schließlich auf dessen Gesicht haften.

»Ist alles in Ordnung mit Ihnen?«, rief der BMW-Fahrer zu ihm herüber.

Eric musste sich erst sammeln. Entgeistert starrte er durch das Schneetreiben in das Gesicht des Mannes vor ihm: Dessen Lider flackerten kaum merklich, als versuchten sie die hartnäckigen Schneeflocken von den Augen fernzuhalten, und dünne Wölkchen seines Atems waberten im Schein der Taschenlampe.

»Mein Gott ...«, entfuhr es Eric, »er ... er lebt!«

15

Montag, 17. Januar 1994, 10:58

Mit einem Stirnrunzeln bedachten die beiden Polizisten ihn, als Eric das kleine Zimmer neben dem Gemeindesaal betrat. Beim Gedanken daran, dass sie ihn vielleicht schon zu den Verdächtigen zählten, wurde ihm ganz anders. Mit einem durchaus überzeugenden Lächeln, wie er fand, setzte sich Eric den Polizisten gegenüber hin, die bis eben noch ins Gespräch vertieft gewesen waren.

»Guten Morgen«, begrüßte er sie höflich.

Schneider nickte bloß, während Kommissar Stegmann seine Begrüßung ebenso höflich, aber ansonsten routiniert erwiderte. »Guten Morgen, Herr ...«

»Walter«, ergänzte Eric. So gut war ihr Gedächtnis also nicht. »Eric Walter.«

»Genau, Herr Walter. Kommen wir gleich zur Sache«, begann Kommissar Stegmann etwas träge, »schließlich wollen wir alle pünktlich zu Tisch.« Er lächelte beiläufig über diesen misslungenen Scherz, den sein Kollege nicht im Geringsten honorierte. Der saß mit vor der Brust verschränkten Armen da und musterte Eric wie ein satter Wolf neue Beute, oder vielleicht auch wie ein müder Familienvater ein unsinniges, aber alternativloses Fernsehprogramm.

»Sie haben den Mann gestern Abend also gefunden, wenn ich richtig informiert bin«, fuhr Stegmann fort.

Eric nickte zur Bestätigung. »Ja, ich. Und Herr Maler.«

»Ganz recht ... Herr Maler.« Stegmann kritzelte etwas Unleserliches in sein Notizbuch. Eric fragte sich, ob ihm das Erinnerungsstütze sein konnte oder ob er es nur tat, weil es ihm ein Psychologe empfohlen hatte. »Herr Maler sagte jedoch, Sie seien zuerst zu dem Opfer getreten. Er sei dann erst auf ihr Zurufen hinzugekommen.« Mit erhobener Augenbraue wartete Stegmann auf eine Antwort, während sein Stift in seinem unbezwingbaren Drang nach Niederschrift innehielt.

Eric nickte langsam. Erstaunlich, wie akribisch diese ansonsten so phlegmatisch anmutenden Männer arbeiten konnten. Er durfte sie nicht unterschätzen. Wahrscheinlich war dieser Fall auch eine Ausnahme: Wie oft wurden in einer solch ländlichen Gegend schon Menschen auf so bizarre Weise getötet?

»So ist es«, bestätigte er. »Herr Maler kam erst, als ich ihm zurief, dass der Mann noch lebe. Zuvor sind wir jedoch gemeinsam den Hang hinaufgegangen und haben beide zugleich den ...« Er schluckte schwer. Ja, was eigentlich?

Schneider sah ihn aufmunternd an. »Sie haben *was*?«

»Na ja, Mörder kann man ja nicht sagen«, erklärte Eric schulterzuckend.

»Wieso eigentlich nicht?«

»Nun, dieses Opfer lebt ja zum Glück noch. Aber rundheraus, Herr Schneider«, begann Eric und sah den Kommissar kühl an, »ich bin der Meinung, dass es sich bei dem Mann um denselben handelt wie den, welchen ich vorige Woche hier vor dem Ort gesehen habe. Es sei denn, es gibt jetzt in der Gegend seit Kurzem einen Fanclub, der sich für muffige Klamotten und mittelalterliche Nahkampfwaffen begeistert.«

Der Gag kam nicht recht an. »Wenn ich Sie recht verstanden habe, dann meinen Sie also den Mann, den Sie auch für den Mörder von

Friedrich Meister halten.« Kommissar Stegmann blätterte scheinbar suchend in seinem Notizblock.

Immerhin erinnerten sie sich an seine Aussage, egal wie viel Wahrheitsgehalt sie ihr beimaßen. »Es ist doch wohl eher unwahrscheinlich, dass sich zwei von dieser Sorte hier herumtreiben. Er hatte dieselbe Größe, die gleiche Kleidung. Er hatte wieder diese riesige Axt dabei, und es waren …« Erics Blick schweifte ab und blieb in der Leere zwischen dem Fenster und den beiden Kommissaren hängen, die unerwartet den Atem anhielten, während sie warteten, dass er fortfuhr. »Es waren dieselben Augen, die mich angesehen haben.«

Etwas an der Art, wie er die Worte wählte und sie aussprach, und sein kurzzeitig entrückter Blick veränderten die Stimmung im Raum, ließen vielleicht sogar die Temperatur leicht sinken. Schneider, der sein Gegenüber die ganze Zeit über mit einem zynischen Lächeln in den Mundwinkeln bedacht hatte, wurde nun ernst, und Stegmann legte zum ersten Mal den Kugelschreiber in die Mitte seines Notizblockes. Er faltete die Hände übereinander und sah Eric so durchdringend an, dass der dem Blick nur mit Mühe standhalten konnte.

»Wissen Sie, Herr Walter, in meiner nicht unbeträchtlichen Laufbahn habe ich schon so manche Geschichte gehört. Einige waren gut, andere waren reine Zeitverschwendung. Unser Beruf ist bei Weitem nicht so aufregend, wie es Tatort oder Polizeiruf 110 einem weismachen wollen. Die meiste Zeit ist es dröge Schreibarbeit, und in ganz wenigen Fällen muss man sein kuscheliges Büro mal verlassen. Und dann haben wir es oft auch noch mit einem Täter zu tun, der so himmelschreiend dämlich zu Werke gegangen ist, dass er auch gleich hätte aufs Revier kommen können.« Er seufzte tief, ohne Humor darin, und stand auf, um zum Fenster zu treten. Müde betrachtete er das augenblicklich nur leichte Schneegrieseln. Schneider sah seinen Kollegen nichtssagend an. Vermutlich kannte er diese Stimmung.

Worauf wollte der Mann hinaus? Wurde er jetzt melancholisch? Eric verwirrte dieses emotionale Bekenntnis.

»Nur manchmal tritt man auf der Stelle«, setzte Stegmann wieder an, ohne sich umzudrehen. »Zum Beispiel wenn der Täter, sei es durch einen Zufall oder weil er wirklich clever war, alle Hinweise auf seine Identität so gut verwischt oder verschleiert hat, dass wir auf Teufel komm raus nicht an ihn herankommen. Wir brauchen dann mehr als die üblichen paar Stunden, um ein solches Verbrechen aufzuklären. Es kann schon mal ein paar Wochen harter Ermittlungen kosten. Und in ganz seltenen Fällen kommt ein Täter ungeschoren davon.«

Stegmann trat wieder an den Tisch und stützte sich auf dessen Kante. »Dieses Mal ist es anders.« Er musste sich räuspern.

»Was … meinen Sie damit?«, wollte Eric wissen. Allmählich wurde er unruhig. Er fand es äußerst ungewöhnlich, dass ein Zeuge auf so unorthodoxe Weise in die Polizeiarbeit eingeweiht wurde.

Schneider antwortete an Stegmanns Stelle, was ihn einige Überwindung zu kosten schien. »Wir haben seit den ersten Todesfällen mehr als nur ein paar Zeugen befragt. Anfangs haben wir die meisten Aussagen für Hirngespinste gehalten, auch wenn wir verpflichtet sind, jeder einzelnen nachzugehen. Viele von ihnen sind wieder im Sande verlaufen, weil sie sich nicht beweisen ließen. Bestes Beispiel ist gestern Abend: Nach Herrn Malers Beschreibungen, und Sie werden diese vermutlich bestätigen, waren zahllose Spuren im Schnee zu sehen, die wir selbst nach dem Schneefall der letzten Nacht noch hätten finden müssen.«

»Und?«, fragte Eric alarmiert.

»Nichts. Außer den Fußabdrücken beim Opfer und beim Lkw. Vom mutmaßlichen Täter nicht der Hauch eines Fußstapfens.« Kurz grinste Schneider, weil er ahnte, dass Eric sich eventuell in ihre Schusslinie geraten sah, setzte dann aber hinzu: »Keine Bange. Herr Maler und Sie geben sich ja gegenseitig ein Alibi. Und für eine Komplizenschaft zwischen Ihnen gibt es keinen Anhaltpunkt.« Er seufzte. »Ich muss Ihnen nicht sagen, dass man ganz oft an irgendwelche Wichtigtuer gerät und ich mich frage, worin diese Faszination für Gewaltverbrechen begründet sein mag.«

Eric legte fragend die Stirn in Falten. Worauf wollte Schneider hinaus?

»Sie haben inzwischen doch sicher von den Todesfällen auf der Brandenburg gehört, oder?«, fragte Stegmann.

»Die beiden Jugendlichen meinen Sie?«

»Exakt. Wir haben die Aussagen ihrer Freunde, die den Mörder gesehen haben, nachdem er die Jungs niedergemetzelt hat. Sie konnten ihn sehr genau und plastisch und vor allem auch in Details übereinstimmend beschreiben: Gedrungene Gestalt, dunkel gekleidet. Worauf sie aber besonderen Wert legten, war sein Blick. Damals haben wir diese Aussage für eine Absprache zwischen den beiden Jugendlichen gehalten, eine hanebüchene, in Eile zusammengeschusterte Horrorgeschichte, weil sie zu viel billigen Shit geraucht hatten.«

»Aber heute«, setzte Schneider nahtlos fort, »haben wir Herrn Malers Beschreibung eines potenziellen Mörders gehört, die sich nicht nur mit Ihrer deckt, sondern auch mit der der beiden jungen Zeugen.«

»Und Herr Maler beteuert, die Jugendlichen nicht persönlich zu kennen, und vor allem nicht im Detail von ihren Erlebnissen auf der Burg gehört zu haben«, schloss Stegmann.

Eric sank in seinen Stuhl zurück. »Und Sie brauchen ganze vier Aussagen, um so etwas zu glauben?« Er war sich des Vorwurfs in seiner Frage durchaus bewusst, und Stegmanns Offenheit wich einem Anflug von Verärgerung.

Der schüttelte den Kopf. »Es kommt nicht darauf an, wie viele Personen ähnliche oder identische Angaben machen. Wissen Sie, wir arbeiten mit harten Fakten, einem blutigen Messer im Garten, feinsten Fasern von Kleidung im Teppich, Schweiß an Türgriffen. Das sind Dinge, die man anfassen und sehen kann. Ich denke, es ist das erste Mal in meiner Laufbahn, dass ich bereit bin, mich auf Eindrücke der Zeugen zu verlassen. Und glauben Sie mir, es fällt mir nicht leicht.«

»Herr Maler muss noch einmal gründlich ärztlich untersucht werden, davon hängt dann auch seine Glaubwürdigkeit ab, aber der örtliche Arzt schreibt noch an seinem Bericht über Herrn Carstens«, fuhr nun wieder Schneider fort, worauf Eric nur fragend dreinschaute.

»Herr Carstens ist der Mann, den Sie gefunden haben, das Opfer«, erklärte Stegmann, der nun wieder in seinem Notizblock schrieb.

»Allerdings können wir jetzt schon davon ausgehen, dass Herr Maler einen leichten Schock von dem Erlebten davongetragen hat«, sagte Schneider. »Er machte insgesamt einen sehr fahrigen Eindruck. Insofern sind seine Worte mit Vorsicht zu genießen. Andererseits beschrieb er diesen eindringlichen Blick des Mörders mit derselben ruhigen und überzeugenden Bestimmtheit wie Sie und auch die beiden Jugendlichen.«

Innerlich freute es Eric, dass die sonst so nüchternen Männer sich nun auf einer anderen Ebene bewegten als noch eine Woche zuvor.

Sie mussten schon sehr im Trüben fischen, wenn sie sich von ihren eingefahrenen Wegen entfernten, sich auf Spekulationen einließen und bereit waren, ansonsten haltlosen Aussagen geschockter Zeugen ernsthaft nachzugehen.

»Und was hat das alles mit mir zu tun?«, wollte Eric schließlich wissen, als keine weiteren Erklärungen folgten und Stegmann und Schneider nur vor sich hin brüteten.

»Wir möchten Sie bitten, uns sämtliche Informationen zukommen zu lassen, die Ihnen im Zusammenhang mit diesem Vermummten zugetragen werden«, sagte Schneider ernst und sah Eric an. »Korrigieren Sie mich, wenn ich mich täusche, aber ich stelle bei Ihnen ein gewisses Interesse an den Vorgängen fest, das über die reine Neugierde der meisten anderen Beteiligten hinausgeht.«

Eric versuchte sich seine Überraschung nicht allzu sehr anmerken zu lassen. »Gern, wenn Ihnen das weiterhilft.«

»Und wir fragen uns natürlich auch, warum das so ist«, setzte Schneider in seiner forschen Art hinzu und sah Eric fordernd an.

Wenn es auf der Welt einen Menschen gab, den Eric auf Anhieb auf den Mond oder besser dessen Rückseite gewünscht hätte, dann war es Kommissar Schneider. Offenbar war der nicht in der Lage, bei seiner Arbeit konsequent die notwendige Objektivität beizubehalten, und neigte dazu, sein Gegenüber durch seine subtilen Unterstellungen unter Druck zu setzen

»Reine Nächstenliebe«, gab Eric aalglatt zurück, dem Blick des Beamten standhaltend, und wunderte sich selbst über seine Kaltschnäuzigkeit.

Stegmann, dem der zwischenmenschliche Temperatursturz nicht entgangen war, räusperte sich auffällig, blätterte zum Beginn seines Blocks und zog dort eine Visitenkarte aus einem kleinen Fach. Er legte sie vor Eric auf den Tisch. »Rufen Sie uns jederzeit an, wenn Sie etwas hören, egal ob über den Mörder oder eines der Opfer oder was auch immer. Jede Kleinigkeit ist wichtig.«

Eric warf einen Blick auf die Karte, bevor er sie in die Innentasche seiner Jacke steckte. Sie enthielt Stegmanns Kontaktdaten im Präsidium. »Ich sehe, was ich tun kann«, sagte er ausweichend. Warum auch immer, irgendeine innere Stimme riet ihm, den beiden Männern nicht zu viel über seine Erkenntnisse zu offenbaren. Er würde noch beweiskräftige Fakten zur Untermauerung seiner Behauptungen aufbieten müssen, wollte er nicht als Vollidiot dastehen, dem man eine Profilneurose vorwarf. »Sind wir dann fertig?«

»Fürs Erste schon«, sagte Stegmann und faltete die Hände über dem Notizbuch. »Ich brauche Ihnen nicht zu sagen, dass Sie den Inhalt dieses Gesprächs vertraulich behandeln sollten.«

»Natürlich«, bestätigte Eric und stand auf.

»Was haben Sie jetzt vor, Herr Walter?«, wollte Schneider ganz unverblümt wissen und ließ Eric innehalten. Der Mann vermittelte weiterhin sehr überzeugend den Eindruck, als könnte er Eric nicht leiden. Und den Rest der Welt ebenfalls nicht.

»Ich werde sehen, dass ich meiner Freundin Bescheid gebe, die sich wahrscheinlich Sorgen macht, aufs Klo gehen, mir die Hände waschen und dann versuchen, mein Auto wieder in Gang zu bekommen. In der Reihenfolge. Ich hab noch ein paar Vorlesungen diese Woche.« Eric zählte diese Pläne so beiläufig wie möglich auf, um dem Polizisten klarzumachen, dass es sich nur um unwichtige Dinge handelte. »Auf Wiedersehen, meine Herren.« Sie entließen ihn ohne ein weiteres Wort.

Der Unfallort befand sich nur anderthalb Kilometer vor dem Ortseingang Lauchrödens, was Eric wegen der Geschehnisse des Vorabends gar nicht registriert hatte. Es würde also nicht zu lange dauern, um zu seinem Wagen zu gelangen.

Endlich hatte es aufgehört zu schneien, aber der Himmel war immer noch trüb und verhieß weitere Niederschläge. Immerhin hatte er den Räumdiensten so viel Zeit gelassen, um die Hauptverkehrswege vom Gröbsten zu befreien, so dass Eric eine Chance hatte, nun nach Jena zu gelangen.

In der Dorfmitte suchte er die einzige Telefonzelle des Ortes auf. Er hatte Ellen schon am Vorabend von dort aus angerufen, um ihr wenigstens mitzuteilen, dass ihm nichts Schlimmes widerfahren war. Ellen war fast zu Tode erschrocken, als er ihr erzählt hatte, dass er Zeuge eines Beinahe-Mordes geworden war und einmal mehr dem Täter in die Augen gesehen hatte. Es gefiel ihr gar nicht, ihn allein in Lauchröden zu wissen, auch wenn er bei Frau Wittig wieder eine günstige und sichere Übernachtungsmöglichkeit gefunden hatte.

Sie meldete sich selbst mit einem hoffnungsvollen »Ja?«

»Eric hier«, begrüßte er sie etwas müde. Er hatte eine weitere Nacht kaum geschlafen. »Wie geht es dir, Süße?«

»Wie soll es mir schon gehen, wenn ich weiß, dass du nur knapp einem Mörder entkommen bist und allein in diesem gruseligen Dorf übernachten musst?« Ihre Verärgerung war aufgesetzt, und Eric genoss das kleine Spiel.

»Wollte dir bloß sagen, dass ich demnächst nach Jena weiterfahre.«

»Wie war das Verhör?«

Eric schnaubte. »Verhör trifft es ganz gut, auch wenn sie es Zeugenbefragung nennen. War nicht sehr ergiebig. Es gibt bisher keinen Tatverdächtigen. Sie haben mich gebeten, ihnen zu helfen und weiterzugeben, was ich weiß oder eventuell noch höre.«

»Was du natürlich nicht getan hast, wie ich dich kenne.«

»Erraten. Sie glauben mir ja sowieso nur die Hälfte, deshalb wundert es mich ja, dass sie mich quasi um Hilfe bitten. Außerdem muss ich erst noch ein paar Dinge herausfinden, bevor ich sie damit wieder behelligen kann.«

»Mir ist nicht wohl dabei, also pass auf dich auf.«

Eric verließ Lauchröden Richtung Osten. Schon nach dem letzten Haus auf der rechten Seite drängte sich die Brandenburg in den Blick, über der nach wie vor die bleigraue Wolkendecke schwebte, als hätte jemand diese von oben herabgedrückt. Der Wind hatte die Westseiten der Mauern mit einem weißen Schneeschleier geschmückt, doch der konnte dem trotzigen Grau des Gemäuers den unheilvollen Gesamteindruck nicht nehmen. Hatte dort oben wirklich einmal jemand gelebt?

Als der Wald unterhalb der Burg schließlich den Blick auf die Ruine versperrte, blieb das belastende Gefühl bestehen wie ein Albdruck. Eric fuhr seinen Wagen schneller, als es die Straßenverhältnisse erlaubt hätten, an dem Burgberg vorbei, um den Ort rasch hinter sich zu lassen.

16

15. Mai 1214

Geduckt und mit hinter dem Rücken verschränkten Händen wich er einige Schritte vor seinem Herrn zurück und wagte es nicht, ihm ins Antlitz zu schauen. Wer vermochte schon zu sagen, welche Geste seinen Zorn auch auf Unbeteiligte lenken konnte. Jens hatte nicht wenige Male mit ansehen müssen, wie der eine oder andere Zinnbecher verbeult in der Ecke landete oder ein Stuhlbein zerbrach, als Albert allzu heftig vom Tisch aufgefahren war.

Nun stand der Graf mit bebenden Lippen vor seinem Stuhl in der Kammer und sah seinen Diener fordernd an. »Sprich!«, donnerte er und trat einen Schritt auf ihn zu. »Und steh endlich gerade!«

Als ob man ihn geohrfeigt hätte, richtete sich Jens ruckartig auf und wunderte sich über seine eigene Courage, dem Grafen auch noch ins Gesicht zu sehen, als er sprach. »Er ist … wahrhaftig nicht mehr zu erkennen, Herr. Sie haben ihn nach bester Manier zerlegt.«

»Diese Bauerntölpel haben ihn abgeschlachtet!«, ereiferte sich Albert und begann, in der ohnehin kleinen Kammer auf und ab zu laufen, wobei er dem bedauernswerten Jens immer wieder gefährlich nahe kam. In seinen Zügen konnte man förmlich lesen, wie es in ihm arbeitete. »Was erdreisten sich diese Dorftrottel denn eigentlich?«

»Sie übermittelten mit dieser grausigen Last eine Botschaft«, fügte Jens vorsichtig hinzu und präsentierte ein fleckiges Stück Pergament. Graf Albert hielt in seinem Bewegungsdrang inne und starrte das Schriftstück an.

»Was hat der Pöbel denn mitzuteilen? Wer von denen ist des Schreibens überhaupt mächtig? Lies vor, verdammt!«, herrschte er Jens an.

»Hier steht: Zutiefst verehrter Graf Albert, Euer Hochwohlgeboren …«, begann Jens.

»Ha! Diese Heuchler! In den Anus wollen sie mir kriechen!« Graf Albert schnaubte. »Fahre fort, Jens!«

»Mit diesem Schreiben bringt Euch das Lasttier die versprochene tägliche Ration unserer köstlichen Ware. Bedauerlicherweise sind an diesem Tage nur ältere Tiere geschlachtet worden, darunter einige, deren Fleisch von bitterer Galle getränkt zu sein scheint. Wir hoffen, dass es Euch dennoch munden wird. Das Volke von Gerstungen.«

Graf Albert war vor seinem Diener stehen geblieben und starrte das Blatt an, als könne er es allein mit seinem Blick in Flammen aufgehen lassen. Seine Züge bebten zornig.

»Und natürlich hat es keiner gewagt, dieses Geschmiere namentlich zu unterzeichnen. Dafür werden sie büßen«, raunte er. »Und schon bald werden sie den Herrgott anflehen, sie hätten meinem Boten alles Fleisch gegeben, welches sie diese Woche an andere verkauft haben.« In mühsam bezähmter Wut trat er ans kleine Fenster und sah nach draußen gen Westen. Die untergehende Sonne warf durch sich auflösende Wolkenfetzen ihren rotgoldenen Schein in die Kammer und auf Graf Alberts Gesicht. Fast war es, als blickte er in den Schlund der Hölle selbst und als spiegelte sich in seinen Augen deren grausiges Treiben.

Jens wurde bereits unruhig, als sein Herr lange Augenblicke nichts sagte. Er brachte jedoch nicht den Mut auf, ihn in seinem Sinnen zu stören. Schließlich hielten seine Nerven es nicht mehr aus. »Herr?«

Graf Albert drehte sich um und stellte ein Antlitz zur Schau, in dem Abscheu, Zorn und Trauer um die Vorherrschaft kämpften. Er sah Jens bloß fragend an.

»Was … wird aus Limpert, Herr?«

»Begrabt ihn, wie es einem treuen Mann zur Ehre gereicht. Gott mag seine eigenen Pläne mit dieser bedauernswerten Kreatur gehabt haben, ich möchte nicht derjenige sein, der darunter einen ungebührlichen Schlusspunkt setzt.« Albert hatte die Stirn in Falten gezogen und nickte nur, um Jens zu bedeuten, dass er sich entfernen durfte.

Mit einer tiefen Verbeugung verabschiedete sich Jens und wandte sich zur Tür.

»Ach, noch etwas, Jens«, rief Albert ihm hinterher. »Schick mir Wolf. Ich muss mit ihm über geeignete Maßnahmen beraten.« Mit einer kleinen Bewegung seines Kopfes entließ er seinen Diener. Der war froh, sich endlich entfernen zu dürfen.

Er musste zunächst tief Luft holen, bevor er die Treppe hinunter ins Erdgeschoss und nach draußen gehen konnte. Auf dem Weg hielt er einen jungen Boten an, dem er auftrug, Wolf zu suchen und zum Grafen zu schicken. Man sagte Wolf hinter vorgehaltener Hand nach, er führe die Befehle seines Grafen mit Härte und Unnachgiebigkeit aus. Jens wagte sich kaum auszumalen, was da auf die nichts ahnenden Bewohner von Gerstungen zukommen mochte.

Der Abend war frisch, doch alles war besser, als die Stimmung in der Nähe des Grafen weiter ertragen zu müssen. Jens verstand nicht, warum sich sein Herr diesem Krüppel derart zugewandt zeigte. Mochten die Gerüchte doch einen Kern Wahrheit enthalten? War adliges Blut in Limperts Adern geflossen? Einer von drei Brüdern des Grafen war kurz nach der Geburt schon verstorben, so hieß es, allerdings hatte ihn niemand zu Gesicht bekommen, außer der Hebamme, die aber einige Tage später vom Hofe verschwunden war. Niemand wusste, wohin sie gegangen war, aber dass sie ein schreiendes Bündel mit sich getragen habe, das wollten zwei alte Weiber des Dorfes gehört haben. Zwölf Jahre danach war der junge Limpert am Hofe erschienen und war zum Erstaunen aller von Albert, der inzwischen das Erbe seines Vaters Burkhard von Wartberg angetreten hatte, zum Boten gemacht worden.

Nur vereinzelt waren Menschen im Burghof unterwegs. Nachdem der Esel mit seiner blutigen Fracht angekommen und allen klar geworden war, worum es sich dabei handelte, hatte sich das wenige Volk eilends zerstreut. Nur schwerlich war ein Zimmermann gefunden worden, der bereit war, auf die Schnelle eine Kiste zu zimmern und Limperts sterbliche Überreste dort hineinzulegen. Auch wenn des Grafen Befehl soeben erst ergangen war, wollte man allen den grauenhaften Anblick so rasch wie möglich ersparen.

Gerade war Zimmermann Ulrich dabei, den Deckel aufzulegen und mit Nägeln zu befestigen. Jens wartete, bis genügend Nägel ins Holz getrieben worden waren, um sicher zu sein, den Inhalt nicht noch einmal sehen zu müssen. Erst dann trat er zu dem Handwerker.

»Wohlan, Meister«, grüßte er den am Boden Knienden. »Euer Werk ist Euch prächtig gelungen.« Jedes Behältnis, in dem Limperts Überreste verschwinden konnten, wäre ihm recht gewesen. Jens erinnerte sich nur zu gut daran, wie der Esel durch das innere Burgtor getrottet war und die Menschen vor ihm angewidert beiseite gesprungen waren. Er war nicht der Einzige gewesen, der sich im Moment der Erkenntnis sofort hatte übergeben müssen.

Der Zimmermann hieb noch zwei weitere Nägel in den Kieferndeckel und richtete sich dann auf. Seine Hände und Arme waren blutverschmiert, und er scheuchte die Fliegen weg, die sich um sein lichtes Haupt tummelten.

»Spart Euch das Lob, Herr«, sagte der kräftige, alte Mann bitter. »Ein grausamer Anlass kann das Werk nicht edel machen. Ich habe nur meine Pflicht getan.« Er sah auf die Kiste hinab. Blutspuren seiner Hände an dem hellen Holz hatten sich nicht ganz vermeiden lassen. »Was soll als Nächstes geschehen?«

Die Bestürzung des Mannes anerkennend, blieb Jens auch nichts anderes, als einen Augenblick zu verharren und über die Ereignisse nachzudenken. Wie grausam konnte der Mensch sein, so etwas zu tun? Wie kaltblütig? Und dann besaßen die Übeltäter noch die Dreistigkeit, ihren Wohltäter ganz unverhohlen, ja, gar plump zu verspotten. Albert war Limpert stets wohlgesonnen gewesen, was viele ihm als Schwäche ausgelegt und nie recht verstanden hatten. Doch diese Untat ging zu weit, und Jens konnte Alberts Zorn einigermaßen nachvollziehen, seine Pläne allerdings behagten ihm nicht ganz.

Er seufzte betroffen. »Graf Albert wünscht, dass er außerhalb dieser Mauern seine letzte Ruhe findet. Bringt seine Gebeine jenseits des Walles in die Nähe des Waldes und verbrennt sie. Die Asche begrabt dort im Unterholz.«

Jens schluckte schwer. Damit missachtete er den ausdrücklichen Befehl seines Herrn und musste mit drastischen Konsequenzen rechnen, erführe der davon, doch durfte man eine Kreatur wie Limpert einfach begraben? Schlimmer noch: Würde sein Grab, wäre es dem Volke bekannt, nicht immer die schwärende Wunde sein, die es an diesen unseligen Tag erinnerte? Einige über die Maßen Eifrige würden den Buckligen auch nach dem Tode sicher nicht ruhen lassen. Nein, diesem Übel musste ein für allemal ein Ende gemacht werden! Gott wollte es gewiss so.

Zimmermann Ulrich nickte düster und hängte seinen Hammer in den Gürtel. »So soll es geschehen.«

Finstere Zeiten brachen für die Bewohner Gerstungens an, und schon bald spürten auch die Menschen in vielen anderen Gemarkungen und Weilern der Grafschaft, dass des Grafen Zorn groß war. Er forderte von den Bauern den Fünften, durchaus eingedenk der schlechten Ernte des allzu verregneten Sommers, und keiner wagte es, sich den Rittern und Söldnern zu widersetzen, die diese Steuer eintrieben. Graf Albert ließ ihnen gerade so viel, dass sie zwar nicht sterben, aber doch zumindest Hungers leiden mussten.

Graf Albert zeigte sich unnachgiebig wie nie in seinem Leben, ganz dem Verhalten eines gerechten Herrschers zum Trotz, das er zuvor an den Tag gelegt hatte. Genau zwei Jahre lang zollte er allem Flehen der Dorfbewohner keine Aufmerksamkeit, und auch die eindringlichen Bitten seiner Gattin blieben ungehört, er möge mit dem Volk doch Erbarmen haben.

Auf den Tag genau, an dem sich das Martyrium des Boten zum zweiten Mal jährte, hatte Graf Albert in den frühen Morgenstunden einen aufrüttelnden Traum. Seine Burg erschien ihm durch wallende Nebelschwaden, davor der Fluss wie eh und je. Doch sie war größer, als er sie kannte. Nach Westen hin erhob sich ein weiterer, runder Turm gen Himmel, und einige flachere Gebäude erstreckten sich in Richtung Lauchröden. Das Bauwerk war von beeindruckender Architektur und zeugte von der Wichtigkeit seiner Bewohner. Am Fuße des sattgrün bewaldeten Burgberges, auf dem Weg entlang des Flusses, zogen Ochsenkarren dahin, dazwischen Fußgänger, mochten es Händler oder Bauern sein, die ihre Waren zum Markt brachten. Um Genaueres erkennen zu können, war Graf Alberts Standpunkt zu weit entfernt, auch wenn er sich nach Kräften bemühte, den Blick zu schärfen.

Denn etwas stimmte mit diesem Bild nicht. Es war so wenig greifbar wie die davor wabernden Dunstschwaden und entglitt Graf Albert, ohne dass er hätte eingreifen können. Denn der Nebel wurde dichter und hatte die Burg und die Menschen auf dem Handelsweg schon bald vollkommen verschlungen. Nun schwebte Albert haltlos in zähem grauem Zwielicht. Eine panische Angst ergriff ihn mehr und mehr, da er sich nirgends orientieren, geschweige denn festhalten konnte. In diesem Nichts fühlte er sich gefangen und spürte gleichzeitig darin eine Bewegung, ohne sagen zu können, in welche Richtung sie verlief und ob es der Raum war, der sich bewegte oder er selbst. Und ob im Raum oder in der – Zeit.

Diese Frage wurde ihm schnell beantwortet, als sich der Nebel vor ihm wieder lichtete. Der Brandenberg war nun in die goldgelben

Farben des Herbstes gehüllt, und nach wie vor thronte auf seinem Kamm die Burg. Doch ihr Äußeres hatte sich drastisch verändert. Ihre Mauern waren nun gezeichnet vom Verfall, die Zinnen nicht mehr makellos und sauber nebeneinander wie die Reihen lanzenbewehrter Soldaten, sondern eingefallen und womöglich zu niederen Zwecken abgetragen. Mahnend wie Finger ragten der sechseckige Ostturm sowie der runde Westturm noch über dem übrigen Gemäuer auf, doch ihre Fassaden waren ebenso grau, verwittert und teilweise verfallen.

Auf den Kronen der Türme nisteten schwarze Krähen und stießen ihr verächtliches Krächzen aus, immer und immer wieder, wie um den Betrachter zu verhöhnen: *Kraah, kraah.* Albert drangen diese Laute durch Mark und Bein und ließen ihn frieren. Verfall und Ruin lag über allem, so als lebe außer den nun markerschütternd schreienden schwarzen Vögeln kein Wesen mehr auf der Welt. *Kraah, kraah, Graahf, Graaf, … Graaaaab …*

Albert fuhr schweißgebadet auf. Neben ihm lag Auguste und sah ihn verstört an. Er musste vor dem Aufwachen geschrien haben, so erschrocken blickte sie drein.

»Mein Gemahl«, begann sie mit erstickter Stimme, »wie ist Euch? Hattet Ihr schlimme Träume? Ihr seid kreidebleich und Eure Haut ist eiskalt!«

Er nahm ihre Worte und ihre Berührung am Arm nur am Rande wahr. Sein Herz raste, seine Gedanken kreisten nur um eines: Verfall und Vergessen. Was würde von ihm bleiben, wenn er eines Tages nicht mehr war und womöglich auch sein Grabstein brüchig war wie dieses Gemäuer? Der Eintrag seines Namens in einer vergilbenden Chronik. Ein farbloser Eintrag. Aber das würde so nicht bleiben. Man sollte sich seiner erinnern! Man würde auch in Zukunft und für lange Zeit von dem Grafen Albert sprechen.

Er wälzte sich aus dem Bett und warf seinen Mantel über.

»Wohin wollt Ihr?«, rief ihm Auguste nach. »Es ist früher Morgen. Selbst der Hahn liegt noch danieder.« In der Tat fiel gerade der erste trübe Schein einer Maidämmerung durch das Fenster des Gemachs.

»Staatsgeschäfte, Weib«, warf er ihr zu. »Es gilt, Entscheidungen zu fällen.« Und schon war er nach draußen enteilt.

Resigniert ließ sich Auguste zurück in die Kissen sinken. Derlei Tatendrang war ihr bei ihrem Mann fremd geworden in den vergangenen

Monden. Inwieweit sie sich darüber freuen sollte, wagte sie für den Moment nicht zu beurteilen.

Die Sonne hatte den Zenit noch nicht überschritten, als Graf Albert samt seines waffenstarrenden Gefolges den Marktplatz von Gerstungen erreichte. Er selbst hatte unter seinem Wappenrock sein Kettenhemd angelegt, um gegen alle Reaktionen des unwilligen Volkes gefeit zu sein. An seiner Seite hing sein Schwert, das er zu selten in den letzten Monaten in der Faust gespürt hatte. Nein, er war nicht in der Absicht gekommen, durch brutale Taten für weiteren Unfrieden zu sorgen, doch unbewaffnet in die Höhle des hungernden Bären zu stolzieren, hätte den sicheren Tod bedeuten können.

Um ihn herum und hinter ihm versiegte das Markttreiben. Seit dem Erlass der erhöhten Steuern war er nicht mehr in Gerstungen gewesen, und das aus gutem Grund. Umso überraschter waren nun die Bürger der kleinen Stadt über sein Erscheinen. Hinter seinem Gefolge schlossen sich die Reihen, als das Dutzend bewaffneter Männer die Mitte des Marktplatzes erreichte.

Mit ernster Miene sah sich Graf Albert unter den Bewohnern um. Verschüchterte Blicke derer begegneten ihm, die in den vergangenen beiden Wintern zu hart unter seiner Knute gelitten hatten und auf Erlösung von diesem bleiernen Joch hofften. Dann gab es jedoch diejenigen, die unverhohlenen Trotz und auch Grimm zur Schau stellten und ihm gewiss am liebsten ins Gesicht gespuckt hätten.

Eine ganze beklemmende Weile verharrten die Menschen in betretenem Schweigen, während Graf Albert sich mit steinerner Miene unter ihnen umsah. Einen Verantwortlichen konnte er nicht erblicken, so dass er schließlich mit fester Stimme nach einem verlangte.

»Wo ist derjenige, der hier den Markt organisiert? Möge er heraustreten, ich habe mit ihm zu reden.«

Erst nach einigen weiteren quälenden Sekunden regte sich etwas in der Menge. Zwischen zwei Reihen von Ständen wurde eine Gasse geöffnet, durch die ein wohlbeleibter Mann gesetzten Alters trat. Auf seinem kahlen Schädel glänzte der Schweiß in der Sonne, und über seinen hängenden Wangen starrten verängstigte, blutunterlaufene Augen empor zum Grafen. Mochte er sonst eine würdige Figur abgeben in seinem samtenen violetten Wams und seinem wallenden

Umhang, so trug er nun blanke Demut zur Schau. Als er den berittenen Pulk erreichte, fehlte es nur noch, dass er sich zu Füßen des gräflichen Pferdes in den Staub warf, so tief verbeugte er sich.

»Euer Hochwohlgeboren«, begann er heiser und wagte es kaum, die Augen auf den Grafen zu richten. »Was führt Euch in unser bescheidenes Dorf?«

Einige der Umstehenden mussten sich ob der devoten Einstellung ihres Redners mühsam beherrschen und sahen ihn voller Zorn an. Graf Albert nahm dies durchaus zur Kenntnis, gebot allen Feindseligkeiten jedoch durch sein Wort Einhalt.

»Kannst du dir das nicht denken?«, fuhr er den Mann an, worauf dieser noch weiter den Kopf senkte. »Gehorsam war es wohl nicht, den ihr mit eurer Untat vor zwei Lenzen gezeigt habt. Glaubst du, das sei vergessen? Und sieh mich gefälligst an! Wie heißt du überhaupt?«

Unter schütteren Augenbrauen begegnete ihm der schräge Blick des Mannes. In die Unterwürfigkeit seines Wesens mischte sich ein kaum spürbarer Anflug des Trotzes, den auch einige der Umstehenden an den Tag legten. Mit dem Pöbel im Rücken mochte daraus etwas mehr werden.

»Caspar«, entgegnete er, immer noch heiser, aber nun doch sehr viel selbstsicherer.

Übergangslos gelangte Albert zum Grund seines Kommens. »Vor zwei Jahren habe ich euch alle in die Sammelschuld genommen, da einem aus meinem Volke – aus eurem Volke – furchtbares Leid zugefügt wurde. Da sich kein Schuldiger finden ließ, war diese Strafe notwendig und angemessen.« Albert gebot dem unwilligen Gemurmel in den Reihen durch eine ruckartig erhobene Hand Einhalt. »Zu spät für derlei Diskussionen! Und zeigt mir diese Reaktion auch, dass noch nicht vollkommene Reue in diesem Dorfe Einzug gehalten hat. Allein dies wäre für mich Grund genug, auf der Stelle kehrtzumachen und euch weiter den Fünften zahlen zu lassen. Und seid froh, dass ich nicht mehr von euch fordere.«

Diese Worte hallten wie Donner über den Marktplatz, damit auch der Letzte in der hintersten Reihe die Macht des Grafen nicht unterschätzte. Eisige Stille herrschte nun zwischen den niedrigen Gebäuden. Graf Alberts Blick zerschnitt Caspar in Stücke.

»A … aber, Herr«, stammelte er, »wir geben bereits mehr, als wir imstande sind. Einige Mütter haben ihre ungeborenen Kinder verloren, und im Winter haben wir bei den Schweinen geschlafen.«

»*Mit* den Schweinen, wolltet Ihr wohl sagen«, rief jemand, der lieber ungesehen bleiben wollte. Hier und da war Gelächter zu vernehmen.

Graf Alberts Miene blieb eisern, aber im Stillen drängte sich ihm der Gedanke auf, dass es den Menschen noch nicht schlecht genug gehen könne, wenn sie den Ernst der Lage mit solch fragwürdigen Possen zu verharmlosen suchten. Nicht, dass das etwas änderte, sein Entschluss stand ohnehin schon fest, seit er die Brandenburg verlassen hatte. Caspar jedenfalls stieg die Röte ins Gesicht.

»Und, Caspar, was glaubst du, was ich machen sollte? Den alten Steuersatz wieder einführen und so tun, als sei nichts geschehen?« Die Art der Formulierung ließ außer Zweifel, dass er auf diese Frage keinerlei Antwort erwartete. »Das wäre zu einfach! Dann käme der Nächste daher und beginge im Namen des ganzen Dorfes ein neues Verbrechen.«

Caspar schluckte. »Aber wie lange soll das so noch weitergehen?«

Graf Albert richtete sich im Sattel auf, so dass ihn alle sehen konnten. »Ich habe eine Aufgabe für euch«, verkündete er volltönend. »Eine Aufgabe, deren Lösung euch Kraft, Intellekt und Blut kosten wird. Dazu gedacht, euch auch in Jahren noch daran zu erinnern, dass man das Leben eines Menschen nicht einfach so wegwirft und vergisst. Euch daran zu erinnern, wer über euch gebietet und richtet.« Aufmerksames Schweigen lag über dem Platz. »Es sind genaugenommen drei Aufgaben.«

Während er weitersprach, umrundete er zu Pferde langsam den verzweifelten Caspar, stellvertretend für das ganze Volk um zu demonstrieren, wer wen in der Hand hatte.

»Fünf Jahre will ich eure Schuld ruhen lassen. Nach dieser Frist, vom heutigen Tage an gezählt, verlange ich drei Scheffel voller Silberpfennige, allesamt vom selben Gepräge.«

»Herr, so viel können wir niemals …«, erklärte Caspar verzweifelt, und durch die Reihen ging abermals ein Raunen, doch Graf Albert ließ sich nicht beirren.

»Drei Scheffel, und voll allesamt«, rief er aus. »Dazu bringt mir drei Hunde, blau im Fell von der Rute bis zur Zunge.«

Der Unbill bei den Menschen machte sich in verzweifelten Rufen Luft, sie könnten solch unsinnige Dinge niemals beschaffen. In den hintersten Reihen wurde getuschelt. Man fragte sich, ob der Graf wahnsinnig geworden sei.

»Und«, fuhr Albert mit erhobener Stimme fort, all das Gemurmel und den Unwillen ignorierend, worauf wieder unterdrückte Stille einkehrte, »drei Eichenstäbe, mannshoch und ohne einen einzigen Knoten darin.«

Seine letzten Worte waren so voller Nachdruck und Autorität, dass keiner ein Widerwort wagte und alle ihn nur verstört ansahen. Graf Albert hatte seine Umrundung des fetten Gildemeisters beendet.

»Solltet ihr dies nicht bis zum Ablauf der Frist herbeigeschafft haben, bleibt die Taxe weiterhin bestehen, bis die Familien, die heute hier leben, ausgestorben sind und niemand aus ihrem Geschlecht mehr lebt. Dann erst wird eure Tat gesühnt sein. Das ist mein Urteil!«

17

Montag, 17. Januar 1994, 20:39

Dass man sich in so einer Höhle wohlfühlen konnte, schoss es Eric durch den brummenden Kopf, als er wieder einmal von seinen Büchern aufsah und Bernds Bude und deren Einrichtung betrachtete. Allerhand Poster mehr oder weniger aktueller Heavy-Metal-Bands bedeckten mit meist gezackten, manchmal unleserlichen Namen und einer Horde böse dreinblickender langhaariger Musiker so gut wie jeden Quadratzentimeter Wand des WG-Zimmers. In einer Ecke neben der Tür zum Flur stand ein überquellender Plastikeimer mit ausgetrunkenen Bierdosen, daneben ein Stapel leerer Pizzakartons. Eric war nicht sehr viel ordentlicher, aber seinen Müll räumte er immerhin regelmäßig weg. Ihre Freundschaft beeinträchtigte Bernds mangelnder Ordnungssinn jedoch nicht.

Eric sah wieder auf sein Buch, das auf dem wackligen Campingtisch vor dem leicht undichten Fenster und der bollernden Heizung die

Gesellschaft von einer Kanne voll Kaffee und von zwei Tassen sowie etlicher weiterer Bücher genoss. Sie hatten diese stapelweise aus der Bibliothek ausgeliehen und in Bernds Bude geschleppt.

»Und das ist alles, was wir bisher haben?«, wollte Eric wissen und legte dabei eine Spur zu viel Enttäuschung in seine Worte. Bernd entging dies nicht.

»Hör mal, Meister, ich reiß mir hier den Arsch auf, um etwas Licht ins Buschwerk zu bringen, und du fragst: Ist das alles?«

Eric wehrte entschuldigend ab. »Sorry, Bernd, aber der gestrige Abend hängt mir noch tierisch in den Knochen. War nicht so gemeint.«

»Schon okay.« Bernd lehnte sich auf dem knarrenden Stuhl zurück und verschränkte die Arme.

»Wieso bekomme ich so komische Gefühle wie Déjà-vus, wenn mir sein Gesang ins Gedächtnis kommt?«, fragte Eric mehr sich selbst als sein Gegenüber. »Hab ich denn diese Texte schon mal gehört?«

»Bestimmt«, meinte Bernd. »Kannst du dich wirklich an nichts Genaues erinnern?«

Eric schüttelte den Kopf. Er lehnte sich zurück, schloss die Augen – und plötzlich war er wieder mitten im Schneetreiben, hörte die Stimme der merkwürdigen Gestalt und wusste auf einmal den Text.

Durnehtige sele, vroewe dich,
Du bist alleine got gelich.
Ja es ist wol billich,
Wan du trinkest mit gütlicher gedult …

Er zitierte die Worte der verkrüppelten Gestalt, und ihm fuhr es durch Mark und Bein, als Bernd mit großen Augen und für seine Verhältnisse sehr aufgeregt schloss:

Ane schuld
Vil manig bitterkeit in dich.

»Herrjeh, das **ist** es!«, keuchte Eric heiser. »Da ging es um die Verbundenheit der reinen Seele zu Gott, oder? Das ist von … Shit, wie heißt die Tante gleich?«

»Mechthild von Magdeburg«, ergänzte Bernd ernst. »Die hat im 13. Jahrhundert gelebt. Wir hatten das im Grundstudium.«

Eric grinste. »Aber immerhin weißt du's noch.« Er grübelte kurz und rief sich Vanessas Worte ins Gedächtnis. »*Ir sult sprechen wille-*

komen ...« und fügte sogleich hinzu: »Walther von der Vogelweide! Das passt ebenfalls in die Zeit, 13. Jahrhundert, wenn ich mich recht erinnere.«

Bernd schnalzte verschmitzt mit der Zunge. »You got it«, bestätigte er. »Und wer ist jetzt der bessere Historiker, hm?« Er grinste, doch Eric war immer noch in Gedanken versunken.

»Lass uns nochmal in die Bibliothek gehen und Genaueres über die Dichter und vielleicht auch über die Hintergründe dieser Verse herausfinden.«

»Ganz schön weit herumgekommen, der alte Knabe«, stellte Bernd fest und blätterte eine Seite in dem dicken Wälzer um, der vor ihm lag.

Eric sah müde von seinem Buch auf, das er zwischen zwei Stapeln anderer historischer Werke und Chroniken aufgeschlagen hatte. Es war bereits nach Mitternacht.

»Er war auch am Hof von Herrmann von Thüringen, hat dort seine Sangsprüche und seinen Minnesang vorgetragen.« Bernd sah Eric an. »Du brauchst dringend einen Kaffee.«

Eric riss dieser unerwartete Vorschlag vollkommen aus seinen Gedanken. »Wie? Äh?«

»Genau: Äh«, bestätigte Bernd. »Wir gehen gleich welchen holen. Nur schnell noch hierzu«, er deutete auf das Buch. »Ich fress einen Besen, wenn sich unser Waltherchen nicht auch auf der Brandenburg herumgetrieben und dort seine Songs in die illustre Runde geschmettert hat.«

»Garantiert«, bestätigte Eric den Verdacht, blieb aber skeptisch.

»Aber was?«, wollte Bernd wissen, der zwischen den Zeilen seines Freundes lesen konnte.

»Was hat das mit dem Mörder zu tun?«

Bernd lehnte sich zurück. »Er steht eben auf die Schlager von damals.«

»Das wäre zu einfach, oder?« Eric kniff skeptisch die Augen zusammen.

»Wie lautet deine Erklärung?« Bernd wusste natürlich, was Eric meinte, aber dazu war er zum einen zu sehr Realist, zum anderen hatte nicht er diese bizarren Begegnungen gehabt.

»Dieser … Typ, er ist nicht von dieser Welt«, wagte Eric einen eher verzweifelten Erklärungsversuch. Fragend sah er seinen Freund an und hoffte, er verstünde schon ohne große Worte, was er meinte.

Immerhin blieb Bernd ernst und benutzte nicht, wie so oft, einen sarkastischen Unterton. »Weißt du, früher hätte ich dir empfohlen, dich nicht allzu oft mit den Gras rauchenden Jungs aus der medizinischen Fakultät abzugeben. Seit ein paar Tagen bist du allerdings reichlich durch den Wind, irgendwie schräg drauf. Da muss wohl eine ganz andere Erklärung herhalten.«

»Was meinst du?« Eric war etwas verblüfft von Bernds Ernsthaftigkeit. Machte er denn auf ihn den gleichen erschütterten Eindruck wie auf die beiden Polizisten in Lauchröden? Und was, wenn gerade er auf der richtigen Spur war und alle anderen nur in der falschen Richtung forschten?

»Du hast die Andeutung gemacht«, wehrte Bernd ab und hob die Hände. »Jetzt sag du mir auch, was du damit meinst.« Als Eric immer noch zögerte, versuchte Bernd, ihn etwas aufzumuntern. »Nur zu, ich ruf nicht gleich die Jungs mit den weißen Jacken.«

Seufzend setzte Eric an. »Nur mal angenommen, dieser Mörder ist gar kein Psychopath, der aus nostalgischen Gründen auf die Hitparade des dreizehnten Jahrhunderts und Klamotten aus grober Wolle steht: Wie passt sein Verhalten dann in unsere Zeit?« Er machte eine kurze, nachdenkliche Pause, die ihm Bernd stillschweigend gewährte. »Ist er ein fanatischer Sektenanhänger? Oder vielleicht der Nachfahre eines Einwohners aus Lauchröden, der seinen Ururuopa rächen will?«

»Oder ein Wessi, der das Land seiner Großeltern wiederhaben möchte.« Bernd wirkte nicht überzeugt. »Eine Menge brauchbarer Ansätze, Eric. Aber denen können wir beide allein ja wohl nicht nachgehen.«

»Ja, schon klar«, seufzte Eric.

Bernd runzelte die Stirn. »Du bringst mich da auf was, von wegen Großeltern. Waren die Opfer eigentlich irgendwie miteinander verwandt?«

»Die beiden jungen Opfer von der Brandenburg waren Cousins, so viel ist mal sicher.« Eric sah Bernd nachdenklich an. »Und in der Familie Bender treten die merkwürdigen Todesfälle schon fast inflationär auf. Wenn die beiden Jugendlichen aber mit Meister, Carstens und den Benders verwandt gewesen wären, hätte die Kripo das bestimmt herausgefunden.« Das überzeugte ihn allerdings selbst nicht.

Bernd schon gar nicht. »Wie weit forscht denn die Polizei in die Vergangenheit zurück? Was, wenn dieser Mörder mehr über die Verwandtschaftsverhältnisse seiner Opfer weiß als die Ermittler?«

»Ziemlich vage, findest du nicht?«

»Einige Verbrechen bleiben unentdeckt oder ungelöst, weil die Kripo weder Zeit noch Geld für so tief gehende Nachforschungen hat und sich schon gar nicht auf so krude Gedankengänge wie unsere einlässt.« Bernd lehnte sich auf die Tischkante. »Werfen wir doch mal alle Vernunft über Bord: Womöglich ist unser Killer der Nachkomme einer alten Lauchrödener Familie, der mal was Furchtbares angetan wurde, und dessen verfluchtes Erbe es nun ist, diese Untat zu rächen, bis alle Schuldigen tot sind. Und lass das Ganze schon so lange her sein, dass sich absolut gar keiner mehr sonst daran erinnert.«

Eric runzelte wieder einmal die Stirn. »Könnte diese *Untat* vielleicht sogar in die Zeit des dreizehnten Jahrhunderts fallen?«, äußerte er vollkommen unvermittelt.

Bernd pfiff erstaunt durch die Zähne. »Warum nicht? Das würde die Affinität unseres Axtschwingers zum Minnesang erklären.«

»Aber ist das nicht zu weit hergeholt?«

»Papperlapapp!«, rief Bernd. »Sag mal, du warst doch schon in diesem Stadtarchiv in Eisenach. Hast du dort denn gar nichts Brauchbares entdeckt?«

»Ich bin ja nicht bis ins dreizehnte Jahrhundert zurückgegangen«, gab Eric zu bedenken. »Schließlich konnte ich damals nicht ahnen, dass wir es mit einer historischen Persönlichkeit ferner Zeiten zu tun haben. Und die Archive der Tageszeitungen habe ich auch noch nicht durchsehen können.«

»Kannst du wahrscheinlich eh vergessen«, meinte Bernd und machte mit der Hand eine wegwerfende Geste, »so weit zurück geht keine Zeitung. Wir müssen nach Weimar, da ist das Thüringische Hauptstaatsarchiv.«

»Seit wann gibt's das?«, wollte Eric wissen.

»Sechzehntes Jahrhundert, wenn ich mich recht erinnere. Aber dort ist so ziemlich alles zusammengetragen, was mit Thüringen zusammenhängt, auch aus der Zeit vor seiner Gründung.« Bernd sah auf die Uhr: Es war bereits fast eins. »Wir verschieben den Kaffee auf morgen früh, tun uns danach die zwei Vorlesungen bei Dr. Tessler an und fahren anschließend nach Weimar rüber.«

Eric nahm Habachtstellung an und salutierte. »Jawohl, Sir!«, rief er.

»Schnauze«, tönte es müde aus einem undefinierbaren Winkel der Bibliothek. »Nicht mal hier kann man pennen!«

18

Dienstag, 18. Januar 1994, 15:00

Erics Jetta packte die zwanzig Kilometer nach Weimar innerhalb einer halben Stunde, was für das Vehikel schon eine Glanzleistung war. Nach einigen Umrundungen diverser Häuserblocks eroberten sie schließlich in fünfzehn Gehminuten Entfernung vom Marstallgebäude einen Parkplatz.

Dort angekommen, stellte sich heraus, dass sich hier lediglich die Archivbestände ab dem Jahr 1920 befanden und alles Ältere in einem weiteren Gebäude am Beethovenplatz untergebracht war. Murphys Gesetz wollte es, dass sie genau gegenüber geparkt hatten. So trotteten sie schon etwas gereizt gegen zwanzig nach drei zurück zum Beethovenplatz.

Murphy hatte jedoch noch nicht genug geleistet an diesem Tag, denn die kleine Tafel an der Glastür verkündete bürokratisch, dass das Archiv montags bis mittwochs bis sechzehn und nur donnerstags bis achtzehn Uhr geöffnet hätte.

Es blieb ihnen nicht einmal mehr eine Dreiviertelstunde. Doch umsonst wollten Bernd und Eric nicht gekommen sein. Voller Tatendrang traten sie auf die hochgeschlossene Mittvierzigerin am Empfang zu, die alles Nötige getan hatte, um ihr ansonsten bestimmt recht angenehmes Äußeres möglichst unattraktiv zu machen. Zu viel Lippenstift und übermäßig rot gefärbtes Haar machten sie zu einer Karikatur ihrer selbst. Sehr hilfsbereit und freundlich blickte sie jedoch von ihrem

Adressbuch auf, in das sie mit dünnen Fingern, an denen falsche Nägel klebten, gerade noch geschrieben hatte.

»Guten Tag, die Herren, was kann ich denn Schönes für Sie tun?«

Sie hatten ihr Anliegen schnell vorgetragen und waren auch der Meinung, genügend Nachdruck in ihre Worte gelegt zu haben. Allerdings machte die Dame ihnen unmissverständlich klar, dass sie innerhalb der verbleibenden siebenunddreißig Minuten garantiert nicht finden könnten, was sie suchten. Bestimmte ältere Schriftstücke müssten sie ohnehin vorher auf einem Formular anfordern, und die Anzahl der auf einmal zur Einsicht freigegebenen Archivalien war begrenzt.

Bernds Enthusiasmus schlug bereits in seinen Eric gut bekannten Zynismus um, den er nun gegen die Dame in Grau richtete, doch Eric war auf der Hut. Sie war eines der Hindernisse auf dem Weg in dieses Staatsarchiv, und mit ihr wollte er es sich garantiert nicht verscherzen.

»Ist es möglich, dass wir am Donnerstag den ganzen Tag über Einsicht bekommen?«, fragte er hoffnungsvoll, und zu Bernd gewandt: »Dann haben wir sogar bis achtzehn Uhr Zeit.«

Sie zuckte die Achseln. »Selbstverständlich. Während der regulären Öffnungszeiten können Sie sich ununterbrochen dem Studium der Archivalien widmen.« Ohne weiteres Nachfragen legte sie zwei furchteinflößende Stöße Papier auf den Tisch zwischen sich und die beiden jungen Männer.

»Keine Angst«, erklärte sie lächelnd. »Nur die ersten Seiten sind relevant, das ist Ihre Anmeldung. Der Rest ist unsere Lesesaalordnung und die aktuelle Bestandsliste. Sie können pro Tag maximal zehn Archivalien einsehen, Bestellungen nehmen wir donnerstags um neun, elf, vierzehn und sechzehn Uhr an. Entsprechende Formulare finden Sie ebenfalls in diesen Dokumenten.«

Um dreiviertel vier hatten sie ihre Anmeldungen ausgefüllt und verließen mit den Informationspapieren unter dem Arm das Archiv. Murphy setzte noch einen drauf und ließ es abermals heftig schneien und den Tag zum Abend werden.

»Zehn pro Tag«, schimpfte Bernd, als sie zurück in Jena waren. Sie hatten beschlossen, in Erics Wohnung mit den Nachforschungen fortzufahren, da hier die Chance geringfügig größer war, einen aufgeräumten Tisch vorzufinden. »Das ist so gut wie nichts.«

Eric brütete bereits seit einer Viertelstunde über den Bestandslisten. »Ist außerdem problematisch, weil es erst im sechzehnten Jahrhundert so richtig losgeht«, stellte er resigniert fest. »Nur ein paar Archivalien scheinen älter zu sein. Hier gibt's zum Beispiel ein Geheimes Eisenacher Archiv, da steht in Klammern 1330, und dahinter 1498 bis 1811. Ach, du kriegst die Fäule!«

»Was ist?«, wollte Bernd wissen, der bis eben noch rastlos mit seiner Liste durchs Zimmer gelaufen war.

»Hundertvierundzwanzig laufende Meter!«

»Na, gute Nacht.« Bernd warf seine Archivinformationen, die sich bereits in Einzelblätter auflösten, achtlos auf Erics Bett und lümmelte sich gleich daneben.

Eric lehnte sich zurück und schloss die Augen. Sie stocherten mit einer krummen Stange im trüben Gewässer. Die Suche im Staatsarchiv war im Grunde eine gute Idee gewesen, aber ohne einen konkreten Anhaltspunkt konnten sie genauso gut am Donnerstag gleich in Jena bleiben.

»Wir sollten noch einmal hier in der Uni-Bibliothek nachsehen«, schlug er vor. »Dort haben wir bisher nicht genau genug gesucht. Über die Zeit des Minnegesangs muss es Bücher geben, vor allem über Walther von der Vogelweide. Und zum Herzogtum Sachsen-Weimar-Eisenach gibt es garantiert auch etwas mehr als nur ein paar verstaubte Karten. Das machen wir morgen.«

»Ich kann nicht«, brummte Bernd müde, der nahe dran war, auf Erics Bett einzuschlafen. Die vorherige kurze Nacht forderte ihren Tribut.

»Wieso?«

»Seminar. Tessler.«

»Okay, dann geh ich allein.«

Erics Telefon klingelte, das altertümliche Klingeln eines Wählscheibenapparats. Bernd beeindruckte das nicht, hatte die Augen schon halb geschlossen.

»Walter«, meldete sich Eric.

»Guten Abend, Herr Walter, Erika Bender hier.« Eric war vollkommen überrascht. Er hatte ihr beim Abschied in der Hoffnung auf weitere Informationen zwar seine Nummer gegeben, aber nicht mit ihrem Anruf gerechnet. »Hallo, Frau Bender.«

»Kurz nachdem Sie gefahren sind, war die Polizei bei mir«, begann sie übergangslos. »Ein Schneider und ein Stegmann.«

Eric sackte der Magen ein gutes Stück tiefer. Er hatte sich zwar nichts zu Schulden kommen lassen, allerdings musste es den beiden Beamten zumindest bemerkenswert vorkommen, dass er bei der Mutter eines Mordopfers auftauchte. Sofern Erika Bender ihnen dies erzählt hatte. »Äh, und?«, brachte er bloß hervor.

»Sie fragten mich noch einige Dinge zu meinem Sohn, seinen Freunden und so weiter. Aber mehr interessierte sie mein Mann. Sie wissen schon, der Autounfall Anfang der Siebziger.«

»Wieso das denn? Das ist doch Ewigkeiten her, und es ist als Unfall zu den Akten gelegt worden.«

»Das dachte ich auch, und mehr als das, was ihnen ohnehin schon bekannt war, konnte ich ihnen sowieso nicht sagen.« Ihre Stimme bekam einen merkwürdigen Klang, sie sprach mit einem Mal zögerlicher, unsicher.

»Wollten die beiden Polizisten sonst noch etwas wissen?«, fragte Eric, nachdem sie einige Zeit geschwiegen hatte.

»Nein. Aber da ist was anderes.«

Er drängte sie nicht, wartete ab, um sie mit seiner Ungeduld nicht aus dem Konzept zu bringen.

»Ich … als die beiden Kripoleute nach meinem Mann fragten, gingen mir einige Dinge von damals wieder durch den Kopf, die ich Ihnen nicht erzählt habe.«

»Oh«, konnte Eric bloß zurückgeben, setzte dann jedoch hinzu: »Kann ich Ihnen nicht verdenken, schließlich kennen Sie mich praktisch nicht.«

»Das ist es nicht.« Erika Bender räusperte sich. »Als mein Mann … starb, war ich im siebten Monat schwanger.«

»Mit Marc«, ergänzte Eric.

»Nein. Der war damals schon fast zwei Jahre alt.«

Eric konnte seine Verblüffung kaum verbergen. »Sie haben noch ein Kind?«

»Ja, eine Tochter.« Unsicherheit und Erleichterung über das Geständnis teilten sich Erika Benders Stimme.

»Wo ist sie? Sie ist doch nicht auch …?« Eric war atemlos.

»Das weiß ich nicht«, presste Erika Bender hervor, gewiss gegen die aufwallenden Emotionen ankämpfend. »Sie können sich nicht vorstellen, was das damals für eine Zeit war. Mein Mann war erst wenige Tage zuvor ums Leben gekommen, ich schwanger. Es hat mich völlig aus der Bahn geworfen, Körper und Geist wollten einfach nicht mehr, ich hatte Albträume. Das Baby kam fast sieben Wochen zu früh, und ich konnte es nur lebend zur Welt bringen, weil Hella, eine gute Freundin von mir, Hebamme war. Sie allein hatte auch Verständnis für meine Ängste und unterstützte mich bei meiner Entscheidung, das Kind wegzugeben.«

»Sie haben Ihre Tochter zur Adoption freigegeben?« Eric musste sich bemühen, bei all den dramatischen Offenbarungen nicht hysterisch zu klingen.

»Ja. Ich war ein psychisches Wrack, verstehen Sie? Der Tod meines Mannes hatte mich derart mitgenommen, ich habe alle Hebel in Bewegung gesetzt, damit mein Kind in sichere Obhut kommt. Manfreds Verbindungen haben mir dabei geholfen, aber besonders Hellas Beziehungen zu einigen Leuten bei der Adoptionsbehörde.«

Eric musste Luft holen. »Und Sie haben nie wieder von ihr gehört?«

»Nein«, gab Erika Bender bestimmt zurück. »Ich bat Hella darum, alles daran zu setzen, das Kind in eine gute Familie zu geben. Und ich habe ihr das Versprechen abgerungen, mir unter keinen Umständen etwas über den Verbleib meiner Tochter zu verraten.«

»Aber – warum?« Eric konnte zwar in gewissem Umfang nachvollziehen, welche tiefen Wunden der Tod von Erika Benders Mann in ihrer Seele hinterlassen haben musste und dass ein derart verletzter Mensch sich zu einem solchen Schritt wie der Adoption eines Kindes hinreißen ließ. Jedoch auch nach Jahren keinen Kontakt zur eigenen Tochter zu wollen, das entzog sich seinem Verständnis.

»Ich wollte sie beschützen«, erklärte sie. »Damit sie nicht dasselbe Schicksal ereilt wie ihren Vater.«

»Der bei einem Autounfall ums Leben kam.« Eric biss sich auf die Unterlippe und bedauerte seinen Einwurf schon, als er ihn ausgesprochen hatte.

»Sie haben es immer noch nicht begriffen, oder? Wie diese Polizisten!«, erwiderte sie nun erwartungsgemäß sehr kühl.

»Entschuldigen Sie bitte, Frau Bender«, sagte Eric ehrlich betroffen. »Das sind ziemlich viele neue Dinge auf einmal für mich.«

Sie schien nicht beschwichtigt, als sie energisch fortfuhr. »Marcs Tod vor Weihnachten bestätigt mir mit letzter Gewissheit, dass meine Entscheidung, mein zweites Kind wegzugeben, richtig gewesen ist. Meine Tochter soll leben und nicht wie ihr Vater und ihr Bruder diesem Irren zum Opfer fallen.« Ein Schluchzen bedeutete Eric, dass sie nun wieder gegen die Tränen kämpfte. »So viel sinnloses Leid! Nach all den Jahren!«

»Frau Bender, kann ich Ihnen …?« Mehr konnte Eric nicht sagen, bevor ihm der Dauerton in der Leitung signalisierte, dass Erika Bender vor der Trauer kapituliert hatte. Sie ließ den Studenten zutiefst erschüttert und mit Unmengen von rastlosen Gedanken zurück.

19

Mittwoch, 19. Januar 1994, 9:30

Die aufwühlenden Neuigkeiten begleiteten ihn noch durch den unruhigen Schlaf und hinein in seine Nachforschungen am nächsten Morgen. Das Studium der alten Schriften war nicht nur wegen seiner Müdigkeit zäh. Die altdeutsche Schrift war entgegen seiner Aussage bei der Eisenacher Archivarin nicht sein Steckenpferd. Immerhin konnte er es zumindest flüssig genug lesen, um die wichtigen Informationen herauszufiltern.

Er konzentrierte sich zuerst auf Walther von der Vogelweide und fand schnell einiges über dessen Lebensweg und vor allem seine Werke heraus. Ganz offensichtlich war der Minnesänger ein Schmeichler gewesen, stets auf seinen Vorteil bedacht, seinem jeweils aktuellen adligen Brötchengeber immer sehr gefällig, was er in seinen Darbietungen deutlich hervorkehrte. Feinden seines Herren ließ er in seinen Liedern hingegen Hohn und Spott zuteilwerden. Da Walther weit herumkam, konnte es bisweilen sein, dass er jemanden verunglimpfte, an dessen Hof es ihm einige Zeit vorher nicht schlecht ergangen war.

Das schmälerte jedoch nicht sein Verdienst, den Minnesang erst populär gemacht zu haben. Zuvor ging es darin um das Streben des unglücklichen Ritters nach der unerreichbaren Liebe zu seiner Herrin. Walther von der Vogelweide aber beschäftigte sich in seinen Texten eher mit der Frau und machte so erstmals den Austausch von Gefühlen zum Thema der Lieder, nicht nur die einseitige Anbetung. Darüber hinaus widmete sich der Sänger in seiner Sangspruchdichtung auch politischen Themen und übte in einigen seiner Lieder Kritik an der Kirche.

Wie schon Bernd vor ihm fand Eric mehrfach Hinweise darauf, dass sich Walther von der Vogelweide in den Zwanziger Jahren des dreizehnten Jahrhunderts an verschiedenen Adelshäusern in Westthüringen aufgehalten hatte. Warum nicht auch auf der Brandenburg? Und vielleicht war der Mörder ein Urahn irgendeines Einheimischen, der von dem Gesang Walthers von der Vogelweide beeindruckt war. Aber wie passte Mechthild von Magdeburg in dieses Bild?

Einige Bücher weiter und anderthalb Stunden später fand Eric auch über sie ein paar interessante Informationen. Sie lebte und wirkte genau zu der Zeit, die für ihn wichtig war: Mechthild von Magdeburg galt als erste deutsche Mystikerin, die ihre Erlebnisse ab der Mitte des dreizehnten Jahrhunderts niedergeschrieben hatte. Der Mörder hatte also Verse zweier Dichter rezitiert, die beide zur gleichen, lange vergangenen Zeit gelebt hatten. Blieb die Frage, warum.

Doch alles Nachsinnen half nichts. Wie sollte er über diese Informationen an jemanden gelangen, der ihn auf die Spur des Täters brachte oder sogar seine Identität entlarvte? Aber er musste überführt werden, er hatte so viele Menschen grausam niedergemetzelt.

Nein, schoss es ihm durch den Kopf, das letzte Opfer hatte überlebt. Helmut Carstens lag im Klinikum Bad Salzungen im künstlichen Koma. Wieso hatte er diesmal sein schreckliches Werk nicht zu Ende gebracht? War er vielleicht davon ausgegangen, Carstens sei tot, oder war er vom Auftauchen der beiden Männer überrascht worden? Allerdings hatte er diesen Eindruck auf Eric nicht gemacht. Fast schien es, als wollte er Zeugen für diese Tat haben.

Eric sah auf die Uhr. Es war bereits wieder später Nachmittag. Als hätte er nur darauf gewartet, dass Eric zum Schluss kam, stand Bernd plötzlich ihm gegenüber am Tisch.

»Na, oller Kumpane, noch am Grübeln?« Bernd grinste breit, und der glasige Ausdruck in seinen Augen verriet den Konsum gewisser Rauchwaren vor nicht allzu langer Zeit.

»Kann man wohl sagen«, erwiderte Eric müde. »Dir scheint's prächtig zu gehen. Was ist der Anlass?«

Bernd schnaubte ausweichend. »Wir hatten am Ende des Seminars ein lustiges Gespräch mit dem Tessler. Könnte dich interessieren.«

»Lass hören.« Eric klappte das dicke Buch zu, in dem er zuletzt gelesen hatte.

»Nicht hier«, sagte Bernd kopfschüttelnd. »Dazu braucht es ein Hefeweizen und gute Musik.« Er erneuerte sein breites Grinsen.

Kurz darauf saßen sie im Café Stilbruch im Zentrum von Jena und ignorierten den neuerlichen Schneefall vor dem Fenster. Hier war es zum Bersten voll, was besonders Bernd überhaupt nichts auszumachen schien; Eric brummte von seinen Recherchen des Tages ein wenig der Schädel, und die allgemeine Geräuschkulisse trug nicht gerade zur Besserung dieses Zustands bei. Zumindest mussten sie sich nicht anschreien, da sie einen etwas ruhigeren Tisch an einem Fenster gefunden hatten.

»Frag mich nicht, wie wir darauf gekommen sind«, erklärte Bernd gerade. »Tessler referierte über irgendwas vollkommen Absurdes aus dem Bereich Buchdruckerei und fing dann an, irgendwelche Zoten über Gutenberg zu reißen.«

»*Der* Tessler?«, rief Eric aus. »Doch nicht der stocksteife Biedermann, der schon vor Schüchternheit rot wird, wenn jemand *Hihi* im Hörsaal macht und er argwöhnt, er werde verarscht.«

Bernd nickte heftig. »Doch, genau der. Du glaubst es nicht, wir haben flachgelegen vor Grölen. Es waren eigentlich nicht die Witze oder deren Qualität, als vielmehr die Art und Weise, wie sie Tessler erzählte. War vielleicht auch nicht beabsichtigt, aber er hatte ebenfalls Spaß.« Noch einmal grinste er in Erinnerung des Nachmittags.

Die Bedienung brachte ihre Getränke, Hefeweizen für Bernd und einen Irish Coffee für Eric, dem es eher nach etwas Warmem war. Er legte die Hände um den Pott.

»Du hast ja komplett blaue Pfoten, Mann!«, stellte Bernd stirnrunzelnd fest.

»Ich muss mir neue Handschuhe kaufen«, erklärte Eric. »Hab ich wohl bei dem Lkw-Unfall voriges Wochenende verloren. Waren eh schon hinüber.« Er nippte an seinem Getränk. »Und was hat Tessler nun Weltbewegendes erzählt?«

Nach einem heftigen Zug wischte Bernd sich zunächst genüsslich den Schaum von den Lippen. »Ah, das tat not!« Er setzte das Glas ab. »Irgend jemand fragte dann, woher er das alles über Gutenberg und seine Ausschweifungen wisse, und da wurde der gute Tessler ganz plötzlich ziemlich ruhig. Wir ließen natürlich nicht locker, als er ausweichend wurde, und schließlich hat er uns von seinem damaligen Mentor erzählt. Nicht viel, aber genug, um mich neugierig zu machen.«

»Und mich jetzt auch, also raus damit!«, drängelte Eric und nippte an seinem Kaffee.

Verschwörerisch lehnte sich Bernd über den Tisch. »Der Mann muss hochbegabt gewesen sein, ein Vorbild an Rhetorik und ein wandelndes Geschichtslexikon, allerdings ein absoluter Spinner. Eigentlich heißt er Professor Paul Spengler, aber alle nannten ihn nur *Psycho-Paul*. Ich bin hinterher zu Tessler und hab ihn gefragt, ob sein Mentor noch lebe.« Bernd kniff in einer theatralischen Pause die Augen zusammen.

»Und?«, meinte Eric gelassen, um Bernd ein wenig die Dramatik zu verderben.

»Der Mann hat eine irre Geschichte. Um es vorwegzunehmen: Ja, er lebt noch, und gar nicht weit von hier. Er ist Anfang sechzig und schon seit zwölf Jahren im Ruhestand, weil er für das Kollegium nicht mehr *verträglich* war.« Bernd machte mit den Zeigefingern Anführungszeichen in der Luft.

Eric runzelte sie Stirn. »Weshalb?«

»Wie schon angedeutet, soll er mit seiner Sicht der Dinge bisweilen angeeckt sein, und es dauerte nicht lange, bis man ihm irgendwelche kleinen Missetaten in die Schuhe schob. Er ist zu DDR-Zeiten immer wieder mal eingebuchtet worden, weil er ein absoluter Querdenker ist. Er hat gelegentlich die Daseinsberechtigung der Partei in Frage gestellt.«

»Wie konnte er da Professor werden? Er muss doch in der SED gewesen sein?«

»Nicht immer ist das, was du denkst, auch das, was du tust. Und vielleicht hat er sich erst später zum Kritiker entwickelt.« Bernd zuckte mit den Schultern. »Jedenfalls wurde er Anfang der Achtziger gegangen und lebt seitdem wie ein Eremit in einem kleinen Kaff Richtung Thüringer Wald.«

Eric setzte wieder eine fragende Miene auf. »Schön und gut und alles wahnsinnig interessant. Aber was hat das mit unseren Nachforschungen zu tun?«

»*Psycho-Paul* kommt aus Eisenach«, versetzte Bernd knapp und gewichtig, »genauer gesagt ist er dort zur Schule gegangen. Angeblich, so Tessler, stammt er jedoch aus einem Dorf namens Gehringen oder so ähnlich, irgendwo westlich von Eisenach.«

»Himmel, vielleicht Göringen?«

»Kann sein, Tessler wusste es nicht so genau. Jedenfalls muss Spengler in Eisenach zur Schule gegangen sein, so zu Kriegszeiten. Während dieser Zeit ist in der Nähe von diesem Göringen wohl etwas mit ihm passiert, was aus ihm den Norman Bates gemacht hat. Er war zwei Nächte verschwunden, und als man ihn dann fand, war er nackt, ansonsten unversehrt, aber vollkommen gestört. Sie haben mehrere Jahre gebraucht, um ihn wieder gesellschaftsfähig zu machen. Was ihnen laut Tessler eben nur teilweise gelungen ist.« Bernd schien ehrlich betroffen zu sein. »Direkt nach dem Vorfall sind seine Eltern mit ihm nach Leipzig gezogen, wo er nach der Therapie auch die Schule beendet und studiert hat. Er war bei den Unruhen vom 17. Juni dabei und muss überhaupt ein ziemlich angriffslustiger Bursche gewesen sein. Den Rest hab ich dir ja schon erzählt.«

»Und du meinst, er könnte was wissen?«, fragte Eric skeptisch. »Wie kommst du darauf?«

»Als ich mehr über Spenglers Verschwinden erfahren wollte, hat er abgewehrt, er könne dazu nichts weiter sagen, Spengler sei auf dieses Thema nicht gut zu sprechen gewesen.«

»Wie auch, wenn er danach erst einmal in die Klapse musste.«

»Tessler hat mir sogar verraten, warum. Spengler muss sich nämlich in einer bierseligen Laune mal verplappert haben. Er spreche nicht über dieses Erlebnis, weil ihm niemand seine Geschichte abgenommen habe, keiner habe ihm glauben wollen, dass er einen Zwerg gesehen habe.«

»Meine Fresse!«, entfuhr es Eric.

»Tessler meinte übrigens, wenn ich mal Bock hätte, einen echt durchgedrehten Typen kennenzulernen, der aber richtig Ahnung von seinem Fach habe, dann solle ich Spengler einfach mal besuchen, der freue sich über jeden Bewunderer seines Wissens. – Vielleicht kann man mit ihm ja auch über anderes reden als über Sprachgeschichte.« Bernd sah ihn herausfordernd an, und Eric reagierte wie erwartet.

»Hast du eine Adresse?«

Bernd grinste und breitete die Arme aus. »He, ich bin der Bernd!«

20

Donnerstag, 20. Januar 1994, 9:34

Bevor sie aufbrachen, riefen sie noch die Dame im Weimarer Staatsarchiv an und stornierten ihre Anmeldung für die Einsicht der Archivalien. Ihre aalglatte Reaktion verriet keine Verärgerung, aber angesichts der Ernsthaftigkeit der Situation wären Eric und Bernd irgendwelche Unmutsbekundungen allzu eifriger Staatsbediensteter ohnehin relativ egal gewesen.

Ruhla war ihr Ziel, womit es weit nach Westen ging. Den Zielort fand Eric auf seiner abgegriffenen Deutschlandkarte eine halbe Autostunde südöstlich von Eisenach und war erleichtert, denn er zählte diese Region nicht wirklich zum Mittelgebirge, was ihre winterliche Fahrt sicher erleichtern würde. Bisher war ihm der Ortsname nur als Begriff für hochwertige Armbanduhren aus der DDR untergekommen. Niemals hätte er gedacht, dass er dort einmal einen Professor suchen würde, den andere für nicht ganz zurechnungsfähig hielten. Eric versuchte, sich von derlei Vorurteilen zunächst freizuhalten.

Sie hatten beschlossen, Bernds etwas zuverlässigeren Polo zu nehmen, dessen Winterreifen geringfügig mehr Profil aufwiesen. Die Wetterdienste verkündeten weiterhin Schneefall, doch diese Warnungen schlugen sie in den eisigen Wind und machten sich trotzdem auf den Weg.

Während die Fahrt auf der A4 sich noch relativ problemlos darstellte, wurde es auf der Ausfahrt gefährlich. Bernd hatte den Wagen schon auf der weitestgehend geräumten Autobahn abgebremst, nur reichte selbst die geringe Geschwindigkeit aus, um den Polo auf der kurvigen Rodelbahn ins Schlingern zu bringen. Nur mit Mühe bekam Bernd ihn wieder unter Kontrolle. Bis zur Bundesstraße 7 krochen sie dann im Schritttempo dahin.

Dort wurden die Umstände nicht wesentlich besser. Zwar hatte der vom Wetterdienst prophezeite Schneefall noch nicht eingesetzt, auch wenn die tief hängenden, bleischweren Wolken geradezu danach schrien, aber die Sonne hatte die zum Teil festgefahrene Schneedecke auf den unzureichend geräumten Straßen angetaut und der nachfolgende Frost hatte dieses Schnee-Matsch-Gemisch nun in die reinste Trümmerpiste verwandelt. Der Polo honorierte das mit extrem lauten Fahrgeräuschen, und im Wagen klimperte alles, was nicht fest verstaut war. Bernd ging geflissentlich darüber hinweg, dass auch im vorderen Bereich einige Dinge schepperten. Eric kommentierte derlei Geräusche ebenfalls nicht, verhielt sich sein Auto ja nicht unbedingt besser.

Nach wenigen Minuten aber war Ruhla bereits mit neun Kilometern Entfernung ausgeschildert. »Na also«, meinte Eric selbstsicher, »so schlimm ist das doch gar nicht.«

Ganze anderthalb Stunden später passierten sie mit immer noch schlecht greifenden Reifen das Ortsschild von Ruhla.

Der Schneefall hatte schnell mit voller Wucht eingesetzt, und das Profil der Reifen erwies sich als doch nicht ganz ausreichend für die dicker werdende Schneedecke, und Bernd hatte natürlich keine Schneeketten dabei, wie es verschiedene Stimmen von Radiomoderatoren, Straßenwacht und neunmalklugen Onkeln gebetsmühlenartig empfahlen. Zudem stellte sich heraus, dass Ruhla doch im Thüringer Wald lag, obwohl das nur die Ausläufer sein mochten, und es bisweilen beachtliche Steigungen zu bewältigen gab.

Es war bereits früher Nachmittag, als sie endlich durch den langgestreckten Ort schlichen. Der Schneefall gönnte sich eine kleine Verschnaufpause und gab den Blick auf Häuser frei, die sich an die engen Talwände schmiegten. Ruhla hatte sich einen gewissen Charme bewahrt und schien so gar nicht zu dem Bild zu passen, das vielen anderen Gemeinden durch vierzig Jahre Sozialismus aufgeprägt worden war. Selbstverständlich gab es einige Gebäude, die renovierungsbedürftig waren, aber insgesamt machte der Ort einen aufgeräumten Eindruck. Zahlreiche Fachwerkhäuser trugen zu einem harmonischen Bild bei.

»Dornsengasse«, sagte Bernd stirnrunzelnd. »Wie sollen wir das finden?«

»Fragen?«, schlug Eric vor.

Als sei dies das Kommando gewesen, lenkte sein Freund das Auto halb auf einen Schneewall am rechten Straßenrand. Das Hupen aus einem nachfolgenden Wagen ignorierte er mit seiner ihm eigenen Gelassenheit. Ohne ein weiteres Wort riss er die Tür auf, was noch mehr Vorbeifahrende auf die Palme brachte, und verschwand schnell in einer Bäckerei.

Zwei Minuten später kehrte Bernd mit einer Tüte, dem Mund voller Spritzgebäck und der Information zurück, er habe erfahren, wo sie hin müssten.

Wie es viele der Einwohner hier auch getan hatten, ließen sie den Polo schließlich in einer Seitengasse stehen, da sich das gesuchte Grundstück am Ende der scheinbar steilsten Straße im Ort zu befinden schien. Und selbst zu Fuß war diese mit ihren schneebedeckten Betonplatten nur schlecht passierbar, so als wollten diejenigen, die dort ihre Häuser hatten, mit dem Rest des Ortes nichts zu tun haben.

»Psycho-Paul muss wirklich einen Dachschaden haben, wenn er hier freiwillig hinzieht«, stellte Bernd fest, als seine Schuhe langsam durchweichten und obendrein noch Schnee hineinrutschte. »Ich hab so die Schnauze voll vom Winter!«

»Er wird seine Gründe haben«, antwortete Eric trübe.

»Wer? Der Winter?« Bernd sah seinen Freund skeptisch an.

»Natürlich nicht«, erklärte Eric. »Ich meinte Spengler.«

Bernd schüttelte den Kopf. »Du erkennst einen Witz auch nicht, wenn er ein rosa Kostüm und ein Schild mit *Bitte lachen!* trägt, oder?«

Eric musste grinsen und blieb schließlich stehen. Sie hatten das Ende der Straße fast erreicht, die zum Abschluss noch einmal eine Linkskurve beschrieb. Dahinter erhob sich der steile, mit Koniferen bewachsene Hang, dessen oberer Rand sich heute in den Wolken verbarg.

Erstmals nahm Eric die Ruhe an diesem Ort wahr. Zwar drangen aus dem Tal gelegentlich die Motorengeräusche der Autos hier hoch, die sich den Berg hinaufquälten, aber sie wurden durch den allgegenwärtigen Schnee stark gedämpft. Ansonsten herrschte hier fast bedrückende Stille.

»Komm jetzt«, grummelte Bernd. »Mir ist arschkalt, und meine Schuhe taugen echt nichts mehr. Vielleicht spendiert Paul uns einen Glühwein.«

Paul schien jedoch nicht da zu sein. Auf mehrfaches Klingeln an der Haustür zeigte sich im Innern keinerlei Reaktion. Dabei wirkte das Haus keineswegs unbewohnt. Vielleicht hatte es seit den fünfziger Jahren keinen Anstrich mehr, doch die intakten Fensterläden und sauberen Scheiben deuteten darauf hin, dass Paul Spengler bei allen Gerüchten um seinen Geisteszustand Wert auf ein gewisses Maß an Ordnung legte.

Es war ein recht kleines Haus mit einem spitzen Dach. Von dem waren schon mehrfach Lawinen abgegangen und beiseitegeräumt worden. Im Vorgarten türmten sich die Schneehaufen über einen Meter hoch.

»Er muss bereits eine Weile weg sein.« Eric deutete mit einem Kopfnicken auf den kurzen Weg vom Gartentor zur Haustür. »Die Schneedecke ist noch frisch.« Außer ihren eigenen Fußspuren war das Weiß unversehrt.

»Wundert dich das?«, schnaubte Bernd. »Die ist jede halbe Stunde frisch.« Voller Hohn setzte der Schneefall nun wieder stärker ein. »Na, danke schön!«, versetzte Bernd mit einem augenrollenden Blick gen Himmel.

»Was meinst du, sollen wir warten?«, fragte Eric matt. Auch ihm ging diese ganze Aktion ziemlich an die Nerven, je länger dieser Ausflug in den Thüringer Wald dauerte und je kälter es wurde. Wie wahrscheinlich war es, dass Paul Spengler tatsächlich nicht viel sagen würde beziehungsweise wollte, hier nicht einmal wohnte oder schlimmstenfalls schon gar nicht mehr lebte?

»Was sollen wir sonst tun?«, gab Bernd leicht trotzig zurück.

Eric kannte diese Stimmung. Sie war nicht gegen ihn gerichtet, sondern gegen die Ungerechtigkeit und Unzuverlässigkeit des Glücks im Allgemeinen.

»Los, lass uns dort bei dem Schuppen unterstellen, da ist das Dach länger. Sonst begräbt uns noch eine Lawine. Das wäre mal ein unrühmliches Ende.«

»Und Bernhardiner kommen hier auch nicht«, ergänzte Eric, worauf Bernd grinsen musste.

Der dichter werdende Schneefall machte den Nachmittag zum frühen Abend und tauchte die Welt, soweit man sie noch sah, in blaugraues Zwielicht. In der Vorweihnachtszeit und ohne den Anlass ihres Besuches hätte Eric diese Idylle des Tales mit den gelben Lichtern, die nun gemütlich in den kleinen Fenstern der unter ihnen liegenden Ortschaft aufflammten, durchaus ansprechend gefunden. Doch so konnte er die Szenerie keineswegs genießen. Er sah ihre Chancen bereits schwinden, Ruhla noch an diesem Tag zu verlassen. Es war nun so ruhig, dass Bernd und Eric sogar die fetten Schneeflocken fallen hörten. Ihnen wurde zusehends kälter.

Nach unzähligen Blicken auf die Uhr, deren Zeiger fast stillzustehen schienen, einigen Plunderstückchen aus der Bäckerei und immer kernigeren Flüchen von Bernd vernahmen sie ein anderes Geräusch als das Rieseln des Schnees. Aus Richtung der Kurve näherten sich schwere, knirschende Schritte. Vorsichtig verließen die Studenten ihren Unterstand und bewegten sich wieder zur Eingangstür des kleinen Hauses.

Die Straße herauf kam eine dunkel gekleidete Gestalt, die zwei ebenso dunkle Hunde undefinierbarer Rasse in der Größe von Schäferhunden mit sich führte. Als diese die Fremden im Vorgarten erblickten, fingen sie zu bellen an und stemmten sich mit aller Kraft in die Halsbänder. Ihr Besitzer hatte ein wenig Mühe, sie zurückzuhalten, und blieb vor dem geöffneten Gartentor auf der verschneiten Straße stehen.

Der Mann wirkte nicht nur aufgrund seiner dicken Winterkleidung außergewöhnlich kräftig. Er war gewiss einen Meter neunzig groß und hatte breite Schultern. Eric mutmaßte, dass er Bodybuilder gewesen sein musste oder dieses Hobby noch betrieb. Nur die obere Partie seines Gesichts war unter einer schwarzen Pelzmütze zu sehen, der Rest war von einem groben Schal gleicher Farbe verhüllt. Ein dunkelgrauer Filzmantel, der nicht mehr ganz neu zu sein schien, schützte ihn vor Kälte und Nässe. Die Beine steckten in derben braunen Lederstiefeln. Der Mann war offenbar schon eine Weile so unterwegs, denn seine Mütze und Schultern waren bereits mit einer vereisenden Schicht Schnee bedeckt.

»Wer seid ihr?«, fragte er unerwartet gelassen, nachdem er seine Hunde einigermaßen beruhigt hatte, die jedoch die Eindringlinge weiterhin anstierten und die Zähne fletschten.

Denen zitterten die Knie im Angesicht solcher Aggressivität. Eric fasste sich als Erster und stellte sie beide vor. »Wir sind Germanistikstudenten aus Jena«, erklärte er, »und wir suchen Paul Spengler.«

Weder an der Haltung noch an der Antwort des Mannes war eine besondere Reaktion zu bemerken. »Aus Jena also.« Einige unangenehm lange Augenblicke starrte er sie an. »Und wenn ihr diesen Paul Spengler gefunden habt, was dann?«

Eric war sich sicher, dass der Betreffende vor ihm stand, doch er war nicht zuletzt wegen des vermeintlich gestörten Geisteszustands des Gesuchten bereit, dessen Spielchen mitzuspielen.

»Wir würden ihm gern ein paar Fragen stellen«, begann er vorsichtig.

»Fragen also«, entgegnete der Mann hohl. Wieder dieses unangenehme Starren. »Und wenn Herr Spengler nicht antwortet?« Er reckte herausfordernd das Kinn vor.

»In dem Fall war unsere Fahrt hierher umsonst«, erwiderte Eric leichthin und tat diese Wahrscheinlichkeit mit einem Achselzucken ab. »Wir werden uns dann wohl anderweitig erkundigen müssen.«

»Anderweitig also, ah ja. Und ihr meint, ihr bekommt diese Auskünfte auch anderweitig?« Skepsis und Spott sprachen aus seinen Worten.

»Das kommt auf die Fragen an, meinen Sie nicht?« Jetzt lag der Ball im Hof des anderen. Sollte er ihn doch endlich mal annehmen!

Das Zucken einer Augenbraue deutete ein Lächeln im Gesicht des Mannes an. »Das kann schon sein, ja«, gab er nach einer Weile zurück. »Müssen gute Fragen sein, recht wichtige.« Etwas an seiner ablehnenden Einstellung hatte sich verschoben, und diese Gemütsregung wirkte sich auch auf die Hunde aus, die nun merklich ruhiger wurden. Er sah die Studenten nacheinander mehrmals an, besonders Eric, und schien sich zu einem Entschluss durchzuringen. »Wie lange wartet ihr schon hier, ihr beiden?«

Bernd sah auf seine Uhr, die bereits 15:30 Uhr anzeigte. »Seit etwa einer halben Stunde«, log er. Tatsächlich waren sie um halb zwei in Ruhla angekommen und hatten weniger als eine Viertelstunde für den Weg die Straße hinauf benötigt.

Der Mann betrat langsam das Grundstück, angeführt von seinen Hunden, und schloss mit der freien Hand das Gartentor hinter sich, ohne die Besucher aus den Augen zu verlieren. Bernd und Eric wurde angst und bange, als die Tiere sie beschnüffelten. Ganz war deren angeborene oder antrainierte ablehnende Haltung gegenüber Fremden noch nicht verflogen, zu oft ließen sie ein Knurren vernehmen.

Bis auf einen Schritt trat der Mann an die beiden jüngeren heran. Sein Atem roch nach Salmiak. »Wenn ihr ehrliche Antworten wollt, solltet ihr selbst sie auch geben«, sagte er grimmig und sah dabei Bernd vernichtend in die Augen, der daraufhin am liebsten sofort die Beine in die Hand genommen hätte. »Nicht nur, dass ihr schon so blau um die Nase seid, dass ihr den Eiszapfen da am Schuppen Konkurrenz machen könntet, nicht nur, dass eure Spuren im Schnee längst wieder zugeschneit sind: Ich beobachte euch seit fünf nach zwei.«

Bernds von der Kälte bläuliches Gesicht wurde nun purpurrot. Eine quälend lange Weile ließ der Mann seine Worte wirken wie einen Eimer Eiswasser, bevor er seine dunklen Augen von Bernd nahm, der nur betreten zu Boden sah. Eric betete innerlich, dass dieser Fauxpas ihnen nicht die Tür vor der Nase zugeschlagen hatte.

Verunsichert traten sie zur Seite, ohne dass der Mann sie dazu aufgefordert hatte, worauf dieser mit seinen Hunden vorbeistapfte und die Haustür aufschloss. Die Tiere schüttelten sich den Schnee vom Fell und trotteten erfreut ins offenbar warme Haus, nachdem Spengler ihnen die Leinen abgenommen hatte. Dann klopfte er seinen verschneiten Mantel aus und tat so, als wären Eric und Bernd nur zwei Schneemänner, die ein paar Kinder aus dem Dorf in seinem Vorgarten gebaut hatten.

»Was ist?«, fragte er schließlich. »Wollt ihr dort draußen Wurzeln schlagen? Eine denkbar ungünstige Jahreszeit für derlei biologische Experimente.« Er verschwand im Haus. Eric und Bernd blickten sich nur verwirrt an, bevor sie ihm folgten.

Wenig später standen sie wie die begossenen Pudel in der kleinen Küche, in der die Zeit in der Mitte der Fünfziger Jahre etwas ratlos stehen geblieben zu sein schien, und sahen ihrem Gastgeber dabei zu, wie er Wasser in einen verbeulten Emaillekessel goss und diesen auf die gusseiserne Platte des altertümlichen Ofens stellte. Er griff sich einen Schürhaken, öffnete eine kleine Klappe und stocherte in der Glut, bevor er zwei Scheite Holz und ein Brikett auflegte. Sie konnten das Bollern des Feuers hören, noch ehe die Luke wieder geschlossen war.

Die übrige Einrichtung bestand aus einem wurmstichigen Geschirrschrank mit Glasscheiben, einer Eckbank, deren abgewetzte Polsterung der Mann bereits mit Schaffellimitat bedeckt hatte, und einem Küchentisch. An der grob gemusterten, dunkelgrünen Blumentapete hing eine Kuckucksuhr, wie sie im Ort wahrscheinlich schon längst nicht mehr verkauft wurde. Neben dem prasselnden Ofen am Schornstein stand eine aufgeklappte Holzkiste voll mit Holzscheiten und Kohlebriketts. Zahlreiche Regale ringsum an den Wänden waren mit allerhand Blechdosen und Holzkistchen gefüllt, die teilweise Aufschriften trugen mit Namen von Kräutern und Gewürzen. Unter den Borden befanden sich Haken, an denen die wichtigsten Küchengeräte wie Schaum- und Schöpflöffel, Siebe und Tiegel baumelten.

»Zieht endlich die nassen Klamotten aus und hängt sie dort auf«, brummte der Mann nicht mehr ganz so unfreundlich, noch während er von einem der Regalborde eine Flasche Rum nahm. Mit einer Kopfbewegung deutete er auf große Wandhaken neben der Tür. »Und dann setzt euch hin.«

Aus dem Schrank holte er drei Becher, goss ein wenig Rum hinein und füllte sie mit Wasser aus dem pfeifenden Kessel auf.

»Trinkt«, forderte er die beiden jungen Männer auf. »Den könnt ihr brauchen. Wenn er nicht genügt, die Flasche ist mehr als halb voll. Und da ist Kandis, Löffel hat's in dem Becher da.«

»Wir müssen noch zurückfahren«, erklärte Bernd unsicher. »Wir haben morgen Termine in Jena.«

»Ihr fahrt heute nirgends mehr hin«, stellte der Mann fest und deutete mit einem Kopfnicken zum Fenster hinaus. Durch die zurückgezogenen Gardinen konnten sie das dämmrige Graublau des Schneegestöbers sehen. Darauf hatte der sonst schlagfertige Bernd keine Antwort parat.

Sie beobachteten gebannt, während sie ihren Grog präparierten, wie der Mann nun endlich Mütze und Schal abnahm und auch seinen

Mantel auszog. Alles hängte er an einen freien Haken neben ihre eigenen Sachen.

Tatsächlich hatte der erste Eindruck nicht getäuscht: Der Alte war ungewöhnlich kräftig gebaut, hatte ein breites Kreuz und regelrechte Pranken statt Hände. Sein weißes Haar war wenige Millimeter kurz geschoren, und er trug einen Vollbart von selber Länge. Seine Gesichtshaut war wettergegerbt, und seine braunen, fast schwarzen Augen strahlten eine Menge Lebenserfahrung und auch eine gewisse Traurigkeit aus. Was Eric darin nicht entdecken konnte, war latenter Wahnsinn.

Der Mann nahm ihre starrenden Blicke wohl wahr, ging aber gleichgültig darüber hinweg. Er setzte sich schließlich an den Tisch und lehnte die verschränkten Arme darauf.

»Ich frag mal nicht, was euch bei dem Wetter hierhergetrieben hat. Ihr werdet es mir schon noch erzählen.« Er nahm einen tiefen Zug aus seinem Becher. »Natürlich wisst ihr längst, dass ihr den Richtigen gefunden habt. Da kaum jemand weiß, wer ich bin, geschweige denn, wo ich mich aufhalte, werdet ihr wohl die Wahrheit sagen und tatsächlich aus Jena kommen. Irgendeiner meiner ehemaligen Studenten wird schätzungsweise etwas ausgeplaudert haben. Und ich vermute, es war Tessler.« Spengler hob fragend eine Augenbraue.

»Volltreffer«, gab Eric ehrlich erstaunt zu.

»Dann hat er euch aber wahrscheinlich auch erzählt, dass ich ein reichlich verwirrter alter Sack bin, der sich nicht einmal die Schuhe zubinden kann, oder?«

Bernd schüttelte den Kopf. »Keineswegs. Er hat von Ihren … Problemen in Ihrer Kindheit berichtet, und von Ihrem politischen und beruflichen Wirken. Er hat sich nur respektvoll über Sie geäußert.«

Spengler blickte kurz in seinen Becher, sah dann Bernd warnend an und gab grimmig zurück: »Drauf geschissen! Er war ein Streber und hat mir immer nur Honig um den Bart geschmiert. Wahrhaftig kein schlechter Schüler, aber mir waren die Aufsässigen lieber.«

»Jedenfalls«, fuhr nun Eric fort, »hat er uns von Ihrer Kindheit in Göringen erzählt.« Er machte eine bedeutsame Pause, während der er auf eine wie auch immer geartete Reaktion Spenglers wartete.

Der blickte gedankenversunken in seinen Pott und murmelte: »So, hat er das.« Es war eine Feststellung, keine Frage. Schließlich sah er auf. »Ich dachte, ihr wäret gekommen, um etwas Fachliches von mir zu erfahren, Dinge, die Tessler vielleicht nicht weiß.« Sein Blick wanderte zum Fenster, nach draußen und noch weiter in eine Welt dahinter.

»Es tut mir leid, falls wir damit irgendwelche Wunden aufreißen«, wagte Eric einen Entschuldigungsversuch. »Es ist sehr wichtig.«

»Was ist schon wichtig?«, seufzte der alte Mann und leerte in einem Zug seinen Becher. Er stellte ihn sachte vor sich ab, ließ aber den Henkel nicht los. »Was ist schon wichtig, wenn wir in Tausenden von Jahren längst zu Staub zerfallen sein werden und sich nicht einer mehr an uns erinnert. All unsere großen Taten, die zum Vorbild gereichen, und die Untaten, die als warnendes Beispiel gelten könnten, zertreten im Morast der Geschichte mit ihren wenigen gewaltigen Eckdaten der Menschheit.«

Eine Weile sagte niemand etwas. Einer der Hunde lag halb schlummernd vor dem Ofen, der andere unter der Eckbank.

»Mir ist es wichtig«, bemerkte Eric, als ein oder zwei Minuten vergangen waren, in denen nur der Wind zu hören war, der um die Ecken des kleinen Hauses pfiff, und das penetrante Ticken der Kuckucksuhr. »Wenige Kilometer von hier geschieht gerade großes Unrecht, das bisher nicht aufgeklärt werden konnte.«

Spengler schnaubte verächtlich und stand unerwartet heftig vom Tisch auf, um sich noch einen Grog zuzubereiten. »Was verstehst du von Unrecht! So viele Taten bleiben ungesühnt, Verbrecher kommen ungeschoren davon, während die Opfer und ihre Angehörigen verzweifeln.«

»Und wir wollen dazu beitragen, dass das in diesem einen Fall eben nicht geschieht«, bohrte Eric weiter.

Spengler stand vor dem Ofen und hatte ihnen den Rücken zugewandt. Sie vernahmen das Geräusch von Wasser, das in eine Tasse gegossen wurde. »Was kümmert dich das? Was nützen dir Auszeichnungen, Lob und Geld, wenn dich die Würmer fressen?«

Die erdige Philosophie des Mannes war entwaffnend, musste Eric zugeben, aber damit wollte er sich nicht zufriedengeben. Es ging um Menschenleben. »Wieso?«, fragte er lediglich.

»Wieso was?«, gab Spengler zurück und drehte sich zu ihnen um, ohne sich jedoch erneut zu setzen.

»Warum sind Sie so geworden? Was ist damals passiert?«

Damit hatte er einen wunden Punkt getroffen, und der Professor stierte ihn an, als wollte er ihn in nächster Sekunde in hohem Bogen zum geschlossenen Fenster hinausbefördern, mit dem Kopf zuerst.

»Was geht dich das an, junger Mann?«, fragte er eisig.

Eric lehnte sich zurück und erwiderte den harten Blick, während Bernd neben ihm unruhig auf dem Schaffell hin und her rutschte. Der Hund unter der Eckbank knurrte.

»Ich habe in den letzten Wochen eine Menge Menschen leiden und auch sterben sehen, und ich schlafe seither nicht mehr besonders gut.«

Spenglers Blick änderte sich zunächst nicht, doch dann stahl sich ein vorsichtiges Lächeln darauf, das Eric erleichtert zur Kenntnis nahm.

Der Alte trottete müde zum Tisch zurück und ließ sich nieder. Langsam drehte er seine Tasse mit dem dampfenden Grog auf der rot-weiß karierten Tischdecke.

»Herr Spengler«, wagte sich Eric noch einen Schritt nach vorn, »mir ist es ernst. Ich habe die vage Ahnung, dass Sie uns in dieser Angelegenheit helfen könnten, vor allem mit Ihren Erfahrungen.«

»Was hat Tessler euch erzählt?«, fragte der Professor, ohne von seiner Tasse aufzusehen.

»Er sagte mir, Sie seien als Kind oder Jugendlicher einmal für zwei Tage verschwunden gewesen«, berichtete Bernd auf ein Nicken Erics hin. »Zu der Zeit, als Sie noch in …«

»... Göringen gewohnt haben«, ergänzte Eric den Satz.

Sachte nickte Spengler, und als er antwortete, war seine Stimme belegt, fast heiser. »Da hat er gut zugehört, der Tessler, obwohl wir damals ganz schön betrunken waren«, bemerkte er anerkennend, doch es lag Bitterkeit in seinen Worten. Er nahm einen tiefen Zug aus seiner Tasse und lehnte sich dann zurück. Spengler legte die Hände in den Schoß.

»Wie auch immer«, fuhr er fort. »Ich musste damals schmerzlich erfahren, dass Gerechtigkeit auf dieser Welt sich nicht in jedem Fall ohne Weiteres einstellt.«

»Hat man Ihnen wehgetan?«, fragte Bernd betroffen.

Mit dem Zeigefinger tippte sich Spengler an die Schläfe. »Nein, im Geiste schmerzlich war das. Ich kann es nicht genau erklären, und ich hole auch schon wieder zu weit aus. Es war im Sommer neununddreißig, kurz vor Kriegsbeginn also. Meine Eltern, Tanten und Onkel arbeiteten auf dem Rübenacker am Werraufer, und normalerweise war ich da mit Feuereifer dabei. Ich war damals zehn. Um die Mittagszeit war es so heiß, dass mir schwindlig wurde, und meine Mutter brachte mich zu den Weiden am Ufer, dort, wo der Fluss recht dicht an der Straße zwischen Lauchröden und Göringen vorbeifließt. Sie gab mir zu trinken und befahl mir, mich nicht zu rühren, wahrscheinlich hätte ich einen Sonnenstich bekommen, sagte sie. Heute würden sie einen Zehnjährigen mit den Symptomen gleich ins Krankenhaus fahren.« Spengler lächelte matt.

»Jedenfalls war mir irgendwie komisch im Kopf, ich glaubte Stimmen zu hören, die ich nicht genau verstand, so als kämen sie aus großer Ferne oder wären hinter Mauern verborgen. Natürlich war niemand da, als ich mich umdrehte, um nach den rufenden Personen zu sehen. Meine Verwandten auf dem Feld schienen weit weg, ich nahm sie nur verschwommen wahr und schloss für einen Moment die Augen. Da wurden die Stimmen nur noch deutlicher. Nicht einen Augenblick habe ich darüber nachgedacht, ob es sich vielleicht um eine Halluzination handelte. Ich hielt sie für real und wurde neugierig.«

Gebannt lauschten Bernd und Eric den Ausführungen Spenglers und wurden sich erst ihrer Lähmung bewusst, als er eine Pause machte, um einen neuerlichen Schluck Grog zu sich zu nehmen.

»Irgendwann stand ich auf und ging zur Straße. Es war ein Wochentag und wenig los. Ich schlug die Warnung meiner Mutter und die drohende Tracht Prügel in den Wind und trottete am Wegesrand in Richtung Lauchröden. Die Stimmen hörte ich immer noch, und sie wurden mit jedem Schritt lauter und deutlicher.«

»Haben Sie sie verstanden?«, fragte Eric.

Spengler schüttelte den Kopf. »Nein, aber allmählich merkte ich, dass es zwei Stimmen waren, die eines wütenden Mannes und die andere eher hoch und weiblich. Ab und zu klang diese sogar wie Gesang.«

Eric riss die Augen auf: Mochte es sich wie Minnesang angehört haben?

»Zwischen Göringen und Lauchröden führt ein schmaler Weg steil hinauf in den Göringer Stein, einen schroffen, bewaldeten Hügel gleich in Nachbarschaft zum Brandenberg. Ich wusste bereits damals, dass sich am Ende dieses Pfads das Tor zu einer stillgelegten Kupfermine unter dem Berg befand, das aber aus Sicherheitsgründen mit einem Gitter verbarrikadiert war. Ich war ziemlich verblüfft, als ich es unverschlossen vorfand. Weiß der Teufel, woher ich den Mut nahm, dort hineinzugehen. Tief wollte ich nicht vordringen, jedenfalls nur so weit, wie das wenige Waldlicht in den Eingang drang. Hier waren die Stimmen unerhört deutlich, ich konnte schön formulierte Worte hören, aber nicht in ihrer Bedeutung verstehen. Es schien eine fremde Sprache zu sein. Gerade als ich die Stelle erreicht hatte, wo der Stollen zu einem düsteren Loch wurde, erstarben die Stimmen, und es schien plötzlich noch etwas dunkler zu werden.«

Seine Hände zitterten und krampften sich um die Tasse, als wollte er sie zerdrücken wie eine Blechdose. Als er fortfuhr, schlug er einen verschwörerischen Ton an.

»Eine … Kreatur war in dem Gang hinter mich getreten. Ein Mensch, nicht viel größer als ich, dachte ich. Klar, man musste sich in dem Tunnel bücken. Schnell stellte es sich jedoch heraus, dass dieser Mann von verkrüppelter Gestalt war und auch draußen nicht hätte aufrecht gehen können. Mehr habe ich im Gegenlicht nicht erkannt.«

Eric musste sich zwingen, ruhig weiterzuatmen.

»Von draußen brüllte auf einmal ein Mann: *Hier versteckst du dich, du Scheusal!* Daraufhin drehte sich die Gestalt im Tunnel um und stapfte mühsam ins Freie. Ich folgte ihr, um nach Möglichkeit sogar fliehen zu können, doch zwischen mir und dem Weg nach unten ins Werratal standen der Krüppel mit einer Hellebarde und ein junger Mann aus Göringen, Martin Rudolph, vielleicht nicht die hellste Leuchte im Dorf, aber ungestüm und furchtlos, was ja hin und wieder auch von Vorteil sein kann. Er war siebzehn, glaube ich. In den Händen hielt er eine Sense und stierte die Kreatur an. Als er mich hinter der kleinwüchsigen Gestalt aus dem Tunneleingang treten sah, war er für einen kurzen Moment verblüfft, dann stahl sich aber die Erkenntnis in sein Gesicht. *Und das ist wohl dein nächstes Opfer, Limpert!* Ich meinte, den Krüppel sachte den Kopf schütteln zu sehen, bevor Martin ungestüm auf den Kleineren losging.«

»Moment, Limpert?« unterbrach Eric den Professor. »Was ist das?«

»Das ist der Name des Krüppels, aber darüber nachher mehr. Der Schlag von Martins Sense jedenfalls verfehlte Limperts Schulter nur um Haaresbreite und bohrte sich in den Waldboden, während der Angegriffene zur Seite trat. Schnellere Bewegungen waren ihm nicht möglich, doch sie genügten, um weiteren Streichen auszuweichen, die Martin aus allen Richtungen führte. Ein ums andere Mal erhob Limpert seine Streitaxt und blockte direkte Hiebe mit dem Schaft ab, wobei die scharfe Klinge ihn nur knapp verfehlte und einmal sogar in einen seiner verdrehten Finger schnitt. Ich erinnere mich, dass seine Hand blutete. Damals empfand ich Martins Bemühen ehrenhaft, da er ja offensichtlich gekommen war, um mir zu helfen. Deshalb verspürte ich so etwas wie Freude, als er einen wohl eher glücklichen Treffer landete. Die Sensenspitze grub sich in Limperts Schulter und ließ ihn einen Augenblick keuchend zurücktaumeln, als Martin seine Waffe eilends wieder an sich riss, um zum tödlichen Hieb auszuholen.« Hier machte Spengler eine Pause, als wollte er die Spannung für seine Zuhörer noch erhöhen.

»Mit einer Behändigkeit, die ich dem verkrüppelten Mann nicht zugetraut hatte, riss Limpert die Hellebarde hoch, wirbelte sie in einem waagrechten Kreis herum und schlug die Klinge mit solcher Wucht in Martins Taille, dass es diesen von den Füßen riss und er zwei Meter weit zur Seite schleuderte, noch während er die Sense erhoben hatte. Blut spritzte mir ins Gesicht, obwohl ich mehrere Schritte entfernt stand. Fassungslos sah ich mit an, wie das Blut aus Martins aufgerissenem Unterleib gepumpt wurde und Teile seiner Innereien auf den Waldboden niederfielen. Limpert atmete schwer, trat zu dem Verletzten hin und stützte sich auf seine Waffe. Es erschien mir wie Ewigkeiten, dass er so verharrte, und mehrmals glaubte ich leisen Gesang zu vernehmen und den Krüppel den Kopf schütteln zu sehen. Martin starrte mit aufgerissenen Augen zurück, war aber nicht mehr imstande, irgendetwas zu sagen. Als er seinen letzten Atemzug vollbrachte, seufzte die Kreatur, als ob es ihr leid täte.«

Spenglers Hände zitterten, und Bernd und Eric wurden sich ihrer eigenen Atemlosigkeit bewusst.

»Versetzt euch in meine Lage: Ein Zehnjähriger muss mit ansehen, wie der Retter, der Held der Story, vom Bösen, der Kinder mit Gesang entführt, kaltblütig und grausam erschlagen wird. Erst später erkannte ich, dass Martin Rudolph blind auf einen Mord aus gewesen war, angestachelt von voreingenommenen überlieferten Geschichten, vielleicht Märchen. Mit dem Wissen von heute und meiner Menschenkenntnis würde ich ihn – bei allem Respekt für seinen Mumm – einen dummdreisten Trottel nennen. Ich habe sehr viel später erfahren, dass sein Tod nie aufgeklärt und schon gar nicht mit dem Krüppel in Verbindung gebracht wurde. Die meisten Leute quatschten irgendwas von einem wilden Tier.«

»Gab es die denn in den dreißiger Jahren in dieser Gegend noch?«, wollte Bernd wissen.

»Totaler Quatsch natürlich. Sei's drum. Rückblickend betrachtet, hat sich Limpert anfangs lediglich verteidigt, das kann ich mit Gewissheit sagen, und erst als er in Lebensgefahr schwebte, musste er zu einem Gegenangriff übergehen und dabei den Tod des anderen in Kauf nehmen. 1939 sah ich das nicht so: Mein Retter hatte verloren, und das Ungeheuer würde sich nun über mich hermachen. So schien es auch, denn als Martin schließlich nicht mehr atmete, drehte sich Limpert zu mir um und schritt mit der blutigen Axt auf mich zu. Daraufhin muss ich hingefallen sein und mir den Kopf angeschlagen haben. Ich denke, ich bin wohl ohnmächtig geworden.«

Bernd und Eric kehrten mühsam in das Hier und Jetzt zurück. Machte Spengler eine Pause oder war seine Geschichte vielleicht zu Ende? Die Hände des Professors klammerten sich immer noch an die Tasse, und das Zittern war unübersehbar.

»Tessler sagte, als man Sie zwei Tage später fand, seien Sie unverletzt gewesen«, bemerkte Bernd stirnrunzelnd.

»Es waren fünf«, erklärte Spengler, »und ja, ich war unversehrt. Während der ganzen Zeit war ich mehr ohnmächtig oder krank als lebendig, und ich erinnere mich nur bruchstückhaft an das, was geschehen ist. Immer wieder habe ich diese Stollenwände vor Augen, nicht nur die am Eingang, sondern auch diejenigen, die tiefer im Berg liegen müssen. Die Wände waren von mehreren Fackeln erhellt und mit unzähligen schwarzen Schriftzeichen vollgekritzelt, die ich aber alle nicht lesen konnte. Heute weiß ich natürlich, dass es altdeutsche Schrift war. Ich erinnere mich auch an diese dunkel gekleidete Gestalt, die mir zu trinken und zu essen gab, meist über offenem Feuer gebratenes Fleisch, ich vermute selbst erlegte Kaninchen oder so was. Und der Mann hat gesungen, er hat mich in den Schlaf …«

Sie erschraken. Draußen heulte eine besonders starke Böe um die Hausecke und warf einen der Läden vor dem Küchenfenster knallend zu. Spengler stand auf, öffnete kurz das Fenster und befestigte ihn mit einem Riegel. Schweigend ging er zum Herd und legte noch zwei Scheite Holz sowie ein Brikett nach. Schließlich setzte er sich wieder an den Tisch.

»Ich verstand die Worte damals nicht, doch ich merkte sie mir so weit, dass ich sie später, als ich mit dem Studium begonnen hatte, zumindest in Teilen rezitieren und somit Nachforschungen darüber anstellen konnte, wer sie verfasst hatte.«

Nun war Eric nicht mehr in der Lage, sich zurückhalten. »War es Minnesang? Aus dem dreizehnten Jahrhundert?« Seine Augen funkelten, und sein Herz raste.

Spenglers Blick gab die Antwort: Er war wie vom Donner gerührt. »So ist es«, ächzte er heiser. »Sag nicht, dass du Limpert ebenfalls gesehen hast.«

Eric nickte heftig. »Doch, genauso, wie Sie ihn beschrieben haben. Und ich habe ihn auch singen gehört, Lieder von Walther von der Vogelweide. Und ich …« Erics Enthusiasmus verflog plötzlich, als er sich an die schrecklichen Ereignisse erinnerte.

»Was?«, fragte nun Spengler, der immer noch nicht fassen konnte, offensichtlich einen zweiten Zeugen gefunden zu haben.

»Ich habe das Wesen auch … töten sehen«, schloss Eric seinen Satz und starrte auf das Karomuster der Tischdecke, das die hypnotische Wirkung der Erinnerung nur verstärkte.

Noch größere Unruhe mischte sich in Spenglers Stimme. »Was meinst du damit? Wen hat er getötet?«

Eric hatte alle Mühe, die Fassung zu bewahren. »Zwei Jugendliche auf der Brandenburg. Und Friedrich Meister in Lauchröden, ich war dabei, als er gefunden wurde.« Er schluckte, während ihn Spenglers Blick durchbohrte. »Carstens hat seinen fürchterlichen Angriff Gott sei Dank überlebt. Den musste ich sogar selbst mitansehen. Sie haben doch davon gehört, oder?«

»Natürlich, war zwar nicht viel zu lesen darüber, aber die Journalisten sind absolut nicht blind und taub.« Der Professor lehnte sich mit den Unterarmen auf den knarrenden Tisch. »Und du meinst, er hat sie umgebracht, auch die anderen? Bist du sicher?« Er schien aufgeregt. Seine scheinbare Lethargie war wie verflogen. Eric nickte bloß stumm.

»Dann ist es schlimmer, als ich befürchtet habe«, sagte Spengler, und in seinen Augen blitzte es gefährlich auf.

»Wie meinen Sie das?«, fragte Bernd an Erics Stelle, der noch immer nicht sprechen konnte.

»Kommt mit«, forderte Spengler sie in seinem gewohnten Befehlston auf und stand auf. »Wir müssen gehen.«

»Wohin?« Eric erwachte aus seiner Trance. Die unerwartete Hektik, die der bis eben ganz ruhig dasitzende Professor nun verbreitete, verwirrte ihn.

»Das erkläre ich euch auf der Fahrt, wir haben keine Zeit zu verlieren. Es sind einige Dinge im Gang, die wir vielleicht aufhalten können. Zumindest werden wir versuchen, weiteren Schaden von den Menschen fernzuhalten.«

»Aber wir kommen hier nicht weg«, gab Bernd zu bedenken. »Das haben Sie selbst gesagt.«

Spengler sah ihn entschlossen an. »Nicht mit eurem Fahrzeug.«

21

Frühsommer 1221

»Wirklich blau ist das aber nicht.« Caspar betrachtete die Welpen in dem Zwinger argwöhnisch. Die herumtollenden Hunde machten ihm Angst. Ihr Fell glänzte nicht gerade blau, wie es Graf Albert gefordert hatte.

Albrecht, der Bauer, der die Züchtung übernommen und die Tiere in seine Obhut genommen hatte, warf einen missmutigen Blick auf den Marktvorsteher. Nach zwei Jahren der schlimmsten Entbehrungen und fünf weiteren, die allen große Opfer abverlangt und ihm speziell die Bürde auferlegt hatten, blaue Hunde heranzuziehen, war Kritik für ihn fehl am Platz.

Wernher, der Bürgermeister, schnaubte ebenfalls verächtlich. »Das muss genügen. Mehr wird uns ganz sicher nicht gelingen.«

»Und wenn wir noch etwas Aufschub erbitten?«

»Dann seid Ihr der Erste, den Graf Albert an der Dorflinde aufknüpft«, grollte Wernher. »Und mich stellt er als Warnung an den Pranger, während allen anderen Gerstungern wahrlich nicht geholfen ist, sollte er sie weiter so auspressen.« Sein Blick traf den Marktorganisator wie scharfe Klingen.

Dieser senkte die Augen. »Wohl gesprochen, Bürgermeister. Dem habe ich keinen Deut entgegenzusetzen.«

Wernher nickte ernst. Für ihn war Caspar einer der Hauptschuldigen des Lynchmordes am Fleischboten Limpert. Wenig Einsicht oder gar Reue hatte der kahlköpfige Fettwanst gezeigt und nicht einen einzigen Namen genannt, als sowohl er selbst als auch des Grafen bewaffnete Gefolgsmänner danach gefragt hatten. Das Wohl seiner Stadt lag Wernher am Herzen, und es erschütterte ihn noch heute, dass er am damaligen Tage nicht anwesend hatte sein können. So blieben die Schuldigen weiterhin im Dunkeln, und das gesamte Volk Gerstungens musste mit Blut und Hunger dafür geradestehen.

»Lass uns nach draußen gehen«, bestimmte der Bürgermeister düster. »Und bete, dass Albert einen guten Tag hat.«

In der Tat war dessen Stimmung gesunken, weil die Rückkehr seines Sohnes Burkhard III, neuer Graf von Brandenberg, aus dem Heiligen Land auf sich warten ließ. Vor Jahren schon war er zu den Kreuzzügen aufgebrochen. Allein die Angst vor einem möglichen Verlust seines Nachkommen in der Ungewissheit eines zweifelhaften Krieges war Last genug, doch nun musste sich Albert zusätzlich wieder um die an seinen Sprössling übereignete Burg und ihre Lehen kümmern.

Sie traten durch das geöffnete Tor nach draußen. Albrechts Gehöft lag etwas außerhalb der Stadt und in dem dichten Nebel noch einsamer als sonst. In beiden Richtungen verschwand der Weg schon nach wenigen Metern in grauem Dunst. In den Flussniederungen war ein solches Wetter um diese Jahreszeit nichts Ungewöhnliches, und man konnte erahnen, dass es gegen Mittag aufklaren würde.

Einige ganz Mutige, sowohl Frauen als auch Männer, hatten sich zusammengefunden, um dem Grafen die geforderten Geschenke zu überbringen. Ihre Gesichter waren hager und grimmig und ihre Leiber ausgezehrt von den Unbilden des zurückliegenden Winters, in dem ihnen nur gerade so viel geblieben war, dass sie nicht verhungern mussten, obwohl Albert sein Versprechen gehalten und wie in den vorangegangenen Jahren nur den Zehnten gefordert hatte. Nun wollten sie dabei sein, wenn der Graf seine dem Wahnwitz entsprungenen Gaben erhielt und das ungnädige Urteil über das Gerstunger Volk endgültig aufhob.

Auf einem zweiachsigen Pferdekarren befanden sich bereits einige der geforderten Dinge: Drei Scheffel voll Silberheller in einer verschlossenen Truhe waren direkt hinter dem Kutschbock verstaut, bewacht von zwei besonders kräftig gebauten und ernst dreinblickenden Kerlen des Dorfes. Über allerhand Verpfändungen von Gütern an Nachbargemeinden und sogar eine Leihgabe eines alten Pfarrers, dessen geistliche Treue zu seinem Herrn und dem Bistum Fulda von seiner Nächstenliebe noch übertroffen wurde, hatten die Gerstunger diese Unsumme aufgebracht. Erst zwei Tage zuvor hatte ein anonymer Spender ein letztes Scherflein dazu beigetragen, dass dieser Teil der Aufgabe erfüllt werden konnte.

Aus hölzernen Zubern ragten drei Eichenbäumchen mit makellosen Stämmen. Nicht eine Knospe, geschweige denn ein Knoten oder Ast verunzierte die graue Rinde. Ein anderer, ansonsten recht eigenbrötlerischer Bauer des Dorfes war auf die Idee gekommen, die Setzlinge, damals gerade eine Handbreit hoch, in tönernen, vier Ellen langen Rohren wachsen zu lassen, so dass sie zunächst nach dem Licht strebten, bevor sie sich verzweigen wollten. So waren die Bäumchen nicht nur außergewöhnlich schnell auf Mannshöhe gesprossen, sondern glänzten auch mit der erforderlichen Reinheit ihrer Stämme.

Albrecht hatte die drei jungen Hunde aus ihrem Zwinger befreit, deren Farbe noch am ehesten dem Blau entsprach, welches Graf Albert gefordert hatte. Sie tollten ausgelassen um den Bauern herum, unwissend, wozu sie geboren worden waren, geschweige denn, was man mit ihnen angestellt hatte, damit sie ihr sonderbares Aussehen bekamen.

Man hatte drei besonders kräftige Hündinnen und einen ebenso stämmigen Rüden ausgesucht, deren Fell bereits von Natur aus schwarzblau geschimmert hatte. Zusammen hatte man die Tiere in einen blau gestrichenen Raum gesperrt, mit gleichermaßen getönten Butzenscheiben. Fürderhin hatte man ihnen nur noch gefärbtes Futter zu fressen gegeben, versetzt mit Blaukraut und dem teuer aus dem Süden eingekauften Färberwaid, das man sonst zur Herstellung blauer Kleidung verwendete. In das Wasser hatte man manchmal sogar Spuren von Tinte gemischt, was allerdings nicht von allen Bewohnern gutgeheißen worden war, da man fürchtete, die kostbare Nachkommenschaft zu vergiften. Diese Sorge hatte sich jedoch als nichtig erwiesen, während die Welpen prächtig gediehen.

Auf diese Weise hatte man zwei Generationen von Hunden herangezogen und immer diejenigen als neue Zuchttiere ausgewählt, die mit einer besonderen Intensität ihres blauen Fells auffielen. Herausgekommen waren nach den fünf Jahren neben einigen anderen diese drei, deren Haar in kräftigem Mittelblau glänzte.

Man setzte die Tiere auf dem Karren ab, wo sie sich neugierig umsahen und alles beschnüffelten. Die anwesenden Bewohner, die zum Großteil diese seltsamen Geschöpfe noch nicht gesehen hatten, beäugten sie schweigend und mit sichtbarem Unbehagen. Einige bekreuzigten sich, sahen sie sich doch mit ihrem Glauben im Unreinen, da sie fürchteten, in die Schöpfung des Herren einzugreifen.

Bürgermeister Wernher richtete das Wort an die Bürger. »Fünf Jahre sind vergangen, seit wir diese absonderliche, fast nicht lösbare Aufgabe von unserem Grafen erhielten. Eine Aufgabe, die uns viel abverlangte, so wie er es angekündigt und beabsichtigt hatte. Aber wir haben sie bewältigt, weil wir zusammengestanden und mit vereinten Kräften, sowohl geistigen als auch körperlichen, angepackt haben.«

Zustimmendes Gemurmel wurde vernehmbar, dem Wernher mit erhobener Hand Einhalt gebot.

»Vergessen dürfen wir aber nicht«, fuhr er streng fort, »dass wir selbst es waren, die uns diese furchtbare Last auferlegt haben. Unserer Rachsucht ist es zu verdanken, dass wir grausame Monate voller Entbehrungen auf uns nahmen und viele von uns unter Entkräftung und Krankheit litten.«

Einige Anwesende unterdrückten die Bemerkung, dass sie vom Fleischboten Limpert zu ihrer Tat provoziert worden waren. Hätten sie damit ja ihre Teilnahme an dem gemeinsamen Mord zugegeben.

Und nun war ja eine Aufhebung des furchtbaren Urteils in greifbarer Nähe.

»Möget ihr alle diese Fracht hinauf zur Brandenburg begleiten, doch seit dessen eingedenk, den Grafen nicht noch einmal durch falschen Stolz oder gar trotzige Gebärden zu erzürnen.« Er sah den Menschen fest in die Augen. »Lasst uns aufbrechen.«

Der Nebel lichtete sich nicht und lag nach wie vor über dem Werratal, als die zwei Dutzend Gerstunger, denen man nach den Jahren der Entbehrungen ihren einstigen Wohlstand nicht mehr ansehen konnte, am Mittag in den Burghof traten. Hier oben schien der Dunst zudem noch zäher zu sein, als ob der Turm der Burg ihn festhielte wie das wilde Tier sein verzweifeltes Opfer.

Der Karren kam zum Stehen, umringt von den Menschen aus Gerstungen. Wie Wernher es angemahnt hatte, stellten sie keinen unangebrachten Stolz zur Schau, sondern gaben sich sehr bescheiden und demütig.

Es dauerte nicht lang, bis Graf Albert nebst Gattin Auguste aus der Pforte des Palas' trat. Sein Blick war ernst und starr auf die Ladung des Karrens gerichtet, bis er vor Bürgermeister Wernher stand. Dieser verneigte sich tief.

»Gott zum Gruße, hohe Herrschaften«, begrüßte er die Adligen. »Wir sind gekommen, die geforderten Aufgaben zu erfüllen und haben die Früchte unserer Mühen mitgebracht.« Wernher gab den Weg frei zum Karren, über dessen Rand die drei Hunde mit heraushängenden Zungen blickten.

Graf Albert ging zu dem Gefährt, während seine Frau sich dies wegen der merkwürdigen Tiere nicht traute. Die beiden Männer auf der Pritsche traten geflissentlich zur Seite, damit ihr Lehnsherr alles betrachten konnte.

»Schau an«, ließ er vernehmen. »Drei Eichenstämme ohne auch nur einen einzigen Knoten. Eine beachtliche Leistung, fürwahr.« Behutsam strichen seine Finger über die graue Rinde. Niemand vermochte zu sagen, was in seinem Kopf vorging.

Er umrundete nachdenklich den Wagen und betrachtete dann die Kiste zwischen den beiden Männern. Eilig öffneten diese das Schloss und schlugen den Deckel zurück.

»Und sieh da, eine Truhe voller Silberpfennige. Wenn mich mein Augenmaß nicht im Stich lässt, sollten das gut drei Scheffel sein.« Fragend und mit hochgezogener Augenbraue sah er Bürgermeister Wernher an.

Dieser nickte eifrig. »Sehr wohl, edler Herr. Ein wenig mehr wäre es noch gewesen, wenn wir nicht Färberwaid für das Futter der Hunde hätten kaufen müssen. Ein Händler besorgte es eigens in Augsburg.«

Graf Albert brachte Wernher mit erhobener Hand zum Schweigen. Mit seiner anderen packte er einen der Welpen im Nackenfell und hob ihn vom Wagen, um ihn auf den Arm zu nehmen. Ungewöhnlich sanft kraulte er seinen Rücken und betrachtete ihn stumm, während dieser seine Umgebung aus der neuen Perspektive beäugte und seine blau schimmernde Zunge heraushängen ließ. Auch die Menschen, die ihn umgaben, waren still geworden. Selbst die Krähen, die sonst regelmäßig ihr Gezeter vom Turm herabstießen, verstummten und starrten auf den außergewöhnlichen Aufmarsch unter ihnen.

Schließlich trat Albert wieder vor den verunsicherten Bürgermeister, der sich bereits sorgte, ob die Aufhebung des Jochs wirklich bevorstand. Der Graf verhielt sich so seltsam, geradezu unberechenbar.

»Voller Anerkennung gestehe ich ein, dass die Aufgaben, die ich euch gestellt habe, erfüllt wurden.« Ein erleichtertes Raunen ging durch die Umstehenden. »Aber«, fuhr er fort, und sie hielten gebannt den Atem an, »ich warne euch. Ruft euch immer aufs Neue ins Gedächtnis, welcher der Anlass dieser Bürde war, erinnert euch stets an diesen Tag, als einer meiner treuen Diener, ein Mensch wie ihr, auf eurem Marktplatz abgeschlachtet wurde. Vergesst das nie! So wie auch ich und die meinen es nicht vergessen werden.«

»Nein, Herr«, erwiderte Wernher, trat unbewusst einen Schritt zurück und senkte das Haupt. »Wir werden es nicht vergessen.«

Unbeirrt fuhr Albert fort. »Denn gleichermaßen möchte ich also diese Strafe und die Aufgaben als Warnung verstehen. Sollten sich derlei Vorfälle jemals unter meiner Herrschaft wiederholen, will ich nicht so nachgiebig sein und wahr werden lassen, was ich damals angedroht habe. Gehet hin, zurück in euer Dorf, und verkündet, dass die Last von euch genommen ist, aber wehe denen, die vergessen!«

Eilig verneigten sich die Gerstunger vor ihrem zornigen Lehnsherren, luden die gebrachten Dinge vom Wagen und verließen geradezu hastig die Burg, aus Furcht, der Graf könnte in seinem Jähzorn seine Meinung doch noch ändern.

Wernher schritt als letzter hinterdrein und warf einen Blick zurück auf das graue Gemäuer, über dem sich nun gnädig der Nebel lichtete.

Gute Worte sind nicht genug, dachte er bei sich. Die Menschen werden es vergessen.

22

Donnerstag, 20. Januar 1994, 20:34

»Sie haben es also geschafft, den Grafen zu beschwichtigen. Ob es angehalten hat, verraten auch die Geschichtsbücher nicht«, vollendete Spengler seine Erzählung.

Der Unimog zerfetzte eine weitere Schneewehe, als wäre sie eine Welle vor dem Bug eines Öltankers. Der Professor setzte großes Vertrauen in die Fähigkeiten seines zwar betagten, dafür aber umso solideren Gefährts. Mit Schneeketten auf den gewaltigen, ohnehin groben Stollenreifen war es fast unmöglich, stecken zu bleiben.

Die beiden Studenten neben ihm versuchten, sich mit aller Kraft festzuhalten. Ihnen war nicht ganz wohl dabei, von einem vermeintlich verrückten Professor, der zudem noch einige Becher Grog zu sich genommen hatte, in einem altersschwachen Armeefahrzeug durch eine erbarmungslose Winternacht gekarrt zu werden. Bernd war bereits nach drei Kilometern flau in der Magengegend.

»Woher wissen Sie das alles?«, bemerkte Eric über das Donnern des Dieselmotors hinweg. »Wer hat Ihnen diese Geschichte erzählt?«

»Das habe ich euch bereits verraten«, gab Spengler zurück und wandte ihm einen beängstigend langen Moment den Blick zu und damit ab von der Straße. »Das ist hier in der Gegend eine fast vergessene Legende. Trotzdem hättet ihr bei euren Nachforschungen darauf stoßen können, selbst wenn die Leute wegen der Ereignisse lieber nicht darüber sprechen. Ich kann das verstehen, an unangenehme Dinge erinnert man sich nur widerwillig. Mir geht das nicht anders.

Ich würde die Tage im Stollen gern aus meinem Gedächtnis streichen. Aber das darf ich nicht, ich bin es ihm schuldig. Sonst finde auch ich nicht meinen Frieden.«

Er konzentrierte sich wieder auf die Straße, auf der es nichts zu sehen gab außer der schneebedeckten Fahrbahn, meterhohen Wällen zu beiden Seiten sowie ab und zu einem Leitpfosten, der darauf hindeutete, dass sie noch nicht vom Weg abgekommen waren.

»Sie meinen, dass ...«, wagte Eric einen Versuch. »Es ist dieser ...«

»Wir sollten nicht über ihn sprechen, als wäre er ein Ungeheuer aus der Hölle«, brummte der Professor. »Versetz dich in die Lage eines fast tausend Jahre alten Geschöpfes, das aus welchen Gründen auch immer keine Ruhe findet.«

»Sie wissen schon, dass das eine ziemlich haarsträubende Story ist«, mischte sich nun Bernd ein, der Erics Vorstellungskraft nicht ganz teilte. »Und wie sollen wir das der Polizei klarmachen?«

»Wer sagt, dass wir die da mit hineinziehen werden?«, wollte Spengler wissen und lachte verächtlich, während er das Lenkrad herumriss, um einer größeren Schneewehe auszuweichen. Das Fahrzeug ächzte unter den brutalen Fahrmanövern.

Erics Gedanken rasten und verdrängten die Furcht vor einem banalen Unfall in die Bedeutungslosigkeit. Er konnte Bernds Einwände gut verstehen, zu sehr waren die Menschen heute der Realität verhaftet, als dass sie über die Wiederkehr eines Verstorbenen aus dem Mittelalter ernsthaft nachdenken würden. Lange Zeit hatte auch er sich gesträubt, es zu glauben und die Morde einem Psychopathen zugeschrieben, der da sein willkürliches Unwesen trieb. Aber er hatte ihn selbst gesehen und die Aura dieses Wesens gespürt, die es mit sich herumtrug wie einen Mantel. Allein die erste Begegnung am Fuße der Brandenburg hatte Erics Vertrauen in die Wirklichkeit, wie er sie bisher gekannt hatte, bis ins Mark erschüttert, und er würde gewiss Erzählungen über derlei Erscheinungen in Zukunft weniger skeptisch betrachten.

Wenn Eric nun bereit war, Limpert ganz oben auf die Liste der Verdächtigen zu setzen, dann drängte sich ihm sofort die nächste Frage auf: »Aber warum tötet er so willkürlich?«

Spengler hob kaum sichtbar eine Augenbraue. »Willkür, bist du sicher? Was ist mit deinen Nachforschungen. Bist du dabei auf keine

Prinzipien oder auf ein Schema gestoßen, das seinem Handeln zugrundeliegt?«

Schlagartig fiel Eric der junge Marc Bender wieder ein. Seit dem Gespräch mit dessen Mutter kreiste eine vage Ahnung in ihm, die sich bisher einfach nicht greifen ließ. Spenglers Hinweis war entscheidend: ein Schema. Natürlich gab es das. Vater, Sohn und Tante waren alle auf sehr ungewöhnliche Art und Weise zu Tode gekommen, und Frau Benders Beschreibungen jagten ihm immer noch einen eiskalten Schauer über den Rücken. Es fiel Eric nicht schwer, den unheimlichen Gesellen aus der Vergangenheit mit den Todesfällen in Verbindung zu bringen, und seine ohnehin überbordende Phantasie spielte die grausamen Szenen nach. Er sah …

… den Wagen von Marcs Vater, der zwischen dichten Nebelschwaden am frühen Morgen in Richtung Lauchröden unterwegs war. Plötzlich stand eine schwarz vermummte Gestalt am Straßenrand, für eine Sekunde leblos und unwirklich, doch als das Fahrzeug sie passierte, schwang sie mit einem Mal eine riesige Axt, einer Hellebarde gleich, in horizontalem Bogen knapp über der Fahrbahn und grub die Klinge tief in den vorbeisausenden Reifen. Das Gummi platzte, und Funken sprühten, als die Axt auch die Felge demolierte.

All das geschah so schnell, dass Marcs Vater die Gestalt nur verblüfft ansah und das Lenkrad erst herumriss, als der gewaltige Schlag das Auto erschütterte. Es kam ins Schlingern, schrammte entlang einer Stützmauer, wobei die Fahrerseite total zerfetzt wurde, und schoss dann quer über die Fahrbahn, auf den seitlichen Abhang zu, den es fünf Meter tief hinabrutschte. Eine Erle bremste das Fahrzeug abrupt ab. Marcs Vater Manfred brach sich beide Beine und die Hände und erlitt einen schweren Schädelbruch. Sein Kopf blieb auf dem verkrümmten Lenkrad liegen, seine trüber werdenden Augen blickten durch das Seitenfenster, und Blut lief aus seiner Nase, tränkte seine Hose. In dem Moment wusste er, dass er hier den Tod finden würde.

Doch davor hatte das Schicksal noch seinen schlimmsten Albtraum gesetzt. Geräuschlos war die schwarze Gestalt neben das Auto getreten, schwer auf die Hellebarde gestützt, und blickte unter einer tief ins Gesicht gezogenen Kapuze durch die zertrümmerte Seitenscheibe. Marcs Vater konnte nur die eisblauen Augen erkennen, genauso kalt, wie auch Eric sie erlebt hatte.

Und in dem Moment musste Manfred aufgegangen sein, dass ein Sinn hinter dieser Gewalt lag; dass er nicht einfach nur das Opfer eines Irren war und dass die Visionen seiner Schwester real gewesen waren.

Seit ihrem Tod hatte er nicht mehr ruhig geschlafen, waren ihre Albträume die seinen. Mehrmals in der Nacht wachte er schweißgebadet auf und kontrollierte, ob Fenster und Türen auch fest verschlossen waren. Wenn er auf der Straße unterwegs war, ob im Hellen oder Dunkeln, drehte er sich bei jedem Geräusch immer wieder hektisch um. Keinesfalls war er bereit, sich derselben Behandlung durch überforderte Psychologen zu unterwerfen wie seine Schwester, allein aus Angst, dasselbe Schicksal könnte ihn ereilen wie sie. Niemals war es geklärt worden, wie sie sich selbst …

Eric schluckte, aber seine Phantasie ließ ihn nicht los. Und während Spenglers Gefährt weiter unerschütterlich durch das Schneechaos tobte, wurden Manfred Benders letzte Erinnerungen zu seinen eigenen Gedanken.

Dort lag sie, in einer psychiatrischen Klinik in Eisenach, ruhig gestellt von harten Medikamenten, weil die Ärzte sie nicht mehr unter Kontrolle bringen konnten. Ihr Gesicht war aschfahl von den schlaflosen Nächten und den Stunden voller Schreie und Angst. Sie starrte blicklos die Decke an, weit nach Mitternacht, der Raum lediglich erhellt von der diffusen gelb-grünen Notbeleuchtung.

Den Vermummten hatte sie erst bemerkt, als er neben dem Bett gestanden hatte, auf einmal war er da und stützte sich schwer auf die gigantische Axt. Träge wandte sie ihm den Kopf zu, und mehrere Augenblicke sahen sie so einander an, obwohl sie unter der tief ins Gesicht gezogenen Kapuze nur schwach seine kristallklaren Augen aufblitzen sah. Doch allein dieser Blick genügte, um zu wissen, dass ihre Albträume nun ein Ende haben würden.

Der Vermummte nickte stumm und richtete sich auf. Das letzte, was Marcs Tante sah, war die Reflexion der Notbeleuchtung in der Klinge der Hellebarde, die auf ihren Hals niedersauste.

Eric keuchte, und die beiden anderen sahen ihn erschrocken an.

»Was ist los, Mann?«, entfuhr es Bernd.

»Mein Gott, er … löscht ganze Familien aus!«, stieß Eric hervor. »Erika Bender hat es mir am Telefon so eindringlich klar gemacht, und ich hab es nicht geblickt. *Meine Tochter soll leben, nicht wie ihr Vater und ihr Bruder einem Irren zum Opfer fallen.* Auch die Schwester ihres Mannes ist tot. Und die beiden Jungs auf der Brandenburg waren miteinander verwandt, Cousins.«

»Das sind zwei Fälle. Das kann doch nicht beweisen, dass er immer nach diesem Prinzip tötet«, gab Bernd zu bedenken.

Eric schüttelte energisch den Kopf. »Das kannst du mir nicht ausreden, es sei denn, du erkennst ein anderes Motiv hinter seinen Taten.« Eric sah vor seinem inneren Auge Erika Bender. Die einzige Überlebende, ihr Ehemann und Sohn tot, ihre Tochter abgegeben aus Angst vor demselben Schicksal.

»Nicht Familien«, murmelte er mit eisig belegter Stimme.

»Was?«, wollte Bernd wissen.

»Es sind Verwandte, Blutlinien, die er verfolgt. Deshalb lebt Erika Bender noch.«

»Nicht schwer sich auszumalen, dass es Rache sein könnte, die ihn antreibt«, sagte Bernd schlicht.

Spengler schüttelte den Kopf. »Nenn es, wie du willst. Rache ist für die meisten Menschen ein furchtbar emotionaler Begriff, dem etwas Negatives, Bösartiges und Kaltblütiges anhängt. Für mich ist es eine Handlung, für die es vielerlei Beweggründe gibt. Und im Alten Testament, wenn man es lesen kann, legt der Schwache sein Geschick in Gottes Hand, der an seiner Stelle für Gerechtigkeit sorgt.« Spengler sah Bernd kurz und durchdringend an. »Er jedoch muss, er will die Sache selbst ins Lot bringen.«

»Aber er tötet Unschuldige!«, stieß Bernd hervor. »Was ist daran gerecht?«

»Das vermag ich nicht zu sagen«, gab Spengler zu. »Limperts Gerechtigkeitsbewusstsein ist sicher nicht das der Menschen von heute.«

»Was spielt das alles für eine Rolle?«, fragte Eric etwas genervt, der noch auszuloten versuchte, was die Erkenntnis bedeuten mochte, dass der Mörder Blutsverwandte meuchelte. »Über Moralpredigten werden wir ihm wohl kaum Einhalt gebieten können. Was wir wissen müssen, ist doch, warum und wie er wieder aufgetaucht ist und begonnen hat zu töten.«

»Wahrscheinlich hat jemand seinen Hund überfahren«, äußerte Bernd bissig, erntete jedoch nur Schweigen. »Was ist, habt ihr keinen Humor mehr?«

»Doch«, erwiderte Spengler, »aber daran könnte durchaus was dran sein.« Auch Eric nickte.

»Wie meint ihr das?«, fragte Bernd verwirrt.

»Die Schuld der Gerstunger war gesühnt, als sie die drei gestellten Aufgaben zur Zufriedenheit des Grafen erfüllt hatten«, erklärte Eric an Spenglers statt. »Ich glaube nicht, dass Albert die Gaben achtlos vergessen hat. Wenn er wirklich so darauf aus war, den Bewohnern eine Lektion zu erteilen, wird er die Geschenke als Mahnung irgendwie erhalten haben.«

»Du meinst, die Hunde sind … die von damals?« Bernd bekam große Augen.

»Ich habe sie gesehen, ihr Fell war blau. Findest du das nicht seltsam?«

»Aber es sind … Bestien«, beharrte Bernd, »nicht so knuddelige kleine Welpen, wie er es erzählt hat.«

»Tausend Jahre sind eine lange Zeit, da kann selbst der knuffigste Wauwau zum Zombie werden. Zwei davon leben jedenfalls. Was ist mit dem dritten geschehen? Natürlich könnte auch der Verlust der Bäume oder der Silberheller seinen Zorn heraufbeschworen haben.«

»Und wie willst du das rausbekommen?«

»Wir sind bereits auf dem Weg, das herauszubekommen«, antwortete Spengler an Erics Stelle düster. Bernd sah ihn nur mit großen Augen an, und auch Eric wurde etwas mulmiger, als es ihm ohnehin schon gewesen war.

Im nächsten Ort, den sie erreichten und dessen Namen sie nirgends ausfindig machen konnten, beleuchteten die gelben Lichter des Unimogs ein Verkehrsschild, das den Weg nach Förtha wies.

»Lassen Sie uns bitte noch einmal bei Frau Bender halten«, sagte Eric. »Ich habe das Gefühl, dass sie mir nicht alles erzählt hat.«

Spengler äußerte seine Zustimmung lediglich mit einem Brummen. Bernd war skeptischer.

»Meinst du, sie ist zu großen Geständnissen bereit, nachdem du sie so durch den Wolf gedreht hast?«

»Ich hab sie ja nicht erpresst, oder so was«, wehrte Eric brüsk ab. »Aber wenn sie mich schon anruft, dann hat sie offensichtlich auch ein gewisses Interesse daran, dass die Dinge ans Licht kommen. Es ist doch ganz in der Nähe.«

Nach weiteren fünfzehn Minuten gelangten sie am Haus der Benders an. Spengler walzte das Gefährt halb in den an der Straßenseite aufgetürmten Schneewall.

»Sie ist da«, stellte Eric nüchtern fest, als sie das Licht hinter den Vorhängen im Erdgeschoss sahen. Inzwischen war er sich seines Vorhabens nicht mehr so sicher.

»Na dann los!« Bernd öffnete die Beifahrertür und ließ sich hinausfallen, sein Freund und Spengler folgten ihm.

Sie mussten zweimal klingeln, bevor sich hinter der teilverglasten Haustür etwas regte. Ein Streifen Licht fiel in den Flur, und Erika Benders Gestalt wurde sichtbar. Sie schaltete eine weitere Lampe ein und öffnete ihnen. Ihr fragender Blick musterte das merkwürdige Trio, bis sie unter der Wollmütze Eric wiedererkannte.

»Sie?«, fragte sie ungläubig, aber nicht ablehnend. »Was machen Sie denn hier, und das noch um diese Zeit?«

»Ich ... wir sind auf dem Weg nach Oberellen, zu meiner Freundin«, erklärte Eric etwas verhalten.

Zweifel spiegelten sich in Erika Benders Blick wider, als sie stumm die beiden anderen Männer taxierte.

»Ach ja, das ist mein Freund Bernd, und das ist Professor Paul Spengler. Sie unterstützen mich bei meinen, na ja, Nachforschungen.«

»Aha«, machte Erika Bender bloß und ließ noch einige unangenehme Sekunden verstreichen, bevor sie hinzusetzte: »Kommen Sie doch rein!«

Eric hatte erwartet, dass sie gern mehr über die Gründe für ihr Auftauchen erfahren hätte, und war umso erfreuter, als sie ohne Umschweife in die Küche geleitet wurden, wo sich die Studenten in ihren dicken Jacken auf die Eckbank quetschten. Spengler blieb beim Ofen stehen.

Erika Bender nahm gegenüber den jungen Männern am Tisch Platz. »Ich vermute, Sie haben noch einige Fragen an mich.« Den Professor schien sie zu ignorieren.

»Äh, ja, Sie haben so plötzlich aufgelegt«, begann Eric vorsichtig.

Wider Erwarten lächelte die Frau. »Ja, an dem Abend konnte ich leider nicht mehr sagen. Wenn man solche Dinge über Jahrzehnte hinweg mit sich herumschleppt, kann man nicht alles auf einmal loswerden, ohne dabei von den Erinnerungen mitgerissen zu werden.«

Sie drehte sich halb um und schenkte dem Professor ein leichtes Lächeln, das diesen sichtlich überraschte. Eric überlegte, ob sie vielleicht etwas von seinem Schicksal ahnte oder ihm zumindest ähnliche Erfahrungen zutraute und sich dadurch seine Anwesenheit hier erklärte. Möglicherweise wollte sie den bärbeißigen Mann auch nur ein wenig auftauen.

»Was wollen Sie denn noch wissen?«, fragte sie, als sie sich Eric wieder zugewandt hatte.

»Sie sagten mir am Telefon, Sie hätten Ihre Tochter weggegeben, damit sie nicht dasselbe Schicksal erleidet wie ihr Vater.« Eric faltete die Hände über dem Tisch und beobachtete genau, welche Regungen seine Worte bei Erika Bender hervorriefen. Momentan schien sie sehr gefasst zu sein. »Mich interessiert, wieso Sie sie in dieser Gefahr gesehen haben.«

Jetzt runzelte sie die Stirn, dachte einen Augenblick nach, ohne jedoch den Blick zu senken, als ob sie eine Entscheidung treffen müsste. Plötzlich schien sie kaum merklich zusammenzusinken, als ob ein Widerstand bräche.

»Mein Mann, er war es, der diese ... *Geschichte* mit in unsere Ehe brachte. Er liebte mich über alles. Als er um meine Hand anhielt, war ich der glücklichste Mensch auf Erden.« Sie seufzte wie unter einer schweren Last. »Aber schon kurz nachdem er mir den Verlobungsring übergestreift hatte, wurde er häufig sehr nachdenklich. Er bat mich immer wieder inständig, sollten wir je Kinder haben und ihm etwas zustoßen, dann müsste ich alles dafür tun, damit ihnen nichts passiere. Da ich so auf Wolke Sieben schwebte, war mir die Tragweite seiner Worte damals noch nicht klar. Ich nahm seine Ängste nicht ernst, was konnte denn schon sein, wir waren gesund, er hatte einen guten Posten beim Staat. Er war unbeirrbar und wiederholte ein ums andere Mal diesen Wunsch, bis ich es ihm versprach.«

»Er wusste von dem Fluch«, ließ sich Spengler aus dem Halbdunkel vernehmen. »War er einer der Nachkommen?«

Erika Bender zögerte kurz, nickte düster und sah dabei auf die Tischdecke, die Hände gefaltet und die Finger so fest aneinander gepresst, dass ihre Knöchel weiß hervortraten. »Ich wollte die Gefahr anfangs nicht erkennen, aber er trug sie herum wie einen muffigen Mantel. Allgegenwärtig war diese Furcht, diese Wachsamkeit.

Als Marc geboren wurde, ließ er ihn kaum aus den Augen, und wenn er zum Dienst das Haus verließ, waren in der Regel seine letzten Worte: *Pass gut auf euch auf, auf dich und den Kleinen.* Nicht *Passt gut auf euch auf,* wie man es als Floskel verwendet.« Sie schüttelte den Kopf. »Es war seine Aufforderung, seine Bitte, alles zu tun, dass Marc nichts zustieß. So wurde über die Monate und Jahre seine Furcht zu meiner.«

Das Gespräch im Unimog fiel Eric wieder ein. »Aber gab es denn einen Grund für ... ein Motiv, meine ich?«

»Ja, das gab es«, bestätigte sie verbittert. »Manfred war Unteroffizier bei der 7. Grenzkompanie in Lauchröden.«

Hinter ihr schnaubte Spengler verächtlich, woraufhin Erika Bender sich heftig umdrehte. »Ja, er hatte sich hochgearbeitet, war linientreu und hatte sehr gute Beziehungen zu wichtigen Leuten. Und?« Sie reckte ihm angriffslustig das Kinn entgegen, doch Spengler erwiderte ihren Blick ganz ungerührt. »Wir sind in diesem Land aufgewachsen und haben es mit aufgebaut. Hohe Ziele waren es, und edel wurden sie uns verkauft, und Opfer haben sie verlangt, oh ja! Und dran geglaubt haben wir alle, die einen mehr, die anderen weniger.« Sie lehnte sich wieder schwer auf die Tischkante.

»Was ist damals passiert?« Bernd war der Stimmungswechsel nicht entgangen, und wie Eric war er froh, dass Spengler nicht noch weiteres Öl ins Feuer goss und sich still verhielt. »War etwas an der Grenze?«

»Im Winter war es, nur ein Vierteljahr vor seinem Unfall.« Ihre Stimme wurde brüchig wie eine schmelzende Eisdecke. »Er war mit einem Grenzaufklärer auf dem Kolonnenweg zwischen Lauchröden und Sallmannshausen auf Kontrollgang, reine Routinesache. Sie hatten Hunde dabei und suchten das Werraufer ab, fanden aber nichts. Als sie wieder hoch auf den Weg geklettert waren, stand plötzlich ein – wie soll ich es sagen – Ungeheuer vor ihnen, ein monströser Wolf. Mein Mann behauptete, er habe bläulich geschimmert.«

Die Studenten und der Professor hielten den Atem an, als Erika Bender wieder eine Pause machte.

»Hat er angegriffen?«, fragte Eric heiser.

»Nein, er stand bloß am Straßenrand und starrte sie an«, fuhr sie fort. »Aber die beiden Wachhunde gingen sofort auf ihn los. Sie hätten sich überschätzt, seien ohne Chance gewesen, sagte mein Mann: Die Bestie hat sie schlichtweg zerfleischt. Der Grenzaufklärer machte sich an seiner Kalaschnikow zu schaffen, und Manfred versuchte vergebens, ihn aufzuhalten, da er ahnte, dass es ein Fehler sein würde, das Tier anzugreifen. Das Gewehr war auf Einzelschuss eingestellt, und die zwei Schüsse, die der Mann abgeben konnte, trafen das Ungetüm in eines seiner Vorderbeine. Das muss es wohl richtig aggressiv gemacht haben. Jedenfalls setzte es zu einem Sprung an, der über mehrere Meter ging, direkt auf die Grenzer zu. Doch bis dahin hatte mein Manfred seine Makarow gezogen und feuerte sein ganzes Magazin auf den Hund ab. Einige Kugeln haben den Kopf getroffen und ihn tödlich verwundet.«

»Da waren's nur noch zwei«, murmelte Bernd.

Erika Bender nickte. »Manfred und der Aufklärer meinten oben im Wald ein Heulen zu hören, als ob jemand große Schmerzen litte. Sie bekamen es beide mit der Angst und machten sich davon. Wenige Stunden später schickten sie einen Aufklärungstrupp an die Stelle. Sie fanden nichts.«

»Auch keinen Kadaver?«

»Nein, gar nichts. Manfred war seit dem Tag wie verwandelt, wirkte noch bedrückter. Es ging ihm von Tag zu Tag schlechter, bis er mir die ganze Geschichte erzählte, also auch sein verfluchtes Erbe. Offenbar ist es den Nachkommen der Mörder von damals mit in die Wiege gelegt ... ihm immer wieder in die Quere zu kommen. Ich glaubte Manfred alles und teilte fortan die Angst um sein Leben und um das meines Sohnes. Wir ließen ihn nicht mehr aus den Augen. Den Dienst konnte Manfred nicht vernachlässigen, und nur schweren Herzens trennte ich mich von ihm, wenn er aus dem Haus musste. Die Wochen vergingen und nahmen einen Teil der Last von uns, bis wir schon fast glaubten, es sei doch nur ein Hirngespinst. Im April geschah es dann.«

Sie ließen ihr alle Zeit, die sie brauchte, um diese Erinnerung noch einmal zu durchleben. Es dauerte gewiss zwei Minuten, bevor sie fortfuhr. »Den Rest habe ich Ihnen am Telefon erzählt. Die Beziehungen meines Mannes ermöglichten es mir, dass ich meine Tochter ohne großes Aufsehen in die Obhut anderer geben konnte.« Erika Bender lachte bitter. »Anderen wurden die Kinder weggenommen, weil der Staat der Meinung war, sie würden sie nicht im Sinne des Sozialismus erziehen. Zwangsadoption. Mein Mann war sogar bei zweien beteiligt, ein dunkles Kapitel in seinem Lebenslauf, das ich nur zu gern verdrängt habe. Und ich? Ich muss meine Tochter aus freien Stücken weggeben, wo Manfred und ich doch solche Musterbürger waren. Aber Hauptsache, sie führt ein Leben in Sicherheit.«

»Hatten Sie nie wieder das Bedürfnis, sie zu sehen?«, fragte Bernd aufrichtig berührt.

Sie sah ihn traurig an. »Jeden Tag überlege ich, ob ich Hella anrufe und sie frage, ob sie in Erfahrung bringen kann, wie es ihr geht.«

»Ich würde das gern für Sie übernehmen, wenn es Ihnen so am Herzen liegt.«

Es dauerte einige Sekunden, bevor die Frau stumm nickte.

»Wo wohnt Ihre Freundin Hella?«

»Sie hat sich scheiden lassen und ist vor zwei Jahren nach Berlin gezogen. Ihr Ex-Mann lebt noch hier, ich glaube drüben in Fernbreitenbach, er fährt für eine Spedition. Mehr weiß ich leider nicht, wir haben uns seit Ewigkeiten nicht gesehen oder miteinander gesprochen.« Sie seufzte. »Ich hielt das für sicherer. Aber vielleicht können Sie sie dort ausfindig machen. Ihr Nachname lautet Carstens.«

»Carstens?« Erics Augen waren vor Schreck geweitet. »Und er ist wirklich LKW-Fahrer?«

»Ja. Was ist daran nicht in Ordnung?« Erika Bender war verwirrt.

Bernd schaute Eric ebenfalls verwundert an.

»Verstehst du denn nicht? Carstens!«

Und dann hatte es auch Bernd begriffen.

Erika Bender war nur mit Mühe zu beruhigen, als Eric ihr erklärt hatte, dass der Ex-Mann ihrer Freundin dem Mörder in die Hände gefallen war. »Er hat sie verraten, er hat sie verraten, bestimmt hat er sie verraten«, wiederholte sie stereotyp und war nicht mehr ansprechbar. Bernd rief eine Bekannte von Erika Bender an, die sich um die bedauernswerte Frau kümmerte.

Auch den anderen war die Gefahr bewusst, dass Carstens unter Todesangst den Aufenthaltsort der Tochter preisgegeben haben könnte. Eine schreckliche Erkenntnis , und so herrschte im Wagen bedrückendes Schweigen, als sie den Ort hinter sich ließen und nach zehn Uhr abends Oberellen ansteuerten. Inzwischen wusste Eric längst wieder, wo er sich befand, während Bernd sich nach wie vor im absoluten Niemandsland aufhielt. Förtha war zu DDR-Zeiten der äußerste Rand des Landes gewesen, an den ein Bürger gerade noch ohne mehrfach ausgefüllte Anträge und die Barriere der zwielichtigen Bürokratie gelangen konnte. Familienfeiern von Angehörigen, die im nahe gelegenen, fünf Kilometer breiten Sicherheitsstreifen lebten, wo es laut Landkarte zum Teil sowieso keine Ortschaften gab, mussten bisweilen außerhalb dieses Streifens verlegt werden, damit alle geladenen Gäste ohne große Probleme daran teilnehmen konnten.

»Verdammt, er weiß es. Je länger ich darüber nachdenke, desto sicherer werde ich mir: Er ist der Tochter auf der Spur!« Eric war immer noch außer sich. »Wenn wir in Oberellen sind, können wir dann kurz bei meiner Freundin anhalten? Ich will nur wissen, ob es etwas Neues gibt und alles in Ordnung ist.«

Spengler nickte stumm. Es war nicht auszumachen, ob diese Bitte seinen Plänen zuwiderlief. Angesichts der überraschenden Offenbarungen im Hause Bender erhob er jedoch keine Einwände.

»Ich hab so ein blödes Gefühl«, sagte Eric ergänzend, und das war aufrichtig gemeint, nicht nur, um Spengler zu überzeugen.

Schemenhaft tauchte das Dorf als unwirkliche Silhouette vor ihnen auf.

Das Haus der Lennerts war ungewöhnlich dunkel für diese Uhrzeit, normalerweise blieb Georg sehr lange auf. Nur hinter den zugezogenen Vorhängen des Wohnzimmers schimmerte diffuses Licht.

»Wir haben nicht viel Zeit«, sagte der Alte kühl, als Eric die Beifahrertür des Unimogs öffnete.

Eric nickte. »Geben Sie mir fünf Minuten.« Bernd folgte ihm nach draußen und schloss die Wagentür hinter sich.

»Was soll das?«, wollte Bernd wissen. »Warum macht der so einen Stress?«

»Wahrscheinlich hat er Recht«, antwortete Eric beiläufig. Er war mit seinen rasenden Gedanken schon bei Ellen. Irgendetwas stimmte nicht. Normalerweise wäre beim Geräusch eines so lauten Motors wie dem des Unimogs sofort jemand am Fenster gewesen, doch nun blieb alles ruhig. Eric eilte die wenigen Stufen zur Eingangstür hinauf und klingelte. Es dauerte lange, bis er durch die gelben Reliefscheiben sah, wie die Tür zum Wohnzimmer geöffnet und im Flur Licht eingeschaltet wurde. Eric erkannte die Umrisse von Opa Karl, der zur Haustür schlurfte. Er öffnete und lugte vorsichtig durch den Spalt.

»Ah, du bist es, komm rein!«, forderte er Eric auf und machte eine fahrige Geste, und auch Bernd bat er einzutreten, als er ihn bemerkte. Hektisch schloss er die Tür hinter ihnen.

»Wo … sind denn alle?«, fragte Eric verunsichert. Es war Donnerstagabend und bereits halb elf, da war es ungewöhnlich, dass sowohl

Ellens Eltern als auch sie selbst noch unterwegs waren, gerade bei diesem Wetter.

Die Frage schien Opa Karl zu treffen wie ein Schlag. Erst jetzt bemerkte Eric, wie eingefallen er wirkte, geradezu kränklich und grau. Seine Augen waren schmal und blutunterlaufen, so als hätte er heftig geweint. »Sie … ist weg!«, keuchte er und wagte nicht, Eric dabei anzusehen, sondern starrte nur mit leerem Blick auf das Muster der Flurtapete, an die er sich kraftlos mit einer Hand stützte. »Keiner hat es gesehen, sie ist einfach verschwunden.«

Erics Knie zitterten, das ungute Gefühl in seinem Bauch dehnte sich schlagartig in seinem gesamten Leib aus und drohte sein Herz zu zerquetschen. »Wann ist das passiert?«, wollte er wissen.

Karl sah verwirrt zu ihm auf, so als weilten seine Gedanken ganz woanders. »Wie? Kurz nach Einbruch der Dunkelheit. Sie ist einfach rausgegangen, hat nicht mal die Tür zugemacht. Als wir es bemerkt haben, war sie spurlos verschwunden, das war um halb sieben. Wir haben dich auch angerufen, aber du warst nicht da. Georg und Ruth suchen sie.«

»Habt ihr der Polizei Bescheid gegeben?«, fragte Eric energisch. So kannte er den resoluten alten Mann gar nicht, er war vollkommen neben sich und kaum ansprechbar.

»Ja, haben wir, die kommen aber nicht durch.«

Es pochte heftig an der Haustür, und Opa Karl zuckte zusammen. Bernd öffnete.

Draußen stand Spengler, auf dessen Mütze der einsetzende Schneefall bereits eine weiße Schicht bildete. »Hier sind Spuren von Hufen und von einem Pferdeschlitten. Schon wieder etwas zugeschneit.«

Erics Herz blieb stehen, während Opa Karl hinter ihm hauchte: »Er hat sie geholt.«

Die Männer sahen ihn schockiert an, was er zunächst nicht zu bemerken schien. Er starrte vollkommen apathisch an dem Professor vorbei oder sogar durch ihn hindurch ins dichter werdende Schneetreiben.

»Wer hat sie geholt?«, fragte Bernd, der noch am wenigsten begriff, was vor sich ging, und sah von einem zum anderen.

»Na, wer wohl?«, sagte Eric mit bebender Stimme. »Der, über den niemand gern redet, so wie man von Krankheiten nicht spricht und denkt, dann bekommt man sie nicht.« Dabei sah er Ellens Großvater durchdringend an, und erst jetzt erwiderte der den Blick. In Erics Entsetzen hatte sich Zorn gemischt. »Warum, Karl? Wieso machst du aus seinem Namen und deinen Kenntnissen so ein Geheimnis?«

Tränen standen in Karls Augen, und der Anblick dieses gebrochenen alten Mannes, der sonst so schlagfertig und stark wirkte, war erschütternd. »Begreifst du denn nicht?«, brachte er verständnislos hervor. »Hast du nicht bemerkt, dass er nicht ziellos handelt? Das müssen deine ganzen Fragen bei den vielen Leuten doch ergeben haben.«

»Schon, aber …« Es arbeitete in Eric, und es brauchte nicht lange, bis das Verstehen sich durch genau jenen natürlichen Schutzwall gewühlt hatte, den sich jedes denkende Wesen manches Mal um die schöne heile Welt aufbaut. Einige Zahnräder machten noch ein paar Umdrehungen, wurden langsamer, bis man das Ticken der Zähne zählen konnte, dann rastete der letzte ein, und Erics Gedanken hörten auf, sich im Kreis zu drehen, um endlich die Wahrheit zu erfassen. Er schüttelte sachte den Kopf. »Nein …«, hauchte er.

»Doch«, versetzte Karl. »Auch Ellen ist eine Erbin der verfluchten Gerstunger, die den Krüppel ermordet haben.«

23

November 1232

Trotz der Kälte hatte Gerhardt das Fenster weit geöffnet, wie es Ulrichs Wunsch war, wenn die Sonne hoch am Himmel stand. Der alte Zimmermann begründete dies damit, dass es noch genug Zeit geben würde, in der Dunkelheit zu weilen.

Gerhardt hatte sich eine Wolljacke übergeworfen und einen Schemel ans Bett seines Vaters gezogen. Ulrichs Hand in seiner war warm, das von Falten gezeichnete Gesicht im harten Herbstlicht wirkte wie aus Stein gehauen.

Nach einigen Minuten wandte der alte Mann den Kopf. »Es wird Zeit, mein Sohn.« Seine Stimme war fest und klang nicht traurig, eher feierlich.

Gerhardt fasste sich. »Vater ...«

»Scht. Lass mich reden, du hast noch dein ganzes Leben Gelegenheit dazu. Hör zu, was ich dir zu sagen habe.« Er holte Luft. »Versprich mir, es für dich zu behalten, aber als mein Erbe musst du darüber Bescheid wissen. Du erinnerst dich natürlich daran, dass wir vor achtzehn Jahren diesen scheußlichen Auftrag bekommen haben.«

»Du meinst die Sache mit dem Krüppel.« Gerhardt hatte wie viele andere seither nicht gern über dieses Ereignis gesprochen. Er wusste aber, dass es seinen Vater belastete.

»Genau. Jens, der Diener des Grafen, hatte uns im Namen seines Herrn befohlen, Limpert hinter der Burg zu verbrennen und seine Asche zu vergraben. Wir haben das so nicht getan.«

»Was ... habt ihr dann gemacht?« Gerhardts Haltung wurde steif, er ließ die Hand aber nicht los.

»Wir waren zu viert, dein Onkel Matthias, zwei Lehrlinge und ich. Mir wird heute noch übel bei dem Gedanken an den Inhalt der Kiste, die wir den Hang hinabschleppten. Schwer war sie wahrhaftig nicht. Holz und Reisig haben wir gesammelt für ein großes Feuer. Die jungen Burschen wollten es schnell hinter sich bringen. Als ich ihnen Einhalt gebot, starrten sie mich an, als sei ich von Sinnen.«

Ein Lächeln stahl sich auf Ulrichs Lippen, als er kurz die Augen schloss und sich die Gesichter der beiden ins Gedächtnis rief.

»Ich hieß sie, das Feuer zu entzünden und möglichst große Flammen und viel Rauch zu verursachen, damit unser Tun auf der Burg bemerkt würde. Währenddessen gruben Matthias und ich in einer nahegelegenen Senke unter einigen Sträuchern ein Loch, in dem wir Limpert beerdigten. Ich erinnere mich an ein Gebet, das dein Onkel sprach, schöne Worte von Schuld, Vergebung und Nächstenliebe.«

»Ihr habt damit die Befehle des Grafen missachtet«, wandte Gerhardt ein. »Wenn das je herausgekommen wäre!«

»Das ist nun nicht mehr wichtig. Auf dem Grab wachsen inzwischen Gras und Blumen, niemand wird es je finden. Matthias und ich haben die Lehrlinge in die Pflicht genommen und ihnen eingeschärft, nie über unsere Tat zu sprechen. Drohungen waren nicht nötig.«

Ein Seufzen entrang sich seiner Kehle. Es tat ihm gut, sein Geheimnis endlich mit jemandem teilen zu können. Er war sich sicher, dass Gerhardt ihn verstand, er hatte ihn ganz im Sinne des Herrn erzogen. Zufrieden sah er zu seinem Sohn auf.

»Kein Mensch hat es je verdient, verbrannt zu werden wie ein verseuchter Kadaver. Limpert ist so viel Unbill widerfahren, das Wenigste, das wir für ihn tun konnten, war ihn zu begraben, wie es einem gläubigen Christen gebührt.«

24

Donnerstag, 20. Januar 1994, 22:02

Erics Gedanken rasten, drehten sich im Kreis, kamen zu keinem Ergebnis. »Aber wie kann das sein? Ihre Eltern und Großeltern sind doch vollkommen unbehelligt alt geworden. All die Jahre!« Während die anderen sich in die Küche gesetzt hatten, um sich wenigstens kurzfristig aufzuwärmen, schritt Eric rastlos hin und her. Er schaffte es nicht, sich zu beruhigen. »Und jetzt fällt sein Augenmerk ausgerechnet auf Ellen!«

»Ich bin nicht ihr Großvater.« Karl legte die Stirn in Falten und starrte den knisternden Ofen an. Eric blieb endlich stehen und sah ihn verständnislos an, worauf der alte Mann den Blick hob. »Und Georg und Ruth sind auch nicht ihre Eltern.«

»Davon ...«, begann Eric heiser.

»... hat sie dir nie etwas erzählt«, fiel ihm Karl ins Wort, eine Spur seiner üblichen Schlagfertigkeit zurückgewinnend. »Sie hat es selbst nicht gewusst, zu ihrem Schutz. Georg und Ruth haben sie behütet wie ihr eigenes Kind.«

»Aber – ich bin ihr Freund! Sie hätten es mir sagen können.« Sein Zorn legte sich, als sich ein neuer Gedanke in sein rotierendes Hirn drängte. »Herrje! Ellen, sie wurde im Mai 1970 geboren. Das stimmt doch, oder?« Fordernd sah er Opa Karl an, dem allein schon Erics Blick Schmerzen zu bereiten schien.

»Ja, so steht es in ihrer Geburtsurkunde. Wieso? Ist das wichtig?«

»Und ob«, gab Eric tonlos zurück. »Ich weiß, glaube ich, wer ihre richtigen Eltern sind.«

Bernd schlug sich verstehend die Hand vor die Stirn. »Mein Gott!«

»Was? Woher willst du das wissen?« Opa Karls Angst erhielt weitere Nahrung.

»Spielt jetzt keine Rolle.« Auch wenn Eric bestürzt darüber war, wie viele Jahre lang Ellen von ihren Eltern und ihrem Großvater getäuscht worden war, das kümmerte ihn im Moment weniger. Vielmehr musste er gegen die Bilder des grauenvollsten Szenarios ankämpfen, die sich ihm aufdrängten: Ellen, hilflos im Angesicht der erhobenen Hellebarde.

Spengler stand abrupt auf. »Zieht euch an. Wir müssen los.«

»Wo wollen Sie hin?«, wollte Karl wissen und sah Spengler alarmiert an, doch dieser ließ sich nicht beirren.

»Wir werden sehen«, erwiderte er nur, und sein Tonfall erlaubte keine weiteren Nachfragen. Der Professor schritt schwer und düsteren Blickes an den anderen vorbei in den Flur. Bernd sah Eric fragend an, stand dann ebenfalls wortlos auf und folgte Spengler, der bereits die Haustür öffnete. Ein Luftzug fuhr heftig durch die Räume und ließ das Feuer im Herd aufheulen.

Mit feuchten Augen sah Karl Eric an, was der nur schwer ertragen konnte, litt er doch selbst genug an dem Schock, den Ellens Verschwinden ihm bereitete. »Bring sie zurück«, krächzte der Alte und schluckte einen Kloß hinunter. »Sonst waren all die Jahre umsonst.«

Eric nickte. »Verlass dich drauf.« Es tat ihm weh, den gebrochenen alten Mann allein am Tisch sitzen zu lassen, als er den beiden anderen hinausfolgte. Schwer fiel die Haustür hinter ihm ins Schloss.

Der Dieselmotor des Unimogs brüllte bereits, als Eric die Straße erreichte und die Beifahrertür des Gefährts aufriss. Das Fahrerhaus samt der Sitze war schon wieder ausgekühlt, und eine Gänsehaut jagte Eric über den Rücken.

Wortlos rammte Spengler den Gang hinein und steuerte den Unimog in Richtung Hauptstraße. Er nahm den Weg gen Westen, hinaus aus dem Ort und hinunter ins Eltetal nach Unterellen, und schnell hatten sie Lauchröden durchquert.

Kein Autofahrer mit gesundem Menschenverstand wagte sich mehr vom Hof, so dass ihnen seit ihrem Aufbruch in Oberellen nicht ein einziges Auto begegnet war. Hinter dem Unimog verblassten nun auch rasch die Straßenlampen, und die drei Männer fuhren durch diffuses Nichts. Nur schemenhaft konnten sie am Werraufer Büsche erkennen, auf der anderen Seite erhob sich eine Stützmauer vor der Flanke des Göringer Steins. Der Straßenbelag bestand immer noch aus im Sommer holprigem und in den Wintermonaten glitschigem Kopfsteinpflaster. Jahrzehntelang war dieser grenznahe Weg ohnehin den Grenztruppen vorbehalten gewesen, und bis jetzt hatte das Geld für eine Instandsetzung gefehlt.

Jedenfalls konnte Eric verstehen, weshalb die damals ermittelnden Stellen den Unfalltod von Manfred Bender den schlechten Straßenbedingungen angelastet und nicht näher nach Details wie Metallsplittern in der Felge geforscht hatten. Da war die Tötungsabsicht bei den aktuellen Fällen doch viel eindeutiger, und umso unverständlicher schien es, dass die Kommissare Stegmann und Schneider nur durch die Wiederholung der Ereignisse aus ihrer Amtslethargie herausgerissen worden waren. Verdammt, er hätte Stegmann anrufen sollen, schließlich hatte er seine Nummer.

Nur wenige hundert Meter hinter der damaligen Unfallstelle stoppte Spengler sein Fahrzeug am linken, dem Berg gegenüberliegenden Straßenrand. Spengler schaltete die Warnblinkanlage ein, auch wenn geringe Chancen darauf bestanden, dass überhaupt ein Auto vorbeikommen und davon Notiz nehmen würde.

Anders als erwartet sprang er nicht sofort voller Tatendrang aus dem Wagen oder warf den beiden Studenten irgendwelche Befehle zu. Er verharrte schwer atmend mit den Händen am Lenkrad und starrte in die wabernde Leere außerhalb der Windschutzscheibe, die langsam zuschneite. Erwartungsvoll sahen sie den älteren Mann an.

»Hört zu, Jungs«, begann er düster, »ich hab ein Leben lang gebraucht, den Mut zur Rückkehr aufzubringen. Ich hab verdrängt, was damals gewesen ist, und es entspricht der Wahrheit, wenn ich sage, dass ich mich wirklich nicht an jedes Detail erinnern kann. Mir ist körperlich nichts Schlimmes widerfahren, aber alles andere mag schwerer wiegen. Ich habe einige Tage mehr oder weniger bei Bewusstsein mit dieser Kreatur verbracht. Die Angst, dort unten umgebracht zu werden, hat mich gezeichnet und verfolgt mich bis heute.«

Spengler sah Eric und Bernd nun an, und sein Gesichtsausdruck, der in der orangegelben Armaturenbeleuchtung nur schemenhaft zu erkennen war, war auf subtile Weise furchteinflößend.

»Dass ich mitgekommen bin, hängt nicht nur mit eurem Hilferuf zusammen und nun noch damit, dass deine Freundin verschwunden ist. Es ist ein gerüttelt Maß an Egoismus dabei. Ich will mich den Geistern stellen, die mich seither immer wieder heimsuchen. Was auch in den nächsten Minuten geschieht, denkt nicht eine Sekunde lang irgend so einen Alexandre-Dumas-Scheiß wie *Einer für alle und alle für einen*. Falls ihr die Hosen voll habt, verpisst euch, und wenn ich das Weite suche, so ist es eure Entscheidung, ob ihr noch bleibt oder nicht.« Er grinste sie an. »Sollte ich aber so was brüllen wie *Lauft!*, dann fragt nicht, warum, sondern tut einfach genau das: Nehmt die Beine in die Hand. Klar soweit?« Sie nickten stumm. »Gut.« Ohne ein weiteres Wort stieg er aus, und sie folgten ihm.

Mit geübtem Griff zerrte er einen Seesack von der Pritsche direkt hinter dem Führerhaus, klopfte den Schnee ab und schulterte ihn. Dann sah er sich suchend um, so als könnte er sich in diesem Schneetreiben noch orientieren. Nur einen Augenblick später setzte er sich in Bewegung, überquerte die Straße und schlug den Weg Richtung Osten ein.

Verunsichert folgten Eric und Bernd ihm in einigem Abstand. Sie hatten ihre Mützen tief in die Gesichter gezogen und ihre Schals bedeckten Mund und Nase. Der Ostwind war eisig, und die kleinen Schneeflocken stachen in die Haut wie Nadeln.

Bislang war Eric nicht ganz klar gewesen, warum er so viel Energie darauf verwendete, Licht ins Dunkel um die bizarren Ereignisse rund um die Brandenburg zu bringen. Allein ihre Besonderheit oder die reine Abenteuerlust hatten es nicht sein können, denn ein großer Draufgänger war er nie gewesen. Aber diese Geschichte hatte ihn auch nicht losgelassen, sich immer wieder in sein Bewusstsein gedrängt und ihn gefordert, etwas zu unternehmen. Mochte es Schicksal, Zufall oder der Plan einer höheren Macht sein, es fügte sich nun alles zusammen.

Ellen war unwiderruflich in den Strang der Geschichte verwoben, die bereits vor Hunderten von Jahren begonnen hatte und nun wieder ans Licht des Tages trat. Und ihr war er im Tiefsten seines Herzens verbunden. Dieses Gefühl hatte nichts von der kitschigen Verklärung eines Hollywoodfilms. Sie gehörten ganz einfach zusammen, sie standen füreinander ein, selbst ohne auf das eigene Wohlbefinden Rücksicht zu nehmen. Nichts würde ihn jetzt zum Umkehren bewegen. Eiserne Entschlossenheit kämpfte die Panik nieder, die sich breitmachen und ihm einreden wollte, dass sein Bemühen längst umsonst war.

Seine Füße schmerzten vor Kälte. Er trug seine dicksten Stiefel und darunter die wärmsten Wollsocken. Auch seine Fingerspitzen schwankten zwischen Taubheit und schmerzhaftem Auftauen, da nutzten selbst die alten Skihandschuhe nichts, die aus den Tiefen seines Schranks aufgetaucht waren. Außerdem machte sich nun zunehmend bemerkbar, dass er während der vergangenen Nächte schlecht geschlafen hatte. Die Müdigkeit wollte sich trotz allen Adrenalins in seinem Körper breitmachen wie Gips in einer Form. Aber er würde ihr nicht nachgeben.

Nachdem sie nur wenige Meter weit durch den Schnee gestapft und die Blinklichter des Unimogs hinter ihnen verblasst waren, überwand Spengler ohne Ankündigung den Schneewall zu ihrer Rechten und rutschte auf der anderen Seite außerhalb ihres Sichtbereichs. Eric und Bernd folgten ihm unaufgefordert und fanden ihn am Fuß des Walls bis zu den Knien versunken stehen.

»Mist«, fluchte er, »schlimmer als ich dachte.«

Die beiden Studenten sanken nicht ganz so tief ein wie er, der den schweren Seesack trug.

»Sollen wir die Last etwas verteilen?«, bot Eric an.

»Dazu haben wir keine Zeit«, gab Spengler knapp zurück. Seine Anspannung war greifbar, und Eric nahm seine barschen Reaktionen nicht persönlich.

Hinter dem Wall stieg sofort der Hang in beachtlichem Winkel an, durch die makellose Schneedecke reckten sich eher kleine, kahle Bäume unterschiedlichster Gattungen in den Winterhimmel, deren Zweige im schneidenden Wind pfiffen. Bis zur Wende hatte es in diesem Grenzgebiet aus Gründen der Überschaubarkeit im unteren Drittel des Berges nur eine spärliche und sehr niedrige Vegetation gegeben. Dann hatte man aufgeforstet. Schräg rechts hinauf zog sich eine Schneise durch diesen sehr jungen Wald, womöglich ein Trampelpfad, dem Spengler nun folgte.

Das Gehen wurde immer mühsamer, je weiter sie hinaufkamen. Die Kräfte ließen langsam, aber stetig nach, zum Glück war der Weg jedoch nicht so lang. Schon nach etwa hundert Metern machte dieser eine Kehre nach links und verschwand ebenerdig zwischen den Bäumen.

Spengler befreite das Glas vor einer kürzlich aufgestellten Informationstafel mit dem Ärmel seiner Jacke vom Schnee und beleuchtete sie mit seiner Taschenlampe. Die Tafel zeigte den Plan des Stollensystems »Hermann«, den Begleittext konnten sie hinter der halb zugefrorenen Scheibe nicht entziffern.

Spengler betrachtete im Schein der Lampe stirnrunzelnd die schematische Darstellung der Tunnel. Er versuchte, sich an die Lage seines Aufenthaltsortes vor über fünfzig Jahren zu erinnern. Nach etlichen Augenblicken schüttelte er sachte den Kopf. »Zu lange her«, murmelte er verdrießlich. »Wir werden ihn wohl auf gut Glück suchen müssen.«

Mit diesen Worten huschte der Strahl der Lampe nach links und traf zielgenau die schwarz gähnende Mündung des Stollens. In eine zwei Meter hohe, senkrecht aus dem Stein gehauene Wand aus Kalkstein war der Eingang getrieben worden, gerade groß genug, um einem Mann in gebückter Haltung Einlass zu gewähren. Zum Schutz vor Einsturz und Witterungseinflüssen war die Laibung des Portals ausgemauert worden. Darüber untersagte ein Schild das Betreten, effektiver schien jedoch ein schmiedeeisernes Gitter, das mit einem messingfarbenen Vorhängeschloss gesichert war. Es gab in der Nähe des Eingangs keinerlei menschliche Spuren, die darauf hindeuteten, dass vor kurzem jemand hier gewesen, geschweige denn den Stollen betreten hatte. Das musste in dem stetig fallenden Schnee allerdings nichts bedeuten.

Spengler setzte den Seesack ab und drückte Bernd die Stablampe in die Hand. »Halt das«, brummte er. Ohne lange zu suchen, zog er einen monströsen Bolzenschneider heraus, mit dem er das Schloss mühelos knackte. Es löste sich klappernd aus den Ösen und verschwand im tiefen Schnee. Eric half, das Tor so weit aufzuzerren, dass sie den Tunnel betreten konnten. Nachdem Spengler den Seesack wieder geschultert und die Lampe an sich genommen hatte, betrat er als Erster das Gewölbe.

Es roch weniger muffig als erwartet, und es war nicht ganz so kalt wie draußen, wo der Wind am Portal vorbeiheulte. Die Wände und

Decken waren grob behauen und nirgends abgestützt worden, da das umgebende Gestein offensichtlich genügend Stabilität bot. Auf dem Boden fand sich kaum herabgefallenes Geröll. Er war staubig und zeigte keine Spur eines menschlichen Besuchers. Bis zu fünf Metern hatte der Wind den Schnee hereingeweht.

Spengler leuchtete den beiden Studenten kurz ins Gesicht, um ihre Stimmung festzustellen, erreichte jedoch nur, dass die zwei geblendet die Augen zusammenkniffen.

»Entschuldigt«, sagte er betroffen, »wollte nur sichergehen, dass bei euch alles in Ordnung ist. Ihr seid so schweigsam.«

»Alles okay soweit«, erwiderte Bernd, und Eric, der blinzelnd zu Boden sah, hob zur Bestätigung nur den Daumen. Nickend übernahm Spengler die Führung und ging ihnen voran in den Tunnel hinein.

Der Gang war überall gerade so hoch, dass ein ausgewachsener Mann nicht ganz aufrecht darin gehen konnte, was recht schnell anstrengte. Hin und wieder, wenn seine Mütze an der Decke schrammte, wurde besonders Bernd, der von den dreien der Größte war, gemahnt sich zu ducken, um sich nicht den Kopf zu stoßen.

Schon nach wenigen Metern vollführte der Stollen eine sanfte Biegung nach links und fiel dabei leicht ab. An einigen Stellen drang Feuchtigkeit aus dem Gestein und tropfte entweder auf den Boden oder floss an der Seitenwand hinab, um sich in schmutzigen Pfützen zu sammeln. Der Schneesturm war hinter ihnen verstummt und machte Platz für die vielfältigen Geräusche sich bewegenden Wassers. Gelegentlich war die Decke nun mit hölzernen Pfeilern und Querbalken abgestützt, und es ermutigte die Männer nicht im Geringsten, dass die Fäulnis einigen Balken bereits arg zugesetzt hatte. Auf dem Boden wurden zwei parallel verlaufende Rinnen erkennbar, eine Handbreit tief und breit, die vermutlich von den mit Erz schwer beladenen Loren der Bergarbeiter stammten. Auch hier sammelte sich Wasser, das ins Berginnere abfloss.

Unvermittelt blieb Spengler stehen und bedeutete den beiden Studenten mit nach hinten ausgestrecktem Arm, still zu sein. Der Strahl seiner Lampe schwenkte langsam über den Boden. Der Stollen verzweigte sich hier, sie mussten sich für einen Gang entscheiden.

Als Spengler nach rund einer Minute immer noch an Ort und Stelle verharrte, räusperte sich Bernd.

»Ich versuche, mich zu erinnern«, entgegnete Spengler rau, ohne sich zu rühren. Die anderen konnten es nicht sehen, da sie hinter ihm standen, aber er hatte die Augen geschlossen und die Stirn tief in Falten gelegt. Die Bilder kamen schubweise und verwaschen. Jahrelang hatte Spengler sie verdrängt. Bisweilen hatte er sich einzureden versucht, all das damals Geschehene sei nur Ausgeburt seiner Phantasie.

Doch nun öffneten sich die Türen zu seiner Vergangenheit, und allmählich kamen die Erinnerungen zu ihm wie alte Bekannte, die zunächst erkannt werden wollten. Spengler hieß sie nicht willkommen, nur eintreten.

Da war dieser Tunnelmund wieder mit dem flackernden Licht einer Fackel, die von einer gebeugten Gestalt gehalten worden war. Sie musste es gewesen sein, die ihn hierher getragen, vielleicht sogar gewartet hatte, bis er aus seiner Ohnmacht erwachte. Dann verschwand sie in einem der Gänge und der kleine Paul blieb zurück in dieser seltsamen Höhle mit den zahllosen, unlesbaren Schriftzeichen an der Wand und dem kleinen See.

Unter Decken verhüllt lag er Stunde um Stunde da, zitternd vor Furcht und Kälte, und ließ alles geschehen. Die verkrüppelte Gestalt füllte teilnahmslos, aber regelmäßig seinen hölzernen Becher, und in einer zinnernen Schale fand Paul immer etwas Beerenobst und auch Nüsse, die ihn leidlich sättigten. Einige Male sogar kam er in den Genuss köstlich schmeckenden Kaninchenfleisches. Ständig brannte am Rand des Wassers ein Feuer, das dem Inneren der Höhle ein nicht unangenehmes Klima verlieh, in dem nur der leichte Geruch nach Rauch etwas störte. Ansonsten bedachte ihn der Krüppel mit Ignoranz und schien seinen eigenen Geschäften nachzugehen. Nur hin und wieder setzte er sich neben die Flammen und sang leise traurig klingende Weisen vor sich hin. Hin und wieder war dem kleinen Paul ein Wort davon bekannt vorgekommen. Das alles sah er nun klar vor Augen und wusste mit einem Mal, wohin sie sich wenden mussten.

Spenglers Gesicht und seine Körperhaltung entspannten sich, er drehte sich halb zu den beiden Studenten um, die ihn erwartungsvoll ansahen. Seine Silhouette hatte etwas Gespenstisches. »Wir gehen den Seitengang hinab.«

Die Beschaffenheit dieses Gangs unterschied sich in nichts von dem, den sie gerade verließen. Lediglich das starke Gefälle machte ein Vorankommen auf dem feuchten Boden etwas schwierig. Auch hier gab es die Spuren der Loren, in denen sich Wasser sammelte und hinab in die Dunkelheit floss. Das Tropfen und Rinnen war nun allgegenwärtig, und Eric sorgte sich, dass der Stollen an einer nicht weit entfernten Stelle einfach in einen unterirdischen See mündete und ihnen ein Weiterkommen unmöglich machte. Seine Aufregung war mit Worten nicht zu beschreiben, sein Herz hämmerte hart in seiner Brust. Immer wieder trat Ellens Gesicht im Halbdunkel vor seine Augen, und die Panik drohte ihn zu überschwemmen wie eine Flutwelle.

Nach wenigen Schritten erweiterte sich der Schacht zu ihrer Linken ganz unerwartet, und die Wand lag nicht mehr im Schein von Spenglers Lampe. Er schwenkte herum und fuhr über behauenes Gestein, das türkisgrün, rot und feucht schimmerte.

»Grünspan, vom Kupferabbau«, erläuterte Spengler.

Die Männer passierten noch andere Abbaustellen, an denen Kupferadern zutage traten, und schließlich mündete der Gang in einen Querstollen, der breiter war, fast schon eine kleine Höhle.

»Na prima«, meinte Bernd, »und jetzt?«

Statt einer Antwort schlug Spengler wortlos den Weg nach rechts ein, so als habe die Entscheidung, die er vor wenigen Minuten getroffen hatte, bereits den ganzen Plan für ihr weiteres Vorgehen beinhaltet.

Lange Zeit führte dieser Stollen nur sachte bergab, bis Spengler urplötzlich stehen blieb und die Lampe abschaltete. Bernd wollte protestieren, doch der Professor gab ihm mit einem überraschend gezielten Stoß nach hinten in die Brust zu verstehen, dass er besser schweigen solle.

Die beiden Studenten benötigten einige Sekunden, bis sich ihr Atem so weit beruhigt hatte, dass sie etwas wahrnehmen konnten.

»Rauch«, flüsterte Eric von hinten.

Hier hatte sich jemand aufgehalten oder war vielleicht sogar noch da. Und als ihre Augen sich an die Dunkelheit gewöhnt hatten, nahmen sie einen schwachen rötlichen Lichtschein wahr.

Spengler setzte sich sachte in Bewegung, und etwas widerstrebend folgten Bernd und Eric dem Mann.

Noch einmal gelangten sie an eine Gabelung des Stollens. Der Feuerschein kam eindeutig von links. Er war nun gerade so stark, dass sie den Weg zu ihren Füßen gut genug ohne eigene Lichtquelle erkannten. So leise es möglich war, setzten sie ihren Weg fort, dem Lichtschein entgegen, auf das Ende des Ganges zu, dessen Seitenwand nun von dem flackernden Widerschein eines Feuers in unwirkliches Licht getaucht wurde. Eric schoss es kurzzeitig durch den Kopf, dass sie keinerlei Waffen dabei hatten.

Mit erhobener Hand bedeutete Spengler ihnen, einige Meter hinter ihm zu bleiben, während er an das Ende des Stollens trat und sich langsam nach allen Seiten umsah. Dieser Augenblick schien endlos für die beiden Studenten, die voller Aufregung in dem Gang warteten.

Für Spengler war auf einmal jede Sekunde dieser Tage seiner Kindheit wieder präsent, die Winkel dieser Höhle, das Plätschern des unterirdischen Sees, die tanzenden Schatten. Genau an der Stelle, wo er damals als Kind gelegen hatte, gab es immer noch ein Lager aus Decken und Stroh, und auch die Feuerstelle war dort, wo er sie in Erinnerung hatte. Nur die Wände waren anders ...

Eric hatte lange genug gewartet, gewiss waren drei Minuten vergangen, und Spengler stand wie versteinert da und ließ verträumt den Blick wandern. Entschlossen trat Eric nach vorn, ignorierte Bernds gestenreiche Einwände hinter sich und blieb im Höhleneingang wie angewurzelt stehen.

Eric starrte die Wände an. Er hatte erwartet, die Höhle als Lagerstatt eines Ausgestoßenen vorzufinden, nicht besser ausgestattet als die natürlichen Unterkünfte der Menschen der Steinzeit. Und viel mehr war es tatsächlich nicht.

Doch statt Malereien gab es hier Unmengen von Texten, die der Bewohner mit schwarzer Farbe an die Wände geschrieben hatte. Die Buchstaben waren eher klein, nicht grob. Mit Akribie und kalligraphischer Raffinesse hatte der Schreiber die Schriftzeichen auf dem hellgrauen Fels verewigt und die Texte zusätzlich noch mit ansprechenden Überschriften und Initialen versehen. So war jede halbwegs ebene Wand der Höhle mit Versen bedeckt worden.

Eric verfolgte offenen Mundes die Zeilen, sprang von einem Textblock zum anderen, suchte die Zeichen zu entziffern, die sich ihm darboten. Es war altdeutsche Schrift, unverkennbar, dazwischen einige lateinische Texte, aber alle weitestgehend lesbar. Zum größten Teil schien es sich um Liedtexte zu handeln, so viel glaubte Eric zumindest aus dem Aufbau der Absätze zu erkennen.

»Das ist unfassbar«, stammelte Bernd, der nun ebenfalls das Rund der Höhle betreten hatte und neben ihnen am sichelförmigen Ufer des kleinen Sees stand.

Ungläubig nickte Eric. »Lieder«, hauchte er, »uralt, über ... schöne Frauen, Anbetung, Eifersucht ...«

Mit Erics Worten kehrte auch Spengler aus seiner Trance zurück. »Du kannst das lesen?«, fragte er anerkennend.

»Einigermaßen«, gab Eric zu. »Karolingische Minuskel, aus dem elften Jahrhundert, verbreitet von Karl dem Großen.«

»Vieles davon gab es damals noch nicht«, erklärte Spengler heiser, »als ich hier war, meine ich. Er muss das alles während der letzten fünfzig Jahre geschrieben haben.«

»Wenn er das meiste hiervon in diesem Zeitraum geschrieben hat, dann hat er die Jahrhunderte vorher wohl an einer anderen Stelle ... gelebt«, überlegte Bernd. Mit Schaudern dachte er daran, was dem vermeintlichen Bewohner laut Legende zugestoßen war und er war sich nicht sicher, ob man seine Daseinsform wohl Leben nennen durfte.

»Und das würde auch erklären, warum die Bergleute hier unbehelligt Kupferschiefer abbauen konnten«, setzte Eric hinzu. Im Stillen fragte er sich, ob der Fleischbote wirklich all die Jahrhunderte im Verborgenen in der Gegend gelebt hatte, oder ob er erst vor wenigen Jahrzehnten hierher zurückgekehrt war, woher auch immer. Hatte er sich gar vor den Bergleuten irgendwie verbergen können?

Spengler schritt langsam über den Kies des sachte abfallenden Ufers und betrachtete die Zeichen, die sich ihm kunstvoll auf den glattgeschliffenen Wänden darboten. »Diese Verse hat er gesungen, während ich hier unten lag. Nicht wenige haben mich in den Schlaf geführt und mir erholsame Träume beschert.«

Es fügte sich alles zusammen. Auf die Schnelle konnte Eric im Schein des Feuers keine Gedichte Walthers von der Vogelweide oder Mechthilds von Magdeburg ausmachen, aber nur zu gut passten diese Texte und die Schrift, in der sie niedergeschrieben worden waren, zu den Berichten der Mordzeugen. Wer auch immer hier unten hauste, er hatte mit dem Tod all der Unschuldigen zu tun, wenn es sich nicht sogar um den Täter selbst handelte.

»Was ist das, zum ...«, ließ sich Bernd vernehmen, der sich über einen rechteckigen Gegenstand beugte.

»Rühr es nicht an!«, blaffte ihn Spengler an, und Bernd fuhr herum. »Äh, ich wollte doch nur …«, wagte er eine Entschuldigung, wurde von Spenglers strafendem Blick jedoch zum Schweigen gebracht.

Der alte Mann trat forsch an ihm vorbei und umrundete das Fundstück. Es war ein großes Buch, gewiss einen halben Meter hoch und fast ebenso breit und in grobes Leder gebunden. Auf jeden Fall war es unglaublich dick und musste etliche Kilo wiegen. Es war scheinbar wahllos in der Mitte aufgeschlagen.

Spengler schaltete seine Stablampe ein und beleuchtete den Folianten. Die Seiten bestanden aus derbem Papier, vergilbt und an den Ecken schmutzig vom Umblättern durch unsaubere Finger. Doch davon abgesehen waren die einzelnen Blätter sauber beschriftet und auch mit Datumsangaben versehen, größtenteils in römischen Zahlen.

»Herrjeh, das ist aus dem sechzehnten Jahrhundert!«, ächzte Bernd. Kopfüber auf das Buch blickend, hatte er gerade das Datum entziffern können, zu mehr reichte es nicht.

Eric trat neben Spengler, um den Eintrag zu lesen. »Ein Tagebuch«, mutmaßte er. »Er verwendet dieselbe Schrift wie an der Wand, nur eben kleiner.« Er wagte nicht, es zu berühren, und bat Spengler um die Lampe.

»Hier steht: *Möge der zeytige Lenze balde kommen, do ich verzehret schon alle gesammelte Habe.* Scheint ein harter Winter gewesen zu sein.« Eric las weiter und erhielt einen kleinen Einblick in das Dasein eines verzweifelten Menschen, dem kein Anteil am Leben der anderen gegönnt war, jedoch ebenfalls nicht, und das schien schwerer zu wiegen, ein baldiger, erlösender Tod.

Auch Bernd versuchte sich nun an einigen Zeilen, während Eric sich aufrichtete und Spengler ernst ansah. »Das ist wohl mehr als Beweis genug, dass wir auf dem richtigen Weg sind.«

Spengler nickte düster. »Kein Zweifel. Leider hilft uns all das hier noch nicht weiter. Wir haben nicht den geringsten Anhaltspunkt, wo … he, lass das, Mann! Was tust du da?«

Bernd hatte sein Taschenmesser aus der Hosentasche gekramt. Er ließ sich diesmal von Spenglers Einwänden nicht beirren. »Umblättern«, erklärte er mit schlichter Bestimmtheit. »Und ich werd ums Verrecken dieses Papier nicht anfassen. Haben Sie *Der Name der Rose* gesehen? Diesen fetten Mönch mit der blauen Zunge?« Bernd konzentrierte sich auf die Buchseite, die er im Halbdunkel schwer entziffern konnte. Eric hatte die Taschenlampe an Spengler zurückgegeben.

Der schüttelte den Kopf. »Irgendwann wird dein Starrsinn dir noch eine Menge Ärger bereiten.« Er sah wieder Eric an. »Wir haben leider keinerlei Anhaltspunkt, wo sich der Gesuchte gerade aufhält. Meine Hoffnung war, hier Spuren zu deiner Freundin zu finden.« Er seufzte. »Wir sollten aber langsam verschwinden, wer weiß, wie er reagiert, wenn er sieht, dass wir in seinem Refugium herumgeschnüffelt haben.«

Es berührte Eric, dass Spengler sich um Ellen sorgte. Er hatte nicht gedacht, dass es dem Professor primär darum ging, seine Freundin zu finden, sondern war davon ausgegangen, Spengler wolle vor allem die Geister seines Kindheitstraumas durch eine Konfrontation mit der Wirklichkeit ausmerzen.

»Allmächtiger!«, rief Bernd plötzlich aus und hieb nun doch mit dem nackten Finger in das Buch. »Wisst ihr, was hier ...« Er starrte Eric und Spengler an, oder vielmehr zwischen ihnen hindurch zum Höhleneingang. Seine Augen waren weit aufgerissen, und sein Kiefer klappte zitternd herab. Die anderen beiden wandten sich um und erstarrten.

Eine gedrungene, in grobes Leinen gehüllte Gestalt war eingetreten. Dürre graue Hände klammerten sich an eine verkürzte Hellebarde. Über den Kopf war die Kapuze seines ärmlichen Gewandes gezogen, darunter lugte das vergilbte Kinn hervor. Und der Blick aus eisblauen Augen. Im Dunkeln der Stollenröhre grollte ein Hund.

Das Wesen sah Eric genauso an wie damals, als es in seinem Schlitten an ihm vorbeigerast war, als hätte es die ganze Zeit nur darauf gewartet, dass er es in seiner Höhle aufsuchte. Für einen Augenblick glaubte Eric, in diesem Blick wieder diese tiefe Traurigkeit zu sehen. Eine Traurigkeit von der Art, die ihn schon einmal bis ins Mark erschüttert hatte, als sein kleiner Bruder hinter ihm in die Küche getreten war. Neben einer Schwermut las Eric darin die Frage, ob auch er zu der breiten, intoleranten Masse gehöre.

Das Seufzen des Wesens bestätigte Erics Gedanken und wischte gleichermaßen das tränenüberströmte Gesicht seines Bruders beiseite. Mit unerwartet klarer Stimme erklärte der Krüppel: »Sie weylt nîht hier.«

25

Freitag, 21. Januar 1994, 2:21

Warum spürte sie die Kälte nicht? Es war mitten in der Nacht, in einem der grimmigsten Winter, seit sie sich erinnern konnte, und sie saß in einem offenen Pferdeschlitten. Sie hatte weder Mantel oder Jacke noch Schal und Mütze angezogen, aber sie zitterte nicht einmal. Die Panik erstickte alle anderen Empfindungen.

Ellen war unfähig zu erklären, wie sie den Mut aufgebracht hatte, in dieses Gefährt zu steigen, das am Abend vor der Hofeinfahrt gestanden hatte. Sie hatte merkwürdige Geräusche gehört, Stimmen, nein, eine hohe Stimme, die traurige Lieder gesungen und sie vollkommen in ihren Bann geschlagen hatte.

Trotz allen Argwohns fand sie sich vor dem Haus wieder, gleich darauf direkt an der Straße, wo der Gesang abrupt abbrach und Ellen auch den geheimnisvollen Sänger nicht entdecken konnte. Sie sah den herrenlosen Schlitten, vor den diese grausig verstümmelten Pferde gespannt waren. Ihr Herz hatte gerast, und sie wollte Hals über Kopf zurück ins Haus fliehen. Doch das fürchterliche Szenario verblasste sofort, als sie im Schein der Straßenlaterne auf dem Sitz die roten Handschuhe entdeckte, an deren linkem Daumen das Futter herausschaute. Erics Handschuhe.

Sie hatte vorher versucht, ihn anzurufen, aber er hatte nicht abgehoben. Nun überschwemmte die Panik sie wie ein Tsunami. Eric hatte so viel Energie in die Aufklärung der Geschehnisse gesteckt. Wie weit war er gegangen? Hatte er eine Schwelle überschritten, hinter der er sich selbst in Gefahr gebracht hatte? Sie wollte ihm helfen. Mochte dieser Schlitten sie doch nur zu Eric bringen.

Sie erkannte die Gegend nicht, durch die das führerlose Gespann sie beförderte. Alles ringsum war weiß, trübe beleuchtet von gelbem Streulicht. Sie nahm es nicht wahr und wunderte sich nicht einmal, dass sie in der offenen Kutsche von dem fallenden Schnee unberührt blieb. Ihre Gedanken weilten bei Eric. Sie fror immer noch nicht, aber sie streifte seine roten Handschuhe über.

Eisiges Entsetzen war es, das allen lähmend in die Glieder fuhr. Vollkommen lautlos war die Gestalt in dem finsteren Loch aufgetaucht. War sie über den Weg gekommen, den sie selbst genommen hatten? Unter dem langen Gewand war nicht zu erkennen, welches Schuhwerk der Krüppel trug, doch Eric vermutete, dass er barfuß war.

Sein stechender Blick ruhte auf Eric, als wollte er ihm auf diese Weise etwas mitteilen. Eine mit Worten nicht zu beschreibende Gefährlichkeit ging von ihm aus. Und Eric wusste, hatte es sogar miterlebt, wozu diese Kreatur in der Lage war. Er hatte Angst um sich selbst. Angst, der unberechenbaren Gewalttätigkeit dieses Wesens zum Opfer zu fallen. Aber viel schrecklicher war, dass Limpert, oder wer auch immer dieser Mann war, gerade zu verstehen gegeben hatte, von Ellens Verschwinden zu wissen. Denn wen sonst konnte er gemeint haben? Und dieses Geständnis ließ kaum bezähmbare Wut in Eric auflodern. Er wagte dennoch nicht, sich zu rühren.

Spengler war wie zu Stein erstarrt. In dem alten Mann wallten die Erinnerungen an die Tage in dieser Höhle auf, die er so lange hatte verdrängen können, und nun war er sich gar nicht mehr so sicher, was er von diesem Wesen halten sollte. Bis gerade eben hatte er sich vor ihm gefürchtet, vor dem, was er offensichtlich zu tun in der Lage war. Und er war auf einen Angriff von ihm eingestellt und bereit gewesen, sich zu verteidigen.

Doch nun sah er die Tage wieder klarer vor sich, die er mit Limpert hier, tief in dem Berg verbracht hatte. Er hatte keine Angst mehr, vielmehr empfand er eine Schuld Limpert gegenüber. Dieser Mann, der wahrscheinlich in jüngster Vergangenheit einige Menschen gemeuchelt hatte, hatte ihn damals aufgenommen und ihn aufgepäppelt. Und zum Dank hatte sich Spengler an einem Tag, als Limpert lange Zeit fort gewesen war, einfach davongestohlen wie ein Strauchdieb. Mitgenommen hatte er nichts außer den bedrückenden Träumen und der Erinnerung an diese Höhle und die seltsamen Lieder, die der Krüppel gesungen hatte. Das war weit mehr, als manch ein labiler Mensch vielleicht ertragen konnte, so viel, dass Spenglers Schuld längst gesühnt sein müsste. Doch er empfand Reue.

Lediglich Bernd zitterten die Knie, und ihm gelang es, sich quälend langsam von dem Buch zu entfernen. Schweigend gesellte er sich zu Eric, ohne den Blick von dem Neuankömmling zu wenden. Er wagte es nicht, etwas zu sagen, zumal das neuerliche Knurren aus einem unsichtbaren Rachen im finsteren Stollen hinter Limpert signalisierte, jetzt besser nichts allzu Unbedachtes zu unternehmen.

In seinem Kopf malte er sich die wüstesten Szenarien aus. Würde das kleine Wesen mit seiner altertümlichen Waffe auf sie losgehen und würde es ihm gelingen, sie trotz seiner körperlichen Defizite einen nach dem anderen zu töten? Sie waren unbewaffnet. Bernds Nervosität wuchs, er war nicht derjenige, der solch brenzlige Situationen lange analysierte und seine Aktionen durchdachte. In der Regel handelte er zunächst und machte sich anschließend Gedanken um die Konsequenzen. Doch hier war er nicht die Hauptperson und würde den Teufel tun, nun den ersten Schritt zu wagen. Dazu waren Spengler und besonders Eric prädestiniert, der immer noch den bohrenden Blicken aus diesen traurigen Augen ausgesetzt war. Bernd schien für dieses merkwürdige Wesen gar nicht zu existieren.

In Eric glomm im Augenkontakt mit Limpert langsam die Erkenntnis auf, dass er ihm nichts antun wollte, und dass Ellen am Leben war. Auch Bernd und Spengler waren nicht in Gefahr, so lange sie sich passiv verhielten. Aber ihr Überleben würde einen Preis haben. Limpert erwartete eine Gegenleistung von Eric, dessen war er sich sicher.

Was willst du?, dachte Eric bei sich. Was kann ich schon tun, das dir dienlich ist? Seine Gedanken drehten sich im Kreis, um Ellen, die Ermordeten, Limperts Vergangenheit. Eric schloss die Augen, nicht nur, weil er dem Blick des Krüppels nicht mehr standhielt, vielmehr um sich darauf zu konzentrieren, was es sein mochte, das Limpert von ihm erwartete.

Die drei Prüfungen, schoss es ihm durch den Kopf. Konnte es doch sein, wie Bernd vermutet hatte, dass die Sühne, welche die Gerstunger Bürger geleistet hatten, verwirkt war? Die blauen Hunde waren anscheinend in Limperts Besitz übergegangen, allerdings lebten wohl nur noch zwei. Sie begleiteten ihren Herrn auf Schritt und Tritt, und nicht nur Eric hatte bereits mehr als einmal ihre unangenehme Bekanntschaft gemacht.

Aber sie waren ja nicht die einzigen Opfergaben der Gerstunger, die an Limperts grausames Schicksal erinnern sollten. Was war mit den anderen geschehen? Ganz sicher hatte Graf Albert alles an sich genommen und veranlasst, dass die Bäume an geeigneter Stelle eingepflanzt wurden und die Münzen entweder seiner Barschaft einverleibt oder für mildtätige Zwecke verwendet. Wie könnte man die heute wiederfinden? Und die Eichen, ob die noch standen? Es gab unzählige Möglichkeiten für den Verbleib dieser Sühnegaben, und die Chance, sie aufzutreiben, war dagegen lächerlich gering.

Eric legte die Stirn in Falten. Limpert konnte von ihm nicht erwarten, das wiedergutzumachen, was andere vor langer Zeit schon verdorben hatten. Menschen, denen er nicht im Mindesten verpflichtet und nur durch seine Beziehung zu einem ihrer ebenfalls unschuldigen Nachkommen verbunden war. Auf einer ganz essentiellen Ebene wusste Eric um Limperts Gerechtigkeitssinn, der es nicht zuließ, Unmögliches von einem Unschuldigen zu fordern oder gar zu erpressen. Es musste etwas sein, das Eric zu erkennen und auszuführen in der Lage war, vielleicht weil er zufällig von allen betroffenen Menschen mit seinen Gedanken am nächsten an der Lösung war.

Er öffnete die Lider und sah Limpert an. Sein Gesicht war immer noch nicht erkennbar, doch in dem eisigen Blick hatte sich etwas verändert, ein wenig der Härte war daraus verschwunden. Eric war gewillt, das als Zeichen der Zustimmung zu deuten. Sie hatten nicht miteinander gesprochen, aber waren zu einer Art Übereinkunft gekommen. Wenn es einen Sinn hatte, hier hinabzukommen, dann lag er darin zu erkennen, dass sie sich auf dem richtigen Weg befanden und Limpert etwas zurückgeben mussten, was er verloren hatte – von welcher Natur das auch sein mochte.

Endlich entließ die kleine Gestalt Eric aus seinem zwingenden Blick, senkte den Kopf und trottete zu der Feuerstelle am Ufer. Ein großes Maß der Anspannung schien damit aus der Höhle zu entweichen, so als habe tatsächlich eine klärende Aussprache stattgefunden. Mit dem Ende seiner Hellebarde stocherte er in der Glut des Feuers. Es knisterte und qualmte, bevor die Flammen aufloderten und alles in gnädigeres, flackerndes Licht tauchten. An der Decke tanzten die Schatten, und die Schrift an der Wand schien ein gespenstisches Eigenleben zu entwickeln. Fast konnte Eric die Lieder hören, die dort niedergeschrieben standen.

Lange starrte Limpert in das Feuer und beachtete die schräg hinter ihm stehenden Männer nicht. Schließlich wandte er ihnen langsam den Blick zu, und ein großer Teil der kalten Glut in seinen Augen war erloschen. Müdigkeit spiegelte sich darin. Während einiger endloser Sekunden sah Limpert sie einen nach dem anderen an, bevor er sich wieder zu seinem Feuer umdrehte und leise einen Minnegesang anstimmte.

Eric kannte diese Verse von Heinrich von Veldeke. Sie waren Bestandteil einer Klausur gewesen, die er vor etwa anderthalb Jahren geschrieben hatte. In ihnen ging es um die unerfüllte Liebe eines Mannes zu einer Königin, etwas, was Limpert selbst wahrscheinlich nie erfahren hatte. Eric hatte sie bisher natürlich noch nie gesungen gehört. Die Stimmung, die Limpert mit seiner Interpretation des Liedtextes aus dem dreizehnten Jahrhundert schuf, machte Eric das Herz so schwer, dass er es kaum fertigbrachte, diese Höhle mit seinem traurigen Bewohner zu verlassen. Ohne seine Begleiter anzusehen, schritt er langsam, sehr langsam auf den Ausgang zu, den Kopf voller Gedanken.

Bernd folgte ihm wortlos und sah sich mehrmals zu dem eigenartigen Sänger um. Spengler fiel es nicht leicht zu gehen. Er stand immer noch wie angewurzelt an derselben Stelle wie in dem Augenblick, als Limpert die Höhle betreten hatte. Bernd konnte es kaum glauben, doch das Flackern des Feuers spiegelte sich auf den tränenfeuchten Wangen des Mannes wider, der bis zu Limperts Auftauchen den unerschütterlichsten Eindruck von ihnen allen gemacht hatte.

Limpert beendete die erste Strophe und sah den Professor lange und nachdenklich an. Es war ein Austausch von Gedanken, wie er soeben zwischen Eric und Limpert stattgefunden hatte, doch die gemeinsame Erfahrung, auch wenn sie Jahrzehnte zurücklag, ließ Spengler diese Begegnung intensiver erleben. Das Gefühl der Ungerechtigkeit, die er Limpert hatte zuteil werden lassen, lastete auf seinem Gewissen, und Limperts Blick schien die Richtigkeit dieser Empfindung zu bestätigen.

Schließlich nickte der Krüppel abermals fast unmerklich und sagte damit: *Es ist in Ordnung, du hast lang genug gelitten. Geh deiner Wege.*

Spengler schien innerlich zusammenzubrechen in dem Moment, als sich seine extreme Anspannung löste. Limperts Absolution wischte Jahrzehnte der Belastung hinfort und ließ all die Jahre unwirklich und fremd wirken. Nun brachen sich die Tränen der Erleichterung regelrecht Bahn, und Spengler unterdrückte mühsam sein Schluchzen.

Unter den traurigen Augen der kleinen Kreatur löste sich Spengler aus seiner Lähmung und schloss sich den beiden Studenten an. Während sie den Gang hinauftrotteten, verhallte hinter ihnen die zweite Strophe des Minneliedes.

26

Freitag, 21. Januar 1994, 3:32

Den ganzen langen Weg nach oben sprach keiner der Männer ein Wort. Dem Hund, dessen Knurren sie in der Tunnelmündung vernommen hatten, begegneten sie nicht. Sie beeilten sich nicht, hatten keine Angst. Denn Limpert hatte ihnen auf seine Weise bedeutet, dass sie nicht in Gefahr seien, sie gehörten nicht zu seinen nächsten Opfern. Seine Beweggründe hingegen blieben ein Rätsel.

Nicht einmal den schneidenden Wind und die eisigen Nadeln des Pulverschnees auf der Haut bemerkten sie sofort, als sie aus dem niedrigen Eingang ins Freie traten. Ihre Begegnung mit dem mystischen Wesen aus der Vergangenheit hatte sie allesamt wie in Trance versetzt, und ein jeder hing seinen Gedanken nach. Hinter ihnen gähnte der Schlund des Stollens, ein dunkler Fleck in der sie umgebenden, von Schemen erfüllten Finsternis.

»Sind wir jetzt schlauer als vorher?«, wollte Bernd nach langen Minuten des Schweigens wissen.

Eric stand nur grübelnd da und blickte ebenfalls in die winterliche Dunkelheit, wenn auch nicht so apathisch wie Spengler. Seine Gedanken kreisten so dicht um Ellen, dass er zu anderen Überlegungen kaum in der Lage war.

Er nickte schließlich, was Bernd kaum wahrnahm. »Ich denke schon. Wahrscheinlich liegst du mit deiner Vermutung gar nicht so verkehrt.«

»Was meinst du?«, fragte Bernd.

»Dass Limpert etwas zurückhaben will, das ihm verloren gegangen ist.«

»Und?«, meinte Bernd schulterzuckend. »Hat er dir irgendwie zu verstehen gegeben, was das sein könnte?«

»Nein, leider nicht.«

Bernd ließ einen Seufzer vernehmen. »Dann sind wir tatsächlich so schlau wie vorher. Du meinst also nicht, dass er nach seinen Kötern sucht, der Kohle oder den Bäumen?«

Eric schüttelte den Kopf. »Bestimmt nicht.«

»Wie kannst du dir da so sicher sein?«, wollte Bernd wissen. »Das sind die naheliegenden Dinge. Alles andere wäre für uns gar nicht nachvollziehbar.«

Neben ihnen schien Spengler wieder aus seinem Trauma zu erwachen. »Er mag einiges erwarten«, setzte er an, musste sich jedoch zunächst räuspern, da ihm die Stimme versagte. »Limpert hat einen großen Sinn für Gerechtigkeit und Ausgleich«, fuhr er fort und begann ganz unvermittelt, den Hang hinabzusteigen.

»Und was heißt das für uns?«, rief Bernd, der ihm eilig folgte, während Eric sinnierend hinterdrein schritt.

Spengler blieb nicht stehen, stapfte durch tiefen Schnee, schob schneebedeckte Äste zur Seite und führte weiter seine Gedanken aus. »Du musst verstehen, Limpert ist ein durchaus gottesfürchtiger, ich möchte behaupten, absolut religiöser Mensch, dem es nie in den Sinn kommen würde, die Existenz des Schöpfers in Frage zu stellen.«

»Bei dem Aussehen hätte er allen Anlass dazu ...«, bemerkte Bernd grimmig und etwas unbedacht, worauf Spengler abrupt stehen blieb, sich ihm zuwandte und drohend den Zeigefinger hob.

»Sei vorsichtig!«, erwiderte der Professor zähneknirschend. »Wir Menschen sind alle nicht perfekt, die einen vielleicht ein bisschen mehr, die anderen weniger. Dessen sollten wir uns mindestens bewusst sein, bevor wir urteilen. Aber in unserer angeborenen Überlegenheit und Arroganz wagen wir es immer wieder, die Kompetenz des Erschaffers all der Dinge, die uns umgeben, kritisch zu beäugen. Dabei braucht man nur einmal mit offenen Augen durch die Welt zu gehen um die ganze Schönheit der Schöpfung wahrzunehmen. Stattdessen wird sogar die Existenz des Schöpfers selbst in Frage gestellt.«

Bernd gab sich nicht geschlagen. »Und was ist mit den Hässlichkeiten? Waren die etwa auch geplant oder lassen die nicht doch eher auf einen gewaltigen Zufall schließen, der zu ihrer Entstehung geführt hat? Was wäre denn ...«

»He, könnt ihr eure Philosophiestunde vertagen?«, fiel ihm Eric ins Wort, der neben sie getreten war. »Mich interessiert ganz konkret, wie Sie sich Limperts Einstellung erklären, zu Gott und zur Gerechtigkeit, wie Sie es nennen?«

»Er hat nie hinterfragt, warum ein Mensch, ein Wesen, das nach der Heiligen Schrift den Schöpfer zum Vorbild hat, derart gestraft sein konnte, wie er es war und ist.« Spengler wandte sich wieder zum Gehen. Sie passierten die Informationstafel, ihre Fußspuren vom Hinweg waren bereits zugeschneit.

»Sie meinen, er hat das einfach hingenommen?«, fragte Bernd. »Hatte er denn so religiöse Eltern und haben die ihn so erzogen?« Und woher weißt du das alles, du durchgedrehter Spinner?, setzte er in Gedanken hinzu.

»Darüber ist mir nichts bekannt«, antwortete Spengler gleichmütig. »Ich kann nur versuchen darzustellen, wie ich ihn damals erlebt und was ich seither an Informationen gesammelt habe. Und auch die neuen Erfahrungen, die wir gerade mit ihm gemacht haben, helfen mir, ihn zu verstehen.«

Sie erreichten die Straße, wo sie der eisige Wind mit messerscharfen Böen empfing. Außer ihnen schien während der letzten Stunde niemand vorbeigekommen zu sein. Der Unimog war schon wieder dick mit Schnee bedeckt, und die Blinker mühten sich, darunter eine möglichst weithin sichtbare Warnung vor dem Hindernis abzugeben. Spengler fingerte einen Schlüsselbund aus der Jackentasche. Er kletterte in die Fahrerkabine und stieß die andere Tür auf, um die Studenten einsteigen zu lassen. Zwar war es im Inneren des Fahrzeuges nicht wärmer als draußen, doch wenigstens waren sie vor dem schneidenden Wind geschützt, der boshaft an der Karosserie rüttelte.

»Limpert ist jemand, der seinen ganzen Glauben in das Gute gesetzt hat«, fuhr Spengler fort, »darauf, dass es auch zu ihm findet und ihm somit Gerechtigkeit widerfahren wird. Die Frage war nur, wann das eintreten würde. Nun hat er es selbst in die Hand genommen, sei es, weil zu viel Zeit verstrichen ist und er trotz der scheinbar unendlichen Lebensspanne, die ihm beschieden ist, nicht mehr warten kann, oder tatsächlich wegen eines Ereignisses, das ihn wachgerüttelt hat.«

»Aber wenn es die drei Prüfungen nicht sind, was dann?« Eric konnte in seinen Worten die Verzweiflung nicht unterdrücken, die ihm Ellens ungewisses Schicksal verursachte.

Er hatte Bernd fast vergessen, so gebannt hatte er Spengler zugehört. Sein Kommilitone saß neben ihm und war im diffusen Schein der Stablampe, die ihm Spengler ausgehändigt hatte, über einen handtellergroßen Zettel gebeugt, den er zu lesen versuchte.

»Was hast du denn da?«, fragte Eric ein wenig verwirrt.

Bernd richtete sich langsam auf. »Das hier«, sagte er mit einigem Stolz, »ist vermutlich die Lösung unseres Problems.« Er wedelte mit dem Papier und sah die beiden Männer triumphierend an.

»Geht's etwas konkreter?« Spengler runzelte die Stirn. »Was ist das? Und wo hast du es her?«

»Wahrscheinlich komme ich dafür nicht in den Himmel«, erklärte Bernd trocken. »Ich habe das aus Limperts Buch mitgehen lassen.«

»Das ist nicht dein Ernst!«, konnte Eric nur antworten, und sein Mund fühlte sich plötzlich staubtrocken an. »Bist du total bescheuert?«

»Wieso?«, fragte Bernd leicht gekränkt. »Er hat so viel zu lesen dort unten, da wird ihm dieser Fetzen garantiert nicht fehlen.« Spengler schüttelte bloß den Kopf.

Eric seufzte. »Was steht denn drauf?«

»Es geht um irgendwelche Baumaßnahmen«, erklärte Bernd und beugte sich wieder über das Stück Zeitung.

»Interessant«, bemerkte Spengler etwas abschätzig, besann sich dann jedoch. »Von wann ist es? Nun lies vor!«

»Ist leider ohne Datum, aber das Papier ist noch nicht sehr vergilbt und abgegriffen«, sagte Bernd. »In dem Buch waren viele wahnsinnig alte Texte, wer weiß, wo er die gesammelt hat, und auch welche aus den vorigen beiden Jahrhunderten. Der hier stammt jedoch von einer der letzten Seiten. Ich fand ihn kurz vor den Zeitungsberichten über die … Morde, die er verübt hat.« Er schluckte schwer, als ihm einmal mehr bewusst wurde, mit wem sie es eigentlich zu tun hatten.

»Und zwischen all diesen Horrormeldungen suchst du dir ausgerechnet die aus, in der es um Baumaßnahmen geht?« In Erics Gesicht lag Skepsis.

Bernd nickte. »Genau die, weil sie gerade nicht zu den anderen passt. Ich stelle mir nämlich die Frage, weshalb Limpert sie für wichtig hielt und in sein Buch getan hat.«

Eric geriet ins Grübeln, sein Freund mochte durchaus Recht haben. »Ja, kann sein, aber was steht denn nun drin?«

»*Neue Energiequelle. Am vergangenen Donnerstagmorgen wurde mit dem feierlichen Spatenstich an der Landstraße 1021 mit den Baumaßnahmen zum Anschluss Gerstungens an die Erdgasversorgung begonnen. Im Beisein von Landrat …* blabla und so weiter und ein paar anderen wichtigen Schlipsträgern … na ja, eben erst mal die ganze übliche Zeremonie.«

Bernd überlas einige Zeilen, die er für unwichtig erachtete. »Hier: *Im Zuge der umfangreichen Maßnahmen, die auch den Anschluss von mehreren hundert Gebäuden an das Erdgasnetz umfassen, wird es in den kommenden Monaten zu erheblichen Behinderungen auch auf den Durchgangsstraßen der Stadt kommen. Vertreter der Bauträger betonten, man wolle sich bemühen, das Projekt zügig und mit möglichst geringen Belastungen für die Anwohner fertigzustellen. Auf die Kritik vieler Bürger an den baulichen Veränderungen mancher historischer Gebäude und Straßenzüge ging man hingegen nicht ein, haben doch die entsprechenden Behörden grünes Licht für die Durchführung der gesamten Baumaßnahmen gegeben. Klagen betroffener Anlieger wurden in allen betreffenden Instanzen der Gerichtsbarkeit abgewiesen.*« Bernd wedelte mit dem Zettel. »An der Stelle ist Schluss.«

Erics Gedanken begannen sich erst zu formen, während er auf das Armaturenbrett starrte. Da sah er aus den Augenwinkeln Spenglers sanftes Kopfnicken.

»Das macht Sinn«, murmelte er kaum hörbar, und drehte den Zündschlüssel, die Anzeige leuchtete auf. »Mehr als das, es passt zusammen.«

»Was meinen Sie?«, fragten Eric und Bernd fast aus einem Munde.

Der Mann sah sie aus schmalen Augen an. »Schnallt euch an, Jungs. Wir müssen noch ein paar Kilometer fahren.«

Brüllend sprang der Dieselmotor des Unimogs an, und die Scheinwerfer flammten auf.

27

Freitag, 21. Januar 1994, 7:34

Es hörte zu schneien auf, als sie das Ortsschild Lauchrödens in Richtung Westen passierten. So wurde wenigstens die Sicht besser, eine Straße hingegen schien nicht mehr vorhanden zu sein. Selbst die Leitpfosten zu beiden Seiten waren begraben unter meterhohen Schneewehen und den Wällen, welche die Räumfahrzeuge an den Vortagen angehäuft hatten.

Spengler hielt das nicht davon ab, seinem altertümlichen Agrarmonster die Sporen zu geben. In geradezu halsbrecherischer Geschwindigkeit nahm er Kurven, die Eric und Bernd nicht einmal erahnten. Sie verstanden absolut nicht, was ihm bei den Straßenbedingungen in diesem arktischen Winter die Sicherheit verlieh. Sein Blick war entschlossen nach draußen gerichtet und drückte eine Konzentration aus, die Eric zuvor nur bei einem seiner Kommilitonen gespürt hatte, als dessen Hände sich beim Abknallen der Space Invaders auf seiner Spielekonsole im dreiundfünfzigsten Level um den Joystick verkrampften.

Ähnlich krallten sich nun die Finger der beiden Studenten in die abgewetzten Polster des Unimogs, als dieser sich einmal mehr auf seinen hohen Stollenrädern in eine kaum erkennbare Kurve neigte. Dabei fiel Erics Blick auf den Horizont im Osten. Ein grauer Schimmer über der Silhouette der Brandenburg in der Ferne kündigte bereits den nahenden Morgen an. Der Westturm der Burg sah aus dieser Richtung aus wie ein mahnender Finger, und Eric lief es nicht nur wegen der Kälte und Müdigkeit eiskalt den Rücken hinunter. Er sah auf die Uhr: Viertel vor acht, und der Mangel an Schlaf forderte seinen Tribut. Ohne die übermächtige Sorge um Ellen wäre er vermutlich im Sitzen eingeschlafen und erst am nächsten Morgen wieder aufgestanden.

Eric war sich sicher, dass Spengler nach Gerstungen wollte, nachdem sie den Artikel über die Baumaßnahmen gelesen hatten. Aber was genau er dort suchte, war ihm nicht klar. Und Spengler gab sich nach wie vor geheimnisvoll und verschlossen, auf Fragen erhielten Bernd und Eric nur ausweichende Antworten wie »Wir werden schon sehen.« Dies bestärkte ihr Vertrauen in die Richtigkeit von Spenglers

Plänen nicht gerade, der ungeachtet der weiterhin miesen Straßenverhältnisse das Pedal kräftig durchtrat.

Im Osten hatte sich das graue Schimmern des Morgens zu einem dunklen Blau gewandelt, als sie unter einer Brücke durchfuhren und kurz darauf das Ortsschild von Gerstungen an ihnen vorbeisauste. Spengler steuerte den Unimog mitten im Ort an den Straßenrand vor eine Einfahrt und stellte den Motor ab.

Etwas irritiert starrten die beiden Studenten auf das Hoftor, dessen Farbe bereits abgeblättert war und sein verwittertes Holz entblößte. Das dazu gehörende Fachwerkhaus, offenbar Teil eines Gehöftes, schien verlassen zu sein. Bevor Eric oder Bernd auch nur eine Frage stellen konnten, traf sie der finstere Blick ihres Fahrers.

»Was immer heute passiert«, erklärte er, »es wird für einige Veränderungen sorgen, und das betrifft nicht nur uns. Hier sind Dinge im Gang, die wir nur ansatzweise begreifen, selbst ich.« Als er nur stumme Verwirrung erntete, winkte er ab und fügte hinzu: »Vergesst, was ich gesagt habe. Vielleicht ergibt das erst nachher einen Sinn.« Mit diesen Worten stieg er aus.

Dieses Mal machte sich Spengler nicht an der Ladefläche seines Fahrzeugs zu schaffen, er hielt es nicht einmal für notwendig, den Unimog abzuschließen. In wenigen Metern Abstand trotteten Bernd und Eric hinter dem Professor her, der in Gedanken versunken der Stadtmitte Gerstungens zustrebte.

Einige Menschen waren schon auf den tief verschneiten Straßen unterwegs, und wer die drei so unterschiedlichen Männer bemerkte, zollte ihnen keine Beachtung. Derzeit gab es viele Arbeiter von Straßenbaufirmen, die trotz des Wetters in der Gegend auf Montage und bei den Brücken der Autobahn beschäftigt waren. In der Bäckerei am Marktplatz besorgten sie sich häufig ihr Frühstück.

Als die drei Männer ihn erreichten, wurde deutlich, dass die Baumaßnahmen bereits begonnen, wegen des Wintereinbruchs jedoch unterbrochen worden waren. Der Platz war umgeben von zwei- bis dreistöckigen Wohnhäusern und einzelnen Gehöften wie dem, vor dem Spengler den Unimog geparkt hatte. Wo die Hauptstraße in südwestlicher Richtung abzweigte, ragten allenthalben rot-weiß gestreifte Warnbaken auf, auf denen gelbe Leuchten durch weiße Schneehauben müde blinkten. Umringt von Bauzäunen standen allerhand kleinere

Geräte wie Rüttelplatten und Schubkarren, sowie eine Walze und zwei verschlossene Baucontainer. Dazwischen glaubten die Männer auch ein olivgrünes Bauzelt zu erkennen. An einem Bagger vor dem Zaun machte sich gerade ein Mechaniker zu schaffen. Der übrige Bereich des Marktplatzes war weitgehend vom Schnee geräumt worden, freitags war jedoch offensichtlich kein Markttag.

Spengler schritt wortlos bis zum Bauzaun und ließ den Blick über die Gerätschaften und die weiß bedeckten Erd- und Kieshaufen schweifen. Eric und Bernd gesellten sich stumm zu ihm, sie unterließen es allerdings, ihn anzusprechen. Inzwischen kannten sie diese Stimmung, in welcher der Mann kaum auf Fragen reagierte oder nur vage antwortete.

Bernd machte keinen Hehl daraus, dass er unter mehr als nur kalten Füßen litt, und stapfte bibbernd von einem Bein auf das andere. Es war ziemlich genau neun, wie ein wiederholter Blick auf seine Armbanduhr ihm verriet, sie waren fast die ganze Nacht unterwegs gewesen und hatten nichts gegessen oder auch nur etwas Warmes getrunken.

»Sie glauben also, dass hier alles angefangen hat«, sagte Eric schließlich, um das Schweigen zu brechen.

Der Professor nickte nur stumm. Als Eric ihm in die Augen sah, glaubte er darin eine gewisse Resignation zu sehen, so als ob Spengler ab diesem Punkt nicht mehr wüsste, was zu tun sei.

Die Erkenntnis, dass sie nun schon so weit gefahren waren und ihr Anführer strauchelte, versetzte Eric einen Stich, war ihm in dem Moment doch auch nicht klar, wonach genau sie suchen oder worauf sie hier warten sollten. Er versuchte jedoch, sich nichts anmerken zu lassen, selbst wenn ihn das Unwissen um Ellens Schicksal innerlich fast umbrachte.

Erstmals seit Tagen kämpfte sich über den Häusern im Osten die Sonne durch die dichte Wolkendecke und zeigte sich als blasse Scheibe im Grau der dahinjagenden, tiefhängenden Schwaden, die weiterhin bedrohlich nach weiteren Schneefällen aussahen. Sie brachte jedoch weder Wärme noch eine gute Stimmung mit sich. Der Wind war eisig und schien geradezu durch die dicken Jacken in die Haut zu schneiden.

»K … k … können wir uns irgendwo hinstellen, wwwwo es nicht so zieht?«, fragte Bernd, der seine Zehen fast nicht mehr spürte. »Da überlegt sich's vielleicht auch besser. Ich frier hier schon an. Und dann seid ihr schuld, wenn sie mich mitsamt dem Pflaster rausreißen müssen.«

Eric sah seinen Freund müde lächelnd an. »Klar«, sagte er. »Lasst uns dort hineingehen.« Er deutete mit einem Kopfnicken auf die Bäckerei. Kaum ausgesprochen, befand sich Eric auf dem Weg, den hoch erfreuten Bernd dicht auf den Fersen.

Nach der Eiseskälte draußen glaubten sie im ersten Moment in eine Gluthitze zu treten, was sie als sehr angenehm empfanden. Im Gegensatz zu großen Bäckereiketten wurde hier noch selbst gebacken, und das bedeutete, dass bereits seit einigen Stunden der Ofen in der rückwärtig angeschlossenen Backstube beheizt war. Er verströmte sowohl angenehmen Duft nach Brot als auch seine wohlige Wärme bis nach vorn in den Verkaufsraum. Gegenüber der Theke gab es zwei runde hölzerne Tische, an einem saß ein alter Mann mit schlohweißem Haar, las Zeitung und sah hin und wieder aus dem Fenster in den grauen Morgen. Seinen Gehstock hatte er an die Wand hinter sich gelehnt, vor ihm dampfte eine Tasse Kaffee.

Ebenso freundlich wie von der Wärme der Stube wurden die drei müden und durchgefrorenen Männer von der Verkäuferin empfangen, einer Mittfünfzigerin. Sie war gerade eifrig dabei, frische Waren in den Auslagen zu verteilen, die sie mit einem Korb aus der Backstube geholt hatte.

»Na, guten Morgen, die Herren«, rief sie in thüringisch gefärbtem Akzent. »Sie sehen so aus, als könnten Sie einen Pott Kaffee vertragen.«

Damit hatte sie ins Schwarze getroffen. Allen psychischen Belastungen zum Trotz meldeten sich natürlich die menschlichen Grundbedürfnisse – Hunger, Durst, Müdigkeit – und verlangten nach Genugtuung.

Sie bestellten alle drei Kaffee, dazu ließen sie sich noch dampfende Hörnchen, Butter und Marmelade bringen. Auch Spenglers Miene erhellte sich ein wenig, während sie ihr unverhofftes Frühstück verspeisten.

Eric war als erster fertig und brachte seinen Teller samt Besteck zur Theke, nicht ohne Hintergedanken. »Darf es noch etwas sein?«, fragte die Verkäuferin, die in ihrem geschäftigen Treiben kaum innehielt.

»Ja, äh, ich hätte gern einen Berliner«, sagte Eric mehr aus Verlegenheit. »Und darf ich Sie was fragen?«

»Na klar!«, erklärte die Frau bereitwillig.

Eric deutete mit dem Daumen über die Schulter nach draußen. »Die Baustelle da drüben, wie lange geht das schon so?«

»Sie meinen, wie lange die Pause machen?«

Er nickte. »Seit dem Wintereinbruch?«

»Nein, seitdem hier so ein paar Amtsschimmel aufgetreten sind, irgendwelche Leute vom Denkmalschutz.«

»Vom Denkmalschutz?«

»Ja, oder was weiß ich, woher die kommen.« Sie ergriff eine Zange, langte in die Auslage und beförderte einen Berliner auf Erics Teller. »Eine Mark achtzig.«

Eric wusste, dass auch Bernd und Spengler aufmerksam lauschten. Er kramte Geld aus der Hosentasche und überreichte es der Bäckerin. »Die Bauarbeiten kommen also nicht so recht voran? Wurden denn irgendwelche antiken Sachen ausgegraben? Tonscherben oder so was?«

Die Frau machte eine wegwerfende Geste. »Ach was! Sobald ein Stein einen komischen Kratzer hat, laufen die wie wild im Kreis rum und meinen, sie hätten was Wichtiges gefunden. Eine Woche später geht's dann doch weiter, weil es nur ein Stück Dreck ist, unwichtiger Plunder. Das ist so, seit sie angefangen haben. Wissen Sie: Das Problem ist, dass alle das Gas wollen, aber keiner, dass die Leitung durch den eigenen Garten läuft.«

»Du weißt, dass sie nicht nur deshalb aufgehört haben, Marie.« Der alte Mann hatte seine Zeitung auf den Tisch gelegt und sich aufgerichtet. »Jedenfalls nicht das letzte Mal.«

Die Bäckerin wiegelte gestenreich ab und nahm ihre Arbeit wieder auf. »Jaja, Simon, das erzählst du mir jeden Morgen aufs Neue. Mag ja sein, dass sie dieses Mal wirklich was entdeckt haben. Aber wer weiß das schon.«

Bernd schluckte ein großes Stück Croissant herunter. »Waf haben fie denn gefunden?«, fragte er kauend.

»Wer?«, gab der Alte knapp zurück.

»Na, die Bauarbeiter«, antwortete Bernd schulterzuckend.

»Nein, wer das wissen will, ist die Frage.«

Bernd verstummte verblüfft.

»Simon Markert«, stellte sich der Mann nun unaufgefordert vor. Er sah einen nach dem anderen an, seine Augen blieben schließlich bei

Spengler hängen, dessen Blick nun wieder düster und undurchdringlich war. »Wo kommen Sie her?«

Als der Professor keine Anzeichen machte, darauf zu antworten, ergriff Eric das Wort. »Geradewegs aus Lauchröden.« Er setzte zu weiteren Erklärungen an, kam jedoch nicht dazu, sie auszusprechen.

»Warum fragen Sie nach der Baustelle?« Zwischen Markerts argwöhnisch zusammengekniffenen Lidern blitzten seine Augen herausfordernd auf. Sein Tonfall hatte schon fast etwas von einem Verhör.

Eric trat zu ihm hin, wo er sich auf die Lehne eines freien Stuhls stützte und den Mann kühl ansah. »Was wissen Sie denn darüber, Simon Markert?«, fragte er.

Der reagierte nicht, betrachtete Eric nur still.

»Dass wir hier auftauchen und uns nach der Baustelle erkundigen, könnte Ihnen doch glattweg egal sein. Stattdessen fragen Sie mich und meine Begleiter aus, als wären wir mutmaßliche Verbrecher.«

»Wer weiß das schon«, gab der Alte mit vorgerecktem Kinn prompt zurück.

In Spenglers Augen leuchtete es gefährlich auf, und Eric entfuhr ein »Das ist ja der Gipfel!« Er war sicher, einen Ehemaligen der Stasi vor sich zu haben.

In diesem Moment kam ein beleibter Mann mit Bäckersmütze und Hornbrille aus der Backstube, sich die mehlbestäubten Hände an der Schürze abwischend. »Was ist denn los?«, wollte er wissen, alarmiert von dem kleinen Disput.

»Wir sind garantiert nicht hier, um jemanden gegen uns aufzubringen«, bemühte sich Eric, einen diplomatischen Ton anzuschlagen, obwohl es in ihm kochte und er wegen Ellen kaum einen klaren Gedanken fassen konnte. Die Bäcker und Markert sahen ihn abwartend an, und auch Bernd und Spengler waren gespannt. Seine nächsten Worte wollten gut durchdacht sein, um nicht neues Misstrauen zu wecken. Die ganze Geschichte zu erzählen und womöglich den wahren Grund ihres Kommens zu nennen, hätte zu nichts geführt, all das war bar jeder Glaubwürdigkeit. Er mochte es nicht, aber eine Notlüge musste her. Im Stillen verfluchte er Spengler, der sie nicht in seine Ideen eingeweiht hatte und beharrlich schwieg.

»Wir haben gehört, dass diese Bauarbeiten da im Gang sind«, begann er eine Spur zu mühsam, »und nun wieder abgebrochen wurden.

Offiziell hieß es, wegen des Wintereinbruchs. Andere Stellen sagen, dass die Baustelle schon seit Anfang Dezember ruht.« Diese Behauptung war glattweg erfunden, doch keiner der Anwesenden erhob Einspruch. Vermutlich lag Eric sogar richtig.

»Dann sind Sie nicht von der Behörde?«, fragte Marie scheinbar erleichtert.

»Von welcher Behörde?« Bernd war ganz verblüfft. »Sehen wir etwa aus wie Beamte?« Er sah an sich herab und grinste unverbindlich. »Und wären wir dann um diese Zeit schon wach?«

Für diesen Einwurf war Eric seinem Freund unendlich dankbar, entschärfte er die Situation zumindest für die Bäckereibesitzer doch merklich, denn sie quittierten diese Einlage mit einem Lächeln. Markert blieb davon unbeeindruckt.

»Vom Denkmalschutz, dachte ich«, erklärte die Frau.

»Nein, wir beide sind Studenten«, sagte Eric und deutete auf seinen Freund. »Und das ist sein Onkel«, ergänzte er mit einem Kopfnicken in Spenglers Richtung. »Wir studieren Geschichte und Archäologie und sind in den Semesterferien hier in der Gegend.«

»Studenten, soso«, sagte der Bäcker nun und lachte herzlich auf. »Und da sind Sie schon so früh auf?«

»Nein, nein, das haben Sie falsch verstanden«, fuhr Bernd abermals dazwischen. »Wir sind *noch* auf den Beinen!« Das brachte das Eis wenigstens bei den Bäckereibesitzern vollends zum Auftauen. »Mein Onkel hat in der Gegend eine Zeitlang gewohnt und uns erzählt, dass hier gerade gebaut wird. Und er hat eben auch davon gesprochen, dass es beim Bau Verzögerungen gibt, vor allem, weil die Einwohner nicht hundertprozentig einverstanden damit sind.«

»Da ist was Wahres dran.« Der Bäcker nickte eifrig, dies schien genau sein Stichwort zu sein. »Es geht ja nicht bloß darum, dass für Monate weniger Kunden kommen und ich den Laden schon fast zumachen muss. Die Stadt krempelt alles um und bittet auch noch die Anlieger zur Kasse.« Der Mann hatte sich in Rage geredet und schien noch nicht fertig zu sein.

»Super, diese Wiedervereinigung! Gefragt hat uns keiner, überrollt hat man uns! Und den Reibach machen die Wessis, die uns die blühenden Landschaften versprochen haben. Sie kommen her, drehen uns teure Autos an und kaufen dafür billiges Land und Häuser und

Firmen. Soll ich Ihnen was sagen? Der Osten wird nicht blühen, nein, verwelken wird er, wenn ihn nicht vorher schon jemand abmäht. Das Armenhaus der Republik, das man nur noch abreißen kann, wie sie es gerade mit den alten Gebäuden in dieser Stadt machen.« Er zeigte mit einer heftigen Bewegung seines Armes nach draußen, wo sich die Wolkendecke bereits wieder verdichtete und mit Niederschlägen drohte.

»Stillstand bedeutet den Tod«, murmelte Markert scheinbar gedankenverloren. »Auch die Leute hier werden das noch begreifen.«

»Was mischst du dich denn da jetzt ein, hä?«, raunzte der Bäcker den alten Mann an. Seine Frau legte ihm beschwichtigend die Hand auf den Arm, was er jedoch nicht wahrnahm. »Du hast gut reden mit deiner Pension, du musst nicht mehr arbeiten gehen und dich diesen neuen Verhältnissen stellen. Und weiß Gott, wenn je rauskommen sollte, wie du dein Geld verdient hast …«

Er sah nach draußen, wo ein Passant an der Scheibe vorbeiging und die Klinke der Bäckereitür ergriff. »Na, fein, der hat mir jetzt noch gefehlt. Als ob einer nicht reicht.«

Ein gepflegt aussehender Mann trat ein. Er war Mitte vierzig, trug sein leicht grau meliertes Haar zurückgekämmt, war glatt rasiert und in einen schwarzen Filzmantel gehüllt. Er sah flüchtig in die Runde und begrüßte die Anwesenden mit einem herzlichen »Guten Morgen«.

Der Bäcker nickte nur knapp. »Ich muss nach den Kuchen sehen«, äußerte er kurz angebunden und war schnell in der Backstube verschwunden. Seine Frau bemühte sich um ihre gute Laune und bediente den Neuankömmling sehr gastfreundlich.

Während er auf seine Bestellung wartete, sprach er den alten Mann in der Ecke der Bäckerei an. »Na, Paps, schon wieder so früh auf den Beinen?«

»So wie jeden Morgen. Können ja nicht alle so lange im Bett liegen«, gab der Alte grantig zurück. »Da kann ja nix bei rauskommen.«

Der Jüngere wippte dynamisch auf den Zehenspitzen und sah den alten Mann fast mitleidig an. »Schon recht, lass gut sein.« Für ihn war das Gespräch damit erledigt. Er wandte sich wieder der Bäckerin zu, die ihm gerade eine Tüte mit frischen Brötchen über den Tresen reichte und ihm den Betrag dafür nannte.

Doch Markert war auf dem Kriegspfad. So viel Widerstand wie an diesem Morgen hatte er lange nicht mehr erlebt, und wie ein in die Ecke gedrängtes Tier konnte er nicht klein beigeben und sich zerfleischen lassen.

»Sehen Sie den da?«, fragte er Eric und seine Begleiter. Dabei zeigte er, beide Hände auf seinen Stock gestützt, mit einem Finger auf den Mann an der Theke. »Das ist mein Schwiegersohn, gebürtiger Gerstunger. Eine prächtige Erscheinung, nicht wahr?«

Die Miene des Angesprochenen verdunkelte sich, er sagte jedoch nichts, während er seinen Schwiegervater beherrscht ansah.

»Hat studiert und ist jetzt in der Politik. Hat schnell Anschluss gefunden an die sogenannte westliche Lebensweise, hat diese auch meiner Tochter nahegebracht und meinen Enkeln. Darf ich vorstellen: Ernst Völker. Er ist sogar Bürgermeister dieser Stadt!« Der alte Markert breitete in zynischer Ehrfurcht die Arme aus und sah seinen Schwiegersohn herausfordernd an. »Und doch zieht er den Schwanz ein, wenn es drauf ankommt.«

»Lass das, Vater!«, forderte Völker. »Wir hatten diese Diskussion schon so häufig, und die Kunden hier interessiert das gar nicht. Es ändert nichts.«

Der Zwiespalt, in dem der Alte steckte, war zu offensichtlich: Einerseits verdammte er den Bäcker für seinen Stursinn gegenüber den Veränderungen, welche die Wiedervereinigung und der Postsozialismus mit sich brachten, andererseits verabscheute er seinen Schwiegersohn dafür, dass er sich an diese neuen Gegebenheiten anpasste.

Der alte Markert stand mühsam auf und seufzte tief. »Genau das ist dein Problem«, sagte er, als er an dem Jüngeren vorbeischlurfte, »es ändert sich nichts, und es dauert einfach alles zu lang. Irgendwann muss man mit dem Gerede auch mal fertig sein und die Sache in die Hand nehmen.«

»Was hast du vor?«, wollte Völker wissen, als der Mann die Tür öffnete, doch der schüttelte nur den Kopf und verließ die Bäckerei. Der Mechaniker, der am Bagger gearbeitet hatte, kam ihm am Eingang entgegen und hielt ihm höflich die Tür auf, bevor er eintrat und bei Marie sein Frühstück bestellte.

Sie sahen Markert nach, wie er im wieder auflebenden Schneefall die Straße überquerte.

»Dieser Sturkopf!«, fluchte Völker. »Soll ihn der Teufel holen.« Er wurde sich der Blicke der anderen Anwesenden bewusst und setzte ein gequältes Lächeln auf. »Der Starrsinn der Alten«, wagte er eine Erklärung.

Spengler winkte ab. »Wir haben ihn bereits kennengelernt, den Starrsinn und den Alten. Geben Sie sich keine Mühe.«

Der Mann am Tresen ließ die Schultern hängen. Sein Anflug von Stolz, wie ihn ein Bürgermeister an den Tag legen sollte und den er noch mit in die Bäckerei gebracht hatte, war dahin. »Mag wohl so sein.«

Eric wusste, dass nun ein guter Zeitpunkt war, das Gespräch in eine ihnen förderliche Richtung zu lenken.

»Was wirft er Ihnen denn vor, wenn ich fragen darf?« Spengler sprach mit Bedacht.

Völker zögerte kurz, sah nach draußen, wo das Schneetreiben nun wieder so dicht war, dass man Markert nicht mehr sah. »Es geht natürlich um die Baumaßnahmen«, sagte Völker. »Sehen Sie, es hat drei Jahre gedauert, bis diese Stadt und ihre Bewohner so weit waren, dass man ihnen Veränderungen dieser Größenordnung zumuten wollte. Vorher gab es immer Pläne, die von oben beschlossen waren, und die Bevölkerung nahm es hin. Auch wenn es meistens länger brauchte in diesem System und vieles gar nicht realisiert wurde. Man konnte ja nichts tun. Jetzt ist alles im Wandel begriffen. Einiges muss schnell gehen, so lange die Mittel dazu da sind, aber gerade so schnell, wie es die Menschen hier noch verkraften können. Wir sind endlich so weit, das in Angriff zu nehmen, was nötig ist, damit es den Leuten besser geht. Manchmal will ich es nicht verstehen: Da haben sie jahrzehntelang sehnsüchtig nach Westen geschaut und innerlich geblutet, weil ihnen das System gegen den Strich ging. Und sie waren die Ersten, die im November neunundachtzig in ihre Trabbis gestiegen sind, um rüber nach Herleshausen zu fahren. Und jetzt, nicht mal fünf Jahre danach, murmeln sie, dass es früher ja auch nicht *so* schlecht war.«

Völker seufzte. »Zwischen diesen Fronten stehe ich leider. Es ist zäh, die Menschen davon zu überzeugen, dass es der richtige Weg ist. Nun haben wir es hier im Kleinen, in dieser Stadt in der Hand, sie schöner zu machen, und darauf bin ich stolz. Und dass wir so weit sind, gefällt auch ihm.« Wieder deutete er mit einer Kopfbewegung hinaus auf den Marktplatz. »Aber es geht ihm auf einmal nicht schnell genug.« Er runzelte die Stirn. »Was zum …«

Durch das Schneetreiben konnten sie ein regelmäßiges gelbes Blinken sehen, das aus der Richtung des Bauzaunes kam. Kurz darauf brüllte ein Dieselmotor auf.

28

Oktober 1238

»Manches Mal frage ich mich, ob das wirklich notwendig war«, erklärte Hartmuth, einer der besser betuchten Bürger der Stadt, hinter vorgehaltener Hand seinem Nebenmann, während dieser mit zusammengekniffenen Augen den Stein betrachtete, den man an diesem besonderen Platz in den Boden eingelassen hatte. »Ich meine, es ist schon so lange her.«

Bedächtig löste sein Nachbar den Blick von der Bodenplatte und sah sein Gegenüber kühl an. »Ist es ein schlechtes Gewissen, das Euch zu solchen Äußerungen verleitet, Herr Hartmuth? Ist es Euch peinlich, dass man daran erinnert?«

Der Angesprochene prallte zurück wie vom Donner gerührt. »Ich erwehre mich solcherlei Unterstellungen, Herr Ritter!«, ereiferte er sich. »Ist es denn nicht genug, dass wir ein paar Gassen weiter schon das Haus für die Krüppel errichten, wo sich nächstens die Siechenden und Verunstalteten zu tummeln gedenken?«

»Und was, werter Herr, ist daran so furchtbar?« Die Stimme des Ritters klang abschätzig und taktierend.

Hartmuth geriet noch mehr in Rage, atmete heftig und lief rot an. »Wir haben bei Weitem genügend gebüßt für diese … diese abscheuliche Tat! Wart Ihr denn nicht zugegen in den Jahren, als uns der hohe Herr vom Brandenberg fast verhungern hat lassen wegen ein paar arg eifriger Markthändler, die sich vom Grafen zu stark in ihrem Handel eingeschränkt fühlten?«

Die Augen des Ritters wurden schmal. »Übereifer ist keine Entschuldigung dafür, einen Krüppel von einem aufgebrachten Mob zerfleischen zu lassen. Und nicht genug, ihn auch noch mit dem Esel des Boten als pure Provokation an den Grafen zu senden. All das war mehr als töricht, müsst Ihr zugeben.«

Hartmuth schwieg und rang, die Röte im Gesicht, nach Worten, doch der Ritter hinderte ihn, sie auszusprechen.

»Wo führt uns das hin, wenn wir willkürlich entscheiden, wer zu uns gehören darf, und wer nicht? Worin unterscheiden wir uns von dem Gewürm und niederen Getier, so wir die Schwachen und Gebrechlichen aussortieren und dem Tode überantworten? In nichts, Herr Hartmuth, in gar nichts! Ihr seid weder besser noch schlechter als Limpert es war, nur eure Sterne standen von Geburt an günstiger als die seinen, und all die Leute dort drüben auf dem Markte schreien lieber mit dem übrigen Pöbel und fordern solche Opfer, als dass sie die Stimme erhöben für die Schwachen.«

Er blickte hinab auf den Stein, der bereits vor Jahren durch Initiative von Bürgermeister Wernher in den Boden eingelassen worden war, eine nüchterne graue Basaltplatte, eingraviert der Name des Opfers und die Jahreszahl in römischen Buchstaben. Er hatte Limpert nicht gekannt, war zu der besagten Zeit schon seit Jahren auf Reisen gewesen. Auf diesen hatte er vielerlei Unrecht und Barbarei gesehen, gerade unter den Völkern im Südosten des Kontinents und im Heiligen Land. Mannigfache Erlebnisse hatten ihn wochenlang um den Schlaf gebracht, Bilder von abgeschlachteten Frauen und Kindern, Karawanen von ausgezehrten, kranken Flüchtlingen, von denen Tausende nicht ihr Ziel erreichten. Nichts von alledem würde er je vergessen können.

Hartmuth wusste wenig um des Ritters Vergangenheit, nur dass er fort gewesen war. »Ihr habt nicht miterlebt, wie er uns verspottet hat, edler Herr!«, erklärte er im Brustton der Überzeugung. »Kein gutes Haar hat er auch an nur einem einzigen Bürger dieser Stadt gelassen, hat immer mit gespaltener Zunge geredet, wie eine Schlange! Es ist Gottes Gerechtigkeit, die ihm widerfahren ist, Gottes Sieg über einen Abgesandten des Teufels selbst!«

Abermals prallte Hartmuth zurück, als ihn der eiskalte Blick seines Gegenübers traf und dieser sogar einen Schritt auf ihn zu machte. »Erzählt *Ihr* mir nicht, was Gottes Gerechtigkeit ist, mein Herr! Ich habe gesehen, was im Namen des Herrn geschehen ist, und ich weiß, dass es noch geschieht. Menschen wie Ihr werden immer wieder dafür sorgen, dass Andersartige, Andersdenkende um ihr Wohl, gar um ihr Leben fürchten müssen, und das Handeln ihrer Peiniger und Mörder unter dem Siegel des Kreuzes rechtfertigen. Ihr widert mich an, schlimmer als das Geschmeiß, das tausendfach euren Abort bevölkert!«

Drei Schritte war Hartmuth zurückgewichen. Mit großen Augen stierte er den Kreuzritter an, der ihn mit wütenden Blicken bedachte und nur darauf zu lauern schien, dass der Gescholtene ihm einen Anlass gab, ihn zu maßregeln oder gar die Waffe gegen ihn zu erheben. Aber Hartmuth stand einfach nur da und glotzte ihn blöde an, als stünde er dem Leibhaftigen gegenüber.

»Geht mir besser aus den Augen! Ich ziehe schon morgen in aller Frühe weiter, dann könnt Ihr mich vergessen und fürderhin Eurer kleingeistigen Wege gehen.«

Das ließ Hartmuth sich nicht zweimal sagen, machte auf dem Absatz kehrt, trollte sich zu den Marktbesuchern.

Der Ritter seufzte tief und schüttelte den Kopf. »Wo bist du, Herr, wenn so etwas noch ungestraft geschehen darf?«, sagte er zu sich selbst und betrachtete den Stein zu seinen Füßen. Herbstlaub wurde vom morgendlichen Wind darüber hinweggeweht.

Schritte näherten sich. Es war Wernher, der Bürgermeister, der so eilig herantrat, wie es sein Alter erlaubte. Er war in Ehren ergraut und wegen seiner Umsichtigkeit nach wie vor im Amt. »Werter Herr, darf ich Euch in unserer Stadt herzlich willkommen heißen?« Ritter waren gern gesehene Gäste, da sie meist Geld mit sich führten, das sie auch bereitwillig ausgaben. »Mein Name ist Wernher, und ich bin der Bürgermeister.« Er verneigte sich knapp.

»Conrad Freiherr von Salza.« Der Ritter erwiderte höflich die Geste. »Ich reise im Gefolge von Herrmann von Salza, der zur Zeit noch in Gotha weilt. Mein Herr ist krank und befindet sich auf dem Wege nach Italien, wo er Heilung erhofft.«

»Hermann von Salza?«, fragte Wernher gänzlich verblüfft. »Der Hochmeister des Deutschen Ordens?«

»Es freut mich zu vernehmen, dass dieser Landstrich nicht ganz vom Weltgeschehen unberührt geblieben ist.« Ritter Conrad lächelte.

»So ist es. Ich wurde vorausgeschickt, um die Wege zu erkunden. Mein Herr und das weitere Gefolge werden in wenigen Tagen hier entlangkommen.«

»Willkommen, willkommen!«, wiederholte der Bürgermeister noch einmal überschwänglich.

Doch der Freiherr hob abwehrend die Hände. »Willkommen geheißen wurde ich bereits von diesem engstirnigen Unwesen dort drüben, das sich auch jetzt nicht entblödet, meine Ansichten bei anderen in Schmutz und Unwürde zu ziehen.« Conrad warf einen vielsagenden Blick auf Hartmuth, der innerhalb der Marktmenge mit Feuereifer dabei war, des Ritters Äußerungen zu verbreiten und unterdessen immer wieder ganz ungeniert auf den Edelmann zeigte. Auch das Beisein des Bürgermeisters verleitete ihn nicht zum Innehalten.

Wernher stellte eine betroffene Miene zur Schau. »Nehmt bitte meine Entschuldigung im Namen dieses Bürgers an, er weiß nicht, wohin mit seiner Zeit.«

»Umso erfreulicher ist es zu sehen, dass Ihr Euch durch derlei moralische Glanzlosigkeit nicht abhalten ließet, dem geschehenen Frevel ein Denkmal zu setzen.« Conrad deutete mit einem Kopfnicken auf die Gedenkplatte zu ihren Füßen.

»Ich habe mir mehr davon versprochen«, seufzte Wernher. »Inzwischen sind einige Sommer vergangen seit dieser Gräueltat, und dieser Stein sollte sowohl die damals Beteiligten als auch die nachkommenden Generationen daran erinnern, dass man nicht schuldlos anderen Menschen sinnloses Leid antun kann.« Der Bürgermeister ließ die Schultern hängen. »Er wird von allen gemieden, als läge das Opfer selbst noch hier. Und in wenigen Jahren werden unsere Söhne nicht mehr wissen, was er bedeutet.«

»Wohl gesprochen«, stimmte Freiherr Conrad mit dem Kopf nickend zu. »Jedoch habe ich erfreut vernommen, dass dieser schimpfliche Vorfall auch zum Bau eines Krüppelhauses geführt haben soll. Ist das wahr?«

Wernhers Miene hellte sich auf. »So ist es. Wir hoffen, es bis zum Tage unserer Heiligen Elisabeth fertiggestellt zu haben. Es fehlen bloß noch die Schindeln, die gerade gebrannt werden.«

»Das ist schon in wenigen Wochen«, sagte Conrad, »möge Euch dies gelingen. Der Heiligen Elisabeth würde Euer Tun aufs Höchste gefallen. Möge das Haus dazu beitragen, den Bürgern dieser Stadt den Umgang mit den Gezeichneten leichter zu machen, und möge es die Jahre überdauern. Gesegnet sei dieses Werk!«

29

Freitag, 21. Januar 1994, 9:04 Uhr

Völker und der Mechaniker waren bereits zur Tür hinaus, als die drei anderen Männer aufsprangen und ihnen nacheilten. Eric war der Letzte, nachdem er der Bäckersfrau, die mit angehaltenem Atem aus dem Fenster starrte, Stegmanns Visitenkarte auf den Tresen geknallt hatte. »Rufen Sie dort bitte an! Sagen Sie, Eric Walter braucht in Gerstungen Hilfe!«

Ein bizarres Bild bot sich ihnen: Simon Markert hatte trotz seiner altersbedingten Gebrechen das Führerhaus des Löffelbaggers erklommen. Die Tür war offen. Inzwischen hatte er die Bedienhebel soweit im Griff, dass er den Arm des Baggers heben und die Schaufel ein- und ausklappen konnte. Auf dem stählernen Arm ruhender Schnee fiel in weiß staubenden Wolken hinunter.

»Was hast du vor?«, brüllte Völker gegen den Schneesturm und den Dieselmotor an. »Stell sofort das Ding ab und komm runter da!«

Als Antwort ergriff Markert den Griff der Tür und knallte sie zu, ohne seinen Schwiegersohn eines Blickes zu würdigen.

Rund um den Marktplatz wurden Anwohner und Passanten auf das Schauspiel aufmerksam. Ein gutes Dutzend näherte sich mehr oder weniger vorsichtig.

Die in direkter Nähe Stehenden sahen derweil entsetzt mit an, wie Markert den Ausleger in ihre Richtung schwenkte. Hastig sprangen sie zurück, die mächtige Schaufel rauschte nur eine Armeslänge entfernt an ihnen vorbei und traf mit voller Wucht einen der Baucontainer, der dadurch einen Meter weit von seinem Platz verschoben wurde. Klirren und Poltern deutete darauf hin, dass im Inneren einiges zu Bruch ging. Eine hässliche Beule zierte die Stirnwand, einer der

Fensterläden sprang auf und gab den Blick auf eine zertrümmerte Scheibe frei.

»Bist du wahnsinnig?«, brüllte Völker unbeherrscht und ohne Hoffnung auf Gehör bei seinem Schwiegervater, der sich im Führerhaus zunächst einmal wieder orientieren musste. Offensichtlich hatte er zwar eine Ahnung von Baumaschinen, doch die Reaktion des Gerätes hatte Markert wohl unterschätzt. Nach ein paar Sekunden hob sich der Ausleger, und der Bagger schwenkte in seine Ausgangsstellung zurück.

»Wieso kennt er sich so gut mit dem Teil aus?«, fragte Spengler über das Grollen des Motors hinweg Völker, der den Blick nicht von seinem Schwiegervater abwenden konnte.

»Er hat vor etlichen Jahren selbst auf dem Bau gearbeitet. Aber das ist lange her.«

»Dafür macht er seine Sache recht gründlich«, brüllte Bernd, als gerade wieder eine schwarze Rußwolke aus dem Auspuff stieg und Markert das Baugerät anfahren ließ. Alle wichen zurück, als der Bagger in ihre Richtung schwenkte und dabei eine Schubkarre mit einem der Zwillingsreifen knirschend überrollte.

Das Schneetreiben hatte zugenommen, und man konnte nur wenig mehr als zehn Meter weit sehen. Durch dieses Gestöber wälzte sich der Bagger wie ein Ungetüm uralter Legenden einem unbestimmten Ziel entgegen.

Als Völker den Eindruck hatte, Simon Markert sei von seinem zerstörerischen Tun vollkommen beansprucht, näherte er sich von der Seite und erklomm die Leiter unter der Tür, die von innen verriegelt war. Wütend hämmerte er mit der freien Hand gegen die Plexiglasscheibe, während er sich mit der anderen an einen Griff klammerte, der neben den Sprossen angebracht war. »Mach auf, Simon! Stell die verdammte Maschine ab. Wir können doch über alles reden!«

Markert sah ihn so eiskalt an, dass Völker regelrecht zurückschreckte: In den Augen des Alten funkelten Berechnung und jahrelang angestaute Wut, der Wille, noch einmal zu zeigen, zu welchen Taten er fähig war. Fast beiläufig holte der Alte aus und hieb mit der Faust gegen die Scheibe. Reflexartig ließ sein Schwiegersohn den Griff los und fiel rückwärts in den Schnee, wo er für kurze Zeit benommen liegen blieb. Eric und Bernd beeilten sich, ihn aus dem direkten Umkreis des Baggers zu zerren, falls Markert auf dumme Gedanken kommen sollte. Doch der hatte andere Dinge im Kopf.

Er umkreiste den demolierten Baucontainer mit hohem Tempo und schwenkte sein immer schneller werdendes Gefährt in eine Seitenstraße. Der Menschentross folgte ihm in gebührendem Abstand, und niemand wagte es, sich der Tür des Führerhauses noch einmal zu nähern.

Aus den Häusern und Einfahrten kamen noch mehr Menschen auf die Straße, die den Tumult keiner Quelle zuordnen konnten und nun verwirrt den Bagger und die ihm folgenden Leute erblickten, die ihnen aufgeregt von den Ereignissen berichteten.

Eric war wie die anderen bisher dem Baugerät gefolgt, blieb jetzt jedoch zögernd stehen. Über all dem Getöse glaubte er ein seltsames Geräusch zu hören. Er konnte weder den Verursacher noch die Richtung ausmachen, doch er wusste, was es war. Er hatte es bereits vor einigen Wochen unterhalb der Brandenburg zum ersten Mal gehört: Das Klingeln von Glocken an einem Pferdegeschirr.

Nachdem Markert zweimal abgebogen war, blieb er in einer Seitenstraße vor einem alten Fachwerkhaus stehen, das verlassen und sehr heruntergekommen wirkte. Vor keinem Fenster in den drei Stockwerken hing eine Gardine, einige Scheiben waren zerbrochen. Großflächige Flecken in dem Putz, wo er noch nicht abgebröckelt war, deuteten auf Feuchtigkeit, Salpeter und womöglich Hausschwamm hin. Die verwitterte Tür war verschlossen, und ein rot-weißes Absperrband war mehrfach davor geklebt worden.

Das blanke Entsetzen stand Völker ins Gesicht geschrieben, als er endgültig erkannte, was sein Schwiegervater im Schilde führte. Er rutschte auf dem von vielen Autos platt gewalzten Schnee fast aus, als er hastig an dem Bagger vorbeilief und zwischen dem Gerät und dem baufälligen Haus Stellung bezog. Er blickte etwas hilflos drein, wo eigentlich Entschlossenheit gefragt gewesen wäre, war aber voller Hoffnung, dass seine Aktion Simon Markert von seinem Vorhaben abbringen würde.

Tatsächlich zögerte dieser einige Augenblicke, in denen er nicht die geringste Regung zeigte. Drohend grummelte der Dieselmotor weiter, und der eingeklappte Ausleger schwebte nur wenige Meter vor dem

Bürgermeister. Langsam bewegten sich Markerts Hände zu den Kontrollknöpfen des Baggers und blieben etliche Sekunden darauf liegen.

Völker konnte kaum fassen, dass dieser Mann nun offensichtlich auch zum Äußersten bereit war. Sein Herz wollte zerspringen, und er fragte sich verzweifelt, ob seine Stellung, sein Ansehen es wert seien, hier zu stehen und seine Gesundheit oder sogar sein Leben aufs Spiel zu setzen.

Der Motor erstarb. Markert öffnete die geteilte Frontscheibe des Führerhauses und ließ sich wieder in den Sessel fallen. »Geh da weg!«, bellte er seinen Schwiegersohn an. »Du wirst es nicht verhindern können, du Schwachkopf!«

Mit neuem Mut verschränkte Völker die Arme vor der Brust und gab trotzig zurück: »Ich denke, doch! Bitte, Simon, mach es nicht noch schlimmer. Bis jetzt ist es Sachbeschädigung bei der Baufirma. Falls du dieses Haus einreißt, musst du mit einer harten Bestrafung rechnen.«

»Pah! Was kümmert's mich alten Mann, für ein paar Monate in den Bau zu gehen oder die lächerlichen Zäune zu bezahlen, wenn ich hier Geschichte machen kann.«

Bernd, der bisher wie Spengler und inzwischen gut fünfzig Stadtbewohner nur hinter der Maschine hergelaufen war und den Fortgang ungläubig mitverfolgt hatte, trat zu dem Professor. »Was ist denn da los? Worum geht es bei der alten Hütte?«

Spengler zuckte nur mit den Schultern. Bernd wandte sich an einen der Umstehenden, einen älteren Herrn in ausgewaschenen blauen Arbeitssachen. »Entschuldigen Sie, bitte.« Der Mann konnte sich nur schwer von dem Anblick lösen, der ihm geboten wurde. Markert und Völker waren nach wie vor in heftigem Gezänk verstrickt, das momentan zu nichts führte. »Was für ein Haus ist das denn?«

»Das da? Das ist das verfallene Gesindehaus vom Schloss.«

Bernd machte nur ein fragendes Gesicht. »Und warum ist es noch nicht abgerissen worden?«

»Denkmalschutz, das Haus ist halt schon ziemlich alt«, erwiderte der Mann, als sei damit alles erklärt, und schenkte seine Aufmerksamkeit wieder den beiden Streithähnen.

»Ach was, es geht hier nicht um das Gesindehaus«, krächzte von weiter hinten eine weibliche Stimme, die einer noch älteren Frau gehörte, die sich nun in gebeugter Haltung durch die Menge drängelte. Sie war in unauffällige naturfarbene Kleidung gehüllt und trug ein Kopftuch. Wie Markert stützte sie sich beim Gehen auf einen Stock. »Du weißt wieder mal nix, Max.«

»Dann erklär du es ihm doch«, versetzte der Mann knapp und wandte sich ab.

Die Frau sah Bernd ernst an. »Das Gebäude steht auf den Grundmauern eines noch viel älteren, das vor über siebenhundertfünfzig Jahren gebaut wurde.«

»Was war das für ein Haus?«, fragte Bernd. Sein Herz klopfte heftig, er wartete auf eine Bestätigung seiner Vorahnung.

»Heutzutage könnte man Hospital dazu sagen«, antwortete sie und sah stirnrunzelnd hinauf zum Dachfirst des Gebäudes. »Damals diente es zur Aufnahme der Gebrechlichen und Kranken. Man nannte es das Siechenhaus.«

»Ein Haus für die unheilbar Kranken?«

Die Frau nickte. »Heute würde man Pflegeheim dazu sagen.«

»Wann wurde es genau erbaut?«, bohrte Bernd weiter.

»Nun, einige behaupten, im Verlauf der großen Pest um 1350«, sinnierte sie. »Aber es gibt noch eine andere Geschichte, die hier nicht gern gehört wird.« Allein für diesen Satz erntete sie vernichtende Blicke der Umstehenden. »Manche behaupten, die Gerstunger hätten es schon Mitte des dreizehnten Jahrhunderts als Zeichen der Wiedergutmachung für den Mord an einem Krüppel erbaut.«

Bernd fiel die Kinnlade herab. Spengler sah die Frau mit erstarrten Gesichtszügen an.

»Dieses Haus wurde für Limpert gebaut«, stellte der Professor nüchtern fest. Er äußerte das nicht als Frage, und die Alte nickte nur stumm, während einige, die das Gespräch mitverfolgt hatten, abzuwiegeln versuchten, die Frau nun sogar beschimpften oder eine Verrückte nannten. Ein paar andere schlugen sich auf ihre Seite, eine hitzige Diskussion über das Für und Wider eines Abrisses entbrannte.

In dem Moment wurde ihre Aufmerksamkeit wieder auf das Geschehen vor dem Haus gelenkt. Markert war von seinem Sitz aufgesprungen, krallte sich an die Verstrebungen des Führerhauses und schrie seinen Schwiegersohn an.

»Mach, dass du fortkommst, du verfluchter Idiot! Du weißt ja gar nicht, wie lange diese Bruchbude den Menschen hier schon ein Dorn im Auge ist. Es muss weg – weg – weg! Verstehst du denn nicht? Irgendwann sollte man die Vergangenheit auch einmal ruhen lassen und aufhören, in alten Wunden zu bohren. Die Leute haben genug davon, ständig die Fehler ihrer Vorfahren vorgeworfen zu bekommen.«

»Es geht hier gar nicht um den Vorwurf, Simon«, rief Völker schon fast verzweifelt. »Keiner dreht den Menschen von heute noch einen Strick wegen eines Mordes, der so lange zurückliegt. Es ist nicht mal erwiesen, wie viel davon überhaupt stimmt. Nur vergessen sollte man das alles nicht. Was ist mit Traditionen, Moral und … Geschichte?«

»Was kümmert dich die denn auf einmal?«, keifte Markert erbost. »Vor vier Jahren haben sie den Zaun eingerissen und unsere Geschichte mit der D-Mark aufgekauft. Und du kriechst ihnen von Anfang an hinten rein. Jetzt kommst du mir mit einer alten Klamotte, von der niemand weiß, ob und wie sie sich tatsächlich zugetragen hat. Es wird Zeit, dass wir diesem Spuk ein Ende bereiten!«

Und um keinerlei weitere Widerworte zuzulassen, griff er zum Schlüssel am Armaturenbrett. Der Anlasser drehte kurz durch und der Motor sprang an, eine pechschwarze Rußwolke in den eisigen Morgen jagend. Der Ausleger hob sich verheißungsvoll, und Markert steuerte die Maschine ungeachtet seines immer noch vor der Tür stehenden Schwiegersohnes ein Stück näher an das Gebäude heran.

Völker stand wie versteinert und starrte den alten Mann durch die offene Scheibe ungläubig an. Bittere Entschlossenheit schlug ihm entgegen. Er wich zurück, die Angst in ihm gewann allmählich die Oberhand, die Erkenntnis, dass es besser wäre, diesem Wahnsinn die Bahn frei zu machen. Schließlich war es nur ein Gebäude, und vor Zeugen hatte er alles für seinen Erhalt getan. War es erst einmal weg, zerstört von diesem Paranoiden, würde schon nach wenigen Wochen kein Hahn mehr danach krähen. Sollte der Alte doch in den Knast dafür gehen. Völker hatte alles versucht, seinen Schwiegervater aufzuhalten. Er brauchte sich keine Vorwürfe zu machen, das würde auch seine Frau einsehen müssen.

Bernd trat einen Schritt nach vorn, jedoch hielt Spengler ihn mit eisernem Griff an der Schulter zurück. »Lassen Sie mich. Wir müssen ihn aufhalten! Wieso … ?«

»Warte«, sagte Spengler bloß und schüttelte sachte den Kopf.

Bernd sah sich um. »Wo ist eigentlich Eric?«

Keine Menschenseele hielt sich mehr auf dem Marktplatz auf, die halbe Stadt schien dem Bagger gefolgt zu sein. Je weiter sich das Dröhnen des Dieselmotors entfernte, desto deutlicher wurden die Geräusche des herannahenden Pferdeschlittens. Eric war längst überzeugt, dass er sich dieses nicht einbildete, und konnte nun auch die Richtung ausmachen.

Er verließ den Marktplatz und gelangte nach wenigen Metern zu einer Hausecke, hinter der er wie angewurzelt stehen blieb. Die Straße hinab erkannte er im Schneetreiben einen dunklen Schemen, der sich auf ihn zu bewegte und von dem eindeutig das Klirren von Pferdegeschirren ausging. Darunter mischte sich dumpfes Hufgetrappel auf festgetrampeltem Schnee.

Gelähmt blieb Eric in der Straßenmitte stehen, ungeachtet des sich nähernden Gespanns. Wie aus einer Schneewand heraus brach sich die grauenhafte Erscheinung, der er schon einmal begegnet war: Vier kopflose Pferde trabten auf ihn zu, deren zerfetzte Halsstümpfe weiße Dampfwölkchen wie heißen Atem ausstießen, und dahinter erkannte er den Schlitten. Flankiert wurde dieser von den zwei wachsamen schwarzblauen Hunden, die ohne Mühe das Tempo hielten und darauf achteten, dass sich niemand näherte.

Eric versagte für eine Schrecksekunde das Herz, als sich das Gespann schon bis auf zwanzig Meter genähert hatte: Im Schlitten erkannte er zusammengekauert eine Gestalt, und sie trug seine Handschuhe.

Die Schaufel sauste nur knapp über Völkers Kopf hinweg und traf die Außenwand des ehemaligen Siechenhauses wenige Zentimeter unterhalb eines Fenstersimses im ersten Stock. Die Reste der ohnehin bereits eingeworfenen Scheibe sprangen aus dem Rahmen, Staub wirbelte auf, als sich aus der Laibung über dem Fenster etliche Backsteine lösten. So bemerkte Völker die herabfallenden Steine nicht, obwohl er reflexartig nach oben gesehen hatte. Ihm entfuhr nur ein verblüfftes »Oh«, bevor er am Kopf getroffen wurde und zusammensank wie ein verwundeter Soldat. Die Zuschauer stöhnten erschrocken auf.

Markert hielt inne und betrachtete ernst, was er angerichtet hatte. Selbst auf die Entfernung war erkennbar, dass er angestrengt nachdachte. Spenglers Entschlusskraft war mit einem Mal wieder da: Mit grimmigem Blick rannte er auf den Bagger zu.

Markert griff hastig nach vorn, zerrte die Frontscheibe zu sich heran und verriegelte sie. Er war gerade dabei, den Ausleger einzufahren, als Spengler auf das Führerhaus sprang wie ein kleineres wildes Tier auf die große, träge Beute. Der Alte verließ sich darauf, dass auch der kräftige Professor nicht ins Innere gelangen konnte.

Wie ein Berserker schlug dieser mit seiner von einem Handschuh eingehüllten Hand auf die Seitenscheibe ein, was aber keinerlei Wirkung zeigte.

Markert setzte mit dem Bagger drei Meter zurück und schwenkte das ganze Gerät herum, in die Richtung, aus der er und die ihn begleitenden Menschen gekommen waren. Die waren inzwischen seitlich vorbeigelaufen, um erste Hilfe zu leisten. Völker war bewusstlos und blutete stark am Kopf.

Der Bagger nahm nun wieder Fahrt auf, Bernd rannte im dichten Schneetreiben neben ihm her und sah mit rasendem Herzen zu, wie Spengler weiter auf die Seitenscheibe eindrosch. Er glaubte seine Züge schmerzverzerrt zu sehen.

Mit einem dumpfen Geräusch gab schließlich die Gummidichtung der Scheibe nach, diese kippte nach innen. Markert heulte entsetzt auf und beobachtete hektisch, wie Spengler sich mühte, das Plexiglas zur Seite zu schieben. Sofort stemmte er sich dagegen. Spengler versuchte nun, durch den sich ihm bietenden Spalt nach innen zu greifen, um an den Zündschlüssel zu kommen, doch der Platz zwischen Scheibe und Rahmen reichte nicht aus. Seine Kräfte schwanden allmählich.

Markert sah nach vorn, wo die Gasse leicht anstieg und sich nach etwa fünfzig Metern zum Marktplatz hin öffnete. Er lenkte den Bagger nach links, ganz nahe an die Gebäude heran. Markerts Blick wanderte zwischen der Straße, den Mauern und dem immer verzweifelter dreinschauenden Spengler hin und her.

Der hatte längst begriffen, was der alte Mann vorhatte, und versuchte eilends seine Hand aus der Fahrerkabine zurückzuziehen. Doch Markert stemmte sich weiterhin von innen dagegen und quetschte den Arm des Professors zwischen den Rahmen der Tür und die Scheibe. Er war nun festgekeilt. Und die Mauern kamen immer näher. Sein Arm brannte wie Feuer an der Stelle, wo die Kante des Glases sich in seine Jacke drückte.

Nun schabte sein Rücken auf grobem Putz entlang. Staub rieselte in seinen Kragen, und ihn verließ bereits der Mut, als das linke Vorderrad unverhofft über einen komplett zugeschneiten Poller am Straßenrand sprang und Markert die Lenkung verriss. Der Bagger machte einen Satz von einem Meter nach rechts, und Markert schleuderte durch die kleine Kabine. Endlich ließ der Druck auf die Scheibe nach, und Spengler konnte seinen Arm aus dem Spalt ziehen, stürzte aber rücklings an die Hauswand. Das Baugerät war unterdessen wieder in Markerts Gewalt und donnerte in Richtung Marktplatz.

Bernd und einige andere eilten zu Spengler, der dem Bagger mit zusammengebissenen Zähnen hinterhersah und an die Wand gelehnt seinen verletzten Arm hielt. Sie wollten ihm aufhelfen, doch er schlug ärgerlich ihre Hände beiseite.

»Geht!«, grollte er. »Seht zu, dass ihr diesen Irren aufhaltet! Er weiß gar nicht, was er da anrichtet.«

Die Pferde kamen ungebremst immer näher, und Eric fragte sich, ob sie ihn trotz fehlender Augen überhaupt wahrnehmen konnten oder einfach überrennen würden. Dennoch war er zu keiner Bewegung fähig.

Seine Frage wurde beantwortet, als sich die Hufe in den Schnee stemmten und die Pferde bockend zum Stehen kamen. Der Schlitten brach schlingernd aus und kippte auf die Seite. Ellen stieß einen spitzen Schrei aus, als sie von der Sitzbank geschleudert wurde und auf die harte Straße stürzte. Neben ihr geriet einer der Hunde mit einem Hinterlauf unter das Gefährt, wurde unter einer Kufe eingeklemmt und heulte auf vor Schmerz. Der andere baute sich grollend vor Eric auf.

Am Boden liegend wischte sich Ellen Schnee und Haare aus dem Gesicht. Sie wirkte sehr verängstigt, entdeckte dann Eric, und ihr Gesicht strahlte, als müsste nun alles auf der Stelle gut werden.

Er hingegen wusste nicht, wie er an dem Hund vorbei zu ihr gelangen sollte. »Ellen! Ist alles in Ordnung mit dir?«, rief er panisch.

»Ja«, gab sie mit bebender Stimme zurück. »Aber … was ist hier los? Was ist mit mir passiert?«

Eric machte eine vorsichtige Bewegung. Ellens scharfer Bewacher verharrte in aufmerksamer Stellung und ließ sein kehliges Knurren vernehmen. Sofort stand Eric wieder still.

»Es kommt alles in Ordnung, Süße, glaub mir.«

Er kam einfach nicht an dem zottigen Riesen vorbei, der ganz sicher darauf aus war, Ellen nicht entwischen zu lassen. Und es war unmöglich, ihn anzugreifen. Auch wenn Eric selbst keinen der Hunde bei einer Attacke beobachtet hatte, genügte ihm doch Erika Benders Erzählung, in der einer von ihnen ohne Probleme zwei scharfe Wachhunde an der Grenze zerfleischt hatte.

Er ging in sich. Zwar galt Limpert, genau wie seine vierbeinigen Gefährten, als skrupellos gewalttätig. Aber er hatte doch auch eine andere, sensible Seite, die Eric erst in der vergangenen Nacht richtig kennengelernt hatte. Eric hatte die Verse in der Höhle vor Augen und erinnerte sich an Limperts Stimme. Er musste es versuchen und zeigen, dass er verstanden hatte, worauf es dem Fleischboten ankam.

Zielstrebig hielt Markert auf die Umzäunung der Baustelle zu, dieses Mal von der anderen Seite. Mit einer einzigen Drehung des Baggers fegte er den Bauzaun und das direkt dahinter stehende Zelt beiseite, bevor er den Motor abwürgte.

Markert fluchte und fingerte bereits wieder an dem Schlüssel herum, als er aus dem Augenwinkel etwas erblickte, das ihn erstarren ließ. Und den Menschen, die hinter Bernd auf den Marktplatz geeilt kamen und den Bagger in gebührendem Abstand umrundeten, um zu sehen, was Markert angerichtet hatte, verschlug es den Atem. In dem Moment schwächte sich sogar der Schneefall ab.

Dort, wo sich gerade noch das Zelt befunden hatte, lag eine dunkelgraue Basaltplatte mit einer Gravierung. Und genau daneben stand, gebeugt von Alter und Gram, gestützt auf eine Hellebarde, eine gedrungene Gestalt und betrachtete aus traurigen, eisblauen Augen die Steinplatte.

30

Freitag, 21. Januar 1994, 9:39

Keiner wagte, sich zu rühren oder etwas zu sagen, zu bizarr, angsteinflößend und unwirklich war der Anblick der Gestalt, die geradezu verloren bei dem Stein stand. Bernd nahm aus dem Augenwinkel zwei ältere Frauen wahr, die sich mit weit aufgerissenen Augen stumm bekreuzigten. Der Schneefall hatte völlig ausgesetzt, aber die Wolkendecke hing ohne Konturen und sehr tief über der Stadt, so als warte sie nur auf ein Kommando, um neue Unmengen von Schnee abzuladen. Der Wind schien eisiger als zuvor zu blasen.

Nein, dachte Bernd verwirrt, der Wind weht gar nicht mehr.

Der erste, der sich wieder einer Bewegung besann, war der sturköpfige Markert. Fahrig langte er nach dem Zündschlüssel, schaffte es schließlich, diesen zu drehen, voller Hoffnung auf das Anspringen des Dieselmotors. Doch der Auspuff stieß nur ungesunden schwarzen Qualm aus, und der Anlasser verstummte wieder.

Markert ließ Limpert nicht aus den Augen. Mit einer letzten gurgelnden Drehung gab nun auch die Batterie der Maschine den Geist auf. Der Blick des Alten blieb auf der kleinen Gestalt ruhen, die scheinbar unbeteiligt bei dem Stein stand und ihn unter ihrer Kapuze hervor betrachtete.

Fluchend schlug Markert auf das Armaturenbrett und stieß die Tür des Führerhauses auf, die lose Scheibe warf er hinterher. Bereits im Herabklettern sah er sich um: Unter dem Bauwagen entdeckte er eine unverschlossene Kiste mit Werkzeug. Er griff sich einen Spaten und wandte sich Limpert zu, sein funkelnder Blick auf die gedrungene Gestalt geheftet.

»Verschwinde, du Scheusal!«, rief er wütend aus. »Wer immer du bist, wir glauben hier nicht an diese Ammenmärchen. Und wir wehren uns gegen Vorwürfe, die eigentlich unseren Ahnen gelten. Geh hin und verkriech dich in deinem Loch. Lass uns endlich in Frieden!«

Limpert sah zum ersten Mal auf. Seine eisblauen Augen trafen Markert wie ein Blitz und ließen ihn einen Moment lang innehalten. Doch Markert war nicht derjenige, der aufgab, wenn er den Weg schon so weit gegangen war. Immer hatte er das bekommen, was er wollte, oder was andere ihm befohlen hatten, in Besitz zu bringen. So einfach war das. Eine Anweisung, ein Ziel, und nur das Erreichte zählte, um welchen Preis auch immer. Opfer mussten und durften gebracht werden.

Mit der Kraft, die sich aus Wut, eisernem Willen und einem Großteil Starrsinn speiste, erhob Markert den Spaten wie eine Keule. Er machte zwei Schritte vorwärts und schwang seine Waffe in weitem Bogen gegen seinen viel kleineren Widersacher.

Träge mutete Limperts Reaktion an, als er zur Abwehr seine Hellebarde hob. Die Zuschauer hielten erschrocken den Atem an. Jeder andere hölzerne Schaft wäre unter der Wucht des Metalls zersplittert, doch das Holz war alt und hart, und Limpert lenkte den Schlag so geschickt ab, dass der Spaten auf dem Boden aufschlug und Markert aus der Hand gerissen wurde. Der konnte seiner Waffe nur ungläubig nachschauen, die unerreichbar hinter dem alten Fleischboten im Schnee zum Liegen kam.

Limpert machte einen Schritt nach vorn und stützte sich, nun etwas aufrechter, auf seine Hellebarde. Traurig sah er seinen Gegner an, der entsetzt zurückwich.

Von der Hauptstraße her heulte eine Sirene, und nur wenig später raste ein Polizeiwagen auf den Platz. Ein Zivilfahrzeug mit aufgesetztem Blaulicht folgte ihm. Der erste vollführte zwanzig Meter vom Schauplatz der Ereignisse entfernt eine Vollbremsung, die das Fahrzeug schlittern und eine halbe Drehung um sich selbst vollführen ließ. In einigem Abstand hinter Limpert blieb es stehen.

Der Fahrer des Zivilfahrzeugs stellte sich geschickter an und brachte es mit einer kontrollierten Bremsung und dank der technischen Bordmittel zum Stillstand. Stegmann und Schneider stiegen eilig aus dem Auto, während ihre uniformierten Kollegen bereits ihre kleinkalibrigen Pistolen gezogen hatten und damit von hinten aus nur fünf Metern Entfernung auf Limpert zielten.

»Lassen Sie die Waffe fallen und drehen Sie sich langsam um!«, brüllte einer der Uniformierten, ein junger Kerl, der noch nicht lange im Dienst sein konnte. Seine Hände zitterten, glaubte Bernd zu sehen.

Insgeheim erwartete er, dass Limpert der Aufforderung nicht nachkam, sie sogar ignorierte. Um so mehr überraschte es ihn, dass sich der Mann umdrehte und die Polizisten ruhig ansah.

Es dauerte einige Sekunden, bis Eric die Worte wieder einfielen. Gewiss konnte er sie nicht so vortragen, wie es der Fleischbote vermochte, aber er gab sein Bestes, legte all das liebevolle Gefühl in die Verse, das auch seinen Verfasser damals bewogen haben mochte, sie niederzuschreiben:

Wol mich der stunde, daz ich si erkande,
diu mir den lîp und den muot hât betwungen, ...

Während er sprach, machte er einen Schritt auf den Hund und den Schlitten zu, doch das Knurren blieb aus. Das Tier sah ihn ausdruckslos an, war dabei weiter wachsam.

Ellen hatte feuchte Wangen, und Eric konnte nicht sagen, ob es Tränen der Angst, der Rührung oder der Freude waren. Ihre Lippen bebten.

Mit wachsender Überzeugung stimmte er die zweite Strophe des Gedichts von Walther von der Vogelweide an. Noch bevor Eric die letzten Silben ausgesprochen hatte, spürte er, welche Magie darin lag und dass jedes einzelne Wort genau das ausdrückte, was sein Schreiber und nun er selbst fühlten: Zuwendung und Vertrauen.

Der Hund trat einen Schritt zur Seite, als Eric auf die Knie fiel und Ellen in die Arme schloss.

Als Limperts Blick ihn traf, der bis in sein Innerstes zu schauen schien, verlor der junge Polizist die Nerven, und ein Schuss löste sich aus seiner entsicherten Waffe. Die Kugel durchschlug Limperts linke Schulter. Er stöhnte mehr erstaunt als vor Schmerz auf und sah den Mann, der auf ihn geschossen hatte, verwirrt und etwas ungläubig an, bevor sich seine Überraschung in Zorn wandelte.

Der junge Polizist hielt seine Waffe zitternd umklammert, war jedoch unfähig, noch einmal abzudrücken. Mit offenem Mund beobachtete er, wie Limpert einen Schritt auf ihn zumachte, die eisigen Augen, in denen uralte Wut aufflammte, starr auf ihn gerichtet, und die Hellebarde zum Schlag erhoben. Die Innenseiten der Hose des jungen Polizisten färbten sich dunkel. Sein Kollege wich stolpernd zurück, zu nichts anderem fähig, als seine eigene Waffe fallen zu lassen.

Ein Schuss peitschte durch die Stille des Wintermorgens und traf Limpert mitten in die Brust.

Er sah verwirrt an sich hinab. Die grobe Wolle war handtellergroß zerfetzt. Die Hellebarde sank hinunter und landete dumpf im Schnee.

Die Menge teilte sich, begleitet von entsetzten Schreien, als der blaue Hund aus der Seitengasse hetzte und auf seinen Herrn zuhielt. Drei Schüsse feuerte Schneider ab, das Tier wurde am Vorderlauf getroffen und blieb heulend einige Meter von Limpert entfernt liegen.

Der sah verständnislos und völlig erstarrt seinen treuen Begleiter und dann die vor ihm stehenden Männer an. Nur in seinen Augen spiegelten sich vielfach die Emotionen wider: Trauer und Wut, Unverständnis und Unglauben, Angst und Enttäuschung.

»Nein!«, brüllte Eric, der mit Ellen den Marktplatz erreicht hatte und sich durch die Menge nach vorn bis hin zu Bernd kämpfte, doch sein Schrei blieb von den Männern in der Mitte des Platzes unbeachtet. »Das könnt ihr nicht tun!« Er riss sich aus Bernds und Ellens Griff.

Limpert streckte in einer hilflosen Geste die Hand in Schneiders Richtung aus. Ein weiterer Schuss zerriss die Stille, der den Fleischboten in die Brust traf, dann noch einer.

Geschockt und benommen blieb Eric stehen. Die Szene schien wie eingefroren.

Der Kommissar hatte die Waffe weiterhin erhoben, starrte Limpert mit zusammengepressten Lippen an und machte dabei den Eindruck, als wäre er sich nicht sicher, ob er das Richtige getan hatte. Stegmann hatte ihm die Hand auf den Arm gelegt und schüttelte sachte das Haupt.

Kein Blut, schoss es Eric durch den Kopf, er blutet nicht.

Vorsichtig betastete Limpert mit den Fingern seine Brust, versuchte, sich einen Reim darauf zu machen, was ihm gerade passiert war. Sein Mund stand ungläubig offen, brachte jedoch keinerlei Laut heraus.

Das Schicksal wollte es, dass der Wind wieder auflebte und eine Böe die Kapuze des Umhangs aufblähte und zurückschlug. Limperts zernarbter, haarloser grauer Schädel und sein schiefes Gesicht wurden im fahlen Licht des Morgens sichtbar und ließen die Menge aufstöhnen, was seine Aufmerksamkeit auf sie lenkte.

Mit weiterhin an die Brust gepressten Händen, als umklammerte er sein müdes Herz, wandte er ihnen den Kopf zu und schien sie in diesem einen Augenblick alle einzeln anzusehen. Dabei drückte sein Blick nichts weiter aus als endlose Traurigkeit, Trauer darüber, dass ihm am selben Ort erneut Böses widerfuhr, an dem er schon einmal Opfer von Hass und Intoleranz geworden war. Völlig vergessend, dass Limpert ebenfalls viel Leid in das Land getragen hatte, wurden nicht wenige in der Menge von einer Welle der Niedergeschlagenheit erfasst.

Eric hatte gezweifelt, ob Limpert ein Mensch aus Fleisch und Blut war oder ein unverletzbares Wesen unbekannter Natur, dem Gewalt Jahrhunderte nach seinem Tod nichts mehr anhaben konnte. Als der Krüppel nun schwerfällig in die Knie ging und heftig ausatmete, vergingen diese Zweifel im Nu, und Eric sah erschüttert mit an, wie der verletzte Mann auf die Seite kippte und regungslos liegen blieb.

Schneider ließ seine Waffe sinken und starrte versteinert die kleine Kreatur im Schnee an. Er war innerlich zerrissen von Pflichterfüllung auf der einen und der Traurigkeit auf der anderen Seite, die auch ihn erfasst hatte. Hatte er richtig gehandelt? Dieser … Mensch war mit einer Axt auf seinen Kollegen losgegangen, hätte diesen verletzt, wenn nicht sogar getötet, da war die Verwendung der Schusswaffe gerechtfertigt. Oder nicht? Vielleicht hatte er hier etwas gewaltsam beendet, in dessen Verlauf er niemals hätte eingreifen dürfen. Und konnte das jetzt nicht mehr rückgängig machen.

Eric hatte Tränen in den Augen. Einsam stand er zwischen der Menge hinter ihm und dem Schauplatz der dramatischen Ereignisse. Vollkommen fassungslos starrte er auf Limperts kleinen Körper, auf den sich gnädig feine Schneeflocken legten, direkt neben der Steinplatte, die zu seinem Gedenken in den Boden eingelassen worden war. Und ausgerechnet hier sollte Limpert ein zweites Mal den Tod gefunden haben.

Jäh wurde Eric aus seinen Gedanken gerissen, als er aus dem Augenwinkel eine Bewegung wahrnahm. Simon Markert, der bis eben wimmernd im Schnee gelegen hatte und vor Limpert davongekrochen war, hatte sich mit Hilfe des Spatens wieder aufgerichtet und diesen nun hoch über den Kopf erhoben. Hatte der Blick des Boten bei den meisten Anwesenden Mitgefühl und Trauer hervorgerufen, so hatte er Markerts letztes bisschen Vernunft dahingerafft: Er musste das zu Ende bringen! Keuchend machte er einen Schritt, die Augen weit aufgerissen.

Eric stand nur wenige Meter entfernt. Er schnellte nach vorn, rutschte fast aus, fing sich wieder. Wie in Trance beobachtete er, wie Markert abermals einen Schritt machte und mit dem wankenden

Spaten noch weiter ausholte. Hatte er es auf Limpert abgesehen, oder auf den Stein im Boden, neben dem der Fleischbote lag?

Eric hatte mehr Strecke zurückzulegen als Markert. Würde er den Wahnsinnigen von seinem Vorhaben abbringen können? Warum griffen die Polizisten nicht ein?, schoss es ihm durch den Kopf. Sie standen dabei wie Statisten und betrachteten, gelähmt wie alle anderen, nur das Geschehen.

Da stieß Limpert, begleitet von einer Atemwolke, einen tiefen Seufzer aus, der den Angreifer entsetzt innehalten ließ und Eric genau die zwei Sekunden schenkte, um Markert zu erreichen.

Er rammte ihn mit voller Härte in die Seite und riss ihn zu Boden. Dabei streifte der Spaten Eric mit Wucht an der Schulter. Sie brannte wie Feuer, doch seine Verzweiflung ließ ihn diesen Schmerz nicht spüren.

Er lag etwas unglücklich auf Markert, der seine Waffe mit beiden Händen fest umklammert hielt. Trotz seines Alters gelang es ihm, dem Jüngeren den Stiel quer gegen die Stirn zu schlagen. Eric wurde einige Sekunden lang schwarz vor Augen, und er verlor beinahe den Halt, als sich Markert unter ihm hervorwinden wollte.

In dem Moment, als seine Sinne ihn fast verließen, glaubte Eric durch den Nebel seiner Gedanken eine vertraute Gestalt im Schnee zu erblicken. Ihr sorgenvolles Gesicht erhellte sich, veränderte sich zu den liebevollen Zügen seiner Freundin, die erkannte, dass er die nötige Kraft doch noch aufbringen würde, und ihre Lippen formten seinen Namen: »Eric!«

Er glitt in die Realität zurück, sah den in paranoidem Zorn unter ihm liegenden Markert vor sich, der gerade wieder den Spaten nach oben reißen wollte, um Eric einen weiteren Schlag zu verpassen. Mit dem Unterarm konnte Eric zwar den Hieb abblocken, und Markert ließ durch die Wucht des Aufpralls seine Waffe fallen. Aber Eric glaubte zu hören, wie der Stiel seine Elle zerschmetterte. Er schrie laut auf, sein linker Arm hing kraftlos herab. Die beiden Kontrahenten starrten sich wütend an.

»Lass mich los, du hirnverbrannter Idiot!«, geiferte der alte Mann und wand sich weiter wie ein gefangenes Tier. Markerts Hände trommelten gegen Erics Brust. »Du weißt ja nicht, was du tust!«

»Doch«, entgegnete Eric, nun vollkommen abgeklärt. »Das weiß ich sehr wohl.« Und versetzte Simon Markert mit der rechten Faust einen

Schlag, den er sich selbst nie zugetraut hätte, der aber den Mann sofort außer Gefecht setzte.

Erst jetzt bemerkte Eric, dass die Menschenmenge herangekommen war und viele Augenpaare ihn ansahen. Sie hielten noch gebührenden Abstand, zumal auch Limpert in der Nähe lag, der stoßweise atmete und blinzelnd in den Himmel sah. Außer den Polizisten brachten nur Ellen und Bernd den Mut auf, zu ihrem Freund zu eilen und ihm aufzuhelfen.

»Wie geht es Ihnen?«, wollte Stegmann wissen.

Eric zuckte mit den Schultern, verzerrte aber schmerzhaft das Gesicht. »Nicht so besonders«, gab er zu.

Der Kommissar wandte sich an einen der beiden Polizisten. »Rufen Sie einen Krankenwagen!«

»Dieser Stein da«, sagte Eric mühsam, »er darf niemals …«

»Machen Sie sich keine Sorgen«, antwortete Stegmann ernst und stützte ihn. »Nach dem, was hier gerade passiert ist, wird ihn niemand mehr anrühren. Versprochen.«

Wie angewurzelt blieben sie stehen und verstummten, als sich eine dünne Stimme erhob, die Eric schon einmal gehört hatte und nie vergessen würde. Es war Limpert, der Walther von der Vogelweides *Ich saz ûf eime steine* rezitierte. Er lag mit offenen Augen da und blickte gen Himmel, der es nun leid war, weiteren Schnee abzuladen und einige Flecken von Blau erkennen ließ, und formte die wunderbaren Worte, die zu seiner Jugendzeit geschrieben worden waren. Limpert beklagte so das menschliche Unvermögen, zugleich Ehre, Wohlstand und Gottes Gnade zu erlangen.

Die wenigsten verstanden, was sie da hörten, doch die Form der Darbietung berührte sie sehr.

Der Hund, den seine Verletzung nicht zu behindern schien, stellte sich neben Limpert und wartete geduldig, dass dieser sich regte. Der Fleischbote griff nach einigen Augenblicken seitlich in das zottige Fell des Tiers und zog sich mühsam auf die Knie. In dieser Stellung verharrte er eine Weile, bis er einen Fuß aufstellte, sich weiter aufrichtete und schließlich ein Bein über den Rücken des Hundes schob, so dass er auf ihm liegen konnte. Das ungewöhnliche Reittier bahnte sich seinen Weg durch die zurückweichende Menge in die Richtung des ehemaligen Siechenhauses, die Hellebarde seines Herren zwischen den Zähnen.

Immer mehr Wolken verschwanden, lösten sich erstaunlich schnell auf und gaben den Blick auf einen blauen Himmel frei. In den Gassen rund um den Marktplatz, in welche die Sonne nicht eindringen konnte, hielt sich jedoch ein dünner Bodennebel.

An Eric vorbei raunte Schneider seinem Kollegen zu: »Sollen wir ihn einfach gehen lassen?«

Stegmann zuckte nur die Schultern. »Was willst du sonst tun? Ihn einsperren?«

Darauf wusste Schneider keine Antwort.

Ellen und Eric standen Arm in Arm neben dem Limpertstein und blickten erleichtert, aber auch ein wenig bedrückt dem seltsamen Reiter hinterher. Zwischen den Häusern wurden die Schwaden kaum merklich dichter, je weiter sich Limpert auf seinem Tier entfernte. Niemand wagte es, ihnen zu folgen. Und schließlich verschlang der Nebel den Schemen ganz und gar, um sich kurz darauf zu verflüchtigen und den Ort der Sonne zu überlassen. In der Ferne war das kurze Bellen zweier Hunde und das Klirren eines Pferdegespanns zu vernehmen.

Epilog

Juni 1994

Wildes Gebrüll aus Dutzenden von Kehlen übertönte noch das Stampfen der schweren Stiefel und das Klirren der Schwerter und Lanzen. Der steile Weg zum Burgtor der Brandenburg hinauf war in einer grob geschmiedeten, eisernen Rüstung die reinste Tortur, doch dem Kampfesmut der Recken tat das keinen Abbruch.

Jetzt standen die mit Kettenhemd, Helmen und Schilden gerüsteten Ritter direkt vor dem Tor und lieferten sich ein martialisches Gefecht mit den Verteidigern der Burg. Funken stoben, als die Klingen aufeinandertrafen, und unter den Kampfeslärm mischten sich die Schreie und das Wehklagen der Gefallenen.

Nur eine halbe Stunde später war die Feste genommen, und die Eroberer proklamierten ihren rechtmäßigen Anspruch auf die Burg und ihre Lehen, schickten den bisherigen Besitzer in die Verbannung und sagten bessere Zeiten voraus. Was immer das bedeuten mochte. Und dann begann das festliche Schmausen.

Auf der Südseite vor den Mauern hatten Marketender ihre Zelte aufgeschlagen und boten dort ihre Waren feil: Körbe, Schwerter, Lanzen und andere Waffen, Wein und Met, vornehmlich aber Speisen in Form von Stockbrot, grober Bratwurst, Spanferkel und Pommes.

»Die passen ja nun gar nicht hierher«, erklärte Eric scheinbar empört, als sie an dem Stand vorbeischlenderten. »Unglaublich, dieser Anachronismus.«

Markus waren solche Widersprüche vollkommen egal. Er stopfte sich gerade seine letzte wilde Kartoffel in den Mund. »Ich hab immer noch Hunger«, bekannte er kauend und deutete grinsend auf das handgemalte Schild, das eine Bratwurst zeigte und über einer gut besuchten Holzhütte im leichten Wind schwankte. »Das da sieht gut aus.«

»Ich frag mich, wo du das alles hinstopfst«, sagte Eric in gespieltem Unverständnis.

Lächelnd verfolgten Ellen und ihre Eltern den Dialog zwischen den beiden so ungleichen Brüdern. Es freute sie zu sehen, wie liebevoll Eric mit Markus umging. Sie selbst hatte den Jungen schon bei ihrer ersten Begegnung im März ins Herz geschlossen und Eric ein ums andere Mal darum gebeten, ihn öfter zu besuchen und auch zu Ausflügen mitzunehmen. So waren die beiden sich schnell wieder näher gekommen, zumal Markus absolut nicht nachtragend war. Das Verhältnis zwischen Eric und seinen Eltern hingegen, die laut seiner Aussage nur um Markus' Willen unter einem Dach lebten, verbesserte sich eher schleppend.

Sie selbst hatte sich bisher nicht entschlossen, ihre leibliche Mutter zu treffen. Erika Bender hatte Eric in einem Telefonat signalisiert, dass sie dazu bereit sei, doch über zwei Jahrzehnte konnten nicht auf einen Schlag nachgeholt werden.

»Komm, Markus«, sagte Georg, »wir holen uns noch 'ne Currywurst, mir knurrt auch der Magen.«

Markus jauchzte zufrieden und schenkte Ellen und Eric sein einnehmendes, unbekümmertes Grinsen, bevor er Ruth überrumpelte, sich ihre Hand schnappte und mit ihr und Georg zur Würstchenbude trottete.

Grinsend sah Ellen den dreien nach. »Dein Bruder ist echt cool.«

»Ja, er hat sich wirklich gemacht.« Eric verspürte das wohlige Gefühl der Verbundenheit, das er jahrelang vermisst und erst wieder in Ellens Familie empfunden hatte. Er beobachtete lächelnd, wie Markus mit Georg die knappe Speisekarte der Pommesbude diskutierte. »Er will Koch werden, hat er mir erzählt. Aber da muss er schon mehr auf den Tisch bringen als Currywurst.«

Ellen lachte auf. »Warum denn? Den Stand haben sie beim ersten Brandenburgfest vor vier Jahren auch gehabt, und er brummt doch ganz gut. Die Kinder mögen den altertümlichen Kram nicht, und den Alten geht es wohl genauso.«

»Solange sie bei solchen Events keine Cheeseburger verkaufen …«, wandte Eric ein.

»Hey, du hörst dich an wie einer dieser ewig gestrigen Ossis, die den Zaun wiederhaben wollen!«, beklagte sich Ellen und knuffte ihn scherzhaft in die Seite.

»Autsch! Ja, bin ich denn kein Ossi? Bin doch mit einer liiert. Was ist eigentlich die weibliche Form von Ossi?«

»Die gibt's nicht, kannst ja mal eine erfinden, schließlich bist du ein Germanist, wenn auch noch kein fertiger. Im Übrigen bist du allerhöchstens ein Wossi, oder ein Essi, weil du aus dem Westen kommst und hier studierst und das wahnsinnige und vollkommen unverschämte Glück hast, mit mir zusammen zu sein.«

»Stimmt genau«, bestätigte Eric. »Und erinnere mich daran, dass ich heute Abend meinen Schrein poliere und dir noch einmal auf Knien dafür danke. – Autsch!«

In der Ferne im Norden rasten die Autos und Lastwagen auf der A4 dahin, und im Tal davor war die weiße Linie eines Intercitys zu erkennen, der durch das Werratal nach Osten eilte. Der Lärm der Fahrzeuge drang nicht bis hinauf auf den Berg. Dazwischen lagen zehn Kilometer Luftlinie, und der Wind wehte warm aus Westen und trug die Geräusche aus dem Tal hinaus.

So machten ein paar Grillen mit ihrem Zirpen im hohen Gras und das Gezwitscher einiger Feldlerchen und Goldammern die Idylle auf dem Stechberg perfekt. Bis zur Wende hatten sich hier Bunkeranlagen der sowjetischen Truppen befunden. Seit wenigen Jahren war dieser Berg südlich der Brandenburg nun Anlaufstelle für Wanderer, die für ihre Mühen mit einem wunderbaren Blick auf das Werratal bis hin zum Fuß des Thüringer Waldes im Osten belohnt wurden. Kernpunkt dieses Panoramas war die Burg, vor der die Zelte des Mittelalterfestes aufragten wie kleine Zuckerhüte, bunte Wimpel im Wind flatterten und dünne Rauchsäulen von Grillfeuern und Fackeln aufstiegen.

Ellen und Eric saßen schweigend auf einer Decke im Schatten eines ausladenden Buschs. Sie schauten hinüber zur Burg, die sie inzwischen schon häufiger gemeinsam besucht hatten, um dem Leben vergangener Jahrhunderte in dem alten Gemäuer nachzuspüren, wie Eric es Vanessa versprochen hatte.

Fast ebenso oft fuhren sie nach Gerstungen, wo die Arbeiten an der Gasversorgung und die Erneuerung des Straßennetzes noch in vollem Gang waren. Das Frühjahr war zeitig gekommen, was nach den apokalyptischen Verhältnissen im Januar um so überraschender war, und hatte die Maßnahmen schnell voranschreiten lassen. Inzwischen war der südliche Teil der Stadt komplett an das Gasnetz angeschlossen und die ersten Straßenzüge wiederhergestellt. Auch der Marktplatz war vollendet, und regelmäßig wurde dort der Markt abgehalten.

Eric und Ellen hatten sich davon überzeugt, dass der Gedenkstein tatsächlich an seinem Ort verblieben war. Für das ehemalige Siechenhaus war ein Kompromiss gefunden worden, der nicht alle Beteiligten zufriedenstellte: Da das Gebäude auf den Grundmauern des ursprünglichen Hauses nicht zu erhalten war, riss man es wie geplant ab und errichtete ein neues darauf. Eine bronzene Tafel neben der Eingangstür sollte jedoch auf die erste Bebauung und den historischen Zusammenhang hinweisen.

»Meinst du, er kommt eines Tages wieder?«, fragte Ellen einmal mehr, ohne den Blick von der Brandenburg abzuwenden. Sie lag auf der Seite, hatte den Kopf in die Hand gestützt und streichelte Eric beiläufig über den nackten Bauch.

Eric hatte sie eine ganze Weile betrachtet, wie sie da leicht gebräunt in Shorts und ihrem Bikinioberteil lag und gedankenverloren in die Ferne sah. Er war so glücklich, dass er sie hatte. Das war schon vor dem Januar so gewesen, doch seit dem Abend, als sie verschwunden war, kostete er jeden Tag, an dem er mit ihr zusammen sein konnte, noch mehr aus.

»Lässt sich nicht ausschließen«, antwortete er. »Alle Dinge sind vergänglich, Häuser, Steine, Meinungen und Überzeugungen. Der nächste Bürgermeister ist vielleicht nicht so umsichtig wie Völker und reißt die Basaltplatte raus.«

Ellen sah ihn fragend an. »Meinst du wirklich?«

Er antwortete nicht darauf. Eric wusste, dass eine Urangst ihres Geschlechts vor der Vergeltung des Fleischboten in dieser Frage lag. Obwohl Ellen sich an den Ereignissen des dreizehnten Jahrhunderts ja gar nicht beteiligt haben konnte, war sie nach den verschrobenen Maßstäben Limperts eine Schuldige und diesmal wohl deshalb entkommen, um Eric durch ihre Entführung auf die richtige Fährte zu setzen. Wie Limpert seine Opfer ausgewählt hatte, blieb nach wie vor ein Mysterium, das sie nicht ergründen konnten. Stattdessen bemühten sie sich gemeinsam, dass dem Fleischboten Gerechtigkeit widerfuhr, indem sein Schicksal nicht in Vergessenheit geriet.

Selbst Bernd würde seinen Teil dazu beitragen: Er hatte die Semesterferien genutzt und seine Erlebnisse zu Papier gebracht, zunächst in fast zu erwartender chaotischer Form auf allerlei losen Zetteln, bald aber mit einer Ernsthaftigkeit, die Eric zum ersten Mal bei ihm feststellte. Auf der alten Schreibmaschine seines Vaters, die er in seine Studentenbude importiert hatte, war er eifrig dabei, seine Eindrücke und Erlebnisse geordnet niederzuschreiben mit der Absicht, das Ergebnis einmal zwischen zwei Buchdeckeln zu veröffentlichen. Ob es um eine bloße Wiedergabe der Ereignisse ging oder ob er eine andere Form gefunden hatte, um dieses Abenteuer zu verarbeiten, verriet er auch Eric nicht. Es blieb ihm nichts anderes übrig, als auf das Erscheinen des Buches zu warten.

ENDE

Nachwort

In dem Gedächtnis einiger alter Menschen und auch in so manchen vergilbenden Büchern schlummern viele Erzählungen, die es wert sind, bewahrt zu werden. Die Sage vom Fleischboten gehört gewiss dazu. Sie hat ihre Wurzeln im ehemaligen Grenzgebiet westlich von Eisenach, selbst wenn sie anderenorts in ähnlicher Form erzählt wird.

Meine gesamte Jugend habe ich in unmittelbarer Nähe dieser Grenze verbracht, in der westdeutschen Grenzgemeinde Herleshausen. Diese genoss den besonderen Status, einen der wenigen Grenzübergänge zwischen Deutschland und Deutschland zu beheimaten, was uns neben einigen Erwähnungen in den Nachrichten und sogar im Hollywoodfilm „The day after" nur eine Menge Durchgangsverkehr einbrachte.

Konsequenz der Teilung war darüber hinaus, dass die Gemeinde meines Geburtsorts auf drei Seiten im Radius von etwa acht Kilometern von Zaun umringt war. An einigen Stellen konnte man bis auf wenige Meter an den äußersten Grenzzaun herantreten und einen Blick in dieses „andere" Land werfen, wo Menschen lebten, die genauso aussahen, die gleichen Arbeiten verrichteten und dieselben Wörter sprachen wie die, mit denen man aufwuchs. Und doch war alles so weit entfernt und in gewisser Weise fremdartig.

Nach wie vor bin ich glücklich, über zwanzig Jahre meines Lebens in dieser Grenzgemeinde verbracht zu haben, auch darüber, dass ich den historischen Moment miterleben durfte, als die Mauer fiel – auch wenn es bei uns ein Zaun war. Die Nachwendezeit ist gespickt mit Erlebnissen, die allen verwehrt blieben, die sie nicht in den Regionen nahe der ehemaligen Trennungslinie erlebt haben. Diese Ereignisse waren nicht für jeden immer positiver Natur. Dennoch: Mag es ein paar wenige Unbelehrbare geben, welche der Wiedervereinigung kaum etwas abgewinnen können, für mich ist sie eines der einschneidendsten und schönsten Ereignisse in meinem Leben.

Südlich meines Geburtsortes, bereits auf thüringischem Gebiet, thront auf einem Bergrücken über dem Ufer des Grenzflusses Werra die Ruine der Brandenburg. In Vorwende-Zeiten war dieses Bauwerk sowohl für uns im Westen als auch für die Menschen im Osten aufgrund seiner Lage im Sperrgebiet unerreichbar und nicht nur deshalb Grundlage vieler Geschichten, die sich dort abgespielt haben mochten. Bei aller politischer Idiotie, wie sie einem täglich in Form von Streckmetall vor Augen kam, schien die Burg in vollkommener Stille über all das erhaben zu sein. Ihr Gemäuer überlebte vierzig Jahre Teilung und wurde nach der Wende sukzessive wieder der Öffentlichkeit zugänglich gemacht. Ihre mystische Anziehungskraft hat sie nicht verloren.

In der Tat ranken sich um die Brandenburg allerhand Legenden, deren Fäden sich bis in die umliegenden Dörfer und Gemeinden ziehen. Eine davon hat mich zu diesem Roman inspiriert.

Natürlich sind die Personen darin frei erfunden und Ähnlichkeiten oder sogar Namensgleichheiten absolut unbeabsichtigt und zufällig. Auch die Geschehnisse sind Geburten meiner Phantasie.

Davon abgesehen sind die Beschreibungen der örtlichen Gegebenheiten sowie der politischen Vorgänge und ihrer Auswirkungen auf die Bewohner und ihre Umwelt ein kleiner Ausschnitt der Geschichte am Anfang der neunziger Jahre des vergangenen Jahrhunderts.

Die historischen Rückblenden basieren auf der neugefassten Überlieferung der Legende des Fleischboten Limpert aus verschiedenen Quellen, besonders dem Buch „Wenn der Hahn dreimal kräht - Sagen aus dem Werratal und dem angrenzenden Ringgau“ von Friedemann Stein.

Ungenauigkeiten jedweder Art möge man mir verzeihen, größtenteils haben sie dramaturgische Gründe. Eine mag die Beschreibung des Limpertsteins sein, der nicht, wie im Buch, im Boden eingelassen ist, sondern tatsächlich in Gerstungen an einer Straßenecke als Findling steht und der buchstäbliche Grundstein dieses Buches ist.

Ich danke ...

... meiner Lektorin, Dr. Anette Kleszcz-Wagner, für die unermüdliche und professionelle Arbeit am Manuskript, die guten Ratschläge für dieses und folgende Werke und neben all dem für die Randnotizen und Kommentare im Text, immer ehrlich, konstruktiv und bisweilen sehr, sehr witzig.

... Rolf Wagner, der mir Mitte Juli 2010 im Namen des Prolibris Verlags genau den Anruf bescherte, den sich jeder Autor einmal in seinem Leben wünscht. Danke für das Vertrauen.

... all den nah und fern stehenden Menschen, die mir verbal und physisch auf die Schulter klopften und mich motivierten, und die mir auf jede erdenkliche Weise Inspiration und Information zuteilwerden ließen, manchmal ohne dies zu wissen.

... Christine, Reinhard und Beppo für ungezählte Einblicke in das Leben zu DDR-Zeiten mit all seinen Facetten, das aber in manchen Belangen nicht so schlecht war, wie es hin und wieder gemacht wird.

... meinem Vater Lothar, der mir einige Bücher mit unschätzbaren Infos zur Historie, der Region und der Legende geliefert hat.

... Ute und Markus für die zwei Wochen bei Sonne, Käse und Rotwein in der Provence, wo ich diesen Roman in aller Ruhe und fast schon stilecht fertigstellen konnte.

... Ezio und Booga für den Soundtrack, der die Schreibblockaden beseitigte.

... und natürlich meinem größten Fan und Kritiker, meiner Frau Doreen, die mir stets geduldig und liebevoll den Freiraum und die Kraft gegeben hat, damit alles zu einem guten Ende kommt.

Dresden Thriller

Kai Leuner, Jagd auf den Anwalt
247 Seiten, Paperback, Originalausgabe 2010
ISBN 978-3-3935263-77-1 / 12,00 EUR

Michael Krohn lebt auf der Sonnenseite: Er arbeitet in Dresdens nobelster Anwaltskanzlei und ist mit der attraktiven Tochter des Seniorpartners verheiratet. Doch innerhalb weniger Stunden bricht seine Welt zusammen. Er ertappt seine Frau Julia mit einem Kollegen. Es kommt zu einer handgreiflichen Auseinandersetzung. Wenige Minuten später ist der Nebenbuhler tot – und Michael auf der Flucht. Und nicht nur die Polizei jagt ihn. Auch seine Kanzlei setzt skrupellose Privatermittler auf ihn an. Denn ohne es zu wissen, trägt Michael ein brisantes Geheimnis bei sich …
Eine atemberaubende Hetzjagd voller überraschender Wendungen.